»Ich habe, ehe ich es wagte, jene Memoiren in die Welt gehen zu lassen, lange vorgearbeitet und Stoffe gesammelt, die nicht ohne Interesse sein möchten«, schrieb Wilhelm Hauff (1802-1827) an einen Rezensenten, der das im Jahre 1825 anonym erschienene Werk positiv besprochen und dem gegenüber Hauff sich als Verfasser bekannt hatte. Der ungewöhnliche Erfolg veranlaßte Hauff, 1826 eine Fortsetzung zu schreiben, diesmal unter seinem Namen. Ein Jahr darauf erschien der erste Band in der zweiten Auflage. Hier deutet sich bereits der Erfolg an, den der allzu früh verstorbene Autor nicht mehr miterleben sollte, ein Erfolg, der vom Leserinteresse her bis heute ungebrochen ist. Das gilt vor allem natürlich auch für die *Märchen* (it 216, 217).

Hauffs kurze literarische Laufbahn – innerhalb von drei Jahren veröffentlichte er drei Romane, sieben Novellen und Erzählungen, vierzehn Märchen und Geschichten sowie eine Anzahl von Gedichten, Aufsätzen, Skizzen und Rezensionen – begann mit den *Memoiren des Satan*. Für einen Theologen ein kurioses Erstlingswerk, das aus den Erinnerungen eines harmlosen und ziemlich undämonischen, wenngleich zynischen Satans, Doktor Natas, erzählt. Ein reizvolles Zeitdokument, das unter anderem Szenen aus dem Tübinger Gesellschafts- und Universitätsleben skizziert, ausgiebig und mit parodistischer Feder. Wenn Hauff literarische Fragen aufspießt und sich in zahlreichen Anspielungen gefällt, so steht dahinter durchaus der Stachel ernsthafter Kritik.

insel taschenbuch 782

Hauff

Memoiren des Satan

Wilhelm Hauff
Mitteilungen aus den Memoiren des Satan

*Mit einem Nachwort herausgegeben
von Bernhard Zeller
und zahlreichen Illustrationen
von Rolf Köhler*

Insel Verlag

Der Text folgt der zweibändigen Hauff-Werkausgabe
des Insel Verlags Frankfurt am Main 1969

insel taschenbuch
Erste Auflage 1984

Vertrieb durch den Suhrkamp Taschenbuch Verlag
Umschlag nach Entwürfen von Willy Fleckhaus
Satz: LibroSatz, Kriftel
Druck: Nomos Verlagsgesellschaft, Baden-Baden
Printed in Germany

1 2 3 4 5 6 – 89 88 87 86 85 84

Einleitung

»Marte, e'rassembra te, qualor dal quinto
Cielo, di ferro scendi e d'orror cinto.«
Tasso, Jerus. librt., V. 44

I

Der Herausgeber macht eine interessante Bekanntschaft

Wer wie der Herausgeber und Übersetzer vorliegender merkwürdiger Aktenstücke in den letzten Tagen des Septembers 1822 in Mainz war und in dem schönen Gasthof zu den drei Reichskronen logierte, wird gewiß diese Tage nicht unter die verlorenen seines Lebens rechnen.

Es vereinigte sich damals alles, um das Gasthofleben, sonst nicht gerade das angenehmste, das man führen kann, angenehm zu machen. Feine Weine, gute Tafel, schöne Zimmer hätte man auch sonst wohl dort gefunden, seltener, gewiß sehr selten so ausgesuchte Gesellschaft. Ich erinnere mich nicht, jemals in meinem Leben, weder vor- noch nachher, einen meiner damaligen Tisch- und Hausgenossen gesehen zu haben, und dennoch schlang sich in jenen glücklichen Tagen ein so zartes, enges Band der Geselligkeit um uns, wie ich es unter Fremden, deren keiner den andern kannte oder seine näheren Verhältnisse zu wissen wünschte, nie für möglich gehalten hätte.

Der schöne Herbst von 1822, mit seiner erfreulichen Aussicht, dieser Herbst am Rhein genossen, mag allerdings zu dieser ruhigen Heiterkeit des Gemüts, zu diesem Hingeben jedes einzelnen für die Gesellschaft beigetragen haben, aber nicht mit Unrecht glaube ich diese Erscheinung einem sonderbaren, mir nachher höchst merkwürdigen Mann zuschreiben zu müssen.

Ich war schon beinahe 1 ½ Tage in den drei Reichskronen vor Anker gelegen; hätte mich nicht ein Freund, den ich seit langen Jahren nicht gesehen hatte, auf den 25. oder 30. bestellt, ich wäre nicht mehr länger geblieben, denn die schrecklichste Langeweile peinigte mich. Die Gesellschaft im Hause war anständig, freundlich sogar, aber kalt; man ließ einander an der Seite liegen, wenig bekümmert um das Wohl oder das Weh des Nachbars; wie man einander die schönen geschmorten Fische, den feinen Braten oder die Salatière darzubieten habe, wußte jeder, »aber das Genie, ich meine den Geist«, wies sich nicht gehörig an der Tafel, noch weniger nachher aus.

Ich sah eines Nachmittags aus meinem Fenster auf den freien Platz vor dem Hotel herab und dachte nach über meine Forderungen an die Menschen überhaupt und an die Gasthofmenschen (worunter ich nicht Wirt und Kellner *allein* verstand) insbesondere; da rasselte ein Reisewagen über das Steinpflaster der engen Seitenstraße und hielt gerade unter meinem Fenster.

Der geschmackvolle Bau des Wagens ließ auf eine elegante Herrschaft schließen; sonderbar war es übrigens, daß weder auf dem Bock noch hinten im Cabriolet ein Diener saß, was doch eigentlich zu den vier Postpferden, mit welchen der Wagen bespannt war, notwendig gepaßt hätte.

»Vielleicht ein kranker Herr, den sie aus dem Wagen tragen müssen«, dachte ich und richtete die Lorgnette genau auf die Hand des großen, stattlichen Oberkellners, der den Schlag öffnete.

»Zimmer vakant?« rief eine tiefe, wohltönende Männerstimme.

»So viele Euer Gnaden befehlen«, war die Antwort des Giganten.

Eine große, schlanke Gestalt schlüpfte schnell aus dem Wagen und trat in die Halle.

»Numero 12 und 13«, rief die gebietende Stimme des Oberkellners, und Jean und George flogen im Wettlauf die Treppe hinan.

Die Wagentüre war offen geblieben, aber noch immer wollte kein zweiter heraussteigen.

Der Oberkellner stand verwundert am Wagen, zweimal hatte er hineingesehen und immer dabei mit dem Kopf geschüttelt.

»Bst, Herr Oberkellner, auf ein Wort«, rief ich hinab, »wer war denn –«

»Werde gleich die Ehre haben«, antwortete der Gefällige und trat bald darauf in mein Zimmer.

»Eine sonderbare Erscheinung«, sagte ich zu ihm; »ein schwerer Wagen mit vier Pferden und nur ein *einzelner* Herr, *ohne alle* Bedienung.«

»Gegen alle Regel und Erfahrung«, versicherte jener, »ganz sonderbar, ganz sonderbar; jedoch der Postillon versicherte, es sei *ein Guter*, denn er gab immer zwei Taler schon seit acht Stationen. Vielleicht ein Engländer von Profession, die haben alle etwas Apartes.«

»Wissen Sie den Namen nicht?« fragte ich neugieriger, als es sich schickte.

»Wird erst beim Souper auf die Schiefertafel geschrieben«, antwortete jener; »haben der Herr Doktor sonst noch etwas?« –

Ich wußte zu meinem Verdruß im Augenblicke nichts;

er ging und ließ mich mit meinen Konjekturen über den Einsamen im achtsitzigen Wagen allein.

Als ich abends zur Tafel hinabging, schlüpfte der Kellner an mir vorüber, eine ungeheure Schiefertafel in der Hand. Er wurde mich kaum gewahr, als er, in einer Hand ein Licht, in der andern die Tafel, vor mich hintrat, mir solche präsentierend.

»v. Natas, Particulier«, stand aufgeschrieben. »Hat er noch keine Bedienung?« fragte ich.

»Nein«, war die Antwort, »er hat zwei Lohnlakaien angenommen, die ihn aber weder aus- noch ankleiden dürfen.«

Als ich in den Speisesaal trat, hatte sich die Gesellschaft schon niedergelassen, ich eilte still an meinen Stuhl, gegenüber saß Herr v. Natas.

Hatte dieser Mann schon vorher meine Neugierde erregt, so wurde er mir jetzt um so interessanter, da ich ihn in der Nähe sah.

Das Gesicht war schön, aber bleich, Haar, Auge und der volle Bart von glänzendem Schwarz, die weißen Zähne, von den feingespaltenen Lippen oft enthüllt, wetteiferten mit dem Schnee der blendend weißen Wäsche. War er alt? war er jung? man konnte es nicht bestimmen, denn bald schien sein Gesicht mit seinem pikanten Lächeln, das ganz leise in dem Mundwinkel anfängt und wie ein Wölkchen um die feingebogene Nase zu dem mutwilligen Auge hinaufzieht, früh gereifte und unter dem Sturm der Leidenschaften verblühte Jugend zu verraten; bald glaubte man einen Mann von schon vorgerückten Jahren vor sich zu haben, der durch eifriges Studium einer reichen Toilette sich zu konservieren weiß.

Es gibt Köpfe, Gesichter, die nur zu *einer* Körperform

passen und sonst zu keiner andern. Man werfe mir nicht vor, daß es Sinnentäuschung sei, daß das Auge sich schon zu sehr an diese Form, wie sie die Natur gegeben, gewöhnt habe, als daß es sich eine andere Mischung denken könnte. *Dieser Kopf konnte nie* auf einem untersetzten, wohlbeleibten Körper sitzen, er durfte nur die Krone einer hohen, schlanken, zartgebauten Gestalt sein. So war es auch, und die gedankenschnelle Bewegung der Gesichtsmuskeln, wie sie in leichtem Spott um den Mund, im tiefen Ernst um die hohe Stirne spielen, drückte sich auch in dem Körper durch die würdige, aber bequeme Haltung, durch die schnelle, runde, beinahe zierliche Bewegung der Arme, überhaupt in dem leichten, königlichen Anstande des Mannes aus.

So war Herr von Natas, der mir gegenüber an der Abendtafel saß. Ich hatte während der ersten Gänge Muße genug, diese Bemerkungen zu machen, ohne dem interessanten Vis-à-vis durch neugieriges Anstarren beschwerlich zu fallen. Der neue Gast schien übrigens noch mehrere Beobachtungen zu veranlassen, denn von dem obern Ende der Tafel waren diesen Abend die Brillen mehrerer Damen in immerwährender Bewegung, mich und meine Nachbarn hatten sie über dem Mittagessen höchstens mit bloßem Auge gemustert.

Das Dessert wurde aufgetragen, der Direktor der vorzüglichen Tafelmusik ging umher, seinen wohlverdienten Lohn einzusammeln. Er kam an den Fremden. Dieser warf einen Taler unter die kleine Münzensammlung und flüsterte dem überraschten Sammler etwas in's Ohr. Mit drei tiefen Bücklingen schien dieser zu bejahen und zu versprechen und schritt eilig zu seiner Kapelle zurück. Die Instrumente wurden aufs neue gestimmt.

Ich war gespannt, was jener wohl gewählt haben könnte; der Direktor gab das Zeichen, und gleich in den ersten Takten erkannte ich die herrliche Polonaise von Osinsky, der Fremde lehnte sich nachlässig in seinen Stuhl zurück, er schien nur der Musik zu gehören; aber bald bemerkte ich, daß das dunkle Auge unter den langen schwarzen Wimpern rastlos umherlief – es war offenbar, er musterte die Gesichter der Anwesenden und den Eindruck, den die herrliche Polonaise auf sie machte.

Wahrlich! dieser Zug schien mir einen geübten Menschenkenner zu verraten. Zwar wäre der Schluß unrichtig, den man sich aus der wärmern oder kältern Teilnahme an dem Reich der Töne auf die größere oder geringere Empfänglichkeit des Gemüts für das Schöne und Edle ziehen wollte; heult ja doch auch selbst der Hund bei den sanften Tönen der Flöte, das Pferd dagegen spitzt die Ohren bei dem mutigen Schmettern der Trompeten, stolzer hebt es den Nacken, und sein Tritt ist fester und straffer.

Aber dennoch konnte man nichts Unterhaltenderes sehen als die Gesichter der verschiedenen Personen bei den schönsten Stellen des Stückes; ich machte dem Fremden mein Kompliment über die glückliche Wahl dieser Musik, und schnell hatte sich zwischen uns ein Gespräch über die Wirkung der Musik auf diese oder jene Charaktere entsponnen.

Die übrigen Gäste hatten sich indessen verlaufen, nur einige, die in der Ferne auf unser Gespräch gelauscht hatten, rückten nach und nach näher. Mitternacht war herangekommen, ohne daß ich wußte, wie, denn der Fremde hatte uns so tief in alle Verhältnisse der Menschen, in alle ihre Neigungen und Triebe hineinblicken lassen, daß wir uns stille gestehen mußten, nirgends so tiefgedachte, so überraschende Schlüsse gehört oder gelesen zu haben.

Von diesem Abend an ging uns ein neues Leben in den drei Reichskronen auf. Es war, als habe die Freude selbst ihren Einzug bei uns gehalten und feiere jetzt ihre heiligsten Festtage; Gäste, die sich nie hätten einfallen lassen, länger als eine Nacht hier zu bleiben, schlossen sich an den immer größer werdenden Zirkel an und vergaßen, daß sie unter Menschen sich befinden, die der Zufall aus allen Weltgegenden zusammengeschneit hatte. Und Natas, dieses seltsame Wesen, war die Seele des Ganzen. Er war es, der sich, sobald er sich nur erst mit seinen nächsten Tischnachbarn bekannt gemacht hatte, zum *Maître de plaisir* hergab. Er veranstaltete Feste, Ausflüge in die herrliche Gegend und erwarb sich den innigen Dank eines jeden. Hatte er aber schon durch die sinnreiche Auswahl des Vergnügens sich alle Herzen gewonnen, so war dies noch mehr der Fall, wenn er die Konversation führte.

Jenes ergötzliche Märchen von dem Hörnchen des Oberon schien ins Leben getreten zu sein, denn Natas durfte nur die Lippen öffnen, so fühlte jeder zuerst die lieblichsten Saiten seines Herzens angeschlagen, auf leichten Schwingen schwirrte dann das Gespräch um die Tafel, mutwilliger wurden die Scherze, kühner die Blicke der Männer, schalkhafter das Kichern der Damen, und endlich rauschte die Rede in so fessellosen Strömen, daß man nachher wenig mehr davon wußte, als daß man sich »göttlich« amüsiert habe.

Und dennoch war der Zauberer, der diese Lust heraufbeschwor, weit entfernt, je ins Rohe, Gemeine hinüberzuspielen. Er griff irgend einen Gegenstand, eine Tagesneuigkeit auf, erzählte Anekdoten, spielte das Gespräch

geschickt weiter, wußte jedem seine tiefste Eigentümlichkeit zu entlocken und ergötzte durch seinen lebhaften Witz, durch seine warme Darstellung, die durch alle Schattierungen von dem tiefsten Gefühl der Wehmut bis hinauf an jene Ausbrüche der Laune streifte, welche in dem sinnlichsten, reizendsten Kostüm auf der feinen Grenze des Anstandes gaukeln.

Manchmal schien es zwar, es möchte weniger gefährlich gewesen sein, wenn er dem Heiligen, das er antastete, geradezu Hohn gesprochen, das Zarte, das er *benagte*, geradezu zerrissen hätte; jener zarte, geheimnisvolle Schleier, mit welchem er dies oder jenes verhüllte, reizte nur zu dem lüsternen Gedanken, tiefer zu blicken, und das üppige Spiel der Phantasie gewann in manchem Köpfchen unsrer schönen Damen nur noch mehr Raum; aber man konnte ihm nicht zürnen, nicht widersprechen; seine glänzenden Eigenschaften rissen unwiderstehlich hin, sie umhüllten die Vernunft mit süßem Zauber, und seine kühnen Hypothesen schlichen sich als Wahrheit in das unbewachte Herz.

II

Der schauerliche Abend

So hatte der geniale Fremdling mich und noch zwölf bis fünfzehn Herren und Damen in einen tollen Strudel der Freude gerissen. Beinahe alle waren ohne Zweck in diesem Haus, und doch wagte keiner, den Gedanken an die Abreise sich auch nur entfernt vorzustellen. Im Gegenteil, wenn wir morgens lange ausgeschlafen, mittags lange getafelt, abends lange gespielt und nachts lange getrunken, geschwatzt und gelacht hatten, schien der Zauber, der uns an dieses Haus band, nur eine neue Kette um den Fuß geschlungen zu haben.

Doch es sollte anders werden, vielleicht zu unserem Heil. An dem sechsten Tage unseres Freudenreiches, einem Sonntag, war unser Herr von Natas im ganzen Gasthof nicht zu finden. Die Kellner entschuldigten ihn mit einer kleinen Reise; er werde vor Sonnenuntergang nicht kommen, aber zum Tee, zur Nachttafel unfehlbar da sein.

Wir waren schon so an den Unentbehrlichen gewöhnt, daß uns diese Nachricht ganz betreten machte, es war uns, als würden uns die Flügel zusammengebunden, und man befehle uns zu fliegen.

Das Gespräch kam, wie natürlich, auf den Abwesenden und auf seine auffallende, glänzende Erscheinung. Sonderbar war es, daß es mir nicht aus dem Sinne kommen wollte, ich habe ihn, nur unter einer andern Gestalt, schon früher einmal auf meinem Lebenswege begegnet; so abgeschmackt auch der Gedanke war, so unwiderstehlich drängte er sich mir immer wieder auf. Aus früheren Jahren her erinnerte ich mich nämlich eines Mannes, der in seinem Wesen, in seinem Blick hauptsächlich, große Ähnlichkeit mit ihm hatte. Jener war ein fremder Arzt, besuchte nur hie und da meine Vaterstadt und lebte dort immer von Anfang sehr still, hatte aber bald einen Kreis von Anbetern um sich versammelt. Die Erinnerung an jenen Menschen war mir übrigens fatal, denn man behauptete, daß, so oft er uns besucht habe, immer ein bedeutendes Unglück erfolgt sei, aber dennoch konnte ich den Gedanken nicht los werden, Natas habe die größte Ähnlichkeit mit ihm, ja es sei eine und dieselbe Person.

Ich erzählte meinen Tischnachbarn den unablässig mich verfolgenden Gedanken und die unangenehme Vergleichung eines mir so grausenhaften Wesens, wie der Fremde in meiner Vaterstadt war, mit unserm Freunde, der so ganz meine Achtung und Liebe sich erworben hatte; aber noch unglaublicher klingt es vielleicht, wenn ich versichere, daß meine Nachbarn ganz den nämlichen Gedanken hatten; auch sie glaubten unter einer ganz andern Gestalt unsern geistreichen Gesellschafter gesehen zu haben.

»Sie könnten einem ganz bange machen«, sagte die Baronin von Thingen, die nicht weit von mir saß, »Sie wollen unsern guten Natas am Ende zum ewigen Juden oder, Gott weiß, zu was sonst noch machen!«

Ein kleiner ältlicher Herr, Professor in T., der seit einigen Tagen sich auch an unsere Gesellschaft angeschlossen und immer still vergnügt, hie und da etwas weinselig, mitlebte, hatte während unserer »vergleichenden Anatomie«, wie er es nannte, still vor sich hingelächelt und mit kunstfertiger Schnelligkeit seine ovale Dose zwischen den Fingern umgedreht, daß sie wie ein Rad anzusehen war.

»Ich kann mit meiner Bemerkung nicht mehr länger hinter dem Berge halten«, brach er endlich los, »wenn Sie erlauben, Gnädigste, so halte ich ihn nicht gerade für den ewigen Juden, aber doch für einen ganz absonderlichen Menschen. Solange er zugegen war, wollte wohl hie und da der Gedanke in mir aufblitzen, ›den hast du schon gesehen, wo war es doch?‹, aber wie durch Zauber krochen diese Erinnerungen zurück, wenn er mich mit dem schwarzen umherspringenden Auge erfaßte.«

»So war es mir gerade auch, mir auch, mir auch«, riefen wir alle verwundert.

»Hm! he, hm!« lachte der Professor. »Jetzt fällt es mir aber von den Augen wie Schuppen, daß es niemand ist als der, den ich schon vor zwölf Jahren in Stuttgart gesehen habe.«

»Wie, Sie haben ihn gesehen und in welchen Verhältnissen?« fragte Frau von Thingen eifrig und errötete bald über den allzu großen Eifer, den sie verraten hatte.

Der Professor nahm eine Prise, klopfte den Jabot aus und begann: »Es mögen nun ungefähr zwölf Jahre sein, als ich wegen eines Prozesses einige Monate in Stuttgart zubrachte. Ich wohnte in einem der ersten Gasthöfe und speiste auch dort gewöhnlich in großer Gesellschaft an der Wirtstafel. Einmal kam ich nach einigen Tagen, in welchen ich das Zimmer hatte hüten müssen, zum erstenmal wieder zu Tisch. Man sprach sehr eifrig über einen gewissen Herrn Barighi, der seit einiger Zeit die Mittagsgäste durch seinen lebhaften Witz, durch seine Gewandtheit in allen Sprachen entzückte; in seinem Lob waren alle einstimmig, nur über seinen Charakter war man nicht recht einig, denn die einen machten ihn zum Diplomaten, die andern zu einem Sprachmeister, die dritten zu einem hohen Verbannten, wieder andere zu einem Spion. Die Türe ging auf, man war still, beinahe verlegen, den Streit so laut geführt zu haben; ich merkte, daß der Besprochene sich eingefunden habe, und sah –«

»Nun, ich bitte Sie! denselben, der uns« – »denselben, der uns seit einigen Tagen so trefflich unterhält. Dies wäre übrigens gerade nichts Übernatürliches, aber hören Sie weiter: zwei Tage schon hatte uns Herr Barighi, so nannte sich der Fremde, durch seine geistreiche Unterhaltung die Tafel gewürzt, als uns einmal der Wirt des Gasthofs unterbrach: ›Meine Herren‹, sagte der Höfliche, ›bereiten Sie sich auf eine köstliche Unterhaltung, die Ihnen morgen zu teil werden wird, vor; der Herr Oberjustizrat Hasentreffer zog heute aus, und zieht morgen ein.‹

Wir fragten, was dies zu bedeuten habe, und ein alter grauer Hauptmann, der schon seit vielen Jahren den obersten Platz in diesem Gasthofe behauptete, teilte uns den Schwank mit: ›Gerade dem Speisesaal gegenüber wohnt ein alter Junggeselle einsam in einem großen öden Haus; er ist Oberjustizrat außer Dienst, lebt von einer anständigen Pension und soll überdies ein enormes Vermögen besitzen.

Derselbe ist aber ein kompletter Narr und hat ganz eigene Gewohnheiten, wie z. B., daß er sich selbst oft große Gesellschaft gibt, wobei es immer flott hergeht. Er läßt zwölf Couverts aus dem Wirtshaus kommen, feine Weine hat er im Keller, und einer oder der andere unsrer Marqueurs hat die Ehre zu servieren. Man denkt vielleicht, er hat allerlei hungrige oder durstige Menschen bei sich? Mitnichten! alte, gelbe Stammbuchblätter, auf jedem ein großes Kreuz, liegen auf den Stühlen, dem alten Kauz ist aber so wohl, als wenn er unter den lustigsten Kameraden wäre; er spricht und lacht mit ihnen, und das Ding soll so greulich anzusehen sein, daß man immer die neuen Kellner dazu braucht, denn wer *einmal* bei einem solchen Souper war, geht nicht mehr in das öde Haus.

Vorgestern war wieder ein Souper, und unser neuer Franz dort schwört Himmel und Erde, ihn bringe keine Seele mehr hinüber. Den andern Tag nach dem Gastmahl kommt dann die zweite Sonderbarkeit des Oberjustizrats. Er fährt morgens früh aus der Stadt und kehrt erst den andern Morgen zurück, nicht aber in sein Haus, das um diese Zeit fest verriegelt und verschlossen ist, sondern hierher ins Wirtshaus.

Da tut er dann ganz fremd gegen Leute, welche er das ganze Jahr täglich sieht, speist zu Mittag und stellt sich nachher an ein Fenster und betrachtet sein Haus gegenüber von oben bis unten.

›Wem gehört das Haus da drüben?‹ fragt er dann den Wirt.

Pflichtmäßig bückt sich dieser jedesmal und antwortet: ›Dem Herrn Oberjustizrat Hasentreffer, Ew. Exzellenz aufzuwarten.‹«

»Aber Herr Professor, wie hängt denn Ihr toller Hasentreffer mit unserem Natas zusammen?« fragte ich.

»Belieben Sie sich doch zu gedulden, Herr Doktor«, antwortete jener, »es wird Ihnen gleich wie ein Licht aufgehen. Der Hasentreffer beschaut also das Haus und erfährt, daß es dem Hasentreffer gehöre. ›Ach! derselbe, der in Tübingen zu meiner Zeit studierte?‹ fragt er dann, reißt das Fenster auf, streckt den gepuderten Kopf hinaus und schreit ›Ha-a-asentreffer – Ha-a-asentreffer.‹

Natürlich antwortet niemand, er aber sagt dann, ›der Alte würde es mir nie vergessen, wenn ich nicht bei ihm einkehrte‹, nimmt Hut und Stock, schließt sein eigenes Haus auf, und so geht es nach wie vor.«

»Wir alle«, fuhr der Professor in seiner Erzählung fort, »waren sehr erstaunt über diese sonderbare Erscheinung und freuten uns königlich auf den morgenden Spaß. Herr Barighi aber nahm uns das Versprechen ab, ihn nicht verraten zu wollen, indem er einen köstlichen Scherz mit dem Oberjustizrat vorhabe.

Früher als gewöhnlich versammelten wir uns an der Wirtstafel und belagerten die Fenster. Eine alte baufällige

Chaise wurde von zwei alten Kleppern die Straße herangeschleppt, sie hielt vor dem Wirtshaus; das ist der Hasentreffer, der Hasentreffer, tönte es von aller Mund, und eine ganz besondere Fröhlichkeit bemächtigte sich unser, als wir das Männlein, zierlich gepudert, mit einem stahlgrauen Röcklein angetan, ein mächtiges Meerrohr in der Hand, aussteigen sahen. Ein Schwanz von wenigstens zehn Kellnern schloß sich ihm an; so gelangte er ins Speisezimmer.

Man schritt sogleich zur Tafel; ich habe selten so viel gelacht als damals, denn mit der größten Kaltblütigkeit behauptete der Alte, geradenweges aus Kassel zu kommen und vor sechs Tagen in Frankfurt im Schwanen recht gut logiert zu haben. Schon vor dem Dessert mußte Barighi verschwunden sein, denn als der Oberjustizrat aufstand und sich auch die übrigen Gäste erwartungsvoll erhoben, war er nirgends mehr zu sehen.

Der Oberjustizrat stellte sich ans Fenster, wir alle folgten seinem Beispiele und beobachteten ihn. Das Haus gegenüber schien öde und unbewohnt; auf der Türschwelle sproßte Gras, die Jalousien waren geschlossen, zwischen einigen schienen sich Vögel eingebaut zu haben.

›Ein hübsches Haus da drüben‹, begann der Alte zu dem Wirt, der immer in der dritten Stellung hinter ihm stand. ›Wem gehört es?‹ ›Dem Oberjustizrat Hasentreffer, Euer Exzellenz aufzuwarten.‹

›Ei, das ist wohl der nämliche, der mit mir studiert hat?‹ rief er aus; ›der würde mir es nie verzeihen, wenn ich ihm nicht meine Anwesenheit kundtäte.‹ Er riß das Fenster auf, ›Hasentreffer – Hasentreffer‹, schrie er mit heiserer Stimme hinaus. – Aber wer beschreibt unseren Schrecken, als gegenüber in dem öden Haus, das wir wohl verschlos-

sen und verriegelt wußten, ein Fensterladen langsam sich öffnete; ein Fenster tat sich auf, und heraus schaute der Oberjustizrat Hasentreffer im zitzenen Schlafrock und der weißen Mütze, unter welcher wenige graue Löckchen hervorquollen; so, gerade so pflegte er sich zu Hause zu tragen. Bis auf das kleinste Fältchen des bleichen Gesichtes war der gegenüber der nämliche wie der, der bei uns stand. Aber Entsetzen ergriff uns, als der im Schlafrock mit derselben heiseren Stimme über die Straße herüberrief: ›Was will man, wem ruft man? he!‹

›Sind Sie der Herr Oberjustizrat Hasentreffer?‹ rief der auf unserer Seite, bleich wie der Tod, mit zitternder Stimme, indem er sich bebend am Fenster hielt.

›Der bin ich‹, kreischte jener und nickte freundlich grinsend mit dem Kopfe; ›steht etwas zu Befehl?‹

›Ich bin er ja auch‹, rief der auf unserer Seite wehmütig, ›wie ist denn dies möglich?‹

›Sie irren sich, Wertester‹, schrie jener herüber, ›Sie sind der Dreizehnte; kommen Sie nur ein wenig herüber in meine Behausung, daß ich Ihnen den Hals umdrehe; es tut nicht weh.‹

›Kellner, Stock und Hut!‹ rief der Oberjustizrat, matt bis zum Tod, und die Stimme schlich ihm in kläglichen Tönen aus der hohlen Brust herauf. ›In meinem Haus ist der Satan und will meine Seele; vergnügten Abend, meine Herren‹, setzte er hinzu, indem er sich mit einem freundlichen Bückling zu uns wandte und dann den Saal verließ.

›Was war das?‹ fragten wir uns, ›sind wir alle wahnsinnig?‹

Der im Schlafrock schaute noch immer ganz ruhig zum Fenster hinaus, während unser gutes altes Närrchen in steifen Schritten über die Straße stieg. An der Haustüre zog er einen großen Schlüsselbund aus der Tasche, riegelte – der im Schlafrock sah ihm ganz gleichgültig zu, – riegelte die schwere, knarrende Haustüre auf und trat ein.

Jetzt zog sich auch der andere vom Fenster zurück, man sah, wie er dem unsrigen an die Zimmertüre entgegenging.

Unser Wirt, die zehn Kellner waren alle bleich von Entsetzen und zitterten: ›Meine Herren‹, sagte jener, ›Gott sei dem armen Hasentreffer gnädig, denn einer von beiden war der Leibhaftige.‹ – Wir lachten den Wirt aus und wollten uns selbst bereden, daß es ein Scherz von Barighi sei, aber der Wirt versicherte, es habe niemand in das Haus gehen können, außer mit den überaus künstlichen Schlüsseln des Rats. Barighi sei zehn Minuten, ehe das Gräßliche geschehen, noch an der Tafel gesessen, wie hätte er denn in so kurzer Zeit die täuschende Maske anziehen können, vorausgesetzt auch, er hätte sich das fremde Haus zu öffnen gewußt. Die beiden seien aber einander so greulich ähnlich gewesen, daß er, ein zwanzigjähriger Nachbar, den echten nicht hätte unterscheiden können. ›Aber um Gotteswillen, meine Herrn, hören Sie nicht das gräßliche Geschrei da drüben?‹

Wir sprangen ans Fenster, schreckliche trauervolle Stimmen tönten aus dem öden Hause herüber, einigemal war es uns, als sehen wir unsern alten Oberjustizrat, verfolgt von seinem Ebenbild im Schlafrock, am Fenster vorbeijagen. Plötzlich aber war alles still.

Wir sahen einander an; der Beherzteste machte den Vorschlag hinüberzugehen; alle stimmten überein. Man zog über die Straße, die große Hausglocke an des Alten Haus tönte dreimal, aber es wollte sich niemand hören lassen: da fing uns an zu grauen; wir schickten nach der

Polizei und dem Schlosser, man brach die Türe auf, der ganze Strom der Neugierigen zog die breite, stille Treppe hinauf, alle Türen waren verschlossen; eine ging endlich auf, in einem prachtvollen Zimmer lag der Oberjustizrat im zerrissenen stahlfarbigen Röcklein, die zierliche Frisur schrecklich verzaust, tot, *erwürgt* auf dem Sofa.

Von Barighi hat man weder in Stuttgart noch sonst irgendwo jemals eine Spur gesehen.«

III

Der schauervolle Abend

(Fortsetzung)

Der Professor hatte seine Erzählung geendet, wir saßen eine gute Weile still und nachdenkend. Das lange Schweigen ward mir endlich peinlich, ich wollte das Gespräch wieder anfachen, aber auf eine andere Bahn bringen, als mir ein Herr von mittleren Jahren in reicher Jagduniform, wenn ich nicht irre, ein Oberforstmeister aus dem Nassauischen, zuvorkam.

»Es ist wohl jedem von uns schon begegnet, daß er unzählige Male für einen andern gehalten wurde, oder auch Fremde für ganz Bekannte anredete, und sonderbar ist es, ich habe diese Bemerkung oft in meinem Leben bestätigt gefunden, daß die Verwechslung weniger bei jenen platten, alltäglichen, nichtssagenden Gesichtern als bei auffallenden, eigentlich interessanten vorkommt.«

Wir wollten ihm seine Behauptung als ganz unwahrscheinlich verwerfen, aber er berief sich auf die wirklich interessante Erscheinung unseres Natas. »Jeder von uns gesteht«, sagte er, »daß er dem Gedanken Raum gegeben, unsern Freund, nur unter anderer Gestalt, hier oder dort gesehen zu haben, und doch sind seine scharfen Formen, sein gebietender Blick, sein gewinnendes Lächeln ganz dazu gemacht, auf ewig sich ins Gedächtnis zu prägen.«

»Sie mögen so unrecht nicht haben«, entgegnete Flasshof, ein preußischer Hauptmann, der auf die Strafe des Arrestes hin schon zwei Tage bei uns gezaudert hatte, nach Koblenz in seine Garnison zurückzukehren, »Sie mögen recht haben; ich erinnere mich einer Stelle aus den launigen Memoiren des italienischen Grafen Gozzi, die ganz für Ihre Behauptung spricht: ›Jedermann‹, sagt er, ›hat den Michele d'Agata gekannt und weiß, daß er einen Fuß kleiner und wenigstens um zwei dicker war als ich, und auch sonst nicht die geringste Ähnlichkeit in Kleidung und Physiognomie mit mir gehabt hat.

Aber lange Jahre hatte ich alle Tage den Verdruß, von Sängern, Tänzern, Geigern und Lichtputzern als Herr Michele d'Agata angeredet zu sein und lange Klagen über schlechte Bezahlung, Forderungen usw. anhören zu müssen. Selten gingen sie überzeugt von mir weg, daß ich nicht Michele d'Agata sei.

Einst besuchte ich in Verona eine Dame; das Kammermädchen meldete mich an, ›Herr Agata‹. Ich trat hinein und ward als Michele d'Agata begrüßt und unterhalten, ich ging weg und begegnete einem Arzt, den ich wohl kannte; guten Abend, Herr Agata, war sein Gruß, indem er vorüberging. Ich glaubte am Ende beinahe selbst, ich sei der Michele d'Agata.‹«

Ich wußte dem guten Hauptmann Dank, daß er uns aus den ängstigenden Phantasien, welche die Erzählung des Professors in uns aufgeregt hatte, erlöste. Das Gespräch floß ruhiger fort, man stritt sich um das Vorrecht ganzer Nationen, einen interessanten Gesichterschnitt zu haben, über den Einfluß des Geistes auf die Gesichtszüge überhaupt und auf das Auge insbesondere, man kam endlich auf Lavater und Konsorten; Materien, die ich hundertmal besprochen, mochte ich nicht mehr wiederkäuen, ich zog mich in ein Fenster zurück. Bald folgte mir der Professor dahin nach, um gleich mir die Gesichter der Streitenden zu betrachten.

»Welch ein leichtsinniges Volk«, seufzte er, »ich habe sie jetzt soeben gewarnt und die Hölle ihnen recht heiß gemacht, ja sie wagten in keine Ecke mehr zu sehen, aus Furcht, der Leibhaftige möchte daraus hervorgucken, und jetzt lachen sie wieder und machen tolle Streiche, als ob der Versucher nicht immer umherschliche?«

Ich mußte lachen über die Amtsmiene, die sich der Professor gab; »noch nie habe ich das schöne Talent eines Vesperpredigers an Ihnen bemerkt«, sagte ich, »aber Sie setzen mich in Erstaunen durch Ihre kühnen Angriffe auf die böse Welt und auf den Argen selbst. Bilden Sie sich denn wirklich ein, dieser harmlose Natas . . .«

»Harmlos nennen Sie ihn?« unterbrach mich der Professor, heftig meine Brust anfassend, »harmlos? Haben Sie denn nicht bemerkt«, flüsterte er leiser, »daß alles bei diesem feinen . . . Herrn berechneter Plan ist. Oh, ich kenne meine Leute!«

»Sie setzen mich in Erstaunen, wie meinen Sie denn?«

»Haben Sie nicht bemerkt«, fuhr er eifrig fort, »daß der gebildete Herr Oberforstmeister dort mit Leib und Seele sein ist, weil er ihm fünf Nächte hindurch alles Geld abjagte und den Ausgebeutelten gestern nacht fünfzehnhundert Dukaten gewinnen ließ? Er nennt den abgefeimten Spieler einen Mann von den nobelsten Sentiments und schwört auf Ehre, er müsse über die Hälfte wieder an den Fremden verlieren, sonst habe er keine Ruhe. Haben Sie ferner nicht bemerkt, wie er den Ökonomierat gekörnt hat?«

»Ich habe wohl gesehen«, antwortete ich, »daß der Ökonomierat, sonst so moros und misanthrop, jetzt ein wenig aufgewacht ist, aber ich habe es dem allgemeinen Einfluß der Gesellschaft zugeschrieben.«

»Behüte. Er läuft schon seit zwanzig Jahren in den Gesellschaften umher und wacht doch nicht auf; auf dem Weg ist er, ein Bruder Lüderlich zu werden; der Esel reist krank im Lande umher, behauptet einen großen Wurm im Leib zu haben und macht allen Leuten das Leben sauer mit seinen exorbitanten Behauptungen, und jetzt? jetzt hat ihn dieser Wundermann erwischt, gibt ihm ein Pülverlein und rät ihm, nicht wie ein anderer vernünftiger Arzt, Diät und Mäßigkeit, sondern er soll seine Jugend, wie er die fünfzig Jahre des alten Wurms nennt, genießen, viel Wein trinken etc., und das *et cetera* und den Wein benützt er seit vier Tagen ärger als der verlorne Sohn.«

»Und darüber können Sie sich ärgern, Herr Professor? Der Mann ist sich und dem Leben wieder geschenkt –«

»Nicht davon spreche ich«, entgegnete der Eifrige, »der alte Sünder könnte meinetwegen heute noch abfahren, sondern daß er sich dem nächsten besten Charlatan anvertraut und sich also ruinieren muß, ich habe ihn vor acht Jahren in der Kur gehabt, und es besserte sich schon zusehends.«

Der Eifer des guten Professors war mir nun einigermaßen erklärlich, der liebe Brotneid schaute nicht undeutlich heraus.

»Und unsere Damen?« fuhr er fort, »die sind nun rein toll. Mich dauert nur der arme Trübenau, ich kenne ihn zwar nicht, aber übermorgen soll er hier ankommen, und wie findet er die gnädige Frau? Hat man je gehört, daß eine junge, gebildete Frau in den ersten Jahren einer glücklichen Ehe sich in ein solches Verhältnis mit einem ganz fremden Menschen einläßt, und zwar innerhalb fünf Tagen!«

»Wie, die schöne, bleiche Frau dort?« rief ich aus.

»Die nämliche bleiche«, antwortete er, »vor vier Tagen war sie noch schön rot, wie eine Zentifolie, da begegnet ihr der Interessante auf der Straße, fragt, wohin sie gehe, hört kaum, daß sie *rouge fin* kaufen wolle (denn solche Toilettengeheimnisse auszuplaudern, heißt *bon ton*), so bittet und fleht er, sie solle doch kein Rot auflegen, sie habe ein so interessantes *je ne sais quoi*, das zu einem blassen Teint viel besser stehe. Was tut sie? wahrhaftig, sie geht in den nächsten Galanterieladen und sucht weiße Schminke; ich war gerade dort, um ein Pfeifenrohr zu erstehen, da höre ich sie mit ihrer süßen Stimme den rauhhärigen Bären von einem Ladendiener fragen, ob man das Weiß nicht noch etwas *›ätherischer‹* habe? Hol mich der T . . .! hat man je so was gehört?«

Ich bedauerte den Professor aufrichtig, denn wenn ich nicht irrte, so suchte er von Anfang die Aufmerksamkeit der schönen Frau auf den schon etwas verschossenen »Einband seiner gelehrten Seele« zu ziehen. Daß es aber mit Natas und der Trübenau nicht ganz richtig war, sah ich selbst; von der Schminkgeschichte, die jenen so sehr erboste, wußte ich zwar nichts, aber wer sich auf die Exegese der Augen verstand, hatte keinen weitern Kommentar nötig, um die gegenseitige Annäherung daraus zu erläutern.

Der Professor hatte, in tiefe Gedanken versunken, eine Zeitlang geschwiegen; er erhob jetzt sein Auge durch die Brille an die Decke des Zimmers, wo allerlei Engelein in Gips aufgetragen waren; »Himmel«, seufzte er, »und die Thingen hat er auch; Sie glauben nicht, welcher Reiz in diesem ewig heitern Auge, in diesen Grübchen auf den blühenden Wangen, in dem Schmelz ihrer Zähne, in diesen frischen, zum Kuß geöffneten Lippen, in diesen weichen Armen, in diesen runden, vollen Formen der schwellenden –«

»Herr Professor!« rief ich, erschrocken über seine Extase, und schüttelte ihn am Arm ins Leben zurück. »Sie geraten außer sich, Wertester, belieben Sie nicht eine Prise Spaniol?«

»Er hat sie auch«, fuhr er zähneknirschend fort, »haben Sie nicht bemerkt, mit welcher Hast sie vorhin nach seinen Verhältnissen fragte? Wie sie rot ward? Jung, schön, wohlhabend, Witwe –, sie hat alles, um eine angenehme Partie zu machen; geistreiche Männer von Ruf in der litterarischen Welt buhlen um ihre Gunst, sie wirft sie an einen – Landstreicher hin; ach, wenn Sie wüßten, bester Doktor, was mir neulich der Oberkellner, aber mit der größten Diskretion, daß man ihn vorgestern nachts aus ihrem Zimmer . . .«

»Ich bitte, verschonen Sie mich«, fiel ich ein, »gestehen Sie mir lieber, ob der Wundermensch Sie selbst noch nicht unter den Pantoffel gebracht hat.«

»Das ist es eben«, antwortete der Befragte verlegen lächelnd, »das ist es, was mir Kummer macht. Sie wissen, ich lese über Chemie; er brachte einmal das Gespräch darauf und entwickelte so tiefe Kenntnisse, deckte so neue und kühne Ideen auf, daß mir der Kopf schwindelte; ich möchte ihm um den Hals fallen und um seine Hefte und Notizen bitten, es zieht mich mit unwiderstehlicher Geisterkraft in seine Nähe, und doch könnte ich ihm mit Freuden Gift beibringen.«

Wie komisch war die Wut dieses Mannes, er ballte die Faust und fuhr damit hin und her, seine grünen Brillengläser funkelten wie Katzenaugen, sein kurzes, schwarzes Haar schien sich in die Höhe zu richten.

Ich suchte ihn zu besänftigen; ich stellte ihm vor, daß er ja nicht ärger losziehen könnte, wenn der Fremde der Teufel selbst wäre; aber er ließ mich nicht zum Worte kommen.

»Er ist es, der Satan selbst logiert hier in den drei Reichskronen«, rief er, »um unsere Seelen zu angeln. Ja, du bist ein guter Fischer und hast eine feine Nase, aber ein . . .r Professor, wie ich, der sogar in demagogischen Untersuchungen die Lunte gleich gerochen und eigens deswegen hieher nach Mainz gereist ist, ein solcher hat noch eine feinere als du.«

Ein heiseres Lachen, das gerade hinter meinem Rücken zu entstehen schien, zog meine Aufmerksamkeit auf sich; ich wandte mich um und glaubte, Natas höhnisch durch die Scheiben hereingrinsen zu sehen. Ich ergriff den Professor am Arm, um ihm die sonderbare Erscheinung zu zeigen, denn das Zimmer lag einen Stock hoch. Dieser aber hatte weder das Lachen gehört, noch konnte er meine Erscheinung sehen, denn als er sich umwandte, sah nur die bleiche Scheibe des Mondes durch die Fenster dort, wo ich vorhin das greulich verzerrte Gesicht des geheimnisvollen Fremdlings zu sehen geglaubt hatte.

Ehe ich noch recht mit mir einig war, ob das, was ich gesehen, Betrug der Sinne, Ausgeburt einer aufgeregten

Phantasie oder Wirklichkeit war, ward die Türe aufgerissen, und Herr von Natas trat stolzen Schrittes in das Zimmer. Mit sonderbarem Lächeln maß er die Gesellschaft, als wisse er ganz gut, was von ihm gesprochen worden sei, und ich glaubte zu bemerken, daß keiner der Anwesenden seinen forschenden Blick auszuhalten vermochte.

Mit der ihm so eigenen Leichtigkeit hatte er der Trübenau gegenüber, neben der Frau von Thingen, Platz genommen und die Leitung der Konversation an sich gerissen. Das böse Gewissen ließ den Professor nicht an den Tisch sitzen, mich selbst fesselte das Verlangen, diesen Menschen einmal aus der Ferne zu beobachten, an meinem Platz im Fenster. Da bemerkten wir denn das Augenspiel zwischen Frau von Trübenau und dem gewandtesten der Liebhaber, der, indem er der Tochter des Ökonomierats so viel Verbindliches zu sagen wußte, daß sie einmal über das andere bis unter die breiten Brüßler Spitzen ihrer Busenkrause errötete, das feingeformte Füßchen der Frau von Thingen auf seinem blankgewichsten Stiefel tanzen ließ.

»Drei Mücken auf einen Schlag, das heiße ich doch – meiner Seel', aller Ehre wert«, brummte der zornglühende Professor, dem jetzt auch seine letzte Ressource, die ökonomische Schöne, so was man sagt, vor dem Mund weggeschnappt werden sollte. Mit tönenden Schritten ging er an den Tisch, nahm sich einen Stuhl und setzte sich, breit wie eine Mauer, neben seine Schöne. Doch diese schien nur Ohren für Natas zu haben, denn sie antwortete auf seine Frage, ob sie sich wohl befinde, »übermorgen«, und als er voll Gram die Anmerkung hinwarf, sie scheine sehr zerstreut, meinte sie »1 Fl. 30 Kr. die Elle.«

Ich sah jetzt einem unangenehmen Auftritt entgegen. Der Professor, der nicht daran dachte, daß er durch ein Sonett oder Triolett alles wieder gutmachen, ja durch ein Paar *ottave rime* sich sogar bei der Trübenau wieder insinuieren könnte, widersprach jetzt geradezu jeder Behauptung, die Natas vorbrachte; und ach! nicht zu seinem Vorteil, denn dieser, in der Dialektik dem guten Kathedermann bei weitem überlegen, führte ihn so aufs Eis, daß die leichte Decke seiner Logik zu reißen und er in ein Chaos von Widersprüchen hinabzustürzen drohte.

Eine lieblich duftende Bowle Punsch unterbrach einige Zeit den Streit der Zunge, gab aber dafür Anlaß zu desto feindseligeren Blicken zwischen Frau von Trübenau und Frau von Thingen. Diese hatte, ihrer schönen, runden Arme sich bewußt, den gewaltigen silbernen Löffel ergriffen, um beim Eingießen die ganze Grazie ihrer Haltung zu entwickeln; jene aber kredenzte die gefüllten Becher mit solcher Anmut, mit so liebevollen Blicken, daß das Bestreben, sich gegenseitig soviel als möglich Abbruch zu tun, unverkennbar war.

Als aber der sehr starke Punsch die leisen Schauer des Herbstabends verdrängt hatte, als er anfing, die Wangen unserer Damen höher zu färben und aus den Augen der Männer zu leuchten, da schien es mir mit einem Mal, als sei man, ich weiß nicht wie, aus den Grenzen des Anstands herausgetreten; allerlei dumme Gedanken stiegen in mir auf und nieder, das Gespräch schnurrte und summte wie ein Mühlrad, man lachte und jauchzte und wußte nicht über was? man kicherte und neckte sich, und der Oberforstmeister brachte sogar ein Pfänderspiel mit Küssen in Vorschlag. Plötzlich hörte ich jenes heisere Lachen wieder, das ich vorhin vor dem Fenster zu hören glaubte; wirklich,

es war Natas, der dem Professor zuhörte und, trotz dem Eifer und Ernst, mit welchem dieser alles vorbrachte, alle Augenblicke in sein heiseres Gelächter ausbrach.

»Nicht wahr, meine Herren und Damen«, schrie der Punsch aus dem Professor heraus, »Sie haben vorhin selbst bemerkt, daß unser verehrter Freund dort jedem von Ihnen, nur in anderer Gestalt, schon begegnet ist? Sie schweigen? Ist das auch Raison, einen so im Sand sitzen zu lassen? Herr Oberforstmeister! Frau von Thingen, gnädige Frau! sagen Sie selbst; namentlich Sie, Herr Doktor!«

Wir befanden uns durch die Indiskretion des Professors in großer Verlegenheit; »ich erinnere mich«, gab ich zur Antwort, als alles schwieg, »von interessanten Gesichtern und ihren Verwechslungen gesprochen zu haben, und wenn ich nicht irre, wurde auch Herr von Natas aufgeführt.«

Der Benannte verbeugte sich und meinte, es sei gar zu viel Ehre, ihn unter die Interessanten zu zählen; aber der Professor verdarb wieder alles.

»Was da! ich nehme kein Blatt vor den Mund!« sagte er; »ich behauptete, daß mir ganz unheimlich in Dero Nähe sei, und erzählte, wie Sie in Stuttgart den armen Hasentreffer erwürgt haben? wissen Sie noch, gnädiger Herr?«

Dieser aber stand auf, lief mit schrillendem Gelächter im Zimmer umher, und plötzlich glaubte ich den unglückbringenden Doktor meiner Vaterstadt vor mir zu haben; es war nicht mehr Natas, es war ein älterer, unheimlicher Mensch.

»Da hat man's ja deutlich«, rief der Professor, »dort läuft er als Barighi umher.«

»Barighi?« entgegnete Frau von Trübenau, »bleiben Sie

doch mit Ihrem Barighi zu Hause, es ist ja unser lieber Privatsekretär Gruber, der da hereingekommen ist.«

»Ich möchte doch um Verzeihung bitten, gnädige Frau«, unterbrach sie der Oberforstmeister, »es ist der Spieler Maletti, mit dem ich in Wiesbaden letzten Sommer associiert war.«

»Ha! Ha! wie man sich doch täuschen kann«, sprach Frau von Thingen, den Auf- und Abgehenden durch die perlmutterne Brille beschauend, »es ist ja niemand anders als der Kapellmeister Schmalz, der mir die Guitarre beibringt.«

»Warum nicht gar«, brummte der alte Ökonomierat, »es ist der lustige Kommissär, der mir die gute Brotlieferung an das Spital in D–n verschaffte.«

»Ach! Papa«, kicherte sein Töchterlein, »jener war ja schwarz, und dieser ist blond! Kennen Sie denn den jungen Landwirt nicht mehr, der sich bei uns ins Praktische einschießen wollte?«

»Hol mich der Kuckuck und alle Wetter«, schrie der preußische Hauptmann, »das ist der verfluchte Ladenprinz und Ellenreiter, der mir mein Lorchen wegfischte! Auf Pistolen fordere ich den Hund, gleich morgen, gleich jetzt.« Er sprang auf und wollte auf den immer ruhig Auf- und Abgehenden losstürzen; der Professor aber packte ihn am Arm: »Bleiben Sie weg, Wertester!« schrie er, »ich hab's gefunden, ich hab's gefunden, kehrt seinen Namen um, es ist der *Satan*!«

IV

Das Manuskript

So viel als ich hier niedergeschrieben habe, lebt von diesem Abend noch in meiner Erinnerung; doch kostete es geraume Zeit, bis ich mich auf alles wieder besinnen konnte; ich muß in einem langen, tiefen Schlaf gewesen sein, denn als ich erwachte, stand Jean vor mir und fragte, indem er die Gardine für die Morgensonne öffnete, ob jetzt der Kaffee gefällig sei? Es war eilf Uhr; wo war denn die Zeit zwischen gestern und heute hingegangen? Meine erste Frage war, wie ich denn zu Bett gekommen sei.

Der Kellner staunte mich an und meinte mit sonderbarem Lächeln, das müsse ich besser wissen als er.

»Ah! ich erinnere mich«, sagte ich leichthin, um meine Unwissenheit zu verbergen, »nach der Abendtafel . . .«

»Verzeihen der Herr Doktor«, unterbrach mich der Geschwätzige; »Sie haben nicht soupiert; Sie waren ja alle zu Tee und Punsch auf Nr. 15.«

»Richtig, auf Nr. 15 wollte ich sagen; ist der Herr Professor schon auf?«

»Wissen Sie denn nicht, daß sie schon abgereist sind?« fragte der Kellner.

»Kein Wort!« versicherte ich staunend.

»Er läßt sich Ihnen noch vielmal empfehlen, und Sie möchten doch in T. bei ihm einsprechen; auch läßt er Sie bitten, seiner und des gestrigen Abends recht oft zu gedenken, er habe es ja gleich gesagt.«

»Aha, ich weiß schon«, sagte ich, denn mit einem Mal fiel mir ein Teil des gestern Erlebten ein; »wann ist er denn abgereist?«

»Gleich in der Frühe«, antwortete jener, »noch vor dem Ökonomierat und dem Herrn Oberforstmeister.«

»Wie? so sind auch diese weggereist?«

»Ei ja!« rief der staunende Kellner, »so wissen Sie auch das nicht? auch nicht, daß Frau von Thingen und die gnädige Frau von Trübenau –«

»Sie sind auch nicht mehr hier?«

»Kaum vor einer halben Stunde sind die gnädige Frau weggefahren«, versicherte jener. Ich rieb mir die Augen, um zu sehen, ob ich nicht träume, aber es war und blieb so; Jean stand nach wie vor an meinem Bette und hielt das Kaffeebrett in der Hand.

»Und Herr von Natas?« fragte ich kleinlaut.

»Ist noch hier; ach das ist ein goldener Herr, wenn der nicht gewesen wäre, wir wären heute nacht in die größte Verlegenheit gekommen.«

»Wieso?«

»Nun bei der Fatalität mit der Frau von Trübenau; wer hätte aber auch dem gnädigen Herrn zugetraut, daß er so gut zur Ader zu lassen verstände?«

»Zur Ader lassen? Herr von Natas?«

»Ich sehe, der Herr Doktor sind sehr frühzeitig zu Bette gegangen und haben eine ruhigere Nacht gehabt als wir«; Jean belehrte mich in leichtfertigem Ton: »Es mochte kaum eilf Uhr gewesen sein, die Geschichte mit der Polizei war schon vorbei –«

»Was für eine Geschichte mit der Polizei?«

»Nun, Nr. 15 ist vorn heraus, und weil, mit Permiß zu sagen, dort ein ganz höllischer Lärm war, so kam die Runde ins Haus und wollte abbieten; Herr von Natas aber, der ein guter Bekannter des Herrn Polizeilieutenants sein muß, beruhigte sie, daß sie wieder weitergingen. Also gleich nachher kam das Kammermädchen der Frau von Trübenau herabgestürzt, ihre gnädige Frau wolle sterben. Sie können sich denken, wie unangenehm so etwas in einem Gasthof nachts zwischen eilf und zwölf Uhr ist. Wir wie der Wind hinauf, auf der Treppe begegnet uns Herr von Natas, fragt, was das Rennen und Laufen zu bedeuten habe, hört kaum, wo es fehlt, so läuft er in sein Zimmer, holt sein Etui, und ehe fünf Minuten vergehen, hat er der gnädigen Frau am Arm mit der Lanzette eine Ader geöffnet, daß das Blut in einem Bogen aufsprang; sie schlug die Augen wieder auf, und es war ihr bald wohl, doch versprach Herr von Natas, bei ihr zu wachen.«

»Ei! was Sie sagen, Jean!« rief ich voll Verwunderung.

»Ja, warten Sie nur! kaum ist eine Stunde vorbei, so ging der Tanz von neuem los; auf Nr. 18 läutete es, daß wir meinten, es brenne drüben in Kassel; des Herrn Ökonomierats Rosalie hatte ihre histrionischen Anfälle bekommen; der Alte mochte ein Glas über den Durst haben, denn er sprach vom Teufel, der ihn und sein Kind holen wolle; wir wußten nichts anderes, als wieder unsere Zuflucht zu Herrn von Natas zu nehmen; er hatte versprochen, bei Frau von Trübenau mit dem Kammermädchen zu wachen; aber lieber Gott! geschlafen muß er haben wie ein Dachs, denn wir pochten drei-, viermal, bis er uns Antwort gab, und die Kammerkatze war nun gar nicht zu erwecken.«

»Nun, und ließ er der schönen Rosalie zur Ader?«

»Nein, er hat ihr, wie mir Lieschen sagte, Senfteig zwei Hand breit aufs Herz gelegt, darauf soll es sich bald gegeben haben.«

»Armer Professor!« dachte ich, »dein hübsches Röschen mit ihren sechzehn Jährchen, und dieser Natas in traulicher Stille der Nacht, ein Pflaster auf das pochende Herz pappend.«

»Der Herr Papa-Ökonomierat war wohl sehr angegriffen durch die Geschichte?« fragte ich, um über *die Sache* ins klare zu kommen.

»Es schien nicht, denn er schlief schon, ehe noch Lieschen mit dem Hirschhorngeist aus der Apotheke zurückkam. Aber es läutet im zweiten Stock, und das gilt mir.« Er sprach's und flog pfeilschnell davon.

So war also mit einem Male die lustige Gesellschaft zerstoben; und doch wußte ich nicht, wie dies alles so plötzlich kommen konnte. Ich entsann mich zwar, daß gestern bei dem Punsch etwas Sonderbares vorgefallen war; was es aber gewesen sein mochte, konnte ich mich nicht erinnern. Sollte Natas mir Aufschluß geben können? Doch, wenn ich recht nachsann, mit Natas war etwas vorgefallen; der Professor schwankte in meiner Erinnerung umher – am besten deuchte mir, zu Natas zu gehen und ihn um die Ursache des schnellen Aufbruchs zu befragen.

Ich warf mich in die Kleider, und ehe ich noch ganz mit der kurzen Toilette fertig war, brachte mir ein Lohnlakai folgendes Billet:

»Ew. Wohlgeboren würden mich unendlich verbinden, wenn Sie vor meiner Abreise von hier, die auf den Mittag festgesetzt ist, mich noch einmal besuchen wollten.

v. Natas.«

Neugierig folgte ich diesem Ruf und traf den Freund reisefertig zwischen Koffern und Kästchen stehen. Er kam mir mit seiner gewinnenden Freundlichkeit entgegen, doch genierte mich ein unverkennbarer Zug von Ironie, der heute um seinen Mund spielte und den ich sonst nie an ihm bemerkt hatte.

Er lachte mich aus, daß ich mich vor den Damen als schwachen Trinker ausgewiesen und einen Haarbeutel mir umgeschnallt habe, erzählte mir, daß ich selig entschlafen sei, und fragte mit einem lauernden Blick, was ich noch von gestern nacht wisse?

Ich teilte ihm meine verworrenen Erinnerungen mit, er belachte sie herzlich und nannte sie Ausgeburten einer kranken Phantasie.

Die Abreise der ganzen Gesellschaft gab er einer großen Herbstfeierlichkeit schuld, welche in Worms gehalten werde; sie seien alle, sogar der morose Ökonomierat, dorthin gereist; ihn selbst aber rufen seine Geschäfte den Rhein hinab.

Die Zufälle der Trübenau und der schönen Rosalie maß er dem starken Punsch bei und freute sich, durch Liebhaberei gerade so viele medizinische Kenntnisse zu besitzen, um bei solchen kleinen Zufällen helfen zu können.

Wir hörten den Wagen vorfahren, der Kellner meldete dies und brachte von dem dankbaren Hotel eine Flasche des ältesten Rheinweins. Natas hatte sie verdient, denn wahrlich nur er hatte uns so lange hier gefesselt.

»Sie sind Schriftsteller, lieber Doktor?« fragte er mich, während wir den narkotisch duftenden Abschiedstrunk ausschlürften.

»Wer pfuscht nicht heutzutage etwas in die Litteratur?« antwortete ich ihm; »ich habe mich früher als Dichter versucht, aber ich sah bald genug ein, daß ich nicht für die Unsterblichkeit singe. Ich griff daher einige Töne tiefer und übersetzte unsterbliche Werke fremder Nationen fürs liebe deutsche Publikum.«

Er belobte meine bescheidene Resignation, wie er es nannte, und fragte mich, ob ich mich entschließen könnte, die Memoiren eines berühmten Mannes, die bis jetzt nur im Manuskript vorhanden seien, zu übersetzen? »Vorausgesetzt, daß Sie dechiffrieren können, ist es eine leichte Arbeit für Sie, da ich Ihnen den Schlüssel dazu geben würde und das Manuskript im Hochdeutschen abgefaßt ist.«

Ich zeigte mich, wie natürlich, sehr bereitwillig dazu, dechiffrieren verstand ich früher und hoffte es mit wenig Übung vollkommen zu lernen. Er schloß ein schönes Kästchen von rotem Saffian auf und überreichte mir ein vielfach zusammengebundenes Manuskript. Die Zeichen krochen mir vor dem Auge umher wie Ameisen in ihren aufgestörten Hügelchen, aber er gab mir den Schlüssel seiner Geheimschrift, und die Arbeit schien mir noch einmal so leicht.

Wir umarmten uns und sagten uns lebewohl; unter warmem Dank für seine Güte, die er noch zuletzt für mich gehabt, für die schönen Tage, die er uns bereitet habe, begleitete ich ihn an den Wagen; die Wagentüre schloß sich, der Postillon hieb auf seine vier Rosse, sie zogen an, und die interessante Erscheinung flog von hinnen; aber aus dem Innern des Wagens glaubte ich jenes heisere Lachen zu vernehmen, das ich von gestern her unter den Bruchstücken meiner Erinnerung bewahrte.

Als ich die Treppe hinanstieg, händigte mir der Oberkellner einen Brief ein. Der Professor habe ihm solchen zu meinen eigenen Händen zu übergeben befohlen; ich riß ihn auf –

»Verehrter, Wertgeschätzter!

Ich bin im Begriff, mein Roß zu besteigen und aus dieser Höhle des brüllenden Löwen zu entfliehen. Ich sage Ihnen schriftlich lebewohl, weil Sie aus der todähnlichen Betäubung, die Sie härter als uns alle befallen hat, nicht zu wecken sind. Daß unser fröhliches Zusammenleben so schauerlich endigen mußte! Nicht wahr, lieber Zweifler, jetzt haben Sie es ja klar, daß dieser Natas nichts anderes als der leibhaftige Satan war!

Er schaut mir vielleicht in diesem Augenblick über die Schulter und liest, was ich sage, aber dennoch schweige ich nicht. Den armen Ökonomierat und sein Töchterlein, die blasse Trübenau, meine schöne Thingen, den Hauptmann und den Oberforstmeister hat er in seinem Netz. Gott gebe, daß er Sie nicht auch geködert hat. Mich hat er halb und halb, denn ich habe allzu tief eingebissen in seine mit chemischen Ideen bespickte Angel. Ich reiße mich los und mache, daß ich fortkomme.

Adieu Bester! Montag, den 7. Oktober, früh 6 Uhr.«

Jetzt kehrten meine Erinnerungen in Scharen zurück. Ja, es war der Teufel, der sein Spiel mit uns gespielt hatte; es war der Teufel, dem es gestern Spaß gemacht hatte, uns zu ängstigen; es mußten des Teufels Memoiren sein, die ich in der Hand hielt.

Wer stand mir aber dafür, daß diese Schriftzüge mir nicht durch die Augen ins Hirn hinaufkrochen und mich wahnsinnig machten; und konnte ich mich nicht gerade dadurch, daß ich den Dechiffreur und Dekopisten des Satans machte, unbewußt in seine Leibeigenschaft hineinschreiben?

Ich packte die Handschrift in meinen Koffer und reiste dem Professor nach, um ihn um Rat zu fragen. Aber in Worms traf ich keine Spur von irgend einem der lustigen Gesellschaft in den drei Reichskronen. Entweder hat sie der Satan eingeholt und in seinem achtsitzigen Wagen in sein ewiges Reich gehaudert, oder hatte er mich in den April geschickt. Das letztere schien mir wahrscheinlicher.

In Worms aber traf ich einen frommen Geistlichen, der an der Domkirche angestellt war. Ich trug ihm meinen Fall vor und erhielt den Bescheid, ich solle so viele Messen darüber lesen lassen, als das Manuskript Bogen enthalte. Der Rat schien mir nicht übel. Ich reiste in meine Heimat und schickte am nächsten Sonntag den ersten Satans-Bogen in die Kirche. *Probatum est;* am Montag fing ich an, zu dechiffrieren, und habe noch nicht das geringste Spukhafte weder an dem Papier noch an mir bemerkt.

Von meinen Genossen in Mainz habe ich indessen wenig mehr gehört. Der Professor fährt fort, durch seine Entdeckungen in der Chemie zu glänzen, und ich fürchte, er ist auf dem Wege, dem Satan Gehör zu geben, der ihn zu einem *Berzelius* machen will. Der Hauptmann soll sich erschossen haben, Frau von Thingen aber, die schöne Witwe, hat nach einer Anzeige im Hamburger Korrespondenten vor nicht gar langer Zeit wieder geheiratet.

Die Studien des Satan auf der berühmten Universität . . .en

»Betrogene Betrüger! Eure Ringe sind alle drei nicht echt; der echte Ring vermutlich ging verloren.«
Lessing, ›Nathan‹, III, 7

V

Einleitende Bemerkungen

Alle Welt schreibt oder liest in dieser Zeit Memoiren; in den Salons der großen und kleinen Residenzen, in den Ressourcen und Kasinos der Mittelstädte, in den Tabagien und Kneipen der kleinen spricht man von Memoiren, urteilt nach Memoiren und erzählt nach Memoiren, ja es könnte scheinen, es sei seit zwölf Jahren nichts Merkwürdiges mehr auf der Erde als ihre Memoiren. Männer und Frauen ergreifen die Feder, um den Menschen schriftlich darzutun, daß auch sie in einer merkwürdigen Zeit gelebt, daß auch sie sich einst in einer Sonnennähe bewegt haben, die ihrer sonst vielleicht gehaltlosen Person einen Nimbus von Bedeutsamkeit verliehen.

Gekrönte Häupter, nicht zufrieden, sich aus ihrer frühern Grandezza, wo sie, wie in der Bilderbibel, mit der Krone auf dem Haupt zu Bette gingen, erhoben zu haben; nicht zufrieden damit, daß sie auf Kurierreisen Europa von einem Ende bis zum andern durchfliegen, um sich gegenseitig von ihrer Freundschaft zu versichern, schreiben Memoiren für ihre Völker, erzählen ihnen ihre Schicksale, ihre Reisen. Die Mitwelt ist zur Nachwelt gemacht worden, man hat ihr einen neuen Maßstab, wornach sie die Handlungen richte, in die Hände gegeben; es sind die Memoiren.

Große Generale, berühmte Marschälle, weit entfernt, das Beispiel jenes Römers nachzuahmen, der in der Muße des Friedens die Taten der Legionen unter seiner Führung der Nachwelt würdig zu überliefern glaubte, wenn er von sich nur immer in der dritten Person spräche, haben den bescheideneren Weg eingeschlagen, sprechen von sich, wie es Männern von solchem Gewichte ziemt als ich, bauen aus ihren Memoiren ein Odeon in verjüngtem Maßstabe und treten herzhaft vorne auf der Bühne auf. Mit Schlachtstücken im großen Stil dekorieren sie die Kulissen, Staatsmänner und berühmte Damen, die große Armee und ihre lorbeerbekränzten Adler, die ganze Mitwelt stellen sie im Hintergrund als Figuranten auf, sie selbst aber spielen ihre Sulla oder Brutus würdig des unsterblichen Talma.

Mundus vult decipi, d. i. die Leute lesen Memoiren; was hält mich ab, denselben auch ein solches Gericht »Gerngesehen« vorzusetzen?

Man wendet vielleicht ein, »der Schuster bleibe bei seinem Leisten, der Satan hat sich nicht mit Memoirenschreiben abzugeben«. Ei! wirklich? Und wenn nun dieser Satan doch einen Beruf hätte, Memoiren in die Welt zu streuen, wenn er doch so viel oder noch mehr gesehen hätte als jene kriegerischen Diplomaten oder diplomatischen Krieger, welche die Welt mit ihrem *litterarischen* Ruhme anfüllen, nachdem die Bulletins ihrer Siege zu erwähnen aufgehört haben; wenn nun dieser arme Teufel einen Drang in sich fühlte, auch für einen *homo literatus* zu gelten?

Ja, ich gestehe es mit Erröten, je länger ich mich in meinem lieben Deutschland umhertreibe, desto unwiderstehlicher reißt es mich hin, zu schriftstellern; und wenn es den Damen erlaubt ist, die Finger mit Dinte zu beschmutzen, so wird es doch dem Teufel auch noch erlaubt sein?

Und da komme ich auf einen zweiten Punkt; man sagt vielleicht gegen meine schriftstellerischen Versuche, ich sei kein *Litteratus*, kein Mann vom Gewerbe etc. Aber fürs erste habe ich soeben die Damen, welche, wenn sie noch so gelehrt, doch keine Gelehrte von Profession sind, anzuführen die Ehre gehabt; sodann berufe ich mich auf jene Söhne des Lagers, die unter Gefahren groß geworden, unter Strapazen ergraut, keine Zeit hatten, Humaniora zu studieren, und dennoch so glänzende Memoiren schreiben; ich behaupte drittens, daß das Vorurteil, ich sei ein unstudierter Teufel, ganz falsch ist, denn ich bin in *optima forma* Doktor der Philosophie geworden, wie aus meinen Memoiren zu ersehen, und kann das Diplom schwarz auf weiß aufweisen.

Der Erzengel Gabriel, als ich ihn mit dem Plan meine Memoiren auszuarbeiten bekannt machte, warnte mich mit bedenklicher Miene vor den sogenannten Rezensenten. Er gab mir zu verstehen, daß ich übel wegkommen könnte, indem solche niemand schonen, ja sogar neuerdings selbst Doktoren der Theologie in Berlin, Halle und Leipzig hart mitgenommen haben. Ich erwiderte ihm nicht ohne Gelehrsamkeit, daß das Sprichwort *clericus clericum non decimat* füglich auch auf mein Verhältnis zu den Rezensenten angewandt werden könnte; werde ich ja doch schon im Alten Testament *satán*, *adversarius*, das ist Widersacher, genannt, was ganz auch auf jene passe; den schlagendsten Beweis nehme ich aber aus dem Neuen

Testament; dort werde ich διάβολος oder Verleumder genannt, da nun διαβάλλειν so viel sei als *acerbe recensere*, so müsse er, wenn er nur ein wenig Logik habe, den Schluß von selbst ziehen können.

Der Erzengel bekam, wie natürlich, nicht wenig Respekt vor meiner Gelehrsamkeit in Sprachen und meinte selbst, daß es mir auf diese Art nicht fehlen könne.

Man wird bei Durchlesung dieser Mitteilungen aus meinen Memoiren vielleicht nicht jenes systematische, ruhige Fortschreiten der Rede finden, das den Werken tiefdenkender Geister so eigen zu sein pflegt. Man wird kürzere und längere Bruchstücke aus meinem Walten und Treiben auf der Erde finden und den innern Zusammenhang vermissen.

Man tadle mich nicht deswegen; es war ja meine Absicht nicht, ein Gemälde dieser Zeit zu entwerfen, man trifft deren genug in allen soliden Buchhandlungen Deutschlands.

Der Memoirenschreiber hat seinen Zweck erreicht, wenn er sich und seine Stellung zu der Zeit, welcher er angehört, darstellt und darüber reflektiert, wenn er Begebenheiten entwickelt, die entweder auf ihn oder die Mitwelt nähere oder entferntere Beziehung haben, wenn er berühmte Zeitgenossen und seine Verhältnisse zu ihnen dem Auge vorführt. Und diese Forderungen glaube ich in meinen Memoiren erfüllt zu haben, sie sind es wenigstens, die mich bei meiner Arbeit leiteten, die meine Kühnheit vor mir rechtfertigen, vor einem gelehrten Publikum als Schriftsteller aufzutreten.*

* Was der Satan hier ernsthaft und gelehrt spricht, er geberdet sich beinahe wie ein junger Kanditat der Theologie, der seine erste Predigt drucken läßt!

Anm. d. Herausgebers

Über Persönlichkeit, über berühmte Abstammung oder glänzende Verhältnisse hat der Teufel nichts zu sagen. Was etwa darüber zu sagen sein könnte, habe ich in dem Abschnitt ›Besuch bei Goethe‹ ausgesprochen und verweise daher den Leser dahin.

Fleißige Leser, d. i. solche, die Bogen für Bogen in einer Viertelstunde durchfliegen, mögen daher doch diesen Abschnitt nicht überschlagen, da er sehr zu besserem Verständnis der übrigen eingerichtet ist; sittsamen und ordentlichen Lesern habe ich hierüber nichts zu sagen, als sie sollen das Buch weglegen, wenn sie sich langweilen.

Ehe sein Diener mit dem zweiten Bogen aus der Messe zurückkommt, hat der Unterzeichnete noch Zeit, einige Bemerkungen einzuflicken. Es scheint ihm nämlich, der Satan besitze eine ziemliche Dosis Eitelkeit; man bemerke nur, wie wichtig er von jenem Abschnitt spricht, worin er über sich einige Bemerkungen macht; es wäre genug gewesen, wenn er nur angedeutet hätte, daß dies oder jenes darin zu finden sei, aber dem Leser zu empfehlen, er möchte doch den Abschnitt, in welchem jene enthalten sind, nicht überschlagen, ist sehr anmaßend.

Sodann die Unordnung, in welcher er alles vorbringt! Ein anderer, wie z. B. der Herausgeber, hätte doch, wenn auch nicht mit dem Taufschein, was nun freilich beim Teufel nicht wohl möglich ist, doch wenigstens mit der Begebenheit angefangen, die der Chronologie nach die erste ist. Ich habe das Manuskript flüchtig durchblättert (zu lesen, ehe jeder Bogen hinlänglich geweiht, nehme ich mich wohl in acht) und fand, daß er mit Ereignissen anfängt, die der ganz neuen Zeit angehören, und nachher im bunten Gemische Menschen und ihre Taten von zehn, zwanzig Jahren her auftreten läßt; man sieht wohl, daß er keine gute Schule gehabt haben muß.

Zu größerer Deutlichkeit, und daß der geneigte Leser trotz dem Teufel wählen kann, was er will, habe ich den Inhalt jedem einzelnen Kapitel vorangesetzt.

Der Herausgeber

VI

Wie der Satan die Universität bezieht, und welche Bekanntschaften er dort machte

Deutschland hat mir von jeher besonders wohl gefallen, und ich gestehe es, es liegt diesem Geständnis ein kleiner Egoismus zu Grunde; man glaubt nämlich dort an mich wie an das Evangelium; jenen kühnen philosophischen Waghälsen, die auf die Gefahr hin, daß ich sie zu mir nehme, meine Existenz geleugnet und mich zu einem lächerlichen Phantom gemacht haben, ist es noch nicht gelungen, den glücklichen Kindersinn dieses Volkes zu zerstören, in dessen ungetrübter Phantasie ich noch immer schwarz wie ein Mohr, mit Hörnern und Klauen, mit Bocksfüßen und Schweif fortlebe, wie ihre Ahnen mich gekannt haben.

Wenn andere Nationen durch die sogenannte Aufklärung so weit hinaufgeschraubt sind, daß sie, ich schweige von einem Gott, sogar an keinen Teufel mehr glauben, so sorgen hier unter diesem Volke sogar meine Erbfeinde, die Theologen, dafür, daß ich im Ansehen bleibe. Hand in Hand mit dem Glauben an die Gottheit schreitet bei ihnen der Glaube an mich, und wie oft habe ich das mir so süße

Wort aus ihrem Munde gehört: »*anathema sit*, er glaubt an keinen Teufel.«

Ich kann mich daher recht ärgern, daß ich nicht schon früher auf den vernünftigen Gedanken gekommen bin, meine freie Zeit auf einer Universität zu verleben, um dort zu sehen, wie man mich von Semester zu Semester systematisch traktiert.

Ich konnte nebenbei noch manches profitieren. Alle Welt ist jetzt zivilisiert, fein, gesittet, belesen, gelehrt. Schon oft, wenn ich einen guten Schnitt zu machen gedachte, fand es sich, daß mir ein guter Schulsack, etwas Philosophie, alte Literatur, ja sogar etwas Medizin fehle; zwar, als das Magnetisieren aufkam, habe ich auch einen Kursus bei Meßmer genommen und nachher manche glückliche Kur gemacht. Aber damit ist es heutzutage nicht getan; daher die elenden Sprichwörter, die in Deutschland kursieren: *ein dummer Teufel, ein armer Teufel, ein unwissender Teufel*, was offenbar auf meine vernachlässigte wissenschaftliche Bildung hindeuten soll.

Es ist noch kein Gelehrter vom Himmel gefallen, und ich bin vom Himmel gefallen, aber nicht als gelehrt; darum entschloß ich mich, zu studieren, und womöglich es in der Philosophie so weit zu bringen, daß ich ein ganz neues System erfände, wovon ich mir keinen geringen Erfolg versprach. Ich wählte . . .en und zog im Herbst des Jahres 1819 daselbst auf.

Ich hatte, wie man sich denken kann, nicht versäumt, mich meinem neuen Stande gemäß zu kostümieren. Mein Name war *von Barbe*, meine Verhältnisse glänzend, das heißt, ich brachte einen großen Wechsel mit, hatte viel bar Geld, gute Garderobe und hütete mich wohl, als Neuling oder, wie man sagt, als Fuchs aufzutreten, sondern ich hatte schon allenthalben studiert, mich in der Welt umgesehen.

Kein Wunder, daß ich schon den ersten Abend höfliche Gesellschafter, den nächsten Morgen vertraute Freunde und am zweiten Abend Brüder auf Leben und Tod am Arm hatte. Man denkt vielleicht, ich übertreibe? wäre ich Kavalier, so würde ich auf Ehre versichern und Holmichderteufel als Verstärkungspartikel dazu setzen (denn auf Ehre und Holmichderteufel verhalten sich zueinander wie der Spiritus lenis zum Spiritus asper), in meiner Lage kann ich bloß meine Parole als Satan geben.

Es waren gute Jungen, die ich da fand. Es begab sich dies aber folgendermaßen: man kann sich denken, daß ich nicht unvorbereitet kam; wer die deutschen Universitäten nur entfernt kennt, weiß, daß ein an Sprache, Sitte, Kleidung und Denkungsart von der übrigen Welt ganz verschiedenes Volk dort wohnt. Ich las des unsterblichen Herrn von Schmalz Werke über die Universitäten, Sands Aktenstücke, Haupt über Burschenschaften und Landsmannschaften etc., ward aber noch nicht recht klug daraus und merkte, daß mir noch manches abging. Der Zufall half mir aus der Not. Ich nahm in F. einen Platz in einer Retourchaise; mein Gesellschafter war ein alter Student, der seit acht Jahren sich auf die Medizin legte. Er hatte das *savoir vivre* eines alten Burschen, und ich befliß mich in den sechs Stunden, die ich mit ihm der Musenstadt zufuhr, an ihm meine Rolle zu studieren.

Er war ein großer, wohlgewachsener Mann von 24-25 Jahren, sein Haar war dunkel und mochte früher nach heutiger Mode zugeschnitten sein, hing aber, weil der Studiosus die Kosten scheute, es scheren zu lassen, unordentlich um den Kopf, doch bemühte er sich, solches oft mit fünf Fingern aus der Stirne zu frisieren. Sein Gesicht war schön, besonders Nase und Mund edel und fein geformt, das Auge hatte viel Ausdruck, aber welch sonderbaren Eindruck machte es: das Gesicht war von der Sonne rotbraun angelaufen, ein großer Bart wucherte von den Schläfen bis zum Kinn herab, und um die feinen Lippen hing ein vom Bier geröteter *Henriquatre*.

Sein Mienenspiel war schrecklich und lächerlich zugleich, die Augenbrauen waren zusammengezogen und bildeten düstere Falten; das Auge blickte streng und stolz um sich her und maß jeden Gegenstand mit einer Hoheit, einer Würde, die eines Königsohnes würdig gewesen wäre.

Über die unteren Partien des Gesichtes, namentlich über das Kinn, konnte ich nicht recht klug werden, denn sie staken tief in der Krawatte. Diesem Kleidungsstück schien der junge Mann bei weitem mehr Sorgfalt gewidmet zu haben als dem übrigen Anzug; diese beiläufig einen halben Schuh Höhe messende Binde von schwarzer Seide zog sich, ohne ein Fältchen zu werfen, von dem Kinn inklusive bis auf das Brustbein exklusive und bildete auf diese Art ein feines Mauerwerk, auf welchem der Kopf ruhte; seine Kleidung bestand in einem weißgelben Rock, den er »Flaus«, in zärtlichen Augenblicken wohl auch »Gottfried« nannte und welchem er von Speisen und Getränken mitteilte; dieser *Gottfried Flaus* reichte bis eine Spanne über das Knie und schloß sich eng um den ganzen Leib; auf der Brust war er offen und zeigte, soviel die Krawatte sehen ließ, daß der Herr Studiosus mit Wäsche nicht gut versehen sein müsse.

Weite, wellenschlagende Beinkleider von schwarzem Samt schlossen sich an das Oberkleid an; die Stiefel waren

zierlich geformt und dienten ungeheuern Sporen von poliertem Eisen zur Folie.

Auf dem Kopfe hatte der Studiosus ein Stückchen rotes Tuch in Form eines umgekehrten Blumenscherben gehängt, das er mit vieler Kunst gegen den Wind zu balancieren wußte; es sah komisch aus, fast wie wenn man mit einem kleinen Trinkglas ein großes Kohlhaupt bedecken wollte.

Ich hatte Zachariäs unsterblichen Renommisten zu gut studiert, um nicht zu wissen, daß, sobald ich mir eine Blöße gegen den Herrn Bruder gebe, sein Respekt vor mir auf ewig verloren sei; ich merkte ihm daher seine Augenbrauenfalten, sein ernstes, abmessendes Auge, soviel es ging, ab und hatte die Freude, daß er mich gleich nach der ersten Stunde auffallend vor dem »Philister und dem Florbesen«, auf deutsch einem alten Professor und seiner Tochter, welche unsere übrige Reisegesellschaft ausmachten, auszeichnete. In der zweiten Stunde hatte ich ihm schon gestanden, daß ich in Kiel studiert und mich schon einigemal mit Glück geschlagen habe, und ehe wir nach . . .en einfuhren, hatte er mir versprochen, eine »fixe Kneipe«, das heißt eine anständige Wohnung, auszumitteln, wie auch mich unter die Leute zu bringen.

Der Herr Studiosus Würger, so hieß mein Gesellschafter, ließ an einem Wirtshaus vor der Stadt anhalten und lud mich ein, seinem Beispiele zu folgen und hier auf die Beschwerden der Reise ein Glas zu trinken. Die ganze Fensterreihe des Wirtshauses war mit roten und schwarzen Mützen bedeckt, es war nämlich eine gute Anzahl der Herren Studiosi hier versammelt, um die neuen Ankömmlinge, die gewöhnlich am Anfang des Semesters einzutreffen pflegen, nach gewohnter Weise zu empfangen. Würger, der alte »längst bemooste« Bursche, hatte sich schon unterwegs mit dem Gedanken gekitzelt, daß seine Kameraden uns für »Füchse« halten werden, und wirklich traf seine Vermutung ein.

Ein Chorus von wenigstens 30 Bässen scholl von den Fenstern herab, sie sangen ein berühmtes Lied, das anfängt: »Was kommt dort von der Höh'!«

Während des Gesanges entstieg mein Gefährte majestätisch der Chaise, und kaum hatte er den Boden berührt, so erhob er sein furchtbares Haupt und schrie zu den Fenstern empor:

»Was schlagt ihr für einen Randal auf, Kamele! Seht ihr nicht, daß zwei alte Häuser aus diesem Philisterkarren gestiegen kommen?« (auf deutsch: lärmt doch nicht so sehr, meine Herren, Sie sehen ja, daß zwei alte Studenten aus dem Wagen steigen).

Der allgemeine Jubel unterbrach den erhitzten Redner: »Würger! du altes fideles Haus!« schrien die Musensöhne und stürzten die Treppen herab in seine Arme; die Raucher vergaßen, ihre langen Pfeifen wegzulegen, die Billardspieler hielten noch ihre Queues in der Hand. Sie bildeten eine Leibwache von sonderbarer Bewaffnung um den Angekommenen.

Doch der Edelmütige vergaß in seiner Glorie auch meiner nicht, der ich bescheiden auf der Seite stand, er stellte mich den ältesten und angesehensten Männern der Gesellschaft vor, und ich wurde mit herzlichem Handschlag von ihnen begrüßt. Man führte uns in wildem Tumult die Treppe hinan, man setzte mich zwischen zwei bemooste Häuser an den Ehrenplatz, gab mir ein großes Paßglas voll Bier, und ein Fuchs mußte dem neuen Ankömmling seine Pfeife abtreten.

So war ich denn in . . .en als Student eingeführt, und ich gestehe, es gefiel mir so übel nicht unter diesem Völkchen. Es herrschte ein offener, zutraulicher Ton, man brauchte sich nicht in den Fesseln der Konvenienz, die gewiß dem Teufel am lästigsten sind, umherzuschleppen, man sprach und dachte, wie es einem gerade gefiel. Wenn man bedenkt, daß ich gerade im Herbst 1819 dorthin kam, so wird man sich nicht wundern, daß ich mich von Anfang gar nicht recht in die Konversation zu finden wußte. Denn einmal machten mir jene Kunstwörter *(termini technici)*, von welchen ich oben schon eine kleine Probe gegeben habe, viel zu schaffen; ich verwechselte oft »Sau«, das Glück, mit »Pech«, was Unglück bedeutet, wie auch »Holzen«, mit einem Stock schlagen, mit »Pauken«, mit andern Waffen sich schlagen.

Aber auch etwas anderes fiel mir schwer; wenn nämlich nicht von Hunden, Paukereien, Besen oder dergleichen gesprochen wurde, so fiel man hinter dem Bierglas in ungemein transcendentale Untersuchungen, von welchen ich anfangs wenig oder gar nichts verstand, ich merkte mir aber die Hauptworte, welche vorkamen, und wenn ich auch in die Konversation gezogen wurde, so antwortete ich mit ernster Miene: »Freiheit, Vaterland, Deutschtum, Volkstümlichkeit.«

Da ich nun überdies ein großer Turner war und eigentlich »teufelmäßige« Sprünge machen konnte, da ich mir überdies nach und nach ein langes Haar wachsen ließ, solches fein scheitelte und kämmte, einen zierlich ausgeschnittenen Kragen über den deutschen Rock herauslegte, mich auch auf die Klinge nicht übel verstand, so war es kein Wunder, daß ich bald in großes Ansehen unter diesem Volke kam. Ich benutzte diesen Einfluß soviel als möglich, um die Leute nach meinen Ansichten zu leiten und zu erziehen und sie »für die Welt zu gewinnen«.

Es hatte sich nämlich unter einem großen Teil meiner Kommilitonen ein gewisser frömmelnder Ton eingeschlichen, der mir nur gar nicht behagte und nach meiner Meinung sich auch nicht für junge Leute schickte. Wenn ich an die jungen Herren in London und Paris, in Berlin, Wien, Frankfurt etc. dachte, an die vergnügten Stunden, die ich in ihrem Kreise zubrachte, wenn ich diese Leute dagegenhielt, die ich ihren schönen hohen Wuchs, ihre kräftigen Arme, ihren gesunden Verstand, ihre nicht geringen Kenntnisse nur auf dem Turnplatz, nicht im Tanzsaal, nur zu überschwenglichen Ideen und Idealen, nicht zu lebhaftem Witz, zu feinem Spott, der das Leben würzt und aufregt, anwenden sah, wenn ich sie, statt schönen Mädchen nachzufliegen, in die Kirche schleichen sah, um einen ihrer orthodoxen Professoren anzuhören, so konnte ich ein widriges Gefühl in mir nicht unterdrücken.

Sobald ich daher festen Fuß gefaßt hatte, zog ich einige lustige Brüder an mich, lehrte sie neue Kartenspiele, sang ihnen ergötzliche Lieder vor, wußte sie durch Witz und dergleichen so zu unterhalten, daß sich bald mehrere anschlossen. Jetzt machte ich kühnere Angriffe. Ich stellte mich sonntags mit meinen Gesellen vor die Kirchtüre, musterte mit geübtem Auge die vorübergehenden Damen, zog dann, wenn die Schäflein innen waren und der Küster den Stall zumachte, mit den Meinigen in ein Wirtshaus der Kirche gegenüber und bot alles auf, die Gäste besser zu unterhalten als der Dr. N. oder der Professor N. in der Kirche seine Zuhörer.

Ehe drei Wochen vergingen, hatte ich die größere Partie auf meiner Seite. Die Frömmeren schrien von Anfang

über den rohen Geist, der einreiße, gaben zu bemerken, daß wir christliche Bursche seien; aber es half nichts, meine Persiflagen hatten so gute Wirkung getan, daß sie sich am Ende selbst schämten, in der Kirche gesehen zu werden, und es gehörte zum guten Ton, jeden Sonntag *vor* der Kirchtür zu sein, aber bis hieher und nicht weiter. Die Wirtshäuser waren gefüllter als je, es wurde viel getrunken, ja es riß die Sitte ein, Wettkämpfe im Trinken zu halten, und, man wird es kaum glauben, es gab sogar eigentliche Kunsttrinker!

Es predigte zwar mancher gegen das einreißende Verderben, aber die Altdeutschen trösteten sich damit, daß ihre »Altvordern« auch durch Trinken exzelliert haben; die Frömmsten ließen sich große Humpen verfertigen und zwangen und mühten sich so lange, bis sie wie Götz von Berlichingen oder gar wie Hermann der Cherusker schlucken konnten. Den Feineren, Gebildeteren war es natürlich von Anfang auch ein Greuel; ich verwies sie aber auf eine Stelle bei Jean Paul. Er sagt nämlich in seinem unübertrefflichen ›Quintus Fixlein‹:

»Jerusalem bemerkt schön, daß die Barbarei, die oft hart hinter dem schönsten, buntesten Flor der Wissenschaften aufsteigt, eine Art von stärkendem Schlammbad sei, um die Überfeinerung abzuwenden, mit der jener Flor bedrohe, ich glaube, daß einer, der erwägt, wie weit die Wissenschaften bei einem Studierenden steigen, dem Musensohne ein gewisses barbarisches Mittelalter – das sogenannte Burschenleben – gönnen werde, das ihn wieder so stählt, daß die Verfeinerung nicht über die Grenze geht.«

Wenn ein Meister wie Jean Paul, dem ich hiemit für diese Stelle meinen herzlichen Dank öffentlich sage, also sich ausspricht, was konnten die Kleinmeister und Jünger dagegen? Sie setzten sich auch in die schwarzgerauchte Kneipe, »verschlammten« sich recht tüchtig in dem »barbarischen Mittelalter« und hatten kraft ihres inwohnenden Genies meine älteren Zöglinge bald überholt.

VII

Satan besucht die Kollegien, was er darin lernte?

Indessen ich auf die beschriebene Weise praktisch lebte und leben machte, vergaß ich auch das *dic cur hic* nicht und legte mich mit Ernst aufs *Theoretische*. Ich hörte die Philosophen und Theologen und hospitierte nicht unfleißig bei den Juristen und Medizinern. Ich hatte, um zuerst über die Philosophen zu reden, von einem der hellsten Lichter jener Universität, wenn in der Ferne von ihm die Rede war, oft sagen hören, *der Kerl hat den Teufel im Leib*. »Eine solche geheimnisvolle Tiefe, wollte man behaupten, solche überschwengliche Gedanken, solche Gedrungenheit des Stils, eine so hinreißende Beredsamkeit sei noch nicht gefunden worden in Israel.« Ich habe ihn gehört und verwahre mich feierlich vor jenem Urteil, als ob ich in ihm gesessen wäre. Ich habe schon viel ausgestanden in der Welt, ich bin sogar Ev. Matthäi am 8., 31 und 32 in die Säue gefahren, aber in einen solchen Philosophen? – Nein, da wollte ich mich doch bedankt haben.

Was der gute Mann in seinem schläfrigen, unangenehmen Ton vorbrachte, war für seine Zuhörer so gut als französisch für einen Eskimo. Man mußte alles gehörig ins Deutsche übersetzen, ehe man darüber ins klare kam, daß er ebensowenig fliegen könne wie ein anderer Mensch

auch. Er aber machte sich groß, weil er aus seinen Schlüssen sich eine himmelhohe Jakobsleiter gezimmert und solche mit mystischem Firnis angepinselt hatte; auf dieser kletterte er nun zum blauen Äther hinan, versprach aus seiner Sonnenhöhe herabzurufen, was er geschaut habe, er stieg und stieg, bis er den Kopf durch die Wolken stieß, blickte hinein in das reine Blau des Himmels, das sich auf dem grünen Grasboden noch viel hübscher ausnimmt als oben, und sah wie Sancho Pansa, als er auf dem hölzernen Pferd zur Sonne ritt, unter sich die Erde so groß wie ein Senfkorn und die Menschen wie Mücken, über sich – nichts.

Sie kommen mir vor, die guten Leute dieser Art, wie die Männer von Babel, die einen großen Leuchtturm bauen wollten für alles Volk, damit sich keines verlaufe in der Wüste, und siehe da, der Herr verwirrte ihre Sprache, daß weder Meister noch Gesellen einander mehr verstanden.

Da lobe ich mir einen andern der dortigen Philosophen; er las über die Logik und deduzierte jahrein jahraus, daß zweimal zwei vier sei, und die Herren Studiosi schrieben ganze Stöße von Heften, daß zweimal zwei vier sei. Dieser Mann blieb doch ordentlich im Blachfeld und wanderte seinem Ziele mit größerer Gelassenheit zu als seine illustren Kollegen, die, wenn ein anderer ihre Gewäsche nicht Evangelium nannte, Antikritiken und Metakritiken der Antikritiken in alle Welt aussandten.

Ich gestehe redlich, der Teufel amüsiert sich schlecht bei so bewandten Dingen. Ich schlug den Weg zu einem andern Hörsaal ein, wo man über die Seele des Menschen dozierte. Gerechter Himmel! wenn ich so viel Umstände machen müßte, um eine lüderliche Seele in mein Fegefeuer zu deduzieren! Der Mensch auf dem Katheder malte die Seele auf eine große, schwarze Tafel und sagte, »so ist sie, meine Herren«, damit war er aber nicht zufrieden, er behauptete, sie sitze oben in der Zirbeldrüse.

Ich quittierte die Philosophen und besuchte die Theologen. Um meine Leute näher kennenzulernen, beschloß ich, an einem Sonntag nach der Kirche einem oder dem andern meine Visite abzustatten. Ich kleidete mich ganz schwarz, daß ich ein ziemlich theologisches Air hatte, und trat meinen Marsch an; man hatte mir vorhergesagt, ich sollte keinen zu voreiligen Schluß auf den reinen und frommen Charakter dieser Männer machen, sie seien etwas nach dem alttestamentarischen Kostüm, vernachlässigen äußere Bildung und fallen dadurch leicht ins Linkische.

Mein Herz mit Geduld gewaffnet, trat ich in das Zimmer des ersten Theologen. Aus einer bläulichen Rauchwolke erhob sich ein dicker, ältlicher Mann in einem großgeblümten Schlafrock, eine ganz schwarze Meerschaumpfeife in der Hand. Er machte einen kurzen Knix mit dem Kopf und sah mich dann ungeduldig und fragend an. Ich setzte ihm auseinander, wie mich die Philosophie gar nicht befriedige, und daß ich gesonnen sei, einige theologische Kollegien zu besuchen. Er murmelte einige unverständliche, aber, wie es schien, gelehrte Bemerkungen, verzog beifällig lächelnd den Mund und schritt im Zimmer auf und ab.

Ich setzte die Einladung, ihn auf seinem Spaziergang zu begleiten, voraus und schritt in ebenso gravitätischen Schritten neben ihm her, indem ich aufmerksam lauschte, was sein gelehrter Mund weiter vorbringen werde. Vergebens! Er grinste hie und da noch etwas weniges, sprach aber kein Wort weiter, wenigstens verstand ich nichts als die Worte: »Pfeife rauchen?« ich merkte, daß er mir höflich eine Pfeife anbiete, konnte aber keinen Gebrauch davon machen, denn er rauchte wahrhaftig eine gar zu schlechte Nummer.

Ich habe mir schon lange abgewöhnt, über irgend etwas in Verlegenheit zu geraten, sonst hätte dieses absurde Schweigen des Professors mich gänzlich außer Fassung gebracht. So aber ging ich gemächlich neben ihm her, kehrte um, wenn er umkehrte, und zählte die Schritte, die sein Zimmer in der Länge maß. Nachdem ich das alte Ameublement, die verschiedenen Kleider- und Wäscherudera, die auf den Stühlen umherlagen, das wunderliche Chaos seines Arbeitstisches gemustert hatte, wagte ich meine prüfenden Blicke an den Professor selbst. Sein Aussehen war höchst sonderbar. Die Haare hingen ihm dünn und lang um die Glatze, die gestrickte Schlafmütze hielt er unter dem Arm. Der Schlafrock war an den Ellbogen zerrissen und hatte verschiedene Löcher, die durch Unvorsichtigkeit hineingebrannt schienen. Das eine Bein war mit einem schwarzseidenen Strumpf und der Fuß mit einem Schnallenschuh bekleidet, der andere stak in einem weiten, abgelaufenen Filzpantoffel, und um das halbentblößte Bein hing ein gelblicher Socken. Ehe ich noch während dem unbegreiflichen Stillschweigen des Theologen meine Bemerkungen weiter fortsetzen konnte, wurde die Türe aufgerissen, eine große dürre Frau mit der Röte des Zorns auf den schmalen Wangen stürzte herein.

»Nein, das ist doch zu arg, Blasius!« schrie sie, »der Küster ist da und sucht dich zum Abendmahl; der Dekan steht schon vor dem Altar und du steckst noch im Schlafrock?«

»Weiß Gott, meine Liebe«, antwortete der Doktor gelassen, »das habe ich häßlich vergessen! Doch sieh', einen Fuß hatte ich schon zum Dienste des Herrn gerüstet, als mir ein Gedanke einfiel, der den Doktor Paulus weidlich schlagen muß.«

Ohne darauf zu achten, daß er sich beinahe der letzten Hülle beraube, wollte er eilfertig den Schlafrock herunterreißen, um auch sein übriges Kadaver zum Dienst des Herrn zu schmücken; sein Eheweib aber stellte sich mit einer schnellen Wendung vor ihn hin und zog die weiten Falten ihrer Kleider auseinander, daß vom Professor nichts mehr sichtbar war.

»Sie verzeihen, Herr Kandidat«, sprach sie, ihre Wut kaum unterdrückend; »er ist so im Amtseifer, daß Sie ihn entschuldigen werden. Schenken Sie uns ein andermal das Vergnügen. Er muß jetzt in die Kirche.«

Ich ging schweigend nach meinem Hut und ließ den Ehemann unter den Händen seiner liebenswürdigen Xantippe. »Ein schöner Anfang in der Theologie!« dachte ich, und die Lust, die übrigen geistlichen Männer zu besuchen, war mir gänzlich vergangen; doch beschloß ich, einige Vorlesungen mit anzuhören, was ich auch den Tag nachher ausführte.

Man denke sich einen weiten, niedrigen Saal, vollgepropft mit jungen Leuten in den abenteuerlichsten Gestalten; Mützen von allen Farben und Formen, lange herabwallende, kurze emporsteigende Haare, Bärte, an welchen sich ein Sappeur der alten Garde nicht hätte schämen dürfen, und kleine zierliche Stutzbärtchen, galante Fracks und hohe Krawatten neben deutschen Röcken und ellenbreiten Hemdkrägen; so saßen die jungen geistlichen Herren im Kollegium; vor sich hatte jeder seine Mappe, einen Stoß Papier, Tinte und Feder, um die Worte der Weisheit gleich *ad notam* zu nehmen. »O Platon und Sokrates«, dachte ich, »hätten eure Studiosen und Akademiker nachgeschrieben, wie manches Wort tiefer, heiliger Weisheit wäre nicht umsonst verrauscht; wie majestätisch müßten sich die Folianten von *Socratis opera* in mancher Bibliothek ausnehmen!« –

Jetzt wurden alle Häupter entblößt, eine kurze, dicke Gestalt drängte sich durch die Reihen der jungen Herren dem Katheder zu, es war der Doktor Schnatterer, den ich gestern besucht hatte; mit Wonnegefühl schien er die Versammlung zu überschauen, hustete dann etwas weniges und begann:

»Hochachtbare, hochansehnliche (damit meinte er die, welche sechs Taler Honorar zahlten)!

Wertgeschätzte (die, welche das gewöhnliche Honorar zahlten)! Meine Herren (das waren die, welche nur die Hälfte oder aus Armut gar nichts entrichteten)! und nun hob er seinen Sermon an, die Federn rasselten, das Papier knirschte, er aber schaute herab wie der Mond aus Regenwolken.

Ich hätte zu keiner gelegeneren Zeit diese Vorlesungen besuchen können, denn der Doktor behandelte gerade den Abschnitt *»de angelis malis«*, worin ich vorzüglich traktiert zu werden hoffen durfte. Wahrhaftig, er ließ mich nicht lange warten: »Der Teufel«, sagte er, »überredete die ersten Menschen zur Sünde und ist noch immer gegen das ganze Menschengeschlecht feindlich gesinnt.« Nach diesem Satz hoffte ich nun eine philosophische Würdigung dieses Teufelsglaubens zu hören; aber weit gefehlt. Er blieb bei dem ersten Wort *Teufel* stehen, und daß mich die Juden »Beelzebub« geheißen hätten. Mit einem Aufwand von Gelehrsamkeit, wie ich sie hinter dem armen Schlafrock nicht

gesucht hätte, warf er nun das Wort Beelzebub dreiviertel Stunden lang hin und her. Er behauptete, die einen erklären, es bedeute einen »Fliegenmeister«, der die Mücken aus dem Lande treiben solle, andere nehmen das »Sephub« nicht von den Mücken, sondern als »Anklage« wie die Chaldäer und Syrier. Andere erklärten »Sephul« als Grab, *Sepulcrum*; die Federn schwirrten und flogen, so tiefe Gelehrsamkeit hört man nicht alle Tage. Zu jenen paar Erklärungen hatte er aber volle Dreiviertel Stunden verwendet, denn die Zitate aus heiligen und profanen Skribenten nahmen kein Ende. Von Anfang hatte es mir vielen Spaß gemacht, die Dogmatik auf solche Weise getrieben und namentlich den Satan so gründlich anatomiert zu sehen; aber endlich machte es mir doch Langeweile, und ich wollte schon meinen Platz verlassen, um dem unendlichen Gewäsch zu entfliehen, da ruhte der Doktor einen Augenblick aus, die Schnupftücher wurden gebraucht, die Füße wurden in eine andere Lage gebracht, die Federn ausgespritzt und neu beschnitten – alles deutete darauf hin, daß jetzt ein Hauptschlag geschehen werde.

Und es war so; der große Theologe, nachdem er die Meinungen anderer aufgeführt und gehörig gewürdigt hatte, begann jetzt mit Salbung und Würde seine eigene Meinung zu entwickeln.

Er sagte, daß alle diese Erklärungen nichts taugen, indem sie keinen passenden Sinn geben; er wisse eine ganz andere und glaube sich in diesem Stück noch über Michaelis und Döderlein stellen zu dürfen. Er lese nämlich *saephael*, und das bedeute Kot, Mist und dergleichen. Der Teufel oder Beelzebub würde also hier der *»Herr im Dreck«*, *»der unreinliche«*, »Tὸ πνεῦμα ἀκάθαρτον«, *»der Stinker«* genannt, wie denn auch im Volksglauben mit den

Erscheinungen des Satans ein gewisser unanständiger Geruch verbunden sei.

Ich traute meinen Ohren kaum; eine solche Sottise war mir noch nie vorgekommen; ich war im Begriff, den orthodoxen Exegeten mit dem nämlichen Mittel zu bedienen, das einst Doktor Luther, welcher gar keinen Spaß verstand, an mir probierte, ihm nämlich das nächste beste Tintenfaß an den Kopf zu werfen; aber es fiel mir bei, wie ich mich noch besser an ihm rächen könnte, ich bezähmte meinen Zorn und schob meine Rache auf.

Der Doktor aber schlug im Bewußtsein seiner Würde das Heft zu, stand auf, bückte sich nach allen Seiten und schritt nach der Türe; die tiefe Stille, welche im Saal geherrscht hatte, löste sich in ein dumpfes Gemurmel des Beifalls auf.

»Welch ein gelehrter Mann, welch tiefer Denker, welche Fülle der tiefsten Gelehrsamkeit!« murmelten die Schüler des großen Exegeten. Emsig verglichen sie untereinander ihre Hefte, ob ihnen auch kein Wörtchen von seinen schlagenden Beweisen, von seinen kühnen Behauptungen entgangen sei; und wie glücklich waren sie, wenn auch kein Jota fehlte, wenn sie hoffen durften, ein dickes, reinliches, vollständiges Heft zu bekommen.

Sobald sie aber die teuren Blätter in den Mappen hatten, waren sie die Alten wieder; man stopfte sich die ellenlangen Pfeifen, man setzte die Mütze kühn auf das Ohr, zog singend oder den großen Hunden pfeifend ab, und wer hätte den Jünglingen, die im Sturmschritt dem nächsten Bierhaus zuzogen, angesehen, daß sie die Stammhalter der Orthodoxie seien und *recta via* von der kühnsten Konjektur des großen Dogmatikers herkommen?

So schloß sich mein erster theologischer Unterricht, ich war, wenn nicht an Weisheit und Einsicht, doch um einen Begriff meiner selbst, an den ich nie gedacht hätte, reicher geworden.

Ich schwor mir selbst mit den heiligsten Schwüren, keinen Theologen dieser finstern Schule mehr zu hören. Denn wenn der Oberste unter ihnen solche krasse Begriffe zu Markt brachte, was durfte ich von den übrigen hoffen? Aber der orthodoxen *saephael* oder Dr-ck-Seele hatte ich Rache geschworen, und ich war Manns genug dazu, sie auszuführen.

VIII

Der Satan bekömmt Händel und schlägt sich; Folgen davon

Indessen ereignete sich etwas anderes, das ich hier nicht übergehen darf, weil es als ein Kommentar zu den Sitten des wunderlichen Volkes, unter welchem ich lebte, dienen kann. Ich hatte schon seit einiger Zeit fleißig die Anatomie besucht, um auch die Ärzte kennenzulernen, da geschah es eines Tages, daß ich mit mehreren Freunden um ein Kadaver beschäftigt war, indem ich ihnen durch Zergliederung der Organe des Hirns, des Herzens etc. die Nichtigkeit des Glaubens an Unsterblichkeit darzutun suchte.

Auf einmal höre ich hinter mir eine Stimme: »Pfui Teufel! wie riecht's hier!«

Ich wandte mich rasch um und erblickte einen jungen Theologen, der mich schon in jener dogmatischen Vorlesung durch den Eifer und das Wohlbehagen, mit welchem er die unsinnige Konjektur des Professors niederschrieb, gegen sich aufgebracht hatte. Als ich nun diese Äußerung »Pfui Teufel, wie riecht's hier!« die ich in jenem Augenblick aus des Theologen Munde nur auf mich, als den »Herrn im Kot«, bezog, hörte, sagte ich ihm ziemlich stark, daß ich mir solche Gemeinheiten und Anzüglichkeiten verbitte.

Nach dem uralten heiligen Gesetzbuche der »Burschen«, das man Komment heißt, war dies eine Beschimpfung, die nur mit Blut abgewaschen werden konnte. Der Theologe, ein tüchtiger Raufer, ließ mich daher am andern Tage sogleich fordern. Ein solcher Spaß war mir erwünscht, denn wer sein Ansehen unter seinen Kommilitonen behaupten wollte, mußte sich damals geschlagen haben, obgleich das Duell an sich von meinen Freunden als etwas Unvernünftiges, Unnatürliches angesehen wurde. Ich hatte meinen Gegner bestimmen lassen, die Sache in einem Vergnügungsort, eine Stunde vor der Stadt, auszumachen, und beide Partien erschienen zur bestimmten Zeit an Ort und Stelle.

Feierlich wurde jeder einzelne in ein Zimmer geführt, der Oberrock ihm ausgezogen und der »Paukwichs«, das heißt die Rüstung, in welcher das Duell vor sich gehen sollte, angelegt. Diese Rüstung oder der Paukwichs bestand in einem Hut mit breiter Krempe, die dem Gesicht hinlänglichen Schutz verlieh, einer ungeheuern, fußbreiten Binde, die über den Bauch geschnallt wurde; sie war von Leder, gepolstert und mit der Farbe der Verbindung, zu welcher man gehörte, ausgeschmückt; eine ungeheure Krawatte, wogegen Herrn Studiosus Würgers ein Groschenstrick war, stand steif um die Gegend des Halses und schützte Kinn, Kehle, einen Teil der Schultern und den obern Teil der Brust. Den Arm, vom Ellbogen bis zur Hand, bedeckte ein aus alten seidenen Strümpfen verfertigtes Rüstzeug, Handschuh genannt. Ich gestehe, die Figur, in diese sonderbare Rüstung gepreßt, nahm sich komisch genug aus; doch gewährte sie große Sicherheit, denn nur ein Teil des Gesichtes, der Oberarm und ein Teil der Brust war für die Klinge des Gegners zugänglich. Ich konnte mich daher des Lachens nicht enthalten, wenn ich im Spiegel meinen sonderbaren Habit betrachtete; »der Satan in einem solchen Aufzuge und im Begriff, sich wegen des schlechten Geruchs auf der Anatomie zu schlagen!«

Meine Genossen aber nahmen dieses Lachen für einen Ausbruch der Kühnheit und des Muts, gedachten, es sei jetzt der rechte Augenblick gekommen, und führten mich in einen großen Saal, wo man mit Kreide die gegenseitige feindliche Stellung auf dem Boden markiert hatte. Ein Fuchs rechnete es sich zur hohen Ehre, mir den »Schläger« vorantragen zu dürfen, wie man den alten Kaisern Schwert und Zepter vorantrug. Jener war eine aus poliertem Stahl schön gearbeitete Waffe mit großem, schützendem Korb und scharf geschliffen wie ein Schermesser.

Wir standen endlich einander gegenüber; der Theologe machte ein grimmiges Gesicht und blickte mit einem Hohn auf mich, der mich nur noch mehr in dem Vorsatz bestärkte, ihn tüchtig zu zeichnen.

Wir legten uns nach alter Fechterweise aus, die Klingen waren gebunden, die Sekundanten schrien »los«, und unsere Schläger schwirrten in der Luft und fielen rasselnd auf die Körbe. Ich verhielt mich meistens parierend gegen die wirklich schönen und mit großer Kunst ausgeführten Angriffe des Gegners, denn mein Ruhm war größer, wenn ich mich von Anfang nur verteidigte und erst im vierten, fünften Gang ihm eine Schlappe gab.

Allgemeine Bewunderung folgte jedem Gang; man hatte noch nie so kühn und schnell angreifen, noch nie mit so vieler Ruhe und Kaltblütigkeit sich verteidigen sehen. Meine Fechtkunst wurde von den ältesten »Häusern« bis in den Himmel erhoben, und man war nun gespannt und begierig, bis ich selbst angreifen würde; doch wagte es keiner, mich dazu aufzumuntern.

Vier Gänge waren vorüber, ohne daß irgendwo ein Hieb blutig gewesen wäre. Ehe ich zum fünften aufmarschierte, zeigte ich meinen Kameraden die Stelle auf der rechten Wange, wohin ich meinen Theologen treffen wolle. Dieser mochte es mir ansehen, daß ich jetzt selbst angreifen werde, er legte sich so gedeckt als möglich aus und hütete sich, selbst einen Angriff zu machen. Ich begann mit einer herrlichen Finte, der ein allgemeines Ah! folgte, schlug dann einige regelmäßige Hiebe, und klapp! saß ihm mein Schläger in der Wange. Der gute Theologe wußte nicht, wie ihm geschah, mein Sekundant und Zeuge sprangen mit einem Zollstab hinzu, maßen die Wunde und sagte mit feierlicher Stimme: *»Es ist mehr als ein Zoll, klafft und blutet,* also Ansch–ß«; das hieß soviel als: weil ich dem guten Jungen ein zollanges Loch ins Fleisch gemacht hatte, war seiner Ehre genug geschehen.

Jetzt stürzten meine Freunde herzu, die Ältesten faßten meine Hände, die jüngeren betrachteten ehrfurchtsvoll die Waffe, mit welcher die in der Geschichte einzige und unerhörte Tat geschehen war; denn wer, seit des großen Renommisten Zeiten durfte sich rühmen, vorher die Stelle, die er treffen wollte, angezeigt und mit so viel Genauigkeit getroffen zu haben?

Ernsten Blickes trat der Sekundant meines Gegners herein und bot mir in dessen Namen Versöhnung an. Ich ging zu dem Verwundeten, dem man gerade mit Nadel und Faden seine Wunde zunähte, und versöhnte mich mit ihm.

»Ich bin Ihnen Dank schuldig«, sagte er zu mir. »daß Sie mich so gezeichnet haben. Ich wurde ganz gegen meinen Willen gezwungen, Theologie zu studieren; mein Vater ist Landpfarrer, meine Mutter eine fromme Frau, die ihren Sohn gerne einmal im Chorrock sehen möchte. *Sie* haben mit *einem Mal* entschieden, denn mit einer Schmarre vom Ohr bis zum Mund darf ich keine Kanzel mehr besteigen.«

Die Burschen sahen teilnehmend auf den wackern Theologen, der wohl mit geheimer Wehmut an den Schmerz des alten Pastors, an den Jammer der frommen Mama denken mochte, wenn die Nachricht von diesem Unfall anlangte; ich aber hielt es für das größte Glück des Jünglings, durch eine so kurze Operation der Welt wieder geschenkt zu sein. Ich fragte ihn, was er jetzt anzufangen gedenke, und er gestand offen, daß der Stand eines Kavalleristen oder eines Schauspielers ihn von jeher am meisten angezogen hätte.

Ich hätte ihm um den Hals fallen mögen für diesen vernünftigen Gedanken, denn gerade unter diesen beiden Ständen zähle ich die meisten Freunde und Anhänger; ich riet ihm daher aufs ernstlichste, dem Trieb der Natur zu folgen, indem ich ihm die besten Empfehlungsbriefe an bedeutende Generale und an die vorzüglichsten Bühnen versprach.

Dem ganzen Personale aber, das dem merkwürdigen Duell angewohnt hatte, gab ich einen trefflichen Schmaus, wobei auch mein Gegner und seine Gesellen nicht verges-

Got
und
Vate
lan

sen wurden. Dem ehemaligen Theologen zahlte ich nachher in der Stille seine Schulden und versah ihn, als er genesen war, mit Geld und Briefen, die ihm eine fröhliche, glänzende Laufbahn eröffneten.

Meine geheime Wohltätigkeit war so wenig als der glänzende Ausgang meiner Affaire ein Geheimnis geblieben. Man sah mich von jetzt wie ein höheres Wesen an, und ich kannte manche junge Dame, die sogar über meine großmütigen Sentiments Tränen vergoß.

Die Mediziner aber ließen mir durch eine Deputation einen prachtvollen Schläger überreichen, weil ich mich, wie sie sich ausdrückten, *»für den guten Geruch ihrer Anatomie geschlagen habe«*.

Die Welt bleibt unter allen Gestalten die nämliche, die sie von Anfang war. Dem Bösen, selbst dem Unvernünftigen huldigt sie gerne, wenn es sich nur in einem glänzenden Gewande zeigt; die gute, ehrliche Tugend mit ihren rauhen Manieren und ihrem ungeschliffenen, rohen Aussehen wird höchstens Achtung, niemals Beifall erlangen.

IX

Satans Rache am Dr. Schnatterer

Als ich sah, wieweit die Philosophie und Theologie in . . .en hinter meinen Vorstellungen, die ich mir zuvor gemacht hatte, zurückbleibe, legte ich mich mit Eifer auf Ästhetik, Rhetorik, namentlich aber auf die schöne Literatur. Man wende mir nicht ein, ich habe auf diese Art meine Zeit unnütz angewendet. Ich besuchte ja jene berühmte Schule nicht, um ein Brotstudium zu treiben, das einmal einen Mann mit Weib und Kind ernähren könnte, sondern das *»dic cur hic«*, das ich recht oft in meine Seele zurückrief, sagte mir immer, ich solle suchen, von jeder Wissenschaft einen kleinen Hieb zu bekommen, mich aber so sehr als möglich in jenen Künsten zu vervollkommnen, die heutzutage einem Mann von Bildung unentbehrlich sind.

Bei Gelegenheit eine Stelle aus einem Dichter zu zitieren, über die Schönheit eines Gemäldes kunstgerecht mitzusprechen, eine Statue nach allen Regeln für erbärmlich zu erklären, für die Männer einige theologische Literatur, einige juridische Phrasen, einige neue medizinische Entdeckungen, einige exorbitante philosophische Behauptungen *in petto* zu haben, hielt ich für unumgänglich notwendig, um mich mit Anstand in der modernen Welt bewegen zu können und ohne mir selbst ein Kompliment machen zu wollen, darf ich sagen, ich habe in den paar Monaten in . . .en hinlänglich gelernt.

Ich habe mir nach dem Beispiel meiner großen Vorbilder im Memoirenschreiben vorgenommen, auch die geringfügigsten Ereignisse aufzuführen, wenn sie lehrreich oder merkwürdig sind, wenn sie Stoff zum Nachdenken oder zum Lachen enthalten. Ich darf daher nicht versäumen, meine Rache am Doktor Schnatterer zu erzählen.

Besagter Doktor hatte die löbliche Gewohnheit, Sonntag nachmittags mit mehreren andern Professoren in ein Wirtshaus ein halbes Stündchen vor der Stadt zu spazieren. Dort pflegte man, um die steif gesessenen Glieder wieder auszurenken, Kegel zu schieben und allerlei sonstigen Kurzweil zu treiben, wie es sich für ehrbare Männer geziemt; man spielte wohl auch bei verschlossenen Türen ein Whistchen oder Piquet und trank manchmal ein Gläschen über Durst, was wenigstens die böse Welt daraus ersehen wollte, daß sich die Herren abends in der Chaise des Wirtes zur Stadt bringen ließen.

Der ehrwürdige Theologe aber pflegte immer lang vor Sonnenuntergang heimzukehren, man sagt, weil die Frau Doktorin ihm keine längere Frist erlaubt hatte; er ging dann bedächtlichen Schrittes seinen Weg, vermied aber die breite Chaussee und schlug den Wiesenpfad ein, der dreißig Schritte seitwärts neben jener hinlief; der Grund war, weil der breite Weg am schönen Sonntagabend mit Fußgängern besäet war, der Doktor aber die höhere Röte seines Gesichtes und den etwas unsichern Gang nicht den Augen der Welt zeigen wollte.

So erklärten sich die Bösen den einsamen Gang Schnatterers; die Frommen aber blieben stehen, schauten ihm nach und sprachen: »Siehe, er geht nicht auf dem breiten Weg der Gottlosen, der fromme Herr Doktor, sondern den schmalen Pfad, welcher zum Leben führt.«

Auf diese Gewohnheit des Doktors hatte ich meinen Racheplan gebaut. Ich paßte ihm an einem schönen Sonntagabend, der alle Welt ins Freie gelockt hatte, auf, und er trat noch bei guter Tageszeit aus dem Wirtshaus. Mit demütigem Bückling nahte ich mich ihm und fragte, ob ich ihn auf seinem Heimweg begleiten dürfe, der Abend scheine mir in seiner gelehrten Nähe noch einmal so schön.

Der Herr Doktor schien einen kordialen Hieb zu haben; er legte zutraulich meinen Arm in den seinigen und begann mit mir über die Tiefen der Wissenschaften zu perorieren. Aber ich schlug sein Auge mit Blindheit, und indem ich als ehrbarer Studiosus neben ihm zu gehen schien, verwandelte ich meine Gestalt und erschien den

verwunderten Blicken der Spaziergänger als die »schöne Luisel«, die berüchtigste Dirne der Stadt. – Ach! daß Hogarth an jenem Abend unter den spazierengehenden Christen auf dem breiten Wege gewandelt wäre! Welch herrliche Originale für frommen Unwillen, starres Erstaunen, hämische Schadenfreude hätte er in sein Skizzenbuch niederlegen können.

Die vordersten blieben stehen, als sie das seltsame Paar auf dem Wiesenpfad wandeln sahen, sie kehrten um, uns zu folgen, und rissen die Nachkommenden mit. Wie ein ungeheurer Strom wälzte sich uns die erstaunte Menge nach, wie ein Lauffeuer flog das unglaubliche Gerücht: »Der Doktor Schnatterer mit der schönen Luisel!« von Mund zu Mund der Stadt zu.

»Wehe dem, durch den Ärgernis kommet!« riefen die Frommen; »hat man *das* je erlebt von einem christlichen Prediger?«

»Ei, ei, wer hätte das hinter dem Ehrsamen gesucht?« sprachen mit Achselzucken die Halbfrommen, wenn der Skandal nur nicht auf öffentlicher Promenade –!«

»Der Herr Doktor machen sich's bequem!« lachten die Weltkinder, »er predigt gegen das Unrecht und geht mit der Sünde spazieren.«

So hallte es vom Felde bis in die Stadt, Bürger und Studenten, Mägde und Straßenjungen erzählten es in Kneipen, am Brunnen und an allen Ecken; und »Doktor Schnatterer« und »Schön-Luisel« war das Feldgeschrei und die Parole für diesen Abend und manchen folgenden Tag.

An einer Krümmung des Wegs machte ich mich unbemerkt aus dem Staube und schloß mich als Studiosus meinen Kameraden an, die mir die Neuigkeit ganz warm auftischten. Der gute Doktor aber zog ruhig seines Weges, bemerkte, in seine tiefen Meditationen versenkt, nicht das Drängen der Menge, die sich um seinen Anblick schlug, nicht das wiehernde Gelächter, das seinen Schritten folgte. Es war zu erwarten, daß einige fromme Weiber seiner zärtlichen Ehehälfte die Geschichte beigebracht hatten, ehe noch der Theologe an der Hausglocke zog; denn auf der Straße hörte man deutlich die fürchterliche Stimme des Gerichtsengels, der ihn in Empfang nahm, und das Klatschen, welches man hie und da vernahm, war viel zu volltönend, als daß man hätte denken können, die Frau Doktorin habe die Wangen ihres Gemahls mit dem *Munde* berührt.

Wie ich mir aber dacht, so geschah es. Nach einer halben Stunde schickte die Frau Doktorin zu mir und ließ mich holen. Ich traf den Doktor mit hoch aufgelaufenen Wangen, niedergeschlagen in einem Lehnstuhl sitzend. Die Frau schritt auf mich zu und schrie, indem sie die Augen auf den Doktor hinüberblitzen ließ: »Dieser Mensch dort behauptet, heute abend mit Ihnen vom Wirtshaus hereingegangen zu sein; sagen Sie, ob es wahr ist, sagen Sie!«

Ich bückte mich geziemend und versicherte, daß ich mir habe nie träumen lassen, die Ehre zu genießen; ich sei den ganzen Abend zu Haus gewesen.

Wie vom Donner gerührt, sprang der Doktor auf, der Schrecken schien seine Zunge gelähmt zu haben: »Zu Haus gewesen?« lallte er, »nicht mit mir gegangen, o mit wem soll ich denn gegangen sein, als mit Ihnen, Wertester?«

»Was weiß ich, mit wem der Herr Doktor gegangen sind?« gab ich lächelnd zur Antwort. »Mit mir auf keinen Fall!«

»Ach, Sie sind nur zu nobel, Herr Studiosus«, heulte die wütende Frau, »was sollten Sie nicht wissen, was die ganze Stadt weiß; der alte Sünder, der Schandenmensch! Man weiß seine Schliche wohl; mit der schönen Luisel hat er scharmuziert!«

»Das hat mir der böse Feind angetan«, raste der Doktor und rannte im Zimmer umher; »der Böse, der Beelzebub, nach meiner Konjektur der Stinker.«

»Der Rausch hat dir's angetan, du Lump«, schrie die Zärtliche, riß ihren breit getretenen Pantoffel ab und rannte ihm nach; ich aber schlich mich die Treppe hinab und zum Haus hinaus und dachte bei mir, dem Doktor ist ganz recht geschehen, man soll den Teufel nicht an die Wand malen, sonst kömmt er.

Der Doktor Schnatterer wurde von da an in seinen Kollegien ausgepocht und konnte, selbst mit den kühnsten Konjekturen, den Eifer nicht mehr erwecken, der vor seiner Fatalität unter der studierenden Jugend geherrscht hatte. Die Kollegiengelder erreichten nicht mehr jene Summe, welche die Frau Professorin als allgemeinen Maßstab angenommen hatte, und der Professor lebte daher in ewigem Hader mit der Unversöhnlichen. Diesem hatte, sozusagen, *der Teufel ein Ei in die Wirtschaft gelegt*.

X

Satan wird wegen Umtrieben eingezogen und verhört; er verläßt die Universität

Um diese Zeit hörte man in Deutschland viel von Demagogen, Umtrieben, Verhaftungen und Untersuchungen. Man lachte darüber, weil es schien, man betrachte alles durch das Vergrößerungsglas, welches Angst und böses Gewissen vorhielten. Übrigens mochte es an manchen Orten doch nicht ganz geheuer gewesen sein; selbst in dem sonst so ruhigen . . .en spukte es in manchen Köpfen seltsam.

Ich will einen kurzen Umriß von dem Stand der Dinge geben. Wenn man unbefangen unter den »Burschen« umherwandelte und ihren Gelagen beiwohnte, so drängte sich von selbst die Bemerkung auf, daß viele unter ihnen von etwas anderem angeregt seien als gerade von dem nächsten Zweck ihres Brotstudiums; wie einige großes Interesse daran fanden, sich morgens mit ihren Gläubigern und deren Noten (Philister mit Pumpregistern) herumzuzanken, nachher den Hund zu baden und ihn schöne Künste zu lehren, sodann Fensterparade vor ihren Schönen zu machen usw., so hatten sich andere, und zwar kein geringer Teil, auf Idealeres geworfen. Ich hatte zwar dadurch, daß ich sie zum Studium des Trinkens anhielt, dafür gesorgt, daß die Herren sich nicht gar zu sehr der Welt entziehen möchten; aber es blieb doch immer ein geheimnisvolles Walten, aus welchem ich nicht recht klug werden konnte.

Besonders aber äußerte sich dies, wenn die Köpfe erleuchtet waren; da sprach man viel von Volksbildung, von frommer deutscher Art, manche sprudelten auch über und schrien von der Not des Vaterlandes, von –. Doch das ist jetzt gleichgültig, von was gesprochen wurde, es genügt zu sagen, daß es schien, als hätte eine große Idee viele Herzen ergriffen, sie zu Einem Streben vereinigt. Mir behagte die Sache an sich nicht übel; sollte es auf etwas Unruhiges ausgehen, so war ich gleich dabei, denn Revolutionen waren von jeher mein Element; nur sollte nach meiner Meinung das Ganze einen eleganteren, leichteren Anstrich haben.

Es gab zwar Leute unter ihnen, die mit der Gewandtheit eines Staatsmannes die Menge zu leiten wußten, die sich eine Eleganz des Stils, eine Leichtigkeit des Umgangs angeeignet hatten, wie sie in den diplomatischen Salons mit Mühe erlernt und kaum mit so viel Anstand ausgeführt wird; aber die meisten waren in ein phantastisches Dunkel geraten, munkelten viel von dem Dreiklang in der Einheit, von der Idee, die ihnen aufgegangen sei, und hatten Vergangenheit und Zukunft, Mittelalter und das Chaos der jetzigen Zeit so ineinandergeknetet, daß kein Theseus sich aus diesen Labyrinthen herausgefunden hätte.

Ich merkte oft, daß einer oder der andere der Koryphäen in einer traulichen Stunde mir gerne etwas anvertraut hätte; ich zeigte Verstand, Weltbildung, Geld und große Konnexionen, Eigenschaften, die nicht zu verachten sind und die man immer ins Mittel zu ziehen sucht. Aber immer, wenn sie im Begriff waren, die dunkle Pforte des Geheimnisses vor meinen Augen aufzuschließen, schien sie, ich weiß nicht was, zurückzuhalten; sie behaupteten, ich habe kein Gemüt, denn dieses edle Seelenvermögen schienen sie als Probierstein zu gebrauchen.

Mochte ich aber aussehen wie ein verkappter Jakobiner, mochte ich durch meinen Einfluß auf die Menge Verdacht erregt haben? Eines Morgens trat der Pedell mit einigen Schnurren in mein Zimmer und nahm mich im Namen Seiner Magnifizenz gefangen. Der Universitätssekretär folgte, um meine Papiere zu ordnen und zu versiegeln, und gab mir zu verstehen, daß ich als *Demagoge* verhaftet sei.

Man gab mir ein anständiges Zimmer im Universitätsgebäude, sorgte eifrig für jede Bequemlichkeit, und als der hohe Rat beisammen war, wurde ich in den Saal geführt, um über meine *politischen Verbrechen* vernommen zu werden.

Die Dekane der vier Fakultäten, der Rektor Magnifikus, ein Mediziner, und der Universitätssekretär saßen um einen grünbehängten Tisch in feierlichem Ornat; die tiefe Stille, welche in dem Saal herrschte, die steife Haltung der gelehrten Richter, ihre wichtigen Mienen nötigten mir unwillkürlich ein Lächeln ab.

Magnifikus zeigte auf einen Stuhl ihm gegenüber am Ende der Tafel, Delinquent setzte sich, Magnifikus winkte wieder, und der Pedell trat ab.

Noch immer tiefe Stille; der Sekretär legt das Papier zum Protokoll zurecht und schneidet Federn; ein alter Professor läßt seine ungeheure Dose herumgehen. Jeder der Herren nimmt eine Prise bedächtlich und mit Beugung des Hauptes; Doktor Saper, mein nächster Nachbar, schnupft und präsentiert mir die Dose, läßt aber das teure Magazin, von einem abwehrenden Blick Magnifici erschreckt, mit polterndem Geräusch zu Boden fallen.

»Alle Hagel, Herr Doktor«, schrie der alte Professor, alle Achtung beiseite setzend.

»O Jerum«, ächzte der Sekretär und warf das Federmesser weg, denn er hatte sich aus Schrecken in den Finger geschnitten.

»Bitte untertänigst!« stammelte der erschrockene Doktor Saper.

Diese alle sprachen auf einmal durcheinander, und der letztere kniete auf den Boden nieder und wollte mit der Papierschere, die er in der Eile ergriffen hatte, den verschütteten Tabak aufschaufeln.

Magnifikus aber ergriff die große Glocke und schellte dreimal; der Pedell trat eilig und bestürzt herein und fragte, was zu Befehl sei, und Magnifikus mit einem verbindlichen Lächeln zu Doktor Saper hinüber sprach: »Lassen Sie es gut sein, Lieber, er taugt doch nichts mehr; da wir aber in dieser Sitzung einiges Tabaks benötigt sein werden, glaube ich dafür stimmen zu müssen, daß frischer *ad locum* gebracht werde.«

Doktor Saper zog schnell sein Beutelein, reichte dem Pedell einige Groschen und befahl ihm, eilends drei Lot Schnupftabak zu bringen. Dieser enteilte dem Saal; vor dem Haus fand er, wie ich nachher erfuhr, die halbe Universität versammelt, denn meine Verhaftung war schnell bekannt geworden, und alles drängte sich zu, um das Nähere zu erfahren. Man kann sich daher die Spannung der Gemüter denken, als man den Pedell aus der Türe stürzen sah; die Vordersten hielten ihn fest und fragten und drängten ihn, wohin er so eilig versendet werde, und kaum konnte man sich in seine Beteuerung finden, daß er eilends drei Lot Schnupftabak holen müsse.

Aber im Saal war nach der Entfernung des Götterboten die vorige, anständige Stille eingetreten. Magnifikus faßte mich mit einem Blick voll Hoheit und begann:

»Es ist uns von einer höchstpreußlichen Zentral-Untersuchungs-Kommission der Auftrag zugekommen, auf gewisse geheime Umtriebe und Verbindungen, so sich auf unserer Universität seit einiger Zeit entsponnen haben sollen, unser Augenmerk zu richten. Wir sind nun nach reiflicher Prüfung der Umstände vollkommen darüber einverstanden, daß Sie, Herr von Barbe, sich höchst verdächtig gemacht haben, solche Verhältnisse unter unserer akademischen Jugend dahier herbeigeführt und angesponnen zu haben. Hm! Was sagen Sie dazu, Herr von Barbe?«

»Was ich dazu sage? Bis jetzt noch nichts, ich erwarte geziemend die Beweise, die mein Leben und Betragen einer solchen Beschuldigung verdächtig machen.«

»Die Beweise?« antwortete erstaunt der Rektor, »Sie verlangen Beweise? Ist das der Respekt vor einem akademischen Senate? Man führe selbst den Beweis, daß man nicht im sträflichen Verdacht der Demagogie ist.«

»Mit gütiger Erlaubnis, Euer Magnifizenz«, entgegnete der Dekan der Juristen, »Inquisit kann, wenn er eines Verdachtes angeklagt ist, *in alle Wege verlangen*, daß ihm die Gründe des Verdachtes genannt werden.«

Dem medizinischen Rektor stand der Angstschweiß auf der Stirne; man sah ihm an, daß er mit Mühe die Beweisgründe in seinem Haupte hin- und herwälze. Wie ein Bote vom Himmel erschien ihm daher der Pedell mit der Dose und berichtete zugleich mit ängstlicher Stimme, daß die Studierenden in großer Anzahl sich vor dem Universitätsgebäude zusammengerottet haben und ein verdächtiges Gemurmel durch die Reihen laufe, das mit einem Pereat oder Scheibeneinwerfen zu bedrohen scheine.

Kaum hatte er ausgesprochen, so stürzte eine Magd herein und richtete von der Frau Magnifikussin an den Herrn Magnifikus ein Kompliment aus, und er möchte doch sich nach Haus salvieren, weil die Studenten allerhand verdächtige Bewegungen machen. »Ist das nicht der klarste Beweis gegen Ihre geheimen Umtriebe, lieber Herr von Barbe?« sprach die Magnifizenz in kläglichem Tone. »Aber der Aufruhr steigt, *videant Consules ne quid detrimenti* – man nehme seine Maßregeln; – daß auch der Teufel gerade in meine Amtsführung alle fatalen Händel bringen muß! – *Domine Collega*, Herr Doktor Pfeffer, was stimmen Sie?«

»Es ist eigentlich noch kein Votum zur Abstimmung vorgebracht und zur Reife gediehen, ich rate aber, Herrn von Barbe bis auf weiteres zu entlassen, und ihm –«

»Richtig, gut«, rief der Rektor, »Sie können abtreten, wertgeschätzter junger Freund, beruhigen Sie Ihre Kameraden, Sie sehen selbst, wie glimpflich wir mit Ihnen verfahren sind, und zu einer gelegeneren Stunde werden wir uns wieder die Ehre ausbitten; damit aber die Sache kein solches Aufsehen mehr erregt – weiß Gott, der Aufruhr steigt, ich höre *pereat* – so kommen Sie morgen abend alle zum Tee zu mir, Sie auch, lieber Barbe, da denn die Sachen weiter besprochen werden können.«

Ich konnte mich kaum enthalten, den ängstlichen Herren ins Gesicht zu lachen. Sie saßen da, wie von Gott verlassen und wünschten sich in Abrahams Schoß, das heißt in den ruhigen Hafen ihres weiten Lehnstuhls.

»Was steht nicht von einer erhitzten Jugend zu erwarten?« klagten sie; »seitdem etzliche Lehrer von den Kathedern gestiegen sind und sich unter diese himmelstürmende Kyklopen gemischt haben, ist keine Ehrfurcht, kein Respekt mehr da. Man muß befürchten, wie schlechte Schauspieler ausgepfiffen oder am hellen Tage insultiert zu werden.«

»Vom Erstechen will ich gar nicht reden«, sagte ein

anderer, »es sollte eigentlich jeder Literatus, der nicht alle Wege ein gut Gewissen hat, einen Brustharnisch unter dem Kamisol tragen.«

Indessen die Philister also klagten, dankte ich meinen Kommilitonen für ihre Aufmerksamkeit für mich, sagte ihnen, daß sie nachts viel bessere Gelegenheit zum Fenstereinwerfen haben, und bewog sie durch Bitten und Vorstellungen, daß sie abzogen. Sie marschierten in geschlossenen Reihen durch das erschreckte Städtchen und sangen ihr *»ça ira, ça ira«*, nämlich: »Die Burschen-Freiheit lebe« und das erhabene »Rautsch, rautsch, rautschitschi, Revolution!«

Ich ging wieder in den Saal zurück und sagte den noch versammelten Herren, daß sie gar nichts zu befürchten haben, weil ich die Herrn Studiosen vermocht habe, nach Hause zu gehen. Beschämung und Zorn rötete jetzt die bleichen Gesichter, und mein bißchen Psychologie mußte mich ganz getäuscht haben, wenn mich die Herren nicht ihre Angst entgelten ließen. Und gewiß! meine Ahnung hatte mich nicht betrogen. Magnifikus ging ans Fenster, um sich selbst zu überzeugen, daß die Aufrührer abgezogen seien; dann wendete er sich mit erhabener Miene zu mir, und *er*, der noch vor einer Viertelstunde »mein wertgeschätzter Freund« zu mir sagte, herrschte mir jetzt zu: »Wir können das Verhör weiter fortführen, Delinquent mag sich setzen!«

So sind die Menschen; nichts vergißt der Höhere so leicht, als daß der Niedere ihm in der Stunde der Not zu Hülfe eilte, nichts sucht er sogar eifriger zu vergessen als jene Not, wenn er sich dabei eine Blöße gegeben, deren er sich zu schämen hat.

Nach der Miene des Magnifikus richteten sich auch die

seiner Kollegen. Sie behandelten mich grob und mürrisch. Der Rektor entwickelte mit großer Gelehrsamkeit den ersten Anklagepunkt.

»Demagog kömmt her von δημος und ἄγειν. Das eine heißt Volk, das andere führen oder verführen. Wer ist nach diesem Begriff mehr Demagoge als Sie? Haben wir nicht in Erfahrung gebracht, daß Sie die jungen Leute zum Trinken verleiteten? Daß Sie neue Lieder und Kartenspiele hieher verpflanzten? Auch von andern Orten werden diese Sachen als die sichersten Symptome der Demagogie angeführt; folglich sind Sie ein Demagog.«

Mit triumphierendem Lächeln wandte er sich zu seinen Kollegen. »Habe ich nicht recht, Doktor Pfeffer? Nicht recht, Herr Professor Saper?« »Vollkommen, Euer Magnifizenz«, versicherten jene und schnupften.

»Zweitens, jetzt kommt der andere Punkt«, fuhr der Mediziner fort. »Das Turnen ist eine Erfindung des Teufels und der Demagogen, es ist, um mich so auszudrücken, eine vaterlandsverräterische Ausbildung der körperlichen Kräfte. Da nun die Turnplätze eigentlich die Tierparks und Salzlecken des demagogischen Wildes, Sie aber, wie wir in Erfahrung gebracht haben, einer der eminentesten Turner sind: so haben Sie sich durch Ihre *Saltus mortales* und Ihre übrigen Künste als einen kleinen Jahn, einen offenbaren Demagogen gezeigt. Habe ich nicht recht, Herr Doktor Bruttler? Sage ich nicht die Wahrheit, Herr Doktor Schrag?«

»Vollkommen, Euer Magnifizenz!« versicherten diese und schnupften.

»Demagogen«, fuhr er fort, »Demagogen schleichen sich ohne bestimmten äußern Zweck ins Land und suchen da Feuer einzulegen; sie sind unstete Leute, denen man ihre

Verdächtigkeit gleich ansieht; der Herr Studiosus von Barbe ist ohne bestimmten Zweck hier, denn er läuft in allen Kollegien und Wissenschaften umher, ohne sie für immer zu frequentieren oder *gar nachzuschreiben*; was folgt? Er hat sich der Demagogie sehr verdächtig gemacht; ich füge gleich den vierten Grund bei: man hat bemerkt, daß Demagogen, vielleicht von geheimen Bünden ausgerüstet, viel Geld zeigen und die Leute an sich locken; wer hat sich in diesem Punkt der Anklage würdiger gemacht, als Delinquent? Habe ich nicht recht, meine Herren?«

»Sehr scharfsinnig, vollkommen!« antworteten die Aufgerufenen *unisono* und ließen die Dose herumgehen.

Mit Majestät richtete sich Magnifikus auf: »Wir glauben hinlänglich bewiesen zu haben, daß Sie, Herr Studiosus Friedrich von Barbe, in dem Verdacht geheimer Umtriebe stecken; wir sind aber weit entfernt, ohne den Beklagten anzuhören, ein Urteil zu fällen, darum verteidigen Sie sich. – Aber mein Gott! wie die Zeit herumgeht, da läutet es schon zu Mittag; ich denke, der Herr kann seine Verteidigung im Karzer schriftlich abfassen; somit wäre die Sitzung aufgehoben; wünsche gesegnete Mahlzeit, meine Herren.«

So schloß sich mein merkwürdiges Verhör. Im Karzer entwarf ich eine Verteidigung, die den Herren einleuchten mochte. Wahrscheinlicher aber ist mir, daß sie sich scheuten, einen jungen Mann, der so viel Geld ausgab, aus ihrer guten Stadt zu verbannen. Sie gaben mir daher den Bescheid, daß man mich aus besonderer Rücksicht diesmal noch mit dem Konzilium verschonen wolle, und setzten mich wieder auf freien Fuß.

Als Demagog eingekerkert zu sein, als Märtyrer der guten Sache gelitten zu haben, zog einen neuen Nimbus um meinen Scheitel, und im Triumph wurde ich aus dem Karzer nach Haus begleitet; aber die Freude sollte nicht lange dauern. Ich hatte jetzt so ziemlich meinen Zweck, der mich in jene Stadt geführt hatte, erreicht und gedachte weiter zu gehen. Ich hatte mir aber vorgenommen, vorher noch den Titel eines Doktors der Philosophie auf gerechtem Wege zu erringen. Ich schrieb daher eine gelehrte Dissertation, und zwar über ein Thema, das mir am nächsten lag, *de rebus diabolicis*, ließ sie drucken und verteidigte sie öffentlich; wie ich meine Gegner und Opponenten tüchtig zusammengehauen, erzähle ich nicht aus Bescheidenheit; einen Auszug aus meiner Dissertation habe ich übrigens dem geneigten Leser beigelegt.*

Post exantlata oder nachdem ich den Doktorhut errungen hatte, gab ich einen ungeheuern Schmaus, wobei manche Seele auf ewig mein wurde. Solange noch die guten Jungen meinen Champagner und Burgunder mit schwerer Zunge prüften, ließ ich meine Rappen vorführen und sagte der lieben Musenstadt Valet. Die Rechnung des Doktorschmauses aber überbrachte der Wirt am Morgen den erstaunten Gästen, und manches Pochen des ungestümen Gläubigers, das sie aus den süßen Morgenträumen weckte, mancher bedeutende Abzug am Wechsel erinnerte sie auch in spätern Zeiten an den berühmten Doktorschmaus und an ihren guten Freund, den Satan.

* Diesen Auszug habe ich nicht finden können, es müßte denn die Einleitung zum ›Besuch bei Goethe‹ sein. Der Herausgeber

Unterhaltungen des Satan und des Ewigen Juden in Berlin

»Die heutigen dummen Gesichter sind nur das boeuf à la mode der früheren dummen Gesichter.«
Welt und Zeit

XI

Wen der Teufel im Tiergarten traf?

Ich saß, es mögen bald drei Jahre sein, an einem schönen Sommerabend im Tiergarten zu Berlin, nicht weit vom Weberischen Zelt; ich betrachtete mir die bunte Welt um mich her und hatte großes Wohlgefallen an ihr; war es doch schon wieder ganz anders geworden als zu der frommen Zeit Anno dreizehn und fünfzehn, wo alles so ehrbar und, wie sie es nannten, altdeutsch zuging, daß es mich nicht wenig ennuyierte. Besonders über die schönen Berlinerinnen konnte ich mich damals recht ärgern; sonst ging es Sonntags nachmittags mit Saus und Braus nach Charlottenburg oder mit Jubel und Lachen die Linden entlang nach dem Tiergarten heraus; aber damals –? Jetzt aber ging es auch wieder hoch her. Das Alte war dem Neuen gewichen, Lust und Leben wie früher zog durch die grünen Bäume, und der Teufel galt wieder was, wie vor Zeiten, und war ein geschätzter, angesehener Mann.

Ich konnte mich nicht enthalten, einen Gang durch die buntgemischte Gesellschaft zu machen. Die glänzenden Militärs von allen Chargen mit ihren ebenso verschieden chargierten Schönen, die zierlichen Elegants und Elegantinnen, die Mütter, die ihre geputzten Töchter zu Markt brachten, die wohlgenährten Räte mit einem guten Griff der Kassengelder in der Tasche, und Grafen, Barone, Bürger, Studenten und Handwerksbursche, anständige und unanständige Gesellschaft – sie alle um mich her, sie alle auf dem vernünftigsten Wege, *mein* zu werden! In fröhlicher Stimmung ging ich weiter und weiter, ich wurde immer zufriedener und heiterer.

Da sah ich mitten unter dem wogenden Gewühl der Menge ein paar Männer an einem kleinen Tischchen sitzen, welche gar nicht recht zu meiner fröhlichen Gesellschaft taugen wollten. Den einen konnte ich nur vom Rücken sehen, es war ein kleiner beweglicher Mann, schien viel an seinen Nachbar hin zu sprechen, gestikulierte oft mit den Armen und nahm nach jedem größeren Satz, den er gesprochen, ein erkleckliches Schlückchen dunkelroten Franzweins zu sich.

Der andere mochte schon weit vorgerückt in Jahren sein, er war ärmlich, aber sauber gekleidet, beugte den Kopf auf die eine Hand, während die andere mit einem langen Wanderstab wunderliche Figuren in den Sand beschrieb; er hörte mit trübem Lächeln dem Sprechenden zu und schien ihm wenig oder ganz kurz zu antworten.

Beide Figuren hatten etwas mir so Bekanntes, und doch konnte ich mich im Augenblick nicht entsinnen, wer sie wären. Der kleine Lebhafte sprang endlich auf, drückte dem Alten die Hand, lief mit kurzen, schnellen Schritten, heiser vor sich hinlachend, hinweg und verlor sich bald ins Gedränge. Der Alte schaute ihm wehmütig nach und legte dann die tiefgefurchte Stirne wieder in die Hand.

Ich besann mich auf alle meine Bekannten, keiner paßte zu dieser Figur; eine Ahnung durchflog mich, sollte es –

doch was braucht der Teufel viel Komplimente zu machen? Ich trat näher, setzte mich auf den Stuhl, welchen der andere verlassen hatte, und bot dem Alten einen guten Abend.

Langsam erhob er sein Haupt und schlug das Auge auf, ja er war es, es war der *Ewige Jude*.

»*Bon soir*, Brüderchen!« sagte ich zu ihm, »es ist doch schnackisch, daß wir einander zu Berlin im Tiergarten wiederfinden, es wird wohl so achtzig Jährchen sein, daß ich nicht mehr das Vergnügen hatte?«

Er sah mich fragend an. »So, du bist's?« preßte er endlich heraus; »hebe dich weg, mit dir habe ich nichts zu schaffen!«

»Nur nicht gleich so grob, *Ewiger*«, gab ich ihm zur Antwort; »wir haben manche Mitternacht miteinander vertollt, als du noch munter warst auf der Erde und so recht systematisch lüderlich lebtest, um dich selbst bald unter den Boden zu bringen. Aber jetzt bist du, glaube ich, ein Pietist geworden.« Der Jude antwortete nicht, aber ein hämisches Lächeln, das über seine verwitterten Züge flog wie ein Blitz durch die Ruine, zeigte mir, daß er mit der Kirche noch immer nicht recht einig sei.

»Wer ging da soeben von dir hinweg?« fragte ich, als er noch immer auf seinem Schweigen beharrte.

»Das war der Kammergerichtsrat Hoffmann«, erwiderte er.

»*So der?* Ich kenne ihn recht wohl, obgleich er mir immer ausweicht wie ein Aal; war ich ihm doch zu mancher seiner nächtlichen Phantasien behülflich, daß es ihm selbst oft angst und bange wurde, und habe ich ihm nicht als sein eigener Doppelgänger über die Schultern geschaut, als er an seinem Kreisler schrieb? Als er sich umwandte und den Spuk anschaute, rief er seiner Frau, daß sie sich zu ihm setze, denn es war Mitternacht und seine Lampe brannte trüb. – So, so, *der* war's? Und was wollte er von dir, Ewiger?«

»Daß du verkrümmest mit deinem Spott; bist du nicht gleich ewig wie ich, und drückt dich die Zeit nicht auch auf den Rücken? Nenne den Namen nicht mehr, den ich hasse! Was aber den Herrn Kammergerichtsrat Hoffmann betrifft«, fuhr er ruhiger fort, »so geht er umher, um sich die Leute zu betrachten; und wenn er einen findet, der etwas Apartes an sich hat, etwa einen Hieb aus dem Narrenhaus oder einen Stich aus dem Geisterreich, so freut er sich baß und zeichnet ihn mit Worten oder mit dem Griffel. Und weil er an mir etwas Absonderliches verspürt haben mag, so setzte er sich zu mir, besprach sich mit mir und lud mich ein, ihn in seinem Haus auf dem Gendarmenmarkt zu besuchen.«

»So, so? Und wo kommst du denn eigentlich her? wenn man fragen darf?«

»*Recta* aus China«, antwortete Ahasverus, »ein langweiliges Nest, es sieht gerade aus wie vor fünfzehnhundert Jahren, als ich zum erstenmal dort war.«

»In China warst du?« fragte ich lachend, »wie kommst du denn zu dem langweiligen Volk, das selbst für den Teufel zu wenig amüsant ist?«

»Laß das«, entgegnete jener, »du weißt ja, wie mich die Unruhe durch die Länder treibt; ich habe mir, als die Morgensonne des neuen Jahrhunderts hinter den mongolischen Bergen aufging, den Kopf an die *lange Mauer* von China gerannt, aber es wollte noch nicht mit mir zu Ende gehen, und ich hätte eher ein Loch durch jene Gartenmauer des himmlischen Reiches gestoßen, wie ein alter

Aries, als daß der dort oben mir ein Härchen hätte krümmen lassen.«

Tränen rollten dem alten Menschen aus den Augen; die müden Augenlider wollten sich schließen, aber der Schwur des Ewigen hält sie offen, bis er schlafen darf, wenn die andern auferstehen.

Er hatte lange geschwiegen, und wahrlich, ich konnte den Armen nicht ohne eine Regung von Mitleid ansehen. Er richtete sich wieder auf. – »Satan«, fragte er mit zitternder Stimme, »wieviel Uhr ist's in der Ewigkeit?«

»Es will Abend werden«, gab ich ihm zur Antwort.

»O Mitternacht!« stöhnte er, »wann endlich kommen deine kühlen Schatten und senken sich auf mein brennendes Auge? Wann nahest du, Stunde, wo die Gräber sich öffnen und Raum wird für den *Einen*, der dann ruhen darf?«

»Pfui Kuckuck, alter Heuler!« brach ich los, erbost über die weinerlichen Manieren des ewigen Wanderers; »wie magst du nur solch ein poetisches Lamento aufschlagen? Glaube mir, du darfst dir gratulieren, daß du noch etwas Apartes hast; manche lustige Seele hat es an einem gewissen Ort viel schlimmer als du hier auf der Erde; man hat doch hier oben immer noch seinen Spaß, denn die Menschen sorgen dafür, daß die tollen Streiche nicht ausgehen. Wenn ich so viele freie Zeit hätte wie du, ich wollte das Leben anders genießen. *Ma foi,* Brüderchen, warum gehst du nicht nach England, wo man jetzt über die galanten Abenteuer einer Königin öffentlich certiert? Warum nicht nach Spanien, wo es jetzt nächstens losbricht? Warum nicht nach Frankreich, um dein Gaudium daran zu haben, wie man die Wände des Kaisertums überpinselt und mit alten Gobelins von Louis des Vierzehnten Zeiten, die sie aus dem Exil mitgebracht haben, behängt? Ich kann dich versichern, es sieht gar närrisch aus, denn die Tapete ist überall zu kurz, und durch die Risse guckt immer noch ernst und drohend das Kaisertum, wie das Blut des Ermordeten, das man mit keinem Gips auslöschen kann und das, sooft man es *weiß* anstreicht, immer noch mit der alten *bunten* Farbe durchschlägt!«

Der alte Mensch hatte mir aufmerksam zugehört, sein Gesicht war immer heiterer geworden, und er lachte jetzt aus vollem Herzen: »Du bist, wie ich sehe, immer noch der Alte«, sagte er und schüttelte mir die Hand, »weißt jedem etwas aufzuhängen, und wenn er gerade aus Abrahams Schoß käme!«

»Warum«, fuhr ich fort, »warum hältst du dich nicht länger und öfter hier in dem guten ehrlichen Deutschland auf? Kann man etwas Possierlicheres sehen als diese Duodezländer? Das ist alles so – doch stille, da geht einer von der geheimen Polizei umher; man könnte leicht etwas aufschnappen und den Ewigen Juden und den Teufel als unruhige Köpfe nach Spandau schicken; aber um auf etwas anderes zu kommen, warum bist du denn hier in Berlin?«

»Das hat seine eigene Bewandtnis«, antwortete der Jude; »ich bin hier, um einen Dichter zu besuchen.«

»Du einen Dichter?!« rief ich verwundert; »wie kömmst du auf diesen Einfall?«

»Ich habe vor einiger Zeit ein Ding gelesen, man heißt es Novelle, worin ich die Hauptrolle spielte; es führte zwar den dummen Titel: *›Der Ewige Jude‹*, im übrigen ist es aber eine schöne Dichtung, die mir wunderbaren Trost brachte! Nun möchte ich den Mann sehen und sprechen, der das wunderliche Ding gemacht hat.«

»Und der soll hier wohnen, in Berlin?« fragte ich neugierig, »und wie heißt er denn?«

»Er soll hier wohnen und heißt F. H. Man hat mir auch die Straße genannt, aber mein Gedächtnis ist wie ein Sieb, durch das man Mondschein gießt!«

Ich war nicht wenig begierig, wie sich der Ewige Jude bei einem Dichter produzieren würde, und beschloß, ihn zu begleiten. »Höre Alter«, sagte ich zu ihm, »wir sind von jeher auf gutem Fuß miteinander gestanden, und ich hoffe nicht, daß du deine Gesinnungen gegen mich ändern wirst; sonst –«

»Zu drohen ist gerade nicht nötig, Herr Satan«, antwortete er, »denn du weißt, ich mache mir wenig aus dir und kenne deine Schliche hinlänglich, aber deswegen bist du mir doch als alter Bekannter ganz angenehm und recht; warum fragst du denn?«

»Nun, du könntest mir die Gefälligkeit erweisen, mich zu dem Dichter, der dich in einer Novelle abkonterfeite, mitzunehmen; willst du nicht?«

»Ich sehe zwar nicht ein, was für Interesse du dabei haben kannst«, antwortete der Alte und sah mich mißtrauisch an; »du könntest irgendeinen Spuk im Sinne haben und dir vielleicht gar mit bösen Absichten auf des braven Mannes Seele schmeicheln; dies schlage dir übrigens nur aus dem Sinn, denn der schreibt so fromme Novellen, daß der Teufel selbst ihm nichts anhaben kann; – doch meinetwegen kannst du mitgehen.«

»Das denke ich auch; was diese Seele betrifft, so kümmere ich mich wenig um Dichter und dergleichen, das ist leichte Ware, welcher der Teufel wenig nachfragt. Es ist bei mir nur Interesse an dem Manne selbst, was mich zu ihm zieht. Übrigens in diesem Kostüm kannst du hier in

Berlin keine Visiten machen, Alter!« Der Ewige Jude beschaute mit Wohlgefallen sein abgeschabtes braunes Röcklein mit großen Perlmutterknöpfen, seine lange Weste mit breiten Schößen, seine kurzen, zeisiggrünen Beinkleider, die auf den Knien ins Bräunliche spielten; er setzte das schwarzrote dreieckige Hütchen aufs Ohr, nahm den langen Wanderstab kräftiger in die Hand, stellte sich vor mich hin und fragte:

»Bin ich nicht angekleidet stattlich wie König Salomo und zierlich wie der Sohn Isais? Was hast du nur an mir auszusetzen? Freilich trage ich keinen falschen Bart wie du, keine Brille sitzt mir auf der Nase, meine Haare stehen nicht in die Höhe *à la* Wahnsinn; ich habe meinen Leib in keinen wattierten Rock gepreßt, und um meine Beine schlottern keine ellenweite Beinkleider, wozu freilich Herr Bocksfuß Ursache haben mag –.«

»Solche Anzüglichkeiten gehören nicht hieher«, antwortete ich dem alten Juden; »wisse, man muß heutzutage nach der Mode gekleidet sein, wenn man sein Glück machen will, und selbst der Teufel macht davon keine Ausnahme. Aber höre meinen Vorschlag. Ich versehe dich mit einem anständigen Anzug, und du stellst dafür meinen Hofmeister vor; auf diese Art können wir leicht Zutritt in Häusern bekommen, und wie wollte ich dir's vergelten, wenn uns dein Dichter in einen ästhetischen Tee einführte.«

»Ästhetischer Tee, was ist denn das? In China habe ich manches Maß Tee geschluckt, Blumentee, Kaisertee, Mandarinentee, sogar Kamillentee, aber ästhetischer Tee war nie dabei.«

»*O sancta simplicitas!* Jude, wieweit bist du zurück in der Kultur; weißt du denn nicht, daß dies Gesellschaften sind, wo man über Teeblätter und einige schöne Ideen genugsam warmes Wasser gießt und den Leuten damit aufwartet? Zucker und Rum tut jeder nach Belieben dazu, und man amüsiert sich dort trefflich.«

»Habe ich je so etwas gehört, so will ich Hans heißen«, versicherte der Jude, »und was kostet es, wenn man's sehen darf?«

»Kosten? Nichts kostet es, als daß man der Frau vom Haus die Hand küßt, und wenn ihre Töchter singen oder mimische Vorstellungen geben, hie und da ein ›wundervoll‹ oder ›göttlich‹ schlüpfen läßt.«

»Das ist ein wunderliches Volk geworden in den letzten achtzig Jahren. Zu Friedrichs des Großen Zeiten wußte man noch nichts von diesen Dingen. Doch des Spaßes wegen kann man hingehen, denn ich verspüre in dieser Sandwüste gewaltig Langeweile.«

Der Besuch war also auf den nächsten Tag festgesetzt; wir besprachen uns noch über die Rolle, die ich als Eleve von zwei- bis dreiundzwanzig Jahren, er als Hofmeister zu spielen hätte, und schieden.

Ich versprach mir treffliche Unterhaltung von dem morgenden Tage. Der Ewige Jude hatte so alte, unbehülfliche Manieren, wußte sich so gar nicht in die heutige Welt zu schicken, daß man ihn im Gewand eines Hofmeisters zum wenigsten für einen ausgemachten Pedanten halten mußte. Ich nahm mir vor, mir selbst so viel Eleganz, als dem Teufel nur immer möglich ist, anzulegen und den Alten dadurch recht in Verlegenheit zu bringen. Zerstreuung war ihm überdies höchst nötig, denn er hatte in der letzten Zeit auf seinen einsamen Wanderungen einen solchen Ansatz zur Frömmelei bekommen, daß er ein Pietist zu werden drohte.

Der Dichter, zu welchem mich der Ewige Jude führte, ein Mann in mittleren Jahren, nahm uns sehr artig auf. Der Jude hieß sich Doktor Mucker und stellte in mir seinen Eleven, den jungen Baron von Stobelberg, vor. Ich richtete meine äußere Aufmerksamkeit bald auf die schönen Kupferstiche an der Wand, auf die Titel der vielen Bücher, die umherstanden, um desto ungeteilter mein Ohr und, wenn es unbemerkt möglich war, auch mein Auge an der Unterhaltung teilnehmen zu lassen.

Der alte Mensch begann mit einem Lob über die Novelle vom Ewigen Juden; der Dichter aber, viel zu fein und gebildet, als daß er seinen Gast hätte auf diesem Lob stehen lassen, wandte das Gespräch auf die Sage vom Ewigen Juden überhaupt, und daß sie in ihm auf jene Weise aufgegangen sei. Der Ewige schnitt, zur Verwunderung des Dichters, grimmige Gesichter, als dieser unter anderm behauptete: es liege in der Sage vom Ewigen Juden eine tiefe Moral, denn der Verworfenste unter den Menschen sei offenbar immer der, welcher seinen Schmerz über getäuschte Hoffnung gerade an dem auslasse, der diese Hoffnungen erregt habe; besonders verworfen erscheine er, wenn zugleich der, welcher die Hoffnung erregte, noch unglücklicher erscheine als der, welcher sich täuschte.

Es fehlte wenig, so hätte der Herr Doktor Mucker sein Inkognito abgelegt und wäre dem wirklich genialen Dichter als Ewiger Jude zu Leib gegangen. Noch verwirrter wurde aber mein alter Hofmeister, als jener das Gespräch auf die neuere Literatur brachte. Hier ging ihm die Stimme völlig aus, und er sah die nächste beste Gelegenheit ab, sich zu empfehlen.

Der brave Mann lud uns ein, ihn noch oft zu besuchen,

und kaum hatte er gehört, wir seien völlig fremd in Berlin und wissen noch nicht, wie wir den Abend zubringen sollen, so bat er uns, ihn in ein Haus zu begleiten, wo alle Montag ausgesuchte Gesellschaft von Freunden der schönen Literatur bei Tee versammelt sei; wir sagten dankbar zu und schieden.

XII

Satan besucht mit dem Ewigen Juden einen ästhetischen Tee

Ahasverus war den ganzen Tag über verstimmt; gerade das, daß er in seinem Innern dem Dichter recht geben mußte, genierte ihn so sehr. Er brummte einmal über das andere über die »naseweise Jugend« (obgleich der Dichter jener Novelle schon bei Jahren war) und den Verfall der Zeiten und Sitten. Trotz dem Respekt, den ich gegen ihn als meinen Hofmeister hätte haben sollen, sagte ich ihm tüchtig die Meinung und brachte den alten Bären dadurch wenigstens so weit, daß er höflich gegen den Mann sein wollte, der so artig war, uns in den ästhetischen Tee zu führen.

Die siebente Stunde schlug; in einem modischen Frack, wohl parfümiert, in die feinste, zierlichst gefältete Leinwand gekleidet, die Beinkleider von Paris, die durchbrochenen Seidenstrümpfe von Lyon, die Schuhe von Straßburg, die Lorgnette so fein und gefällig gearbeitet, wie sie nur immer aus der Fabrik der Herren Lood in Werenthead hervorgeht, so stellte ich mich den erstaunten Blicken des Juden dar; dieser war mit seiner modischen Toilette noch nicht halb fertig und hatte alles höchst sonderbar angezogen, wie er z. B. die elegante, hohe Krawatte, ein Berliner Meisterwerk, als Gurt um den Leib gebunden hatte und fest darauf bestand, dies sei die neueste Tracht auf *Morea*.

Nachdem ich ihn mit vieler Mühe geputzt hatte, brachen wir auf. Im Wagen, den ich, um brillanter aufzutreten, für diesen Abend gemietet hatte, wiederholte ich alle Lehren über den gesellschaftlichen Anstand.

»Du darfst«, sagte ich ihm, »in einem ästhetischen Tee eher zerstreut und tief denkend als vorlaut erscheinen; du darfst nichts ganz unbedingt loben, sondern sieh' immer so aus, als habest du sonst noch etwas *in petto*, das viel zu weise für ein sterbliches Ohr wäre. Das Beifallächeln hochweiser Befriedigung ist schwer und kann erst nach langer Übung vor dem Spiegel völlig erlernt werden; man hat aber Surrogate dafür, mit welchen man etwas sehr loben und bitter tadeln kann, ohne es entfernt gelesen zu haben. Du hörst z. B. von einem Roman reden, der jetzt sehr viel Aufsehen machen soll; man setzt als ganz natürlich voraus, daß du ihn schon gelesen haben müssest, und fragt dich um dein Urteil. Willst du dich nun lächerlich machen und antworten, ich habe ihn nicht gelesen? Nein! Du antwortest frisch drauf zu: ›Er gefällt mir im ganzen nicht übel, obgleich er meinen Forderungen an Romane noch nicht entspricht; er hat manches Tiefe und Originelle, die Entwicklung ist artig erfunden, doch scheint mir hie und da in der Form etwas gefehlt und einige der Charaktere verzeichnet zu sein.‹

Sprichst du so, und hast du Mund und Stirne in kritische Falten gelegt, so wird dir niemand tiefes und gewandtes Urteil absprechen.«

»Dein Gewäsch behalte der Teufel«, entgegnete der Alte mürrisch; »meinst du, ich werde wegen dieser Menschlein, oder gar um dir Spaß zu machen, ästhetische Gesichter schneiden? Da betrügst du dich sehr, Satan; Tee will ich meinetwegen saufen, soviel du willst, aber –«

»Da sieht man es wieder«, wandte ich ein, »wer wird denn in einer honetten Gesellschaft ›saufen‹? Wieviel fehlt dir noch, um heutzutage als gebildet zu erscheinen! Nippen, schlürfen, höchstens trinken – aber da hält schon der Wagen bei dem Dichter, nimm dich zusammen, daß wir nicht Spott erleben, Ahasvere!« Der Dichter setzte sich zu uns, und der Wagen rollte weiter. Ich sah es dem Alten wohl an, daß ihm, je näher wir dem Ziele unserer Fahrt kamen, desto bänger zumut war. Obgleich er schon seit achtzehn Jahrhunderten über die Erde wandelte, so konnte er sich doch so wenig in die Menschen und ihre Verhältnisse finden, daß er alle Augenblicke anstieß. So fragte er z. B. den Dichter unterwegs, ob die Versammlung, in welche wir fahren, aus *lauter* Christen bestehe, zu welcher Frage jener natürlich große Augen machte, und nicht recht wissen mochte, wie sie hieher komme.

Mit wenigen, aber treffenden Zügen entwarf uns der Dichter den Zirkel, der uns aufnehmen sollte. Die milde und sinnige Frömmigkeit, die in dem zarten Charakter der gnädigen Frau vorwalten sollte; der feierliche Ernst, die stille Größe des ältern Fräuleins, die, wenngleich Protestantin, doch ganz das Air jener wehmütig heiligen Klosterfrauen habe, die, nachdem sie mit gebrochenen Herzen der Welt Ade gesagt, jetzt ihr ganzes Leben hindurch an einem großartigen, interessanten Schmerz zehren.* Das

* Ganz in der Eile nimmt sich der Herausgeber die Freiheit, den Aufriß des Boudoirs dieser protestantischen Nonne, wie er sich ihn denkt, hier beizufügen; im Fenster stehen Blumen, in der Ecke ein Betpult mit einem gußeisernen Kruzifix; eine Guitarre ist notwendiges Requisit, wenn auch die Eigentümerin

jüngere Fräulein, frisch, rund, blühend, heiter, naiv, sei verliebt in einen Gardelieutenant, der aber, weil er der Ältern nicht sinnig genug sei, nicht zu dem ästhetischen Tee komme. Sie habe die schönsten Stellen in Goethe, Schiller, Tieck usw., welche ihr die Mutter zuvor angestrichen, auswendig gelernt und gäbe sie hie und da mit allerliebster Präzision preis. Sie singt, was nicht anders zu erwarten ist, auf Verlangen italienische Arietten mit künstlichen Rouladen; ihre Hauptforce besteht aber im Walzerspielen.

Die übrige Gesellschaft, einige schöne Geister, einige Kritiker, sentimentale und naive, junge und ältere Damen, freie und andere Fräulein** werden wir selbst näher kennenlernen.

Der Wagen hielt, der Bediente riß den Schlag auf und half meinem bangen Mentor heraus; schweigend zogen wir die erleuchtete Treppe hinan; ein lieblicher Ambraduft wallte uns aus dem Vorzimmer entgegen; Geräusch vieler Stimmen und das Gerassel der Teelöffel tönte aus der halbgeöffneten Türe des Salons, auch diese flog auf, und umstrahlt von dem Sonnenglanz der schwebenden Lüsters, saß im Kreise die Gesellschaft.

Der Dichter führte uns vor den Sitz der gnädigen Frau und stellte den Doktor Mucker und seinen Eleven, den

höchstens *»O Sanctissima«* darauf spielen kann; ein Heiligenbild über dem Sofa, ein mit Flor verhängtes Bild des *Verstorbenen* oder *Ungetreuen*, von etzlichem sinnigen Epheu *umrankt*; sie selbst in weißem oder aschgrauem Kostüm; an der Wand ein Spiegel.

** Satan scheint hier zwischen Freifräulein und anderen Fräulein zu unterscheiden, unter jenen versteht er die von gutem Adel, unter letzteren die, welche man sonst Jungfer oder Mamsell heißt; ich finde übrigens, den Unterschied auf diese Art zu bezeichnen, sehr unpassend; denn man wird mir zugeben, daß die bürgerlichen Fräulein oft ebenso frei in ihren Sitten und Betragen sind, als die echten.

jungen Baron von Stobelberg, vor. Huldreich neigte sich die Matrone, und reichte uns die schöne zarte Hand, indem sie uns freundlich willkommen hieß; mit jener zierlichen Leichtigkeit, die ich einem Wiener Incroyable abgelauscht hatte, faßte ich diese zarte Hand und hauchte ein leises Küßchen der Ehrfurcht darüber hin. Die artige Sitte des Fremdlings schien ihr zu gefallen, und gern gewährte sie dem Mentor des wohlgezogenen Zöglings die nämliche Gunst; aber o Schrecken! Indem er sich niederbückte, gewahrte ich, daß sein grauer, stechender Judenbart nicht glatt vom Kinn wegrasiert sei, sondern wie eine Kratzbürste hervorstehe; die gnädige Frau verzog das Gesicht grimmig bei dem Stechkuß, aber der Anstand ließ sie nicht mehr als ein leises Gejammer hervorstöhnen; wehmütig betrachtete sie die schöne weiße Hand, die rot aufzulaufen begann, und sie sah sich genötigt, im Nebenzimmer Hülfe zu suchen; ich sah, wie dort ihre Zofe aus der silbernen Toilette Kölnisches Wasser nahm und die wunde Stelle damit rieb; sodann wurden schöne glacierte Handschuhe geholt, die Käppchen davon abgeschnitten, so daß doch die zarten Fingerspitzen hervorsehen konnten, und die Hand damit bekleidet.

Indessen hatten sich die jungen Damen unsere Namen zugeflüstert, die Herren traten uns näher und befragten uns über Gleichgültiges, worauf wir wieder Gleichgültiges antworteten, bis die Seele des Hauses wieder hereintrat. Die Edle wußte ihren Kummer um die aufgelaufene Hand so gut zu verbergen, daß sie nur einem häuslichen Geschäft nachgegangen zu sein schien und sogar der »alte Sünder« selbst nichts von dem Unheil ahnete, das er bewirkt hatte.

Die einzige Strafe war, daß sie ihm einen stechenden

Blick für seinen stechenden Handkuß zuwarf, und *mich* den ganzen Abend hindurch auffallend vor ihm auszeichnete.

Die Leser werden gesehen haben, daß es ein ganz eleganter Tee war, zu welchem uns der Dichter geführt hatte; die massive silberne Teemaschine, an welcher die jüngere Tochter Tee bereitete, die prachtvollen Lüsters und Spiegel, die brennenden Farben der Teppiche und Tapeten, die künstlichen Blumen in den zierlichsten Vasen, endlich die Gesellschaft selbst, die in vollem Kostüm schwarz und weiß gemischt war, ließen auf den Stand und guten Ton der Hausfrau schließen.

Der Tee wies sich aber auch als ästhetisch aus; gnädige Frau bedauerte, daß wir nicht früher gekommen seien; der junge Dichter Frühauf habe einige Dutzend Stanzen aus einem Heldengedicht vorgelesen, so innig, so schwebend, mit so viel Musik in den Schlußreimen, daß man in langer Zeit nichts Erfreulicheres gehört habe; es stehe zu erwarten, daß es allgemein Furore in Deutschland machen werde.

Wir beklagten den Verlust unendlich, der bescheidene lorbeerbekränzte junge Mann versicherte uns aber unter der Hand, er wolle uns morgen in unserm Hotel besuchen, und wir sollten nicht nur die paar Stanzen, die er hier preisgegeben, sondern einige vollständige Gesänge zu hören bekommen.

Das Gespräch bekam jetzt aber eine andere Wendung; eine ältliche Dame ließ sich ihre Arbeitstasche reichen, deren geschmackvolle und neue Stickerei die Augen der Damen auf sich zog; sie nahm ein Buch daraus hervor und sagte mit freundlichem Lispeln: »*Voyez là* das neueste Produkt meiner genialen Freundin Johanna; sie hat es mir frisch von der Presse weg zugeschickt, und ich bin so glücklich, die erste zu sein, die es hier besitzt; ich habe es nur ein wenig durchblättert, aber diese herrlichen Situationen, diese Szenen, so ganz aus dem Leben gegriffen, die Wahrheit der Charaktere, dieser glänzende Stil –«

»Sie machen mich neugierig, Frau von Wollau«, unterbrach sie die Dame des Hauses, »darf ich bitten –? Ah, ›Gabriele‹, von Johanna von Schopenhauer; mit dieser sind Sie liiert, meine Liebe? Da wünsche ich Glück.«

»Wir lernten uns in Karlsbad kennen«, antwortete Frau von Wollau, »unsere Gemüter erkannten sich in gleichem Streben nach veredeltem Ziel der Menschheit*, sie zogen sich an, wir liebten uns; und da hat sie mir jetzt ihre ›Gabriele‹ geschickt.«

»Das ist ja eine ganz interessante Bekanntschaft«, sagte Fräulein Natalie, die ältere Tochter des Hauses; »ach! wer doch auch so glücklich wäre! es geht doch nichts über eine geniale Dame; aber sagen Sie, wo haben Sie das wunderschöne Stickmuster her, ich kann Ihre Tasche nicht genug bewundern.«

»Schön, – wunderschön! – und die Farben! – und die Guirlanden! – und die elegante Form!« hallte es von den Lippen der schönen Teetrinkerinnen, und die arme »Gabriele« wäre vielleicht über dem Kunstwerk ganz vergessen worden, wenn nicht unser Dichter sich das Buch zur Einsicht erbeten hätte. »Ich habe die interessantesten Szenen bezeichnet«, rief die Wollau, »wer von den Herren ist so gefällig, uns, wenn es anders der Gesellschaft angenehm ist, daraus vorzulesen?«

»Herrlich – schön – ein vortrefflicher Einfall –« ertönte

* Frau von Wollau will wahrscheinlich sagen, »nach dem Ziel der Veredlung« – Der Herausgeber.

es wieder, und unser Führer, der in diesem Augenblicke das Buch in der Hand hatte, wurde durch Akklamation zum Vorleser erwählt; man goß die Tassen wieder voll und reichte die zierlichen Brötchen umher, um doch auch dem Körper Nahrung zu geben, während der Geist mit einem neuen Roman gespeist wurde, und als alle versehen waren, gab die Hausfrau das Zeichen, und die Vorlesung begann.

Beinahe eine Stunde lang las der Dichter mit wohltönender Stimme aus dem Buche vor; ich weiß wenig mehr davon, als daß es, wenn ich nicht irre, die Beschreibung von Tableaus enthielt, die von einigen Damen der großen Welt aufgeführt wurden; mein Ohr war nur halb oder gar nicht bei der Vorlesung, denn ich belauschte die Herzensergießungen zweier Fräuleins, die, scheinbar aufmerksam auf den Vorleser, einander allerlei Wichtiges in die Ohren flüsterten. Zum Glück saß ich weit genug von ihnen, um nicht in den Verdacht des Lauschens zu geraten, und doch war die Entfernung gerade so groß, daß ein Paar gute Ohren alles hören konnten; die eine der beiden war die jüngere Tochter des Hauses, die, wie ich hörte, an einen Gardelieutenant ihr Herz verloren hatte.

»Und denke dir«, flüsterte sie ihrer Nachbarin zu, »heute in aller Frühe ist er mit seiner Schwadron vorbeigeritten, und unter meinem Fenster haben die Trompeter den Galoppwalzer von letzthin anfangen müssen.«

»Du Glückliche!« antwortete das andere Fräulein, »und hat Mama nichts gemerkt?«

»So wenig als letzthin, wo er mich im Kotillon fünfmal aufzog; was ich damals in Verlegenheit kam, kannst du gar nicht glauben. Ich war mit dem . . .schen Attaché engagiert und du weißt, wie unerträglich mich dieser dürre

Mensch verfolgt; er hatte schon wieder von den italienischen Gegenden Süddeutschlands angefangen und mir nicht undeutlich zu verstehen gegeben, daß sie noch schöner wären, wenn ich mit ihm dorthin zöge, da erlöste mich der liebe Fladorp aus dieser Pein; doch kaum hatte er mich wieder zurückgebracht, als der Unerträgliche sein altes Lied von neuem anstimmte, aber Eduard holte mich noch viermal aus seinen glänzendsten Phrasen heraus, so daß jener vor Wut ganz stumm war, als ich das letztemal zurückkam; er äußerte gegen Mama seine Unzufriedenheit, sie schien ihn aber nicht zu verstehen.«

»Ach, wie glücklich du bist«, entgegnete wehmütig die Nachbarin, »aber ich! Weißt du schon, daß mein Dagobert nach Halle versetzt ist? Wie wird es mir ergehen!«

»Ich weiß es und bedaure dich von Herzen, aber sage mir doch, wie dies so schnell kam?«

»Ach!« antwortete das Fräulein und zerdrückte heimlich eine Träne im Auge; »ach, du hast keine Vorstellung von den Kabalen, die es im Leben gibt. Du weißt, wie eifrig Dagobert immer für das Wohl des Vaterlandes war; da hatte er nun einen neuen Zapfenstreich erfunden, er hat ihn mir auf der Fensterscheibe vorgespielt, er ist allerliebst; seinem Obersten gefiel er auch recht wohl, aber dieser wollte haben, er solle ihm die Ehre der Erfindung lassen; natürlich konnte Dagobert dies nicht tun und, darüber aufgebracht, ruhte der Oberst nicht eher, bis der Arme nach Halle versetzt worden ist. Ach, du kannst dir gar nicht denken, wie wehmütig mir ums Herz ist, wenn der Zapfenstreich an meinem Fenster vorbeikommt, sie spielen ihn alle Abend nach der neuen Erfindung, und der, welcher ihn machte, kann ihn nicht hören!«

»Ich bedaure dich recht; aber weißt du auch schon etwas

ganz Neues? daß sie bei der Garde andere Uniform bekommen?«

»Ist's möglich? O sage, wie denn? Woher weißt du es?«

»Höre, aber im engsten Vertrauen: denn es ist noch tiefes, tiefes Geheimnis. Eduard hat es von seinem Obersten und gestand mir es neulich, aber unter dem Siegel der tiefsten Verschwiegenheit: sieh', die Knöpfe werden auf der Brust weiter auseinander gesetzt und laufen weiter unten enger zu, auf diese Art wird die Taille noch viel schlanker, dann sollen sie auch goldene Achselschnüre bekommen, das weiß aber der Oberst, und ich glaube selbst der General noch nicht ganz gewiß; – Eduard muß aussehen wie ein Engel – siehe bisher . . .«

Sie flüsterten jetzt leiser, so daß ich über den Schnitt der Garde-Uniformen nicht recht ins klare kommen konnte. Nur so viel sah ich, daß schöne Augen bei platonischen Empfindungen ein recht schönes Feuer haben, daß sie aber viel reizender leuchten, bei weitem glänzendere Strahlen werfen, wenn sich *sinnliche Liebe* in ihnen spiegelt.

XIII

Angststunden des Ewigen Juden

Der Vorleser war bis an einen Abschnitt gekommen und legte das Buch nieder. Allgemeiner Applaus erfolgte, und die gewöhnlichen Ausrufungen, die schon dem Stickmuster gegolten hatten, wurden auch der »Gabriele« zuteil. Ich konnte die Geistesgegenwart und die schnelle Fassungskraft der beiden Fräulein nicht genug bewundern, obgleich sie nicht den kleinsten Teil des Gelesenen gehört haben konnten, so waren sie doch schon so gut geschult, daß sie voll Bewunderung schienen; die eine lief sogar hin zu Frau von Wollau, faßte ihre Hand und drückte sie an das Herz, indem sie ihr innig dankte für den Genuß, den sie allen bereitet habe.

Diese Dame saß aber da, voll Glanz und Glorie, wie wenn sie die »Gabriele« selbst zur Welt gebracht hätte. Sie dankte nach allen Seiten hin für das Lob, das ihrer Freundin zuteil geworden, und gab nicht undeutlich zu verstehen, daß sie selbst vielleicht einigen Einfluß auf das neue Buch gehabt habe, denn sie finde hin und wieder leise Anklänge an ihre eigenen Empfindungen, an ihre eigenen Ideen über inneres Leben und über die Stellung der Frauen in der Gesellschaft, die sie in traulichen Stunden ihrer Freundin aufgeschlossen.

Man war natürlich so artig, ihr deswegen einige Komplimente zu machen, obgleich man allgemein überzeugt war, daß die »geniale Freundin« nichts aus dem innern Wollauschen Leben *gespickt* haben werde.

Der Ewige Jude hatte indes bei diesen Vorgängen eine ganz sonderbare Figur gespielt. Verwunderungsvoll schaute er in diese Welt hinein, als traue er seinen Augen und Ohren nicht; doch war das Bemühen, nach meiner Vorschrift ästhetisch oder kritisch auszusehen, nicht zu verkennen. Aber weil ihm die Übung darin abging, so schnitt er so greuliche Grimassen, daß er einigemal während des Vorlesens die Aufmerksamkeit des ganzen Zirkels auf sich zog und die Dame des Hauses mich teilnehmend fragte, ob mein Hofmeister nicht wohl sei?

Ich entschuldigte ihn mit Zahnschmerzen, die ihn zuweilen befallen, und glaubte alles wiedergutgemacht zu haben. Als aber Frau von Wollau, die ihm gegenüber saß, ihren Einfluß auf die Dichterin mitteilte, mußte das preziöse, geschraubte Wesen derselben dem alten Menschen so komisch vorkommen, daß er laut auflachte.

Wer jemals das Glück gehabt hat, einem eleganten Tee in höchst feiner Gesellschaft beizuwohnen, der kann sich leicht denken, wie betreten alle waren, als dieser rohe Ausbruch des Hohns erscholl. Eine unangenehme, totenstille Pause erfolgte, in welcher man bald den Doktor Mucker, bald die beleidigte Dame ansah; die Frau des Hauses, eingedenk des stechenden Kusses, wollte schon den unartigen Fremden, der den Anstand des Hauses so gröblich verletzte, ohne Rückhalt zurechtweisen, als dieser mit mehr Gewandtheit und List, als ich ihm zugetraut hätte, sich aus der Affaire zu ziehen wußte:

»Ich hoffe, gnädige Frau«, sagte er, »Sie werden mein allerdings unzeitiges Lachen nicht mißverstehen und mir erlauben, mich zu rechtfertigen. Es ist Ihnen allen gewiß auch schon begegnet, daß eine Ideen-Assoziation Sie völlig außer Contenance brachte; ist doch schon manchem mitten unter den heiligsten Dingen ein lächerlicher Gedanke aufgestoßen, der ihn im Mund kitzelte, und je mehr er bemüht war, ihn zu verhalten und zurückzudrängen, desto unaufhaltsamer brach er auf einmal hervor: so geschah es mir in diesem Augenblick. Sie würden mich unendlich verbinden, gnädige Frau, wenn Sie mir erlaubten, durch offenherzige Erzählung mich bei Frau von Wollau zu entschuldigen.«

Gnädige Frau, höchlich erfreut, daß der Anstand doch nicht verletzt sei, gewährte ihm freundlich seine Bitte, und der Ewige Jude begann: »Frau von Wollau hat uns ihr interessantes Verhältnis zu einer berühmten Dichterin mitgeteilt, sie hat uns erzählt, wie sie in manchen Stunden über ihre schriftstellerischen Arbeiten sich mit ihr besprochen, und dies erinnerte mich lebhaft an eine Anekdote aus meinem eigenen Leben.

Auf einer Reise durch Süddeutschland verlebte ich einige Zeit in S. Meine Abendspaziergänge richteten sich meistens nach dem königlichen Garten, der jedem Stand zu allen Tageszeiten offen stand; die schöne Welt ließ sich dort zu Fuß und zu Wagen jeden Abend sehen; ich wählte die einsameren Partien des Gartens, wo ich, von dichten Gebüschen gegen die Sonne und störende Besuche verschlossen, auf weichen Moosbänken mir und meinen Gedanken lebte.

Eines Abends, als ich schon längere Zeit auf meinem Lieblingsplätzchen geruht hatte, kamen zwei gutgekleidete, ältliche Frauen und setzten sich auf eine Bank, die nur durch eine schmale, aber dichtbelaubte Hecke von der meinigen getrennt war. Ich hielt nicht für nötig, ihnen meine Nähe, die sie nicht zu ahnen schienen, zu erkennen zu geben; Neugierde war es übrigens nicht, was mich abhielt, denn ich kannte keine Seele in jener Stadt, also konnten mir ihre Reden höchst gleichgültig sein. Aber stellen Sie sich mein Erstaunen vor, Verehrteste, als ich folgendes Gespräch vernahm:

›Nun? und darf man Ihnen Glück wünschen, Liebe? Haben Sie endlich die hartnäckige Elise aus der Welt geschafft?‹

›Ja‹, antwortete die Dame, ›heute früh nach dem Kaffee habe ich sie umgebracht.‹

Schrecken durchrieselte meine Glieder, als ich so deutlich und gleichgültig von einem Mord sprechen hörte, so leise als möglich näherte ich mich vollends der Hecke, die mich von jenen trennte, schärfte mein Ohr wie ein Wachtelhund, daß mir ja nichts entgehen sollte, und hörte weiter:

›Und wie haben Sie ihr den Tod beigebracht; wie gewöhnlich durch Gift? Oder haben Sie die Unglückliche, wie Othello seine Desdemona, mit der Bettdecke erstickt?‹

›Keines von beiden‹, entgegnete jene, ›aber recht hart ward mir dieser Mord; denken Sie sich, drei Tage lang hatte ich sie schon zwischen Leben und Sterben, und immer wußte ich nicht, was ich mit ihr anfangen sollte; da fiel mir endlich ein gewagtes Mittel ein: ich ließ sie, wie durch Zufall, von einem Steg ohne Geländer in den tiefen Strom hinabgleiten, die Wellen schlugen über ihr zusammen, man hat von Elisen nichts mehr gesehen.‹

›Das haben Sie gut gemacht, und die wievielte war diese, die Sie auf die eine oder die andere Art umbringen?‹

›Nun, das wird bald abgezählt sein, Pauline Dupuis, Marie usw., aber die erstere trug mir am meisten Ruhm ein; es waren dies noch die guten Zeiten von 1802, wo noch wenige mit mir konkurrierten.‹

Die Haare standen mir zu Berg; also fünf unschuldige Geschöpfe hatte diese Frau schon aus der Welt geschafft. War es nicht ein gutes Werk an der menschlichen Gesellschaft, wenn ich einen solchen Greuel aufdeckte und die Mörderin zur Rechenschaft zog?

»Die Damen waren nach einigen gleichgültigen Gesprächen aufgestanden und hatten sich der Stadt zugewendet; leise stand ich auf und schlich mich ihnen nach, wie ein Schatten ihren Fersen folgend; sie gingen durch die Promenade, ich folgte; sie kehrten um und gingen durchs Tor, ich folgte; sie schienen endlich meine Beobachtungen zu bemerken, denn die eine sah sich einigemal nach mir um, ihr böses Gewissen schien mir erwacht, sie mochte ahnen, daß ich den Mord wisse, sie will mich durch die verschiedene Richtung der Straßen, die sie einschlägt, täuschen, aber ich – folge. Endlich stehen sie an einem Hause still; sie ziehen die Glocke, man schließt auf, sie treten ein. Kaum sind sie in der Tür, so gehe ich schnell heran, merke mir die Nummer des Hauses und eile, getrieben von jenem Eifer, den die Entdeckung eines so schauerlichen Geheimnisses in jedem aufregen muß, auf die Direktion der Polizei.

Ich bitte den Direktor um geheimes Gehör; ich lege ihm die ganze Sache, alles, was ich gehört hatte, auseinander; weiß aber leider von den Gemordeten keine mit ihrem wahren Namen anzugeben, als eine gewisse *Pauline Dupuis*, die im Jahre 1801 unter der mörderischen Hand jener Frau starb. Doch war dies dem unter solchen Fällen ergrauten Polizeimann genug; er dankt mir für meinen Eifer, schickt sogleich Patrouillen in die Straße, die ich ihm bezeichnete, und fordert mich auf, ihn, wenn die Nacht vollends herangebrochen sein werde, in jenes Haus zu begleiten; die Nacht wähle er lieber dazu, da er bei solchen Auftritten den Zudrang der Menschen und das Aufsehen womöglich vermeide.

Die Nacht brach an, wir gingen; die Polizeisoldaten, die das Haus umstellt hatten, versicherten, daß noch kein Mensch dasselbe verlassen habe. Der Vogel war also gefangen. Wir ließen uns das Haus öffnen und fingen im ersten Stock unsere Untersuchung an. Gleich vor der Türe des ersten Zimmers hörte ich die Stimmen jener beiden Frauen; ohne Umstände öffne ich und deute dem Polizeidirektor die kleinere, ältliche Dame als die Verbrecherin an.

Verwundert stand diese auf, trat uns entgegen und fragte nach unserem Begehr; in ihrem Auge, in ihrem ganzen Wesen hatte diese Dame etwas, das mir imponierte; ich verlor auf einen Augenblick die Fassung und deutete nur auf den Direktor, um sie wegen ihrer Frage an jenen zu weisen. Doch dieser ließ sich nicht so leicht verblüffen; mit der ernsten Amtsmiene eines Kriminalrichters fragte er sie über ihren heutigen Spaziergang aus; sie gestand ihn zu, wie auch die Bank, wo sie gesessen; ihre Aussagen stimmten ganz zu den meinigen, der Mann sah sie schon als überwiesen an; die Frau fing an, ängstlich zu werden, sie fragte, was man denn von ihr wolle, warum man ihr Haus, ihr Zimmer mit Bewaffneten besetze, warum man sie mit solchen Fragen bestürme?

Der Mann der Polizei sah in diesem ängstlichen Fragen nur den Ausbruch eines schuldbeladenen Gewissens; er schien es für das beste zu halten, durch eine verfängliche Frage ihr vollends das Verbrechen zu entlocken: ›Madame, was haben Sie Anno 1801 mit Pauline Dupuis angefangen? Leugnen Sie nicht länger, wir wissen alles, sie starb durch Ihre Hand, wie heute früh die unglückliche Elise!‹

›Ja, mein Herr! Ich habe die eine wie die andere sterben lassen‹, antwortete die Frau mit einer Seelenruhe, die sogar in ein boshaftes Lächeln überzugehen schien.

›Und diesen Mord gestehen Sie mit so viel Gleichmut, als hätten Sie zwei Tauben abgetan?‹ fragte der erstaunte Polizeidirektor, dem in Praxi eine solche Mörderin noch nicht vorgekommen sein mochte; ›wissen Sie, daß Sie verloren sind, daß es Ihnen den Kopf kosten kann?‹

›Nicht doch!‹ entgegnete die Dame, ›die Geschichte ist ja weltbekannt.‹ ›Weltbekannt?‹ rief jener, ›bin ich nicht schon seit zweiundvierzig Jahren Polizeidirektor? Meinen Sie, dergleichen könne mir entgehen?‹

›Und dennoch werde ich recht haben, erlauben Sie, daß ich Ihnen die Belege herbeibringe?‹

›Nicht von der Stelle ohne gehörige Bewachung; Wache! zwei Mann auf jeder Seite von Madame; bei dem ersten Versuch zur Flucht – zugestoßen!‹

Vier Polizeidiener mit blanken Seitengewehren begleiteten die Unglückliche, die mir den Verstand verloren zu haben schien. Bald jedoch erschien sie wieder, ein kleines Buch in der Hand.

›Hier, meine Herren, werden Sie die Belege zu dem Mord finden‹, sagte sie, indem sie uns lächelnd das Buch überreichte.

›Taschenbuch für 1802‹, murmelte der Direktor, indem er das Buch aufschlug und durchblätterte, ›was Teufel, gedruckt und zu lesen steht hier: *Pauline Dupuis* von –. Mein Gott, Sie sind die Witwe des Herrn von –, und wenn ich nicht irre, selbst Schriftstellerin?‹

›So ist es‹, antwortete die Dame, und brach in ein lustiges Lachen aus, in welches auch der Direktor einstimmte, indem er, vor Lachen sprachlos, auf mich deutete.

›Und Elise, wie ist es mit diesem armen Kind?‹ fragte ich, den Zusammenhang der Sache und die Fröhlichkeit der Mörderin und des Polizeimannes noch immer nicht verstehend.

›Die liegt ermordet auf meinem Schreibtisch‹, sagte die Lachende, ›und soll morgen durch die Druckerei zum ewigen Leben eingehen.‹

Was brauche ich noch dazuzusetzen? Meine Herren und Damen! *Ich* war der Narr im Spiel und jene Frau war die rühmlichst bekannte, interessante Th. v. H. Die Erzählung ›Pauline Dupuis‹ ist noch heute zu lesen; ob die geniale Frau ihre ›Elise‹, die sie am Morgen jenes Tages nach dem Kaffee vollendet hatte, herausgegeben, weiß ich nicht. Ich mußte aus S. entfliehen, um nicht zum Gespötte der Stadt zu werden. Vorher aber schickte mir der Polizeidirektor noch eine große Diätenrechnung über Zeitversäumnis, weil ich durch jene lustige Mordgeschichte den Durstigen von seinem gewöhnlichen Abendbesuch in einem Klub abgehalten hatte.«

Der Ewige Jude hatte mit einer verbindlichen Wendung an Frau von Wollau geendet; allgemeiner Beifall ward ihm zuteil, und ein gnädiges Lächeln der Hausfrau sagte ihm, wie glücklich er sich gerechtfertigt hatte; und, wie die finstern Blicke dieser Dame vorher die Männer aus seiner unglücklichen Nähe entfernt hatten, ebenso schnell nahten sie sich ihm wieder, als ihn die Gnadensonne wieder beschien. Man zog ihn öfter ins Gespräch, man befragte ihn über seine Reisen, namentlich über jene in Süddeutschland, denn wie Schottland und seine Bewohner in London und Altengland überhaupt, so ist Schwaben für die Berliner, welche nie an den Rebenhügeln des Neckars und an den fröhlich grünenden Gestaden der obern Donau eines jener sinnigen herzlichen Lieder aus dem Munde eines »luschtiga Büebles« oder eines rüstigen, hochaufgeschürzten »Mädles« belauschten, ein Gegenstand hoher Neugierde.

Welch sonderbare Meinungen über jenes Land, selbst in gebildeten Zirkeln wie dieser elegante Tee, im Umlauf seien, hörte ich diesen Abend zu meinem großen Erstaunen. In einem Zaubergarten, von sanften Hügeln, von klaren blauen Strömen, von blühenden, duftenden Obstwäldern, von prangenden Weingärten durchschnitten, wohne, meinten sie, ein Völkchen, das noch so ziemlich auf der ersten Stufe der Kultur stehe; immense Gelehrte, die sich nicht auszudrücken verstünden, phantasiereiche Schriftsteller, die kein Wort gutes Deutsch sprechen. Ihre Mädchen haben keine Bildung, ihre Frauen keinen Anstand; ihre Männer werden vor dem vierzigsten Jahre nicht klug, und im ganzen Lande werden alle Tage viele Tausende jener Torheiten begangen, die allgemein unter dem Namen »Schwabenstreiche« bekannt seien.

Mir kam dieses Urteil lächerlich vor; ich war manches Jahr in Schwaben gewesen und hatte mich unter den guten Leutchen ganz wohl befunden; hätte ich nicht befürchten müssen, aus der Rolle eines Zöglings zu fallen, ich hätte sogleich darauf geantwortet, wie ich es wußte; so aber ersparte mir mein Mentor die Mühe, welcher, unglücklich genug, die gute Meinung, die er auf einige Augenblicke gewonnen hatte, nur zu schnell wieder verlieren sollte!

»Ob die Berliner«, sagte er, »mehr innere Bildung, mehr Eleganz der äußern Formen besitzen als die Schwaben, ob man hier im Brandenburgischen mit mehr Feinheit ausgerüstet auf die Erde, oder vielmehr auf Sand kommt als in Schwaben, wage ich nicht zu untersuchen, aber so viel habe ich mit eigenen Augen gesehen, daß man dort im Durchschnitt unter den Mädchen eine weit größere Menge hübscher, sogar schöner Gesichter findet, als selbst in Sachsen, welches doch wegen dieses Artikels berühmt ist.«

»Quelle sottise«, hörte ich Frau von Wollau schnauben, »welche abgeschmackte Behauptungen dieser gemeine Mensch –«

Umsonst winkte ich dem Ewigen mit den Augen, umsonst gab ihm der Dichter einen freundschaftlichen Rippenstoß, ihn zu erinnern, daß er sich unter Damen befinde, die auch auf Schönheit Anspruch machten; ruhig, als ob er den erzürnten Schönen das größte Kompliment gesagt hätte, fuhr er fort:

»Sie können gar nicht glauben, wie reizend dieser verschriene Dialekt von schönen Lippen tönt: wie alles so naiv, so lieblich klingt; wie unendlich hübsch sind diese blühenden Gesichtchen, wenn man ihnen sagt, daß sie schön seien, daß man sie liebe; wie schelmisch schlagen sie die Augen nieder, wie unschuldig erröten sie, welcher Zauber liegt dann in ihrem Trotz, wenn sie sich verschämt wegwenden und flüstern: ›Ach ganget Se mer weg, moinet Se denn, i glaubt's?‹* Hier in Norddeutschland gibt es meist nur Teegesichter, die einen Trost darin finden, ästhetisch oder ätherisch auszusehen; sie müssen den Atem erst lange anhalten, wenn sie es je der Mühe wert halten, über dergleichen zu erröten.«

O Jude, welchen Bock hattest du geschossen! Kaum hast du das zornblickende Auge einer Dame versöhnt, so begehst du den großen Fehler, vor zwölf Damen die schönen Gesichtchen zweier Länder zu loben, und nicht nur sie nicht mit aufzuzählen, sondern sogar ihren ätherischen Teint, ihre interessante Mondscheinblässe für Teegesichter zu verschreien!

Die jungen Damen sahen erstaunt, als trauten sie ihren Ohren nicht, die älteren an; diese warfen schreckliche Blicke auf den Frevler und auf die übrigen Herren, die, ebenso erstaunt, noch keine Worte zu einer Replik finden

* Gehen Sie doch! Meinen Sie denn, ich glaube daran?

konnten. Die Teetassen, die goldenen Löffelchen klirrten laut in den vor Wut zitternden Händen der Mütter, die seit zehn Jahren mit vieler Mühe es dahin gebracht hatten, daß ihre Töchter nobel und edel aussehen möchten – wozu heutzutage außer dem Gefühl der Würde etwas Leidendes, beinahe Kränkliches gehört – welche die immer wieder anschwellende Fülle ihrer Töchter, die immer wiederkehrende Röte der Wangen doch endlich zu besiegen gewußt hatten.

Und jetzt sollte dieser fremde, abenteuerliche, gemeine Mensch sie und ihre Freude, ihre Kunst zu schanden machen; er sollte es wagen, die Damen dieses deutschen Paris mit jenen schwerfälligen Bewohnerinnen des unkultivierten Schwabens auch nur in Parallele zu bringen und ihnen den ersten Rang zu versagen?! Und dies sollten sie dulden?

Jamais! Gnädige Frau nahm das Wort mit einem Blick, der über das eiskalte Gesicht des stillen Zornes wie ein Nordschein über Schneegefilde herabglänzte: »Ich muß Sie nur herzlich bedauern, Herr Doktor Mucker, daß Sie das schöne Schwaben und seine naive Bauerdirnen so treulos verlassen haben; und ich bitte Sie, Lieber«, fuhr sie fort, indem sie sich zu dem Dichter, der uns eingeführt hatte, wandte, »ich bitte Sie, muten Sie diesem Herrn da nicht mehr zu, meine Zirkel zu besuchen. Jotte doch, er könnte bei unsern Damen seine robusten Naturen und jene Naivität vermissen, die er sich so janz zu eigen jemacht hat.« Triumphierend richteten sich die Gebeugten auf, die Mütter spendeten Blicke des Dankes, die Fräulein kicherten hinter vorgehaltenen Sacktüchern, die jungen Herren hatten auch wieder die Sprache gefunden und machten sich lustig über meinen armen Hofmeister. Doch der feine Takt der gnädigen Frau ließ diesem Ausbruch der Nationalrache nur so lange Raum, bis sie den Doktor Mucker hinlänglich bestraft glaubte. Beleidigt durfte dieser Mann in ihrem Salon nie werden, wenn er gleich durch seine rücksichtslose Äußerung ihren Unwillen verdient hatte; sie beugte also schnell mit jener Gewandtheit, die feingebildeten Frauen so eigentümlich ist, allen weitern Bemerkungen vor, indem sie ihren Neffen aufforderte, sein Versprechen zu halten und der Gesellschaft die längst versprochene Novelle preiszugeben.

Dieser junge Mann hatte schon während des ganzen Abends meine Aufmerksamkeit beschäftigt. Er unterschied sich von den übrigen jungen Herren, die leer in den Tag hinein plauderten, sehr vorteilhaft durch Ernst und würdige Haltung, durch gewählten Ausdruck und kurzes, richtiges Urteil. Er war groß und schlank gebaut, männlich schön, nur vielleicht für manche etwas zu mager. Sein Auge war glänzend und hatte jenen Ausdruck stillen Beobachtens, der einen Menschenkenner oder wenigstens einen Mann verriet, der das Leben und Treiben der großen und kleinen Welt in vielerlei Formen gesehen und darüber gedacht hatte.

Er hatte, was mich sehr günstig für ihn stimmte, an dem Gespräch des Ewigen Juden und an seiner Persiflage mit keinem Wort, ich möchte sagen, mit keiner Miene teilgenommen. Zum erstenmal an diesem ganzen Abend entlockte ihm die Frage seiner Tante ein Lächeln, das sein Gesicht, besonders den Mund noch viel angenehmer machte; wahrlich, in diesen Mann hätte ich mich, wenn ich eines der anwesenden Fräulein gewesen wäre, unbedingt verlieben müssen; aber freilich, junge Damen haben hierüber ganz andere Ansichten als der

Teufel, und das einfache schwarze Gewand des jungen Mannes konnte natürlich die glänzende Gardeuniform und ihren kühnen, die drallen Formen zeigenden Schnitt nicht aufwiegen.

XIV

Der Fluch

(Novelle)

»Ich habe mich vergebens abgemüht, gnädige Tante«, sprach der junge Mann mit voller, wohltönender Stimme, »eine artige Novelle oder eine leichte, fröhliche Erzählung für diesen Abend zu ersinnen. Doch um nicht wortbrüchig zu erscheinen, muß ich schon den Fehler einigermaßen gut zu machen suchen. Wenn Sie erlauben, will ich etwas aus meinem eigenen Leben erzählen, das, wenn es nicht ganz den romantischen Reiz und den anziehenden Gang einer Novelle, doch immer den Wert der Wahrheit für sich hat.«

Die Tante bemerkte ihm gütig, daß die einfache Wahrheit oft größern Reiz habe, als die erfundene Spannung einer Novelle, ja sie gestand ihm, daß sie etwas *sehr Interessantes* erwarte, denn er sehe seit der Zurückkunft von seinen Reisen so geheimnisvoll aus, daß man auf seine Begebnisse recht gespannt sein dürfe.

Die älteren Damen lorgnettierten ihn aufmerksam und gaben dieser Bemerkung vollkommen Beifall; der junge Mann aber hub an zu erzählen:

»Als ich vor fünf Jahren in diesem Saal von einer großen Gesellschaft, welche die Güte meiner Tante noch einmal

Insel-Bibliothek

ADELBERT VON CHAMISSO
PETER SCHLEMIHLS WUNDERSAME GESCHICHTE
Mit Illustrationen von Emil Preetorius und einem Nachwort von Thomas Mann
Etwa 160 Seiten. Leinen.
ca. DM 28,–
Leder. ca. DM 68,–

JOSEF FREIHERR VON EICHENDORFF
GEDICHTE
Mit Zeichnungen von Otto Ubbelohde
Herausgegeben von Traude Dienel
Etwa 168 Seiten. Leinen.
ca. DM 28,–
Leder. ca. DM 68,–

KARL PHILIPP MORITZ
ANTON REISER
Ein psychologischer Roman
Mit einem Nachwort von Max von Brück
Etwa 448 Seiten. Leinen.
ca. DM 36,–
Leder. ca. DM 78,–

IWAN TURGENJEW
VÄTER UND SÖHNE
304 Seiten. Leinen.
ca. DM 32,–
Leder. ca. DM 72,–

Hessen-Bibliothek

GERHARD BEIER
ARBEITERBEWEGUNG IN HESSEN
Zur Geschichte der hessischen Arbeiterbewegung durch einhundertfünfzig Jahre (1834–1984)
Etwa 500 Seiten. Geb. ca. DM 48,–

HESSEN IM ZEITALTER DER INDUSTRIELLEN REVOLUTION
Herausgegeben von Klaus Eiler
Etwa 400 Seiten. Geb. ca. DM 42,–

DIETMAR GRIESER
MIT DEN BRÜDERN GRIMM DURCH HESSEN
Ein literarischer Lokalaugenschein zum 200. Geburtstag von Jacob, Wilhelm und Ludwig Emil Grimm
Mit Abbildungen
Etwa 300 Seiten. Geb. ca. DM 38,–

Insel Taschenbücher

DAS ANEKDOTENLEXIKON
it 413. DM 8,–

RAINER MARIA RILKE
AUGUSTE RODIN
it 766. DM 12,–

DENIS DIDEROT
JACOB UND SEIN HERR
it 772. DM 12,–

DENIS DIDEROT
RAMEAUS NEFFE
it 775. DM 12,–

E.T.A. HOFFMANN
KLEIN ZACHES GENANNT ZINNOBER
it 777. DM 8,–

Strindberg, Werke,
Frankfurter Ausgabe

August Strindberg
Werke in zeitlicher Folge

Frankfurter Ausgabe im Insel Verlag in zwölf Bänden
Herausgegeben von Angelika Gundlach in Zusammenarbeit mit Lars Dahlbäck, Olof Lagercrantz und Klaus von See

Band IV: 1886
Herausgegeben von Horst Brandl und Jörg Scherzer
Übersetzt von Hans Joachim Maass und Jörg Scherzer
Mit Nachwort, Kommentar und Anmerkungen
Etwa 960 Seiten. Leinen. ca. DM 98,–
Subskriptionspreis ca. DM 78,–
Leder. ca. DM 160,–
Inhalt:
Der Sohn der Magd I–IV. Roman;
Die Kameraden/Marodeure. Komödie; Briefe

Band V: 1887–1888
Herausgegeben von Wolfgang Butt
Übersetzt von Alken Bruns, Wolfgang Butt, Angelika Gundlach, Hans Joachim Maass und Verena Reichel
Mit Nachwort, Kommentar und Anmerkungen
Etwa 700 Seiten. Leinen. ca. DM 98,–
Subskriptionspreis ca. DM 78,–
Leder. ca. DM 160,–
Inhalt:
Der Vater. Drama; *Vivisektionen; Die Hemsöer.* Roman;
Plädoyer eines Irren. Roman;
Die Frauenfrage im Licht der Evolutionstheorie. Aufsatz;
Das Leben der Schärenleute. Novellen;
Fräulein Julie. Drama; Briefe

Die Frankfurter Strindberg-Ausgabe bringt, in Zusammenarbeit mit den Herausgebern der schwedischen Nationalausgabe und auf Manuskripte und Erstausgaben zurückgehend, zum ersten Mal in Deutschland eine repräsentative Auswahl der Werke Strindbergs, angefangen von frühen Dramenversuchen und journalistischen Arbeiten zu unterschiedlichsten Themen, über Gesellschaftssatiren, volkskundliche und kulturkritische Schriften, über theaterrevolutionierende Stücke und große Romane, über parawissenschaftliche Studien, Vivisektionen und *Inferno*-Wanderungen, über Märchen, Königsdramen, bürgerliche Institutionen unbarmherzig zerlegende Kammerspiele nebst Theaterwissenschaft bis hin zur Bilanz der *Blaubücher* und der Abrechnung – nicht nur – mit der schwedischen Gesellschaft in den Artikeln der »Strindberg-Fehde«. Die Frankfurter Strindberg-Ausgabe, die mit der Herausgabe der Bände IV und V beginnt, wird im Jahre 1987 abgeschlossen sein.

Romane und Erzählungen

Hans Carossa
Vorspiele

Geschichte einer Kindheit
200 Seiten. Leinen. ca. DM 32,–

Im August 1919 reichte der vierzigjährige Hans Carossa dem Insel Verlag das Manuskript *Vorspiele – Geschichte einer Kindheit* ein; seit Jahren hatte der überbeschäftigte Arzt, auch während des Krieges an der Front, an der Erzählung gearbeitet. Doch der Zeitpunkt für die Veröffentlichung eines scheinbar so zeitabgewandten Werks war ungünstig; der Dichter ließ sich das

INSEL

NEUE BÜCHER 2. HALBJAHR 1984

ROMANE UND ERZÄHLUNGEN
GROSSE BIOGRAPHIEN
LYRIK · KUNST
KULTURGESCHICHTE
GESCHENKAUSGABEN
ERANOS-JAHRBUCH
INSEL BILDERBÜCHER
INSEL BÜCHEREI · INSEL BIBLIOTHEK
HESSEN BIBLIOTHEK
INSEL TASCHENBÜCHER

um den Scheidenden versammelt hatte, Abschied nahm, warnten mich einige Damen – wenn ich nicht irre, war Frau von Wollau mit davon – vor den schönen Römerinnen, vor ihren feurigen, die Herzen entzündenden Blicken. Ich nahm ihre Warnung dankbar an, noch kräftigeren Schutz aber versprach ich mir von jenen holden blauen Augen, von jenen freundlichen vaterländischen Gesichtchen, von all den lieblichen Bildern, die ich, in feinem und treuem Herzen aufbewahrt, mit über die Alpen nahm.

Und sie schützten mich, diese Bilder, gegen jene dunkeln Feuerblicke der Römerinnen; wie sie aber vor sanften blauen Augen, welche ich dort sah, sich unverantwortlich zurückzogen, wie sie mein armes, unbewahrtes Herz ohne Bedeckung ließen, will ich als bittere Anklage erzählen.

Der s . .sche Gesandte am päpstlichen Hofe hatte mir in der Karwoche eine Karte zu den Lamentationen in der Sixtinischen Kapelle geschickt; mehr, um den alten Herrn, der mir schon manche Gefälligkeit erwiesen hatte, nicht zu beleidigen, als aus Neugierde, entschloß ich mich, hinzugehen. Ich war nicht in der besten Laune, als es Abend wurde. Statt einer lustigen Partie, wozu mich deutsche Maler geladen, sollte ich einen Klaggesang mit anhören, der mir schon an und für sich höchst lächerlich vorkam.

Nie hatte ich mich nämlich von der Heiligkeit solcher Ritualien überzeugen können, selbst in dem ehrwürdigen Kölner Dom, wo die hohen Gewölbe und Bogen, das Dunkel des gebrochenen Lichtes, die mächtigen vollen Töne der Orgel manchen andern ernster stimmen mögen, konnte ich nur über die Macht der Täuschung staunen.

Meine Stimmung wurde nicht heiliger, als ich an das

Portal der Sixtinischen Kapelle kam. Die päpstliche Wache, alte, ausgediente schneiderhafte Gestalten, hielten hier Wache mit so meisterlicher Grandezza, als nur die Cherubim an der Himmelstüre. Der Glanz der Kerzen blendete mich, da ich eintrat, und stach wunderbar ab gegen den dunklen Chor, in das die Finsternis zurückgeworfen schien. Nur der Hochaltar war dort von dreizehn hohen Kerzen erleuchtet.

Ich hatte Muße genug, die Gesichter der Gesellschaft um mich her zu mustern. Ich bemerkte nur sehr wenige Römer, dagegen fast alles, was Rom an Fremden beherbergte.

Einige französische Marquis, berüchtigte Spieler, einige junge Engländer von meiner Bekanntschaft standen ganz in meiner Nähe. Sie zogen mich auf, daß auch ich mich habe verführen lassen, dem *Spectacle*, wie sie es nannten, beizuwohnen; Lord Parter aber meinte, es seie dies wohl der Schönen zu Gefallen geschehen, die ich mitgebracht habe. Er deutete dabei auf eine junge Dame, die neben mir stand. Er fragte nach ihrem Namen und ihrer Straße, und schien sehr ungläubig, als ich ihm damit nicht dienen zu können behauptete.

Ich betrachtete meine Nachbarin näher; es war eine schlanke, hohe Gestalt, dem Wuchs nach keine Römerin; ein schwarzer Schleier bedeckte das Gesicht und beinahe die ganze Gestalt, und ließ nur einen Teil eines Nackens sehen, so rein und weiß, wie ich ihn selten in Italien, beinahe nie in Rom gesehen hatte.

Schon pries ich im Herzen meine Höflichkeit gegen den alten Diplomaten, hoffend, eine interessante Bekanntschaft zu machen; wollte eben – da begann der Klaggesang und meine Schöne schien so eifrig darauf zu hören, daß ich nicht mehr wagte, sie anzureden. Unmutig lehnte ich mich an eine Säule zurück, Gott und die Welt, den Papst und seine Lamentationen verwünschend.

Unerträglich war mir der monotone Gesang. Denken Sie sich sechzig der tiefsten Stimmen, die *unisono*, im tiefsten Grundton der menschlichen Brust, Bußpsalmen murmeln. Der erste Psalm war zu Ende, *eine* Kerze auf dem Altar verlöschte. Getröstet, die Farce werde ein Ende haben, wollte ich eben den jungen Lord anreden, als von neuem der Gesang anhub.

Jener belehrte mich zu meinem großen Jammer, daß noch alle zwölf übrigen Kerzen verlöschen müssen, bis ich ans Ende denken könne. Die Kirche war geschlossen und bewacht, an ein Entfliehen war nicht zu denken. Ich empfahl mich allen Göttern und gedachte einen gesunden Schlaf zu tun. Aber wie war es möglich? Wie Strahlen einer Mittagssonne strömten die tiefen Klänge auf mich zu. Zwei bis drei Kerzen verlöschten, meine Unruhe ward immer größer.

Endlich aber, als die Töne noch immer fortwogten, drangen sie mir bis ins innerste Mark. Das Erz meiner Brust schmolz vor den dichten Strahlen, Wehmut ergriff mich, Gedanken aus den Tagen meiner Jugend stiegen wie Schatten vor meiner Seele auf, unwillkürliche Rührung bemächtigte sich meiner, und Tränen entstürzten seit Jahren zum erstenmal meinem Auge.

Beschämt schaute ich mich um, ob doch keiner meine Tränen gesehen. Aber die Spieler, wunderbarer Anblick! lagen zerknirscht auf ihren Knien, der Lord und seine Freunde weinten bitterlich. Zwölf Kerzen waren verlöscht. Noch einmal erhoben sich die tiefen, herzdurchbohrenden Töne, zogen klagend durch die Halle, immer dumpfer, immer leiser verschwebend. Da verlöschte die letzte Kerze und zugleich mit das Feuermeer der Kirche, und bange Schatten, tiefe Finsternis drang aus dem Chor und lagerte sich über die Gemeine. Mir war, als wär' ich aus der Gemeinschaft der Seligen hinausgestoßen in eine fürchterliche Nacht.

Da tönten aus des Chores hintersten Räumen süße klagende Stimmen. Was jenes tiefe, schauerliche *Unisono* unerweicht gelassen, zerschmolz vor diesem hohen *Dolce* der Wehmut. Rings um mich das Schluchzen der Weinenden, vom Chor herüber Töne, wie von gerichteten Engeln gesungen, glaubte ich nicht anders, als in einer zernichteten Welt mit unterzugehen und zu hören, der Glaube an Unsterblichkeit sei Wahn gewesen.

Der Gesang war verklungen, Fackeln erhellten die Szene, die Menge ergoß sich durch die Pforten und auch ich gedachte, mich zum Aufbruch zu rüsten, da gewahrte ich erst, daß meine schöne Nachbarin noch immer auf den Knien niedergesunken lag. Ich faßte mir ein Herz.

›Signora‹, sprach ich, ›die Tore werden geschlossen, wir sind die letzten in der Kapelle.‹

Keine Antwort. Ich faßte ihre Rechte, die auf der Seite niederhing, sie war kalt und ohne Leben. Sie lag in Ohnmacht.

Ich befand mich in sonderbarer Lage. Die Nacht war schon weit vorgerückt; nur noch einige Flambeaus zogen durch die Kirche, ich mußte alle Augenblicke befürchten, vergessen zu werden. Ich besann mich nicht lange, rief einen der Fackelträger herbei, um mit seiner Hülfe die Dame aufzurichten.

Wie ward mir, als ich den Schleier aufschlug. Der düstere Schein der halbverlöschten Fackel fiel auf ein

Gesicht, wie ich es auch auf den herrlichsten Kartons von Raffael nie gesehen! Glänzendbraune Locken hatten sich aufgelöst und fielen herab bis in den verhüllten Busen und umzogen das liebliche Oval ihres Angesichtes, auf dem sich eine durchsichtige Blässe gelagert hatte. Die schönen Bogen der Brauen versprachen ein ernstes, vielleicht etwas schelmisches Auge, und den halbgeöffneten Mund, umkleidet mit den weißesten Perlen, konnte Gram, konnte Scherz so gezogen haben.

Als wir sie aufrichten wollten, schlug sie das herrliche, blaue Auge auf, dessen eigener, schwärmerischer Glanz mich so überraschte, daß ich einige Zeit mich zu sammeln nötig hatte. Sie richtete sich plötzlich auf, stand nun in ihrer ganzen Schöne mir gegenüber. Welch' zarte Formen bei so vielem Anstand, bei so ungewöhnlicher Höhe des Wuchses. Sie schaute verwundert in der Kirche umher, ließ dann ihre Blicke auf mich herübergleiten:

›Und Sie hier, Otto?‹ sprach sie, nicht italienisch, nein, in reinem, wohlklingendem Deutsch.

Wie war mir doch so wunderbar! Sie sprach so bekannt zu mir, ja sogar meinen Namen hatte sie genannt; woher konnte sie ihn wissen? – Sie schien verwundert über mein Schweigen.

›Nicht bei Laune, Freund? und doch haben Sie mich so freundlich unterstützt? Doch! lassen Sie uns gehen, es wird spät.‹

Sie hatte recht. Die Fackel drohte zu verlöschen. Ich gab ihr den Arm. Sie drückte zärtlich meine Hand.

Was sollte ich denken, was sollte ich machen? Betrug von ihr war nicht möglich, – das Mädchen *konnte* keine Dirne sein. Verwechslung war offenbar. Aber sie wußte mich bei meinem Namen zu nennen, sie war so ohne Arg.

– Ich wagte es – ich übernahm die Rolle *eines verstimmten Verehrers* und schritt schweigend mit ihr durch die Hallen.

Am Portal geht mein Jammer von neuem an. Welche Straße sollt' ich wählen, um nicht sogleich meine wahre Unbekanntschaft zu verraten? Ich nahm allen meinen Mut zusammen und schritt auf die mittlere Straße zu.

›Mein Gott‹, rief sie aus und zog meinen Arm sanft seitwärts, ›Otto, wo sind Sie nur heute, hier wären wir ja an die Tiber gekommen.‹

O! wie hörte ich so gerne diese Stimme! Wie lieblich klingt unsere Sprache in einem schönen Munde. Schon oft hatte ich die Römerinnen beneidet um den Wohllaut ihrer Töne; hier war weit mehr, als ich je in Rom gehört; es mußte offenbar ein deutsches Mädchen sein, ich sah es aus allem, und doch so reine, runde Klänge ihrer Sprache! Als ich noch immer schwieg, brach sie in ein leises Weinen aus. Ihr tränendes Auge sah mich wehmütig an, ihre Lippen wölbten sich, wie wenn sie einen Kuß erwarteten.

›Bist du mir nicht mehr gut, mein Otto? Ach könntest du mir zürnen, daß ich die Lamentationen hörte? O! zürne mir nicht. Doch du hast recht, wäre ich lieber nicht hingegangen. Ich glaubte Trost zu finden, und fand keinen Trost, keine Hoffnung. Alle meine Lieben schienen dem Grab entstiegen, schienen über die Alpen zu wehen und mit Tönen der Klage mich zu sich zu rufen. Wie bin ich so allein auf der Erde‹, weinte sie, indem ihr blaues Auge in das nächtliche Blau des Himmels tauchte, ›wie bin ich so allein – und wenn ich dich nicht hätte, mein Otto . . .‹

Meine Lage grenzte an Verzweiflung; das schönste, lieblichste Kind im Arme und doch nicht sagen können, wie ich sie liebte! Als ihre Tränen noch nicht aufhören wollten, flüsterte ich endlich leise: ›Wie könnte ich dir zürnen?‹

Sie schaute freudig dankbar auf. – ›Du bist wieder gut? und o! wie siehst du heute doch gar nicht so finster aus, auch deine Stimme klingt heute so weich! Sei auch *morgen* so und laß nicht wieder einen ganzen langen Tag auf dich warten.‹

Sie näherte sich einem Haus und blieb davor stehen, indem sie die Glocke zog. ›Und nun gute Nacht, mein Herz‹, sagte sie, ›wie gerne säß' ich noch zu dir auf die Bank, aber die Signora wartet wohl schon zu lange.‹ Ich wußte nicht wie mir geschah, ich fühlte einen heißen Kuß auf meinen Lippen und weg war sie.

Ich merkte mir die Nummer des Hauses, aber die Straße konnte ich nicht erkennen. Nur einen Brunnen und gegenüber von ihrem Haus eine Madonna in Stein gehauen konnte ich als Zeichen für die Zukunft anmerken. Ich wand mich mit unsäglicher Mühe durch das Gewirre der Straßen und war doch nicht froh, als ich endlich mein Haus erreichte. Bis an den lichten Morgen kein Schlaf. Zuerst ließ mich der Mond nicht schlafen, der mich durchs Fenster herein angrinste, und als ich die Gardine vorzog, schien gar der Engelkopf des Mädchens hereinzublicken; mitunter zogen auch die Lamentationen durch meinen wirren Kopf, und ich verwünschte endlich ein Abenteuer, das mich eine schlaflose Nacht kostete.

Sehr frühe am andern Morgen traten Lord Parter und einer seiner Freunde bei mir ein. Sie wollten mir begegnet sein, als ich meine rätselhafte Schöne zu Haus brachte, und schalten mich neckend, daß ich sie gestern gänzlich verleugnet habe. Als ich ihnen mein Abenteuer dem größern Teil nach erzählte, wurden sie noch ungestümer und behaupteten, mich deutlich schon mehreremal mit derselben Dame gesehen zu haben. Immer klarer ward mir, daß irgend ein Dämon sich in meine Gestalt gehüllt habe, da ja auch das Mädchen mich so genau zu kennen schien, und ich war nicht minder begierig, das liebe Mädchen als das leibhafte Konterfei meiner Gestalt zu Gesicht zu bekommen. Die beiden Engländer mußten mir Stillschweigen geloben, indem ich mich vor dem Spott meiner Bekannten fürchtete, zugleich versprachen sie auch, mir suchen zu helfen.

Nach langem Umherirren, wobei wir tausend Lügen ersinnen mußten, um die erwachende Neugierde unserer Freunde zu täuschen, fanden wir endlich in dem entlegensten Winkel der Stadt jene Merkzeichen, die Madonna und den Brunnen. Ich sah das Haus der Holden, ich sah die Bank an der Türe, auf welcher ich hätte selig werden sollen, aber hier ging auch unser Weg zu Ende. Als Fremde hätten wir zu viel gewagt, so weit entfernt von den uns bekannten Straßen, unter einer Menschenklasse, die besonders den Engländern so gram ist, uns in ein fremdes Haus einzudrängen. Wir zogen mehrere Mal durch die Straße, immer war die Türe verschlossen, immer die Fenster neidisch verhängt. Wir verteilten uns, bewachten tagelang die Promenaden, weder meine Schöne noch mein Ebenbild ließen sich sehen.

Geschäfte riefen mich in dieser Zeit nach Neapel. So angenehm mir sonst diese Reise gewesen wäre, so war sie mir in meiner gegenwärtigen Spannung höchst fatal. Unaufhörlich verfolgte mich das Bild des Mädchens, im Traum wie im Wachen hörte ich die liebliche Stimme flüstern. Hatten mich die Gesänge in der Kapelle so weich gestimmt, hatte das flüchtige Bild der Schönen vermocht, was der Geist und die Schönheit so mancher andern nicht über mich vermochte?

Unruhig reiste ich ab. Die Reise, so viele abwechselnde Gegenstände, die ernsten Geschäfte, der Reiz der Gesellschaft, nichts gab mir meine Ruhe wieder.

Es war die Zeit des Karnevals, als ich nach Rom zurückkehrte. Durfte ich hoffen, im Gewühle der Menge den Gegenstand meiner Sehnsucht herauszufinden? Meine englischen Freunde waren abgereist, ich hatte niemand mehr, dem ich mich vertrauen mochte. Ohne Hoffnung hatte ich mehrere Tage verstreichen lassen, ich war nicht zu bewegen, mich unter die Freuden des Karnevals zu mischen.

Wie erstaunte ich aber, als mich am Morgen des vierten Tages der Karnevalswoche der Gesandte fragte, wie ich mich gestern ›amüsiert‹ habe. Ich sagte ihm, ich sei nicht im Korso gewesen. Er erstaunte, behauptete, mich von seinem Wagen aus mit einer Dame am Arm gesehen und begrüßt zu haben. Er schwieg etwas beleidigt, als ich es wieder verneinte. Aber plötzlich kam mir der Gedanke, wie wenn es die Gesuchten wären? – Man war in allen Zirkeln sehr gespannt auf diesen Abend. Ein prachtvoller Maskenzug, worin Damen aus den edelsten römischen Häusern eine Rolle übernommen hatten, sollte das Karneval verherrlichen. Ich gab dem Drängen meiner Bekannten nach und ging mit in den Korso.

Erwarten Sie von mir keine Beschreibung dieses Schauspiels. Zu jeder andern Zeit würde ich ihm alle meine Aufmerksamkeit geschenkt haben, nicht nur weil es mir als Volksbelustigung sehr interessant gewesen wäre, sondern weil sich der Charakter der Römer gerade hier am meisten aufdeckt. Aber wenn ich sage, daß von dem gan-

zen Abend, von allen Herrlichkeiten des Korso nur noch ein Schatten in meiner Erinnerung geblieben und nur *ein* heller Stern aus dieser Nacht auftaucht, so werden Sie vergeben, wenn ich über das interessante Schauspiel Ihre Neugierde nicht zur Genüge befriedige.

Die lange, enge Straße war schon gefüllt, als wir durch die *Porta del popolo* hereintraten; unabsehbar wogten die Wellen der Menge durcheinander, und das Auge gleitete unbefriedigt darüber hinweg, weil es unter der Mischung der grellsten Farben keinen Punkt fand, der es festhielt. Die Erwartung war gespannt. Überall hörte man von dem Maskenzug reden, der sich nun bald nahen müsse. Ein rauschendes Beifallrufen drang jetzt von dem Obelisken auf der *Piazza* herüber und verkündete die Auffahrt der Masken. Alle Blicke richteten sich dorthin. Von den Balkons und Gerüsten herab wehten ihnen Tücher und winkten schöne Hände entgegen, indem die Equipagen sich in die Seiten drängten, um den Wagen des Zuges Platz zu machen. Er nahte. Gewiß ein herrlicher Anblick. Die Götter der alten Roma schienen wieder in die alten Mauern eingezogen zu sein, um ihren Triumph zu feiern. Liebliche, majestätische Gruppen! Welch herrliche Umrisse in den Gestalten des Apoll und Mars, wie lieblich Venus und Juno, und man konnte es nicht für Unbescheidenheit halten, sondern mußte gerade hierin den schönsten Triumph finden, wenn das Volk mit Ungestüm den Göttinnen zurief, die Masken abzunehmen. Unendlich wurde aber der Beifall, als die Gräfin Parvi, die edlen Formen des Gesichts unverhüllt, als Psyche sich nahte. Wahrlich, dieser liebliche Ernst, diese sanfte Größe hätten einen Zeuxis und Praxiteles begeistern können.

Der Abend nahte heran, man rüstete sich, die Gerüste

zu besteigen, weil das Pferderennen beginnen sollte. Ich stand ziemlich verlassen auf der Straße, musternd mit sehnsüchtigen Blicken die Galerien und Balkone, ob meine Schöne nicht darauf zu treffen sei. Plötzlich fühlte ich einen leisen Schlag auf die Schulter. ›So einsam?‹ tönte in der lieben Muttersprache eine süße Stimme in mein Ohr. Ich sah mich um. Eine reizende Maske in der Kleidung einer Tirolerin stand hinter mir. Durch die Höhlen der Maske blitzten jene blauen Augen, die mich damals so sehr überraschten. Sie ist's – es ist kein Zweifel. Ich bot ihr schweigend die Hand, sie drückte sie leise. ›Du böser Otto‹, flüsterte sie, ›den ganzen Abend habe ich dich vergebens gesucht. Wie mußte ich schwatzen, um die Signora los zu werden!‹

Die Wache rückte die Straße herab. Es war hohe Zeit, die Galerien zu suchen. Ich deutete hinauf, sie gab mir ihren Arm, sie folgte. Ein heimliches Plätzchen hinter einer Säule bot sich dar, sie wählte es von selbst. Karneval, Pferderennen, alle Schönheiten Roms waren für mich verloren, als mein stiller Himmel sich öffnete, als sie die Maske abnahm. Noch lieblicher, noch unendlich schöner war sie als an jenem Abend. Die zarte Blässe, die sie damals aus der Kapelle brachte, war einer feinen, durchsichtigen Röte gewichen; das Auge strahlte noch von höherem Glanz als damals, und der tiefe, beinahe wehmütige Ernst der Züge, wie sie sich mir damals zeigte, war durch ein Lächeln gemildert, das fein und flüchtig um die zarten Lippen wehte.

Sie heftete wieder einige Minuten schweigend ihr Auge auf mein Gesicht, strich mir spielend die Haare aus der Stirn und rief dann plötzlich: ›Jetzt bist du's wieder ganz! ganz wie an jenem Abend in der Kapelle, den du mir so

hartnäckig leugnest! Gestehst du ihn deiner Louise noch nicht?‹

Welche Pein! was sollte ich sagen? Da fiel plötzlich das Signal, die Pferde rannten durch den Korso. Meine Schöne bog den Kopf abwärts, und ich, meiner Sinne kaum mächtig, flüchtete hinter die nächste Säule, um nicht im Augenblick vor dem arglosen Mädchen als ein Tor oder noch etwas Schlimmeres zu erscheinen. Und was war ich auch anders, wenn ich mich selbst recht ernstlich fragte? Was wollte ich von dem Mädchen, was konnte ich von ihr wollen? Und war nicht eine so weit getriebene Neugierde Frevel?

Während ich noch so mit mir selbst kämpfte, ob es nicht ehrlicher sei, ein Abenteuer aufzugeben, dessen Ende nur ein törichtes sein könnte, bemerkte ich, daß meine Stelle schon wieder besetzt sei. Ich schlich näher herzu, um wenigstens zu hören, wer der Glückliche sei, da ich ihn, ohne meine unbescheidene Nähe zu verraten, nicht sehen konnte.

›Wie magst du nur so zerstreut fragen‹, sagte Louise, ›du selbst hast mich ja heraufgeführt.‹

›Ich hätte dich geführt, der ich diesen Augenblick erst zu dir trete? Gestehe, du betrügst mich: wer hat dich hergeleitet?‹

Mit befangener Stimme, dem Weinen nahe, beharrte sie auf dem, was sie vorhin sagte. ›Du bist auch wie unser Wetter über den Alpen, soeben noch so freundlich, und jetzt so kalt, so finster.‹

Jener stand schnell auf: ›Ich bin nicht gestimmt, meine Gnädige, das Ziel Ihrer Scherze zu sein‹, sagte er, ›und wenn Sie sich in Rätsel vertiefen, wird meine Gesellschaft Ihnen lästig werden.‹ Er brach auf und wollte gehen. Ich konnte die Leiden der Armen nicht mehr verlängern, trat hervor hinter der Säule, um mich als Auflösung des Rätsels zu zeigen. Aber wie ward mir! Meine eigene Gestalt, mein eigenes Gesicht glaubte ich mir gegenüber zu sehen. Die überraschende Ähnlichkeit –«

XV

Das Intermezzo – Die Trinker

Ein schrecklicher Angstschrei, ein Gerassel, wie Blitz und Donner einander folgend, unterbrach den Erzähler. Welcher Anblick! Der Jude lag ausgestreckt auf dem Boden des Saales, überschüttet mit Tee, Trümmer seines Stuhles und der feinen Meißner Tasse, die er im Sturz zerschmettert, um ihn her. Der Ärger über eine solche Unterbrechung war auf allen Gesichtern zu lesen; zürnend wandten die Damen ihr Auge von diesem Schauspiel, von den Herren machte keiner Miene, ihm beizustehen. Er selbst aber blieb Sekunden lang liegen, ohne sich zu rühren und schaute verwundert herauf.

Ich sprang auf, ihm beizustehen, ich hob ihn auf und sah mich nach einem andern Stuhl um, auf welchen ich ihn setzen könnte. Aber ein Verwandter des Hauses raunte mir in die Ohren, ich möchte machen, daß wir fortkommen, mein Hofmeister scheine sich nicht in dieser Gesellschaft zu gefallen.

Wir folgten dem Wink und nahmen unsere Hüte. Als ich mich von der gnädigen Frau beurlaubte, sagte sie mir viel Schönes und lud mich ein, sie recht oft zu sehen; meinen armen Hofmeister würdigte sie keines Blickes. Sie neigte sich so kalt als möglich und ließ ihn abziehen. Gelächter schallte uns nach, als wir den Saal verließen, und ich hatte mit meiner Inkarnation so viel menschliche Eitelkeit angezogen, daß mich dieses Lachen ungemein ärgerte.

Wie gern hätte ich die Erzählung jenes interessanten jungen Mannes zu Ende gehört*, wie viel Wichtiges und Psychologisches hätte ich noch von dem »Gardeuniform liebenden« Fräulein erlauschen können! Und war ich selbst nicht ganz dazu gemacht, junge Herzen an jenem Abend zu erobern? Ein junger, reicher, ich darf sagen, hübscher Mann auf Reisen findet, wo er hinkommt, freundliche Augen, durch welche er so leicht in die Herzen einzieht – und dies alles hatte mir das ungeschliffene Wesen *des alten Menschen* verdorben. Ich hätte ihn würgen mögen, als wir im Wagen saßen.

»War es nicht genug«, sagte ich, »daß du mit deinem scharfen Judenbart die zarte Hand der Gnädigen empfindlich bürstetest? Mußtest du auch noch die Frau von Wollau durch dein unzeitiges Gelächter beleidigen? Und kaum hast du es wieder gut gemacht, so bringst du aufs neue alles gegen dich auf? Was gingen dich denn die *Schwabenmädel* an, daß du ihre Schönheit an den Teetischen Berlins predigst? Darfst du denn sogar in China einer Schönen sagen, sie habe ein Teegesicht? Und jetzt, nachdem du die spitzigen Worte der ungnädigen Frau eingesteckt hattest, jetzt, als alles auf das erste vernünftige Thema, das diesen Abend abgehandelt wurde, lauschte, jetzt fällst du, wie der selige Hohepriester Eli im zweiten Kapitel Samuelis, rücklings in den Saal, und zerschmet-

* Die Fortsetzung dieser Novelle findet sich im zweiten Teile. Der Herausgeber

terst – nicht den eigenen hohlen Schädel, wie jener würdige jüdische Papst – nein! einen zierlich geschnitzten Fauteuil und eine Tasse von Meißner Porzellan; sage, sprich, schlechter Kamerad, wie fingst du es nur an?«

»In Eurer Stelle, Herr Satan, wäre ich nicht so arrogant gegen unsereinen«, antwortete er verdrießlich, »Ihr wißt, daß Euch keine Gewalt über meine Seele zusteht, denn seit anderthalb tausend Jahren kenne ich Eure Schliche und Ränke wohl. Was aber die Elis-Geschichte betrifft, so will ich Euch reinen Wein einschenken, vorausgesetzt, Ihr begleitet mich in eine Auberge, denn der läpperichte Tee hier, mit dem man in China kaum die Tassen ausspülen würde, mit dem noch schlechtern Arrak haben mir ganz miserabel gemacht.«

Ich ließ vor einem Restaurateur halten und führte den verunglückten Doktor Mucker hinein. Es war schon ziemlich tief in der Nacht und nur noch wenige, aber echte Trinker in dem Wirtszimmer. Wir setzten uns an einen Tisch zu vier oder fünf solcher nächtlichen Gesellen; ich ließ für den alten Menschen Burgunder auftragen, und in geläufigem Malabarisch, wovon die Trinker gewiß nichts verstanden, forderte ich ihn auf, zu erzählen.

Nachdem der Ewige Jude durch etliche Schlücke sich erholt hatte, begann er:

»Ich glaube, es ist ein Teil des Fluches, der auf mir ruht, daß ich, sobald ich mich in höhere Sphären der Gesellschaft wage, lächerlich werde; ein paar Beispiele mögen dir genügen:

Du weißt, daß ich, um mir die Langeweile des Erdenlebens zu vertreiben, zuweilen einen Liebeshandel suche – nun verziehe dein Gesicht nur nicht so spöttisch, ich bin eine Stereotypausgabe von einem kräftigen Fünfz'ger, und ein solcher darf sich schon noch aufs Eis wagen –; nun hatte ich einmal in einem kleinen sächsischen Städtchen eine Schöne auf dem Korn. Ich hatte schon seit einigen Tagen Zutritt in das elterliche Haus, und die kleine Kokette schien mir gar nicht abgeneigt. Ich kleidete mich sorgfältiger, um ihr zu gefallen, ich scherwenzelte um sie her, wenn sie spazieren ging, kurz, ich war ein so ausgemachter Geck, als je einer über das Pflaster von Leipzig ging. In dem Städtchen gehörte es zum guten Ton, morgens um neun Uhr an dem Haus seiner Schönen vorbeizugehen: schaute sie heraus, so wurde mit Grazie der Hut gezogen und etwas Weniges geseufzt.

Dies hatte ich mir bald abgemerkt und zog nun pflichtgemäß, wenn die Glocke neun Uhr summte, an jenem Haus vorüber, und ich hatte die Freude, zu sehen, wie mein Engel jedesmal zum Fenster herausschaute und huldreich lächelte. Eines Morgens war es sehr kotig auf der Straße; ich ging also, um die weißseidenen Strümpfe zu schonen, auf den Zehenspitzen und machte Schritte wie ein Hahn. Aber vor dem Hause meiner Schönen war der Schmutz reinlich in große Haufen zusammengekehrt, denn der Papa war eine Art von Polizeiinspektor und mußte den Einwohnern ein gutes Beispiel geben; wie freute sich mein Herz über diese Reinlichkeit! Ich konnte dort fester auftreten, ich konnte mit dem rechten Bein, wenn ich mein Kompliment machte, zierlich ausschweifen, ohne mich zu beschmutzen. Mein Engel schaute huldreich herab, freudig ziehe ich den Hut von dem schönfrisierten Toupet, schwenke ihn in einem kühnen Bogen und – o Unglück – er entwischt meiner Hand, er fährt wie ein Pfeil in den aufgeschichteten Unrat, daß nur noch die Spitze hervorsieht.

Wie schön sagt Schiller:

›Einen Blick
Nach dem Grabe
Seiner Habe
Sendet noch der Mensch zurück.‹

So stand ich wie niedergedonnert an dem Unrat. Sollte ich in zierlicher Stellung mit den Fingerspitzen den Hut herausziehen? Aber dann war zu befürchten, daß er ganz ruiniert sei; sollte ich völlig *chapeau bas* weiterziehen, wie einer, der ohne Hut dem Galgen oder dem Tollhaus entsprungen?

Wie ein silbernes Feuerglöckchen schlägt jetzt das lustige Lachen meiner Dulcinea an mein Ohr; brummend wie die schweren Totenglocken, das Grabgeläute meiner Hoffnung, antworten zehn Bässe aus dem gegenüber stehenden Kaffeehaus, Husaren-Lieutenants, Schreiber, Kaufleute brüllen aus den aufgerissenen Fenstern, und ›Hussa, Sultan, such' verloren!‹ tönt die Stimme meines furchtbarsten Rivalen, des Grafen Lobau. Eine englische Dogge von Menschenlänge stürzt hervor, packt den verlornen Hut mit geübter Schnauze, rennt auf mich zu, stellt sich auf die Hinterbeine, tappt mit seinen Pfoten auf meine Schultern und präsentiert mir das triefende *corpus delicti*.

Was ich dir hier mit vielen Worten erzähle, mein Bester, war das Werk eines Augenblicks; wie angefroren war ich dagestanden, und erst die Zudringlichkeit des höflichen Hundes gab mir meine Fassung wieder. Wieherndes, jauchzendes Gelächter scholl aus dem Café, und auch bei *ihr* waren alle Fenster mit Lachern angefüllt; und als ich

einen zärtlichen Blick, den letzten, hinauflaufen ließ, sah ich, wie sie das battistene Schnupftuch in den Mund schob, um nicht vor Lachen zu bersten; da verlor ich von neuem die Fassung. Wütend ergriff ich den Hut und schlug ihn der Dogge ins Gesicht; aber die Bestie verstand keinen Spaß, sie packte mich an der zierlichen Busenstreife, ich ließ ihr diese Spolien und machte mich eilends davon, durch dick und dünn galoppierend, aber die Bestie folgte, und andere Hunde und Gassenjungen stürzten nach, und die schreckliche Jagd nahm erst ein Ende, als ich atemlos in das Portal meines Gasthofes stürzte. Daß es mit meiner Liebe aus war, kannst du denken, besonders da ich nachher erfuhr, die Kokette habe alle ihre Anbeter um diese Stunde in das Kaffeehaus bestellt, um täglich meine Fensterparade zu bewundern!«

Ich bedauerte den Armen von Herzen, er aber griff ruhig nach seinem Glas, trank und fuhr dann fort:

»Kann dich versichern, so hundsföttisch ging es mir von jeher, besonders aber in der neuen, aufgeklärten Zeit, wo man so ungemein viel auf das Schickliche hält und verzweifeln möchte, wenn der vortreffliche Reifrock der Etikette ein wenig unsanft berührt wird. Darum ist es mir bei einem Gastmahl immer höllenangst. Wird fette Sauce umhergegeben, so sehe ich schon im Geiste, daß ich damit zittern und sie verschütten werde; kömmt dann der Bettel an mich, so bricht mir der Angstschweiß aus, die Saucière klappert in meiner zitternden Hand fürchterlich, sie schwankt, ich fahre mit der andern Hand darnach und – richtig, meine freundliche Nachbarin hat die ganze Bescherung auf dem neuen *drap d'or*, oder genuesischen Samtkleid, daß alles im schönsten Fett schwimmt. Habe ich aber endlich eine solche Fegefeuertour durchgemacht, ohne Sauce zu verschütten, ohne ein Glas umzuwerfen, ohne einen Löffel fallen zu lassen, ohne den Schoßhund auf den Schwanz zu treten, ohne der Tochter des Hauses die größten Sottisen zu sagen, wenn ich höflich und pikant sein will, so faßt mich irgendein Unheil noch zum Schluß, daß ich mit Schande abziehe wie heute.«

»Nun«, fragte ich, »und was warf dich denn heute mitten ins Zimmer?«

»Als der langweilige Mensch seine Erzählung anhub, wie er ein paar Pfaffen habe singen hören, und wie er einem hübschen Mädchen nachgelaufen sei – was man überall tun kann, ohne gerade in Rom zu sein – da übermannte mich die Langeweile, die eines meiner Hauptübel ist, und so setzte ich, um mich zu unterhalten, meinen Stuhl rückwärts in Bewegung und schaukelte mich ganz angenehm; auf einmal, ehe ich mich dessen versah, schlug der Stuhl mit mir rückwärts über und ich lag –«

»Das habe ich leider gesehen, wie du lagst«, sagte ich, »aber wie kann man nur in honetter Gesellschaft so ganz alle gute Sitte vergessen und mit dem Stuhl schaukeln.«

»Sei jetzt ruhig und bringe mich nicht auf mit der verdammten Geschichte, ich habe heute abend kein Glück gemacht, das ist alles. *Bibamus, diabole*!« sagte der alte Mensch, indem er selbst mit tüchtigem Beispiel voranging und dann schmunzelnd auf das dunkelrote Glas wies: »Der ist koscher, Herr Bruder, guter Burgunder, echter Chambertin und wenigstens zwanzig Jahre alt. Du magst mich jetzt auslachen oder nicht, aber ein gutes altes Weinchen vom Südstamme ist noch immer meine Leidenschaft, und ich behaupte, die Welt sieht jetzt nur darum so schlecht aus, weil so viel Tee, Branntwein und Bier, aber desto weniger Wein getrunken wird.«

»Du könntest recht haben, Jude!«

»Wie stattlich«, fuhr er im Eifer fort, »wie stattlich nahmen sich sonst die Wirtshäuser aus; breite, gedrungene, kräftige Gestalten, den dreispitzigen Hut ein wenig auf die Seite gesetzt, rote Gesichter, feurige Augen, ins Bläuliche spielende Nasen, honette Bäuche – so traten sie, das hohe, mit Gold beschlagene Meerrohr in der Faust, feierlich grüßend ins Zimmer; wenn der Hut am Nagel hing, der Stock in die Ecke gestellt war, schritt der Gast dem wohlbekannten Plätzchen zu, das er seit Jahren sich zu eigen gemacht hatte, und das oft nach ihm getauft war; der Wirt stellte mit einem ›Wohl bekomm's‹ die Weinkanne vor den ehrsamen Trinker, die gewöhnlichen Becher-Nachbarn fanden sich zur bestimmten Stunde ein, man trank viel, man schwatzte wenig und zog zur bestimmten Stunde wieder heim; so war es in den guten alten Zeiten, wie die Menschen sagen, die nach Jahren rechnen, so war es, und nur der Tod machte darin eine Änderung. Jetzt hängen sie alles an den Putz, machen Staat wie die Fürsten und sitzen den Wirten um zwei Groschen die Bänke ab. Lustiges, unstetes Gesindel fährt in den Wirtshäusern umher, man weiß nie mehr, neben wen man zu sitzen kömmt, und das heißen die Leute *Kosmopolitismus*. Höchstens trifft man ein paar alte weingrüne Gesichter von der echten Sorte, aber dies Geschlecht ist beinahe ausgestorben!«

»Schau' nur dorthin«, fiel ich ihm ein, »du Prediger in der Wüste, dort sitzen ein paar Echte; sieh nur das kleine Männlein dort in dem braunen Röckchen, wie es so feurig die roten Augen über die Flasche hinrollen läßt; er scheint mir ein rechter Kenner, denn er trinkt den Nierensteiner Kirchhofwein, den er vor sich hat, in ganz kleinen Zügen und zerdrückt ihn ordentlich auf der Zunge, ehe er schluckt. Und dort der große dicke Mann mit der roten Nase, ist er nicht eine Figur aus der alten Zeit? Nimmt er nicht das Glas in die ganze Faust, statt wie die Heutigen den kleinen und den Goldfinger zierlich auszustrecken? Ist er nicht schon an der vierten Flasche, seit wir hier sind, und hast du nicht bemerkt, wie er immer die Pfropfen in die Tasche steckt, um nachher zu zählen, wie viele Flaschen er getrunken?«

»Wahrhaftig, diese sind echt!« rief der begeisterte Jude, »ich bin jung gewesen und alt geworden, aber solcher gibt es nicht viele; laß' uns zu ihnen setzen, *mi fratercule*!«

Wir hatten nicht fehl geraten; jene Trinker waren von der echten Sorte, denn schon seit zwanzig Jahren kommen sie alle Abende in das nämliche Wirtshaus. Man kann sich denken, wie gerne wir uns an sie anschlossen; ich, weil ich solche Käuze liebe und aufsuche, der Ewige Jude aber, weil der Kontrast zwischen dem eleganten Tee und diesen Trinkern in seinen Augen sehr zugunsten der letzteren ausfiel; er wurde so kordial, daß er zu vergessen schien, daß er mit ihren Urvätern schon getrunken habe, daß er vielleicht mit ihren späten Enkeln wieder trinken werde.

Die alten Gesellen mochten jetzt ihre Ladung haben, denn sie wurden freundlich und fingen an, zuerst leise vor sich hinzubrummen, dann gestaltete sich dieses Brummen zu einer Melodie, und endlich sangen sie mit heiserer Weinkehle ihre gewohnten Lieder. Auch den »alten Menschen« faßte diese Lust. Er dudelte die Melodien mit, und als sie geendet hatten, fing auch er sein Lied an. Er sang:

Wer seines Leibes Alter zählet
Nach Nächten, die er froh durchwacht,
Wer, ob ihm auch der Taler fehlet,
Sich um den Groschen lustig macht,
Der findet in uns seine Leute,
Der sei uns brüderlich gegrüßt,
Weil ihn, wie uns der Gott der Freude
In seine sanften Arme schließt.

Wenn von dem Tanze sanft gewieget,
Von Flötentönen süß berauscht,
Fein Liebchen sich im Arme schmieget,
Und Blick um Liebesblick sich tauscht;
Da haben wir im Flug genossen
Und schnell den Augenblick erhascht,
Und Herz am Herzen festgeschlossen
Der Lippen süßen Gruß genascht.

Den Wein kannst du mit Gold bezahlen,
Doch ist sein Feuer bald verraucht,
Wenn nicht der Gott in seine Strahlen,
In seine Geisterglut dich taucht;
Uns, die wir seine Hymnen singen,
Uns leuchtet seine Flamme vor,
Und auf der Töne freien Schwingen
Steigt unser Geist zum Geist empor.

Drum, die ihr frohe Freundesworte
Zum würdigen Gesang erhebt,
Euch grüß' ich, wogende Akkorde,

Daß ihr zu uns hernieder schwebt!
Sie tauchen auf – sie schweben nieder,
Im Vollton rauschet der Gesang,
Und lieblich hallt in unsre Lieder
Der vollen Gläser Feierklang.

So haben's immer wir gehalten
Und bleiben fürder auch dabei,
Und mag die Welt um uns veralten,
Wir bleiben ewig jung und neu.
Denn wird einmal der Geist uns trübe,
Wir baden ihn im alten Wein
Und ziehen mit Gesang und Liebe
In unsern Freudenhimmel ein.

Ob dies des Ewigen Juden eigene Poesie war, kann ich nicht bestimmt sagen, doch ließ er mich zuzeiten merken, daß er auch etwas Poet sei; die zwei alten Weingeister aber waren ganz erfüllt und erbaut davon; sie drückten dem *alten Menschen* die Hand und gebärdeten sich, als hätte er ihnen die ewige Seligkeit verkündigt.

Es schlug auf den Uhren drei Viertel vor zwölf Uhr. Der Ewige Jude sah mich an und brach auf, ich folgte. Rührend war der Abschied zwischen uns und den Trinkern, und noch auf der Straße hörten wir ihre heiseren Stimmen in wunderlichen Tönen singen:

»Und wird einmal der Geist uns trübe,
Wir baden ihn im alten Wein
Und ziehen mit Gesang und Liebe
In unsern Freudenhimmel ein.«

Satans Besuch bei Herrn von Goethe nebst einigen einleitenden Bemerkungen über das Diabolische in der deutschen Literatur

»Von Zeit zu Zeit seh' ich den Alten gern
Und hüte mich, mit ihm zu brechen,
Es ist gar hübsch von einem großen Herrn,
So menschlich mit dem Teufel selbst zu sprechen.«
Goethe

XVI

Bemerkungen über das Diabolische in der deutschen Literatur

»Die Idee eines Teufels ist so alt als die Welt und nicht erst durch die Bibel unter die Menschen gekommen. Jede Religion hat ihre Dämonen und bösen Geister, – natürlich weil die Menschen selbst von Anfang an gesündigt haben und nach ihrem gewöhnlichen Anthropomorphismus das Böse, das sie sahen, einem Geiste zuschrieben, dessen Geschäft es sei, überall Unheil anzurichten.« So würde ich ungefähr sprechen, wenn ich es bis zum Professor der Philosophie gebracht hätte und nun über die »Idee eines Teufels« mich breitmachen müßte.

In meiner Stellung aber lache ich über solche Demonstrationen, die gewöhnlich darauf auslaufen, daß man mich mit zehnerlei Gründen hinwegzudisputieren sucht; ich lache darüber und behaupte, die Menschen, so dumm sie hie und da sein mögen, merken doch bald, wenn es nicht *ganz geheuer um sie her ist*, und mögen sie mich nun Ariman oder das böse Prinzip, Satan oder Herrn Urian nennen, sie kennen mich in allen Völkern und Sprachen. Es ist doch eine schöne Sache um das *dicier hic est*, darum behagt mir auch die deutsche Literatur so sehr. Haben sich nicht die größten Geister dieser Nation bemüht, mich zu verherrlichen, und, wenn ich's nicht schon wäre, mich ewig zu machen?

In meiner *Dissertatio de rebus diabolicis* sage ich unter anderm hierüber folgendes: »§ 8. *Die Idee, das moralische Verderben in einer Person darzustellen, mußte sich daher den Dichtern bald aufdrängen;* diese waren, wie es in Deutschland meistens der Fall war, philosophisch gebildet, doch war ihre Philosophie wie ihre Moral von jener breiten, dicken Sorte, die nicht mit Leichtigkeit über Gegenstände hinzugleiten weiß, daher kam es, daß auch die Gebilde ihrer Phantasie jenes philosophische Blei an den Füßen trugen, das sie nicht mit Gewandtheit auftreten ließ; sie stolperten auf die Bühne und von der Bühne, machten sich breit in Philosophemen, die der zehendste nicht sogleich verstand, und drehten und wandten sich, als sollten sie auf einer engen Brücke ohne Geländer in Reifröcken einander ausweichen.

Daher kam es, daß auch die Teufel dieser Poeten gänzlich verzeichnet waren. Betrachten wir z. B. Klingers Satan. Wie vielen Bombast hat dieser arme Teufel zuerst in der Hölle und dann auf der Erde herzuleiern!

Klingemanns Teufel! Glaubt man nicht, er habe ihn nur geschwind aus dem Puppenspiel von der Straße geholt, ihm die Glieder ausgereckt, bis er die rechte Größe hatte, und ihn dann in die Szene gesetzt? Man begreift nicht, wie

ein Mensch sich von einem solchen Ungetüm sollte verführen lassen!«

Es gibt noch mehrere solcher literarischen Ungetüme, die hier aufzuführen der Raum nicht erlaubt. Sie alle haben mir von jeher viel Spaß gemacht, und ich kam mir oft vor, wie der Polichinello des italienischen Lustspiels; ich war bei diesen Leuten eine stehende Figur, die, wenn auch etwas anders aufgeputzt, doch immer wieder die *Hörner herausstreckte*, und unter welche man zu besserer Kenntnis ein *ecce homo*, sehet, das ist der Teufel, schrieb.

Doch auch dem Teufel muß man Gerechtigkeit widerfahren lassen, sagt ein Sprichwort, folglich muß der Teufel zur Revanche auch wieder gerecht sein. »Ein jeder gibt, wie er's kann«, fuhr ich in der Dissertation fort, »und wie sich in jenen Poeten das moralische Verderben bei jedem wieder in andern Reflexen abspiegelte, so gaben sie auch ihre Teufel. Daher kommt es, daß Herr Urian bei Klopstock wieder bei weitem anders aussieht.

Jener Abbadonna ist ein gefallener Engel, dem das höllische Feuer die Flügel versengte, der sich aber auch jetzt noch nobel und würdig ausnehmen soll. Aber leider ist dieser Zweck doch ein wenig verfehlt, mir wenigstens kömmt dieser Klopstockische Gottseibeiuns vor wie ein Elegant, der wegen Unarten aus den Salons verwiesen, sich in den Tabagien und spießbürgerlichen Klubs nicht recht zu finden weiß und darum unanständig jammert.«

So ungefähr sprach ich mich in jener gelehrten Dissertation aus, und ich gebe noch heute zu, daß die Auffassung wie jeder Idee, so auch der des Teufels sich nach den *individuellen Ansichten* des Dichters über das Böse richten muß; dies alles aber entschuldigt keineswegs jenen *berühmten Mann*, der, kraft seines umfassenden Genies, nicht den engen Grenzen seines Vaterlandes oder der Spanne Zeit, in welcher er lebt, sondern der Erde und künftigen Jahrhunderten angehören könnte, es entschuldigt ihn nicht darin, daß er einen so schlechten Teufel zur Welt gebracht hat.

Der *Goethische Mephistophiles* ist eigentlich nichts anders als jener gehörnte und geschwänzte Popanz des Volkes. Den Schweif hat er aufgerollt und in die Hosen gesteckt, für die Bocksfüße hat er elegante Stiefeln angezogen, die Hörner hat er unter dem Barett verborgen – siehe da den Teufel des großen Dichters! Man wird mir einwenden: »Das gerade ist ja die große Kunst des Mannes, daß er tausend Fäden zu spinnen weiß, durch die er seine kühnen Gedanken, seine hohen überschwenglichen Ideen an das Volksleben, an die Volkspoesie knüpft.« »Halt Freund! ist es eines Mannes, der, wie sie sagen, so hoch über seinem Gegenstand steht und sich nie von ihm beherrschen läßt, ist es eines solchen Dichters würdig, daß er sich in diese Fesseln der Popularität schmiegt; sollte nicht der königliche Adler dieses Volk bei seinem populären Schopf fassen und mit sich in seine Sonnenhöhe tragen?«

»Verzeihe, Wertester«, erhalte ich zur Antwort, »du vergissest, daß unter diesem Volke mancher eine Perücke trägt; würde ein solcher nicht in Gefahr sein, daß ihm der Zopf breche und er aus halber Höhe wieder zur Erde stürzte? Siehe! der Meister hat dies besser bedacht; er hat aus jenen tausend Fäden, von welchen ich dir sagte, eine Strickleiter geflochten, auf welcher seine Jünger säuberlich und ohne Gefahr zu ihm hinaufklimmen. Der Meister aber setzet sie zu sich in seine Arche, gleich Noah schwebt er mit ihnen über der Sündflut jetziger Zeit und schaut ruhig wie ein Gott in den Regen hinaus, der aus den Federn der kleinen Poeten strömt.«

»Ein wässeriges Bild!« entgegne ich, »und zugleich eine Sottise; befand sich denn in jener Arche nicht mehr Vieh als Menschen? Und will der Meister warten, bis die Flut sich verlaufe und dann seine Stierlein und Eselein, seine Pfauen und Kamele Paar und Paar auf die Erde spazieren lassen?

Will er vielleicht wie jener Patriarch die Erfindung des Weines sich zuschreiben, sich ein Patent darüber ausstellen lassen und über seine Schenke schreiben: ›Hier allein ist Echter zu haben‹, wie Maria Farina auf sein Kölnisches Wasser, so für alle Schäden gut ist?«

Aber, um wieder auf Mephistophiles zu kommen; gerade dadurch, daß er einen so überaus populären und gemeinen Teufel gab, hat Goethe offenbar nichts für die Würde seines schönsten Gedichtes gewonnen. Er wird zwar viele Leser herbeiziehen, dieser Mephisto, viele Tausende werden ausrufen: »Wie herrlich! das ist der Teufel, wie er leibt und lebt.« Um die übrigen Schönheiten des Gedichtes bekümmern sie sich wenig, sie sind vergnügt, daß es endlich einmal eine Figur in der Literatur gibt, die ihrer Sphäre angemessen ist.

»Aber erkennst du denn nicht«, wird man mir sagen, »erkennst du nicht die herrliche, tiefe Ironie, die gerade in diesem Mephistophiles liegt?«

Ironie? Und welche? Ich sehe nichts in diesem meinem Konterfei, als den gemeinen »Ritter von dem Pferdefuß«, wie er in jeder Spinnstube beschrieben wird. Man erlaube mir, dieses Bild noch näher zu beleuchten. Ich werde nämlich vorgestellt als ein Geist, der beschworen werden kann, der sich nach magischen Gesetzen richten muß:

»Gesteh' ich's nur, daß ich hinausspaziere,
Verbietet mir ein kleines Hindernis,
Der Drudenfuß auf Eurer Schwelle«;

und dieser Schwelle Zauber zu zerspalten

»Bedarf ich eines Rattenzahns«,

daher befiehlt

»Der Herr der Ratten und der Mäuse,
Der Fliegen, Frösche, Wanzen, Läuse«

in einer Zauberformel seinem dienstbaren Ungeziefer, die Kante, welche ihn bannte, zu benagen. Auch kann ich nicht in das *Studierzimmer* treten, ohne daß der Doktor Faust dreimal »Herein!« ruft. In andere Zimmer, wie z. B. bei Frau Martha und in Gretchens Stübchen, trete ich ohne diese Erlaubnis. Doch den Schlüssel zu diesen sonderbaren Zumutungen finden wir vielleicht in dem Vers:

»Gewöhnlich glaubt der Mensch, wenn er nur
Worte hört,
Es müsse sich dabei auch etwas denken lassen!«

Doch weiter.

Ich stehe auf einem ganz besonderen Fuß mit *den Hexen*. Die in der Hexenküche hätte mich gewiß liebevoller empfangen, aber sie sah keinen *Pferdefuß*, und um mich bei ihr durch mein Wappen zu legitimieren, mache ich eine unanständige Gebärde.

»Mein Freund, das lerne wohl verstehen,
Das ist die Art, mit Hexen umzugehen.«

Auf dem Brocken in der Walpurgisnacht bin ich noch viel besser bekannt. Das Gehen behagt mir nicht, ich sage daher zum Doktor:

»Verlangst du nicht nach einem Besenstiele?
Ich wünschte mir den allerderbsten Bock.«

Auch hier

»Zeichnet mich kein Knieband aus,
Doch ist der Pferdefuß hier ehrenvoll zu Haus.«

Um unter diesem gemeinen Gelichter mich recht zu zeigen, tanze ich mit einer alten Hexe und unterhalte mich mit ihr in Zoten, die man nur durch Gedankenstriche

»Der hatt' ein – – –
So – es war, gefiel mir's doch«

anzudeuten wagt.

Ich bin selbst in Fausts Augen ein widerwärtiger, hämischer Geselle, der

»– – kalt und frech
Ihn vor sich selbst erniedrigt –«

Ich bin ohne Zweifel von häßlicher, unangenehmer Gestalt und Gesicht, zurückstoßend, was man mit mildem Ausdruck markiert, intrigant und im gemeinen Leben einen abgefeimten Spitzbuben zu nennen pflegt.

Daher sagt Gretchen von mir:

»Der Mensch, den du da bei dir hast,
Ist mir in tiefer inn'rer Seele verhaßt.
Es hat mir in meinem Leben
So nichts einen Stich ins Herz gegeben
Als des Menschen widrig Gesicht. –
Seine Gegenwart bewegt mir das Blut,
Ich hab' vor dem Menschen ein heimlich Grauen. –
– Kommt er einmal zur Tür herein
Sieht er immer so spöttisch drein
Und halb ergrimmt. –
Es steht ihm an der Stirn geschrieben,
Daß er nicht mag eine Seele lieben etc.«

Daher sage ich auch nachher:

»Und die Physiognomie versteht sie meisterlich,
In meiner Gegenwart wird ihr, sie weiß nicht wie;
Mein *Mäskchen* da weissagt verborgnen Sinn,
Sie fühlt, daß ich ganz sicher ein Genie,
Vielleicht wohl gar der Teufel bin.«

Soll dies bei Gretchen Ahnung sein? Ist sie befangen in der Nähe eines Wesens, das, wie man sagt, ihren Gott verleugnet? Ist es etwa ein unangenehmer Geruch, eine schwüle Luft, die ihr meine Nähe ängstlich macht? Ist es kindlicher Sinn, der den Teufel früher ahnet als der schon gefallene Mensch, wie Hunde und Pferde vor nächtlichem Spuk scheuen, wenn sie ihn auch nicht sehen? Nein – es ist nur allein mein Gesicht, mein Mäskchen, mein lauernder Blick, mein höhnisches Lächeln, das sie ängstlich macht, so *ängstlich*, daß sie sagt:

»– Wo er nur mag zu uns treten,
Mein' ich sogar, ich liebte dich nicht mehr. –«

Wozu nun dies? Warum soll der Teufel ein Gesicht schneiden, das jedermann Mißtrauen einflößt, das zurückschreckt, statt daß die Sünde, nach den gewöhnlichsten Begriffen, sich lockend, reizend sehen läßt?

Wer hat nicht die herrlichen Umrisse über Goethes Faust von dem genialen Retsch gesehen! Gewiß, selbst der Teufel muß an einem solchen Kunstwerk Freude haben. Ein paar Striche, ein paar Pünktchen bilden das liebliche, sinnige Gesicht des kindlichen, keuschen Gretchens, Faust in der vollendeten Blüte des Mannes steht neben ihr; welche Würde noch in dem gefallenen Göttersohn!

Aber der Maler folgt der Idee des Dichters, und siehe, ein Scheusal in Menschengestalt steht neben jenen lieblichen Bildern. Die unangenehmen Formen des dürren Körpers, das ausgedörrte Gesicht, die häßliche Nase, die tiefliegenden Augen, die verzerrten Mundwinkel – hinweg von diesem Bild, das mich schon so oft geärgert hat.*

Und warum diese häßliche Gestalt? frage ich noch einmal. Darum, antworte ich, weil Goethe, der *so hoch über seinem Werk schwebende Dichter*, seinen Satan anthropo-

* Man erlaube mir hier eine kleine Anmerkung: wenn ich nicht irre, so ertappt man hier den Satan auf einer größeren Eitelkeit, als man ihm fast zutrauen sollte; gewiß hat ihn nichts anderes gegen jenen verehrten Dichter aufgebracht, als daß er ihn mit etwas lebhaften Farben als häßlich darstellt; diese Bemerkung wird um so wahrscheinlicher, wenn man sich erinnert, daß er oben in dem zweiten Abschnitt selbst gesteht, daß durch seine Inkarnation einige Eitelkeit in ihn gefahren sei; Meister Urian gibt sich übrigens durch den übertriebenen Eifer, mit welchem er seine Mißgestalt rügt, eine Blöße, die ihm nicht hätte beigehen sollen.

morphisiert; um den gefallenen *Engel* würdig genug darzustellen, kleidet er ihn in die Gestalt eines tief gefallenen *Menschen*. Die Sünde hat seinen Körper häßlich, mager, unangenehm gemacht. In seinem Gesicht haben alle Leidenschaften gewühlt und es zur Fratze entstellt; aus dem hohlen Auge sprüht die grünliche Flamme des Neides, der Gier; der Mund ist widrig, hämisch wie der eines Elenden, der alles Schöne der Erde schon gekostet hat und jetzt aus Übersättigung den Mund darüber rümpft; der Unschuld ist es nicht wohl in seiner befleckenden Nähe, weil ihr vor diesen Zügen schaudert.

So hat der Dichter, weil er einen schlechten Menschen vor Augen hatte, einen schlechten Teufel gemalt.

Oder steht etwa in der Mythologie des Herrn von Goethe, der Teufel könne nun einmal nicht anders aussehen, er *könne* sein Gesicht, seine Gestalt nicht *verwandeln*? Nein, man lese:

»Auch die Kultur, die alle Welt beleckt,
Hat auf den Teufel sich erstreckt;
das nordische Phantom ist nun nicht mehr zu schauen,
Wo siehst du Hörner, Schweif und Klauen?

Du nennst mich Herr Baron, so ist die Sache gut,
Ich bin ein Kavalier wie andre Kavaliere!«

Und an einem andern Ort läßt er mich mein Gesicht ein »Mäskchen« nennen; folglich *kann* er sich eine Maske geben, *kann* sich verwandeln; aber, wie gesagt, der Dichter hat sich begnügt, das *nordische Phantom* dennoch beizubehalten, nur daß er mich von *»Hörnern, Schweif und Klauen«* dispensiert.

Dies ist das Bild des Mephistophiles, dies ist Goethes Teufel, jenes nordische Phantom soll *mich* vorstellen; darf nun ein vom Dichter so hochgestellter Mensch durch eine so niedrige Kreatur, die sich schon *durch ihre Maske verdächtig macht*, ins Verderben geführt werden? Darf jener große Geist, der noch in seinem Falle die übrigen hoch überragt, darf er durch einen gewöhnlichen »Bruder Lüderlich«, als welchen sich Mephisto ausweist, herabgezogen werden? Und – muß nicht *diese* Maske der Würde jener Tragödie Eintrag tun?

Doch ich schweige; an geschehenen Dingen ist nichts zu ändern, und meine verehrte Großmutter würde über diesen Gegenstand zu mir sagen:

»Söhnchen! *diabole*! Bedenke, daß ein großer Dichter ein großes Publikum haben, und um ein großes Publikum zu bekommen, so populär als möglich sein muß.«

XVII

Der Besuch

Bei diesem allem bleibt »Faust« ein erhabenes Gedicht und Goethe einer der ersten Geister seiner Zeit, und man darf sich daher nicht wundern, daß ich ein großes Verlangen in mir fühlte, diesen Mann einmal zu sehen. Ich hätte ihm einen unerwarteten Besuch machen können, ja, wenn ich oft recht ärgerlich über mein Zerrbild war, stand ich auf dem Sprung, ihm einmal im Kostüm des Mephistophiles nächtlicherweile zu erscheinen und ihm einigen Schrecken in die Glieder zu jagen; aber eine gewisse Gutmütigkeit, die man zuweilen an mir gefunden hat, hielt mich immer wieder ab, dem alten Mann eine schlaflose Nacht zu machen.

Ich entschloß mich daher, als *Doctor legens*, ein ehrsamer Titel auf Reisen, ihn zu besuchen, und als solcher kam ich in Weimar an. Es ist mit berühmten Leuten wie mit einem fremden Tiere. Kömmt ein ehrlicher Pächter mit seiner Familie in die Stadt auf den Jahrmarkt, so ist sein erstes, daß er in der Schenke den Hausknecht fragt: »Wann kann man den Löwen sehen, Bursche?« »Mein Herr«, antwortete der Gefragte, »die Affen und der Seehund sind den ganzen Tag zu haben, der Löwe aber ist am besten aufgelegt, wenn er das Futter im Leib hat, daher rate ich, um jene Zeit hinzugehen.«

Gerade so erging es mir in Weimar; ich fuhr von Jena aus mit einem jungen Amerikaner hinüber. Auch in sein Vaterland war des Dichters Ruhm schon längst gedrungen, und er machte auf der großen Tour durch Europa dem berühmten Mann zu Ehren schon einen Umweg von zwanzig Meilen. In dem Gasthof, wo wir abgestiegen waren, fragten wir sogleich, um welche Zeit wir bei Herrn von Goethe vorkommen könnten? Wir waren in Reisekleidern, die besonders bei meinem Gefährten etwas unscheinbar geworden waren; der Wirt musterte uns daher mit mißtrauischen Blicken und fragte, ehe er noch unsere Frage beantwortete, ob wir auch Fracks bei uns hätten?

Wir waren glücklicherweise beide damit versehen, und unser Wirt versprach, uns sogleich anmelden zu lassen. »Sie werden wahrscheinlich nach dem Diner, um fünf Uhr, angenommen werden, um diese Zeit sind Seine Exzellenz am besten zu sprechen. Zweifle auch gar nicht, daß Sie angenommen werden, denn wenn man, wie der Herr hier, eigens deswegen aus Amerika nach Weimar kömmt, wäre es doch unbarmherzig, einen ungesehen wieder fortzuschicken.«

Dieser Patriotismus ging doch wahrhaftig sehr weit; doch wir ließen den guten Mann auf dem Glauben, der junge Philadelphier komme *recta* nach Weimar und gehe von da wieder heim; übrigens hatte er richtig prophezeit: *Doctor legens* Supfer, wie ich mich nannte, und Forthill aus Amerika waren auf fünf Uhr bestellt.

Endlich schlug die Stunde, wir machten uns auf den Weg. Der Dichter wohnt sehr schön. Eine sanfte, geschmackvolle, mit Statuen dekorierte Treppe führt zu ihm; eine tiefe, geheimnisvolle Stille lag auf dem Hausgang, den wir betraten; schweigend führte uns der Diener in das Besuchzimmer. Behagliche Eleganz, Zierlichkeit und Feinheit, verbunden mit Würde, zeichneten dieses Zimmer aus. Mein junger Gefährte betrachtete staunend diese Wände, diese Bilder, diese Möbels. So hatte er sich wohl das *»Stübchen des Dichters«* nicht vorgestellt. Mit der Bewunderung dieser Umgebungen schien auch die Angst vor der Größe des Erwarteten zu steigen. Alle Nuancen von Rot wechselten auf seinem angenehmen Gesicht; sein Herz pochte hörbar, sein Auge war starr an die Türe geheftet, durch welche der Gefeierte eintreten mußte.

Ich hatte indes Muße genug, über den großen Mann nachzudenken. »Wieviel weiter«, sagte ich mir, »wie unendlich weiter helfen dem Sterblichen Gaben des Geistes als der zufällige Glanz der Geburt.

Der Sohn eines unscheinbaren Bürgers von Frankfurt hat hier die höchste Stufe erreicht, die dem Menschen nach dem gewöhnlichen Lauf der Dinge offensteht. Es hat schon mancher diese Stufe erstiegen. Geschäftsmänner vom Fach haben vom bescheidenen Plätzchen an der Türe alle Sitze ihrer Kollegien durchlaufen, bis endlich der Stuhl, der zunächst am Throne steht, sie in seine Arme aufnahm. Mancher hat sich auf dem Schlachtfeld das Portefeuille erkämpft. – Goethe hat sich seine eigene Bahn gebrochen, auf welcher ihm noch keiner voranging, noch keiner gefolgt ist; er hat bewiesen, daß der Mensch *kann*, was er *will*; denn man sage mir nichts von einem das All umfassenden Genie, von einem Geist, der sein Zeitalter gebildet, es stufenweise zu dem Höheren geführt habe – das Zeitalter hat *ihn* gebildet.

Ich kann mir noch wohl denken, welch heilloses Leben ›Werther‹ in das liebe Deutschland machte. Die Lotten schienen wie durch einen Zauberschlag aus dem Boden zu wachsen; die Zahl der Werther war Legion. Aber was war hierin Goethes Verdienst? Hatte es wirklich nur daran gefehlt, daß er das Hörnchen an den Mund setzte, und bei dem ersten Ton, den er angab, mußte Pfaffe und Laie, Nönnchen und Dämchen in wunderlichen Kapriolen ihren Sankt-Veitstanz beginnen? Wie heißt dieses große schöpferische Geheimnis? *Alles zu rechter Zeit*. Der Siegwart hatte die harten Herzen aufgetaut und sie für allen möglichen Jammer, für Mondschein und für Gräber empfänglich gemacht, da kommt Goethe.«

Die Türe ging auf – er kam.

Dreimal bückten wir uns tief und wagten es dann, an ihm hinauf zu blinzeln. Ein schöner, stattlicher Greis! Augen so klar und helle wie die eines Jünglings, die Stirne voll Hoheit, der Mund voll Würde und Anmut; er war angetan mit einem feinen schwarzen Kleid, und auf seiner Brust glänzte ein schöner Stern. – Doch er ließ uns nicht lange Zeit zu solchen Betrachtungen; mit der feinen Wen-

dung eines Weltmannes, der täglich so viele Bewunderer bei sich sieht, lud er uns zum Sitzen ein.

Was war ich doch für ein Esel gewesen, in dieser so gewöhnlichen Maske zu ihm zu gehen. *Doctores legentes* mochte er schon viele Hunderte gesehen haben. Amerikaner, die, wie unser Wirt meinte, ihm zulieb auf die See gingen, gewiß wenige; daher kam es auch, daß er sich meist mit meinem Gefährten unterhielt. Hätte ich mich doch für einen gelehrten Irokesen oder einen schönen Geist vom Mississippi ausgegeben. Hätte ich ihm nicht Wunderdinge erzählen können, wie sein Ruhm bis jenseits des Ohio gedrungen, wie man in den Kapanen von Louisiana über ihn und seinen »Wilhelm Meister« sich unterhalte? – So wurden mir einige unbedeutende Floskeln zuteil, und mein glücklicherer Gefährte durfte den großen Mann unterhalten.

Wie falsch sind aber oft die Begriffe, die man sich von der Unterhaltung mit einem großen Manne macht! Ist er als witziger Kopf bekannt, so wähnt man, wenn man ihn zum erstenmal besucht, einer Art von Elektrisiermaschine zu nahen. Man schmeichelt ihm, man glaubt, er müsse dann Witzfunken von sich strahlen wie die schwarzen Katzen, wenn man ihnen bei Nacht den Rücken streichelt. Ist er ein Romandichter, so spitzt man sich auf eine interessante Novelle, die der Berühmte zur Unterhaltung nur geschwind aus dem Ärmel schütteln werde; ist er gar ein Dramatiker, so teilt er uns vielleicht freundschaftlich den Plan zu einem neuen Trauerspiel mit, den wir dann ganz warm unsern Bekannten wieder vorsetzen können. Ist er nun gar ein umfassender Kopf wie Goethe, einer, der sozusagen in allen Sätteln gerecht ist – wie interessant, wie belehrend muß die Unterhaltung werden! Wie sehr muß man sich aber auch zusammennehmen, um ihm zu genügen. Der Amerikaner dachte auch so, ehe er neben Goethe saß; sein Ich fuhr wie das des guten Walt, als er zum Flitte kam*, ängstlich oben in allen vier Gehirnkammern, und darauf unten in beiden Herzkammern wie eine Maus umher, um darin ein schmackhaftes Ideenkörnchen aufzutreiben, das er ihm zutragen und vorlegen könnte zum Imbiß. Er blickte angstvoll auf die Lippen des Dichters, damit ihm kein Wörtchen entfalle, wie der Kandidat auf den strengen Examinator, er knickte seinen Hut zusammen und zerpflückte einen glacierten Handschuh in kleine Stücke. Aber welcher Zentnerstein mochte ihm vom Herz fallen, als der Dichter aus seinen Höhen zu ihm herabstieg und mit ihm sprach wie Hans und Kunz in der Kneipe. Er sprach nämlich mit ihm *vom guten Wetter in Amerika*, und indem er über das Verhältnis der Winde zu der Luft, der Dünste des wasserreichen Amerika zu denen in unserem alten Europa sich verbreitete, zeigte er uns, daß das All der Wissenschaft in ihm aufgegangen sei; denn er war nicht nur lyrischer und epischer Dichter, Romanist und Novellist, Lustspiel- und Trauerspieldichter, Biograph (sein eigener) und Übersetzer – nein, er war auch sogar *Meteorolog!*

Wer darf sich rühmen, so tief in das geheimnisvolle Reich des Wissens eingedrungen zu sein? Wer kann von sich sagen, daß er mit jedem seine Sprache, d. h. nicht seinen vaterländischen Dialekt, sondern das, was ihm gerade geläufig und wert sein möchte, sprechen könne. Ich glaube, wenn ich mich als reisender Koch bei ihm aufgeführt hätte, er hätte sich mit mir in gelehrte Diskussionen über die geheimnisvolle Komposition einer Gänseleber-

* Jean Paul, »Flegeljahre«.

pastete eingelassen, oder nach einer Sekundenuhr berechnet, wie lange man ein Beefsteak auf jeder Seite schmoren müsse.

Also über das schöne Wetter in Amerika sprachen wir, und siehe – das Armesündergesicht des Amerikaners hellte sich auf, die Schleusen seiner Beredsamkeit öffneten sich – er beschrieb den feinen weichen Regen von Kanada, er ließ die Frühlingsstürme von New York brausen, und pries die Regenschirmfabrik in der Franklinstraße zu Philadelphia. Es war mir am Ende, als wäre ich gar nicht bei Goethe, sondern in einem Wirtshaus unter guten alten Gesellen, und es würde bei einer Flasche Bier über das Wetter gesprochen, so menschlich, so kordial war unser Diskurs; aber das ist ja gerade das große Geheimnis der Konversation, daß man sich angewöhnt – nicht gut zu *sprechen*, sondern gut zu *hören*. Wenn man dem weniger Gebildeten Zeit und Raum gibt zu sprechen, wenn man dabei ein Gesicht macht, als lausche man aufmerksam auf seine Honigworte, so wird er nachher mit Enthusiasmus verkünden, daß man sich bei dem und dem köstlich unterhalte.

Dies wußte der vielerfahrene Dichter, und statt uns von seinem Reichtum ein Scherflein abzugeben, zog er es vor, mit uns Witterungsbeobachtungen anzustellen.

Nachdem wir ihn hinlänglich ennuyiert haben mochten, gab er das Zeichen zum Aufstehen, die Stühle wurden gerückt, die Hüte genommen, und wir schickten uns an, unsere Abschiedskomplimente zu machen. Der gute Mann ahnete nicht, daß er den Teufel zitiere, als er großmütig wünschte, mich auch ferner bei sich zu sehen; ich sagte ihm zu und werde es zu seiner Zeit schon noch halten, denn wahrhaftig, ich habe seinen Mephistophiles noch nicht hinuntergeschluckt. Noch einen – zwei Bücklinge, wir gingen.

Stumm und noch ganz stupid vor Bewunderung folgte mir der Amerikaner nach dem Gasthof; die Röte des lebhaften Diskurses lag noch auf seiner Wange, zuweilen schlich ein beifälliges Lächeln um seinen Mund, er schien höchst zufrieden mit dem Besuch.

Auf unserem Zimmer angekommen, warf er sich heroisch auf einen Stuhl und ließ zwei Flaschen Champagner auftragen. Der Kork fuhr mit einem Freudenschuß an die Decke, der Amerikaner füllte zwei Gläser, bot mir das eine und stieß an auf das Wohlsein jenes großen Dichters.

»Ist es nicht etwas Erfreuliches«, sagte er, »zu finden, so hocherhabene Männer seien wie unsereiner? War mir doch angst und bange vor einem Genie, das dreißig Bände geschrieben; ich darf gestehen, bei dem Sturm, der uns auf offener See erfaßte, war mir nicht so bange, und wie herablassend war er, wie vernünftig hat er mit uns diskutiert, welche Freude hatte er an mir, wie ich aus dem neuen Lande kam!« Er schenkte sich dabei fleißig ein und trank auf seine und des Dichters Gesundheit, und von der erlebten Gnade und vom Schaumwein benebelt, sank er endlich mit dem Entschluß, Amerikas Goethe zu werden, dem Schlaf in die Arme.

Ich aber setzte mich zu dem Rest der Bouteillen. Dieser Wein ist von allen Getränken der Erde der, welcher mir am meisten behagt, sein leichter, flüchtiger Geist, der so wenig irdische Schwere mit sich führt, macht ihn würdig, von Geistern, wenn sie in menschlichen Körpern die Erde besuchen, gekostet zu werden.

Ich mußte lächeln, wenn ich auf den seligen Schläfer

blickte; wie leicht ist es doch für einen großen Menschen, die andern Menschen glücklich zu machen; er darf sich nur stellen, als wären sie ihm so ziemlich gleich, und sie kommen beinahe vom Verstand.

Dies war mein Besuch bei Goethe, und wahrhaftig, ich bereute nicht, bei ihm gewesen zu sein, denn:

»Von Zeit zu Zeit seh' ich den Alten gern,
Und hüte mich, mit ihm zu brechen,
Es ist gar hübsch von einem großen Herrn,
so menschlich mit dem Teufel selbst zu sprechen.«

Der Festtag im Fegefeuer
Eine Skizze

»Das größte Glück der Geschichtschreiber ist, daß die Toten nicht gegen ihre Ansichten protestieren können.«
Welt und Zeit, I.

XVIII

Beschreibung des Festes. Satan lernt drei merkwürdige Subjekte kennen.

Ich teile hier einen Abschnitt aus meinen Memoiren mit, welcher zwar nicht mich selbst betrifft, den ich mir aber aufzeichnete, weil er mir sehr interessant war und vielleicht auch anderen nicht ohne einiges Interesse sein möchte. Er führt die Aufschrift *»Der Festtag im Fegefeuer«* und kam durch folgende Veranlassung zu diesem Titel. Es ist auf der Erde bei allen großen Herren und Potentaten Sitte, ihre Freude und ihre Trauer recht laut und deutlich zu begehen. Wenn ein aus fürstlichem Blute stammender Leib dem Staube wiedergegeben wird, haben die Küster im Land schwere Arbeit, denn man läutet viele Tage lang alle Glocken. Wird eine Prinzeß oder gar ein Stammhalter geboren, so verkündet schrecklicher Kanonendonner diese Nachricht. Landesväterliche oder landesmütterliche Geburtstage werden mit allem möglichen Glanz begangen; die Bürgermilizen rücken aus, die Honoratioren halten einen Schmaus, abends ist Ball oder doch wenigstens in den Landstädtchen *bière dansante;* kurz, alles lebt in *dulci jubilo* an solchen Tagen.

Um nun meiner guten *Großmutter* eine Ehre zu erweisen, hielt ich es auch schon seit mehreren Jahrhunderten so. Im Fegefeuer, wo sie sich gewöhnlich aufhält, ist immer an diesem Tage allgemeine Seelenfreiheit. Die Seelen bekommen diesen Tag über den Körper, den sie auf der Oberfläche hatten, ihre Kleider, ihre Gewohnheiten, ihre Sitten. Was von Adel da ist, muß Deputationen zum Handkuß der Alten schicken (*in pleno* können sie nicht vorgelassen werden, weil sonst die Prozession einige Tage lang dauerte). Ehemalige Hofmarschälle, Kammerherren usw. haben den großen Dienst und schätzen es sich zur Ehre, die Honneurs zu machen, die Festlichkeiten zu leiten, die Touren bei den Bällen, welche abends gegeben werden, zu arrangieren usw.

Ich erfülle durch diese Festlichkeiten einen doppelten Zweck; *einmal* fühlt sich *chère Grande Mama* ungemein geschmeichelt durch diese Aufmerksamkeit, zweitens gelte ich unter den Seelen für einen honetten Mann, der ihnen auch ein Vergnügen gönnt, drittens macht dieser einzige Tag, in Freude und alten Gewohnheiten zugebracht, daß die Seelen sich nachher um so unglücklicher fühlen; was ganz zu dem Zweck einer solchen Anstalt, wie das Fegefeuer ist, paßt.

An einem solchen Festtag gehe ich dann verkleidet durch die Menge; manchmal erkennt man mich zwar, ein tausendstimmiges: »Vivat der Herr Teufel! *Vive le diable!*« erfreut dann mein landesväterliches Herz, doch weiß ich wohl, daß es nicht weniger erzwungen ist als ein *Hurra* auf der Oberwelt, denn sie glauben, ich drücke sie noch mehr, wenn sie *nicht* schreien.

In meinem Inkognito besuche ich dann die verschiedenen Gruppen; *tout comme chez vous,* meine Herren, nur etwas grotesker, Kaffeegesellschaften, Tee von allen Sorten, diplomatische, militärische, theologische, staatswirtschaftliche, medizinische Klubs finden sich wie durch natürlichen Instinkt zusammen, machen sich einen guten Tag und führen ergötzliche Gespräche, die, wenn ich sie mitteilen wollte, auf manches Ereignis neuerer und älterer Zeit ein hübsches Licht werfen würden.

Einst trat ich in einen Saal des *Café de Londres* (denn, nebenbei gesagt, es ist an diesem Tag alles auf großem Fuß und höchst elegant eingerichtet), ich traf dort nur drei junge Männer, die aber durch ihr Äußeres gleich meine Neugierde erweckten und mir, wenn sie ins Gespräch miteinander kommen sollten, nicht wenig Unterhaltung zu versprechen schienen. Ich verwandelte daher meinen Anzug in das Kostüm eines flinken Kellners und stellte mich in den Saal, um die Herrschaften zu bedienen.

Zwei dieser jungen Leute beschäftigten sich mit einer Partie Billard; ich markierte ihnen und betrachtete mir indes den dritten. Er war nachlässig in einen geräumigen Fauteuil zurückgelehnt, seine Beine ruhten auf einem vor ihm stehenden kleineren Stuhl, seine linke Hand spielte nachlässig mit einer Reitgerte, sein rechter Arm unterstützte das Kinn. Ein schöner Kopf! Das Gesicht länglich und sehr bleich; die Stirne hoch und frei, von hellbraunen, wohlfrisierten Haaren umgeben, die Nase gebogen und spitzig, wie aus weißem Wachs geformt, die Lippen dünn und angenehm gezogen, das Auge blau und hell, aber gewöhnlich kalt und ohne alles Interesse langsam über die Gegenstände hingleitend. Dies alles und ein feiner Hut, enger oben als unten, nachlässig auf ein Ohr gedrückt, ließen mich einen Engländer vermuten. Sein sehr feines, blendend weißes Linnenzeug, die gewählte, überaus ein-

fache Kleidung konnte nur einem Gentleman, und zwar aus den höchsten Ständen, gehören. Ich sah in meiner Liste nach und fand, es sei Lord Robert Fotherhill. Er winkte, indem ich ihn so betrachtete, mit den Augen, weil es ihm wahrscheinlich zu unbequem war, zu rufen. Ich eilte zu ihm und stellte auf seinen Befehl ein großes Glas Rum, eine Havannazigarre und eine brennende Wachskerze vor ihn hin.

Die beiden andern Herren hatten indes ihr Spiel geendigt und nahten sich dem Tische, an welchem der Engländer saß; ich warf schnell einen Blick in meine Liste und erfuhr, der eine sei ein junger Franzose, Marquis de Lasulot, der andere ein Baron von Garnmacher, ein Deutscher.

Der Franzose war ein kleines, untersetztes, gewandtes Männchen. Sein schwarzes Haar und der dickgelockte schwarze Backenbart standen sehr hübsch zu einem etwas verbrannten Teint, hochroten Wangen und beweglichen, freundlichen schwarzen Augen; um die vollen roten Lippen und das wohlgenährte Kinn zog sich jenes schöne, unnachahmliche Blau, welches den Damen so wohl gefallen soll und in England und in Deutschland bei weitem seltener als in südlichern Ländern gefunden wird, weil hier der Bartwuchs dunkler, dichter und auch früher zu sein pflegt als dort.

Offenbar ein Incroyable von der Chaussée d'Antin. Das elegante Negligee, wie es bis auf die geringste Kleinigkeit hinaus der eigensinnige Geschmack der Pariser vor vier Monaten (so lange mochte der junge Herr bereits verstorben sein) haben wollte. Von dem mit zierlicher Nachlässigkeit umgebundenen ostindischen Halstuch, dem kleinen blaßroten Shawl, mit einer Nadel *à la Duc de Berry* zusammengehalten, bis herab auf die Gamaschen, die man damals seit drei Tagen nach innen zuknöpfte, bis auf die Schuhe, die, um als modisch zu gelten, an den Spitzen nach dem großen Zehen sich hinneigen und ganz ohne Absatz sein mußten, ich sage, bis auf jene Kleinigkeiten, die einem Ungeweihten geringfügig und miserabel, einem, der in die Mysterien hinlänglich eingeführt ist, wichtig und unumgänglich notwendig erscheinen, war er gewissenhaft nach dem neuesten »Geschmack für den Morgen« angezogen.

Er schien soeben erst seinem Jean die Zügel seines Kaprioletts in die Hand gedrückt, die Peitsche von geglättetem Fischbein kaum in die Ecke des Wagens gelehnt zu haben und jetzt in meinem Café hereingeflogen zu sein, um mehr gesehen zu werden, als zu sehen, mehr zu schwatzen, als zu hören.

Er lorgnettierte flüchtig den Gentleman im Fauteuil, schien sich an dem ungemeinen Rumglas und dem Rauchapparat, den jener vor sich hatte, ein wenig zu entsetzen, schmiegte sich aber nichtsdestoweniger an die Seite Seiner Lordschaft und fing an zu sprechen: »Werden Sie heute abend den Ball besuchen, mein Herr, den uns *Monseigneur le diable* gibt? Werden viel Damen dort sein, mein Herr? Ich frage, ich bitte Sie, weil ich wenig Bekanntschaft hier habe.

Mein Herr, darf ich Ihnen vielleicht meinen Wagen anbieten, um uns beide hinzuführen; es ist ein ganz honettes Ding, dieser Wagen, habe ich die Ehre, Sie zu versichern, mein Herr; er hat mich bei Latonnier vor vier Monaten achtzehnhundert Franken gekostet. Mein Herr, Sie brauchen keinen Bedienten mitzunehmen, wenn ich die Ehre haben sollte, Sie zu begleiten, mein Jean ist ein Wunderkerl von einem Bedienten.«

So ging es im Galopp über die Zunge des Incroyable. Seine Lordschaft schien sich übrigens nicht sehr daran zu erbauen. Er sah bei den ersten Worten den Franzosen starr an, richtete dann den Kopf ein wenig auf, um seine rechte Hand frei zu machen, ergriff mit dieser – die erste Bewegung seit einer halben Stunde – das Kelchglas, nippte einige Züge Rum, rauchte behaglich seine Zigarre an, legte den Kopf wieder auf die rechte Hand und schien dem Franzosen mehr mit dem Auge als mit dem Ohr zuzuhören und auch auf diese Art antworten zu wollen, denn er erwiderte auch nicht *eine* Silbe auf die Einladung des redseligen Franzosen und schien, wie sein Landsmann Shakespeare sagt: »Der Zähne doppelt Gatter« vor seine Sprachorgane gelegt zu haben.

Der Deutsche hatte sich während dieses Gespräches dem Tische genähert, eine höfliche Verbeugung gemacht und einen Stuhl dem Lord gegenüber genommen. Man erlaube mir, auch ihn ein wenig zu betrachten. Er war, was man in Deutschland einen *gewichsten jungen Mann* zu nennen pflegt, ein Stutzer; er hatte blonde, in die Höhe strebende Haare, an die etwas niedere Stirne schloß sich ein »allerliebstes Stumpfnäschen«, über dem Mund hing ein Stutzbärtchen, dessen Enden hinaufgewirbelt waren, seine Miene war gutmütig, das Auge hatte einen Ausdruck von Klugheit, der wie gut angebrachtes Licht auf einem grobschattierten Holzschnitt keinen üblen Effekt hervorbrachte.

Seine Kleidung wie seine Sitten schien er von verschiedenen Nationen entlehnt zu haben. Sein Rock mit vielen Knöpfen und Schnüren war polnischen Ursprungs; er war auf russische Weise auf der Brust vier Zoll hoch wattiert, schloß sich spannend über den Hüften an und formierte die Taille so schlank als die einer hübschen Altenburgerin; er hatte ferner enge Reithosen an, weil er aber nicht selbst ritt, so waren solche nur aus dünnem Nanking verfertigt, aus ebendiesem Grund mochten auch die Sporen mehr zur Zierde und zu einem wohltönenden, Aufmerksamkeit erregenden Gang als zum Antreiben eines Pferdes dienen. Ein feiner italienischer Strohhut vollendete das gewählte Kostüm.

Ich sehe es einem gleich bei der Art, wie er den Stuhl nimmt und sich niedersetzt, an, ob er viel in Zirkeln lebte, wo auch die kleinste Bewegung von den Gesetzen des Anstandes und der feinen Sitte geleitet wird; der Stutzer setzte sich passabel, doch bei weitem nicht mit jener feinen Leichtigkeit wie der Franzose, und der Engländer zeigte selbst in seiner nachlässigen, halb sitzenden, halb liegenden Stellung mehr Würde als jener, der sich so gut aufrecht hielt, als es nur immer ein Tanzmeister lehren kann.

Diese Bemerkungen, zu welchen ich vielleicht bei weitem mehr Worte verwendet habe, als es dem Leser dieser Memoiren nötig scheinen möchte, machte ich in einem Augenblick, denn man denke sich nicht, daß der junge Deutsche mir so lange gesessen sei, bis ich ihn gehörig abkonterfeit hatte.

Der Marquis wandte sich sogleich an seinen neuen Nachbar. »Mein Gott, Herr von Garnmacker«, sagte er, »ich möchte verzweifeln; der englische Herr da scheint mich nicht zu verstehen, und ich bin seiner Sprache zu wenig mächtig, um die Konversation mit gehöriger Lebhaftigkeit zu führen, denn ich bitte Sie, mein Herr, gibt es etwas Langweiligeres, als wenn drei schöne junge Leute beieinander sitzen und keiner den andern versteht?«

»Auf Ehre, Sie haben recht«, antwortete der Stutzer in

besserem Französisch, als ich ihm zugetraut hätte; »man kann sich zur Not denken, daß ein Türke mit einem Spanier Billard spielt, aber ich sehe nicht ab, wie wir unter diesen Umständen mit dem Herrn plaudern können.«

»J'ai bien compris, Messieurs«, sagte der Lord ganz ruhig neben seiner Zigarre vorbei und nahm wieder einigen Rum zu sich.

»Ist's möglich, Mylord?« rief der Franzose vergnügt, »das ist sehr gut, daß wir uns verstehen können! Marqueur, bringen Sie mir Zuckerwasser! O, das ist vortrefflich, daß wir uns verstehen, welch' schöne Sache ist es doch um die Mitteilung, selbst an einem Ort wie dieser hier.«

»Wahrhaftig, Sie haben recht, Bester«, gab der Deutsche zu; »aber wollen wir nicht zusammen ein wenig umherschlendern, um die schöne Welt zu mustern? Ich nenne Ihnen schöne Damen von Berlin, Wien, von allen möglichen Städten meines Vaterlandes, die ich bereist habe; ich hatte oben große Bekanntschaften und Konnexionen und darf hoffen, an diesem verfl . . . Ort manche zu treffen, die ich zu kennen das Glück hatte; Mylord nennt uns die Schönen von London, und Sie, teuerster Marquis, können uns hier Paris im Kleinen zeigen.«

»Gott soll mich behüten!« entgegnete eifrig der Franzose, indem er nach der Uhr sah, »jetzt, um diese frühe Stunde wollen Sie die schöne Welt mustern?

Meinen Sie, mein Herr, ich habe in diesem *détestable purgatoire* so sehr allen guten Ton verlernt, daß ich *jetzt* auf die Promenade gehen sollte?«

»Nun, nun«, antwortete der Stutzer, »ich meine nur, im Fall wir nichts Besseres zu tun wüßten. Sind wir denn nicht hier wie die drei Männer im Feuerofen? Sollen wir wohl ein Loblied singen wie jene? Doch wenn es Ihnen gefällig ist, mein Herr, uns einen Zeitvertreib vorzuschlagen, so bleibe ich gerne hier.«

»Mein Gott«, entgegnete der Incroyable, »ist dies nicht ein so anständiger Café, als Sie in ganz Deutschland keinen haben? Und fehlt es uns an Unterhaltung? Können wir nicht plaudern, soviel wir wollen? Sagen Sie selbst, Mylord, ist es nicht ein gutes Haus, kann man diesen Salon besser wünschen? Nein! *Monsieur le diable* hat Geschmack in solchen Dingen, das muß man ihm lassen.«

»Une confortable maison!« murmelte Mylord und winkte dem Franzosen Beifall zu. *»Et ce salon confortable!«*

»Gute Tafel, mein Herr?« fragte der Marquis, »nun, die wird auch da sein, ich denke mir, man speist wohl nach der Karte? Aber, meine Herren, was sagen Sie dazu, wenn wir uns zur Unterhaltung gegenseitig etwas aus unserem Leben erzählen wollten? Ich höre so gerne interessante Abenteuer, und Baron Garnmacker hat deren wohl so viele erlebt als Mylord?«

»God damn! Das war ein vernünftiger Einfall, mein Herr«, sagte der Engländer, indem er mit der Reitgerte auf den Tisch schlug, die Füße von dem Stuhl herabzog und sich mit vieler Würde in dem Fauteuil zurechtsetzte; »noch ein Glas Rum, Marqueur!«

»Ich stimme bei«, rief der Deutsche, »und mache Ihnen über Ihren glücklichen Gedanken mein Kompliment, Herr von Lasulot. – Eine Flasche Rheinwein, Kellner! – Wer soll beginnen, zu erzählen?«

»Ich denke, wir lassen dies das Los entscheiden«, antwortete Lord Fotherhill, »und ich wette fünf Pfund, der Marquis muß beginnen.«

»Angenommen, mein Herr«, sagte mit angenehmem

Lächeln der Franzose; »machen Sie die Lose, Herr Baron, und lassen Sie uns ziehen, Nummer zwei soll beginnen.«

Baron Garnmacher stand auf und machte die Lose zurecht, ließ ziehen, und die zweite Nummer fiel auf ihn selbst.

Ich sah den Franzosen dem Lord einen bedeutenden Wink zuwerfen, indem er das linke Auge zugedrückt, mit dem rechten auf den Deutschen hinüberdeutete; ich übersetzte mir diesen Wink so: »Geben Sie einmal acht, Mylord, was wohl unser ehrlicher Deutscher vorbringen mag. Denn wir beide sind schon durch den Rang unserer Nationen weit über ihn erhaben.«

Baron von Garnmacher schien aber den Wink nicht zu beachten; mit großer Selbstgefälligkeit trank er ein Glas seines Rheinweins, wischte in der Eile den Stutzbart mit dem Rockärmel ab und begann:

XIX

Geschichte des deutschen Stutzers

»Als mein Großvater, der kaiserlich königlich –«

»Ich bitte Sie, mein Herr«, unterbrach ihn der Incroyable, »schenken Sie uns den Großpapa und fangen Sie gleich bei Ihrem Vater an; was war er?«

»Nun ja, wenn es Ihnen so lieber ist, aber ich hätte mich gerne bei dem Glanz unserer Familie länger verweilt; mein Vater lebte in Dresden auf einem ziemlich großen Fuß –«

»Was war er denn, der Herr Papa? Sie verzeihen, wenn ich etwas zu neugierig erscheine, aber zu einer Geschichte gehört Genauigkeit.«

»Mein Vater«, fuhr der Stutzer etwas mißmutig fort, »war Kleiderfabrikant *en gros* –«

»Wie«, fragte der Lord, »was ist Kleiderfabrikant! Kann man in Deutschland Kleider in Fabriken machen?«

»Hol' mich der Teufel, wie er schon getan!« rief der Stutzer unwillig und stieß das Glas auf den Tisch; »das ist nicht die Art, wie man seine Biographie erzählen kann, wenn man alle Augenblicke von kritischen Untersuchungen unterbrochen wird; mein Vater hatte ein Haus am Altmarkt, darin hatte er ein Atelier und hielt Arbeiter, welche Kleider für die Leute machten!«

»*Mon Dieu,* also war er, was wir Tailleur nennen? Ein Schneider?«

»Nun, in Gottes Namen! Nennen Sie es, wie Sie wollen, kurz, er hatte die Welt gesehen, machte ein Haus, und wenn er auch nicht den Adel und die ersten Bürger in seinen Soirées sah, so war doch ein gewisser guter Ton, ein gewisser Anstand, ein gewisses, ich weiß nicht was, kurz, es war ein ganz anständiger Mann, mein Papa.«

Mich selbst erfaßte der Lachkitzel, als ich den *garçon tailleur* so perorieren hörte, doch faßte ich mich, um den Marqueur nicht aus der Rolle fallen zu lassen. Der Marquis aber hatte sich zurückgelehnt und wollte sich ausschütten vor Lachen, der Engländer sah den Stutzer forschend an, unterdrückte ein Lächeln, das seiner Würde schaden konnte, und trank Rum; der deutsche Baron aber fuhr fort:

»Sie hätten mich, meine Herren, auf der Oberwelt in Daumenschrauben pressen können, und ich hätte meine Maske nicht vor Ihnen abgenommen. Hier ist es ein ganz anderes Ding; wer kümmert sich an diesem schlechten Ort um den ehemaligen Baron von Garnmacher? Darum verletzt mich auch Ihr Lachen nicht im geringsten, im Gegenteil, es macht mir Vergnügen, Sie zu unterhalten!«

»*Ah! ce noble trait!*« rief der Incroyable und wischte sich die Tränen aus dem Auge, »reichen Sie mir die Hand und lassen Sie uns Freunde bleiben. Was geht es mich an, ob Ihr Vater Duc oder Tailleur war. Erzählen Sie immer weiter, Sie machen es gar zu hübsch.«

»Ich genoß eine gute Erziehung, denn meine Mutter wollte mich durchaus zum Theologen machen, und weil dieser Stand in meinem Vaterland der eigentlich privilegierte Gelehrtenstand ist, so wurde mir in meinem siebenten Jahre *mensa*, in meinem achten *amo*, in meinem zehnten τύπτω, in meinem zwölften *pacat* eingebläut. Sie können sich denken, daß ich bei dieser ungemeinen Gelehrsamkeit keine gar angenehmen Tage hatte; ich hatte, was man einen harten Kopf nennt; das heißt, ich ging lieber aufs Feld, hörte die Vögel singen oder sah die Fische den Fluß hinabgleiten; sprang lieber mit meinen Kameraden, als daß ich mich oben in der Dachkammer, die man zum Musensitz des künftigen Pastors eingerichtet hatte, mit meinem Bröder, Buttmann, Schröder und wie die Schrecklichen alle heißen, die den Knaben mit harten Köpfen wie böse Geister erscheinen, abmarterte.

Ich hatte überdies noch einen andern Hang, der mir viele Zeit raubte; es war die von früher Jugend an mit mir aufwachsende Neigung zu schönen Mädchen. Sommers war es in meiner Dachkammer so glühend heiß wie unter den Bleidächern des Palastes Sankt Marco in Venedig; wenn ich dann das kleine Schiebfenster öffnete, um den Kopf ein wenig in die frische Luft zu stecken, so fielen unwillkürlich meine Augen auf den schönen Garten unseres Nachbars, eines reichen Kaufmanns; dort unter den schönen Akazien auf der weichen Moosbank saß Amalie, sein Töchterlein, und ihre Gespielinnen und Vertraute. Unwiderstehliche Sehnsucht riß mich hin; ich fuhr schnell in meinen Sonntagsrock, frisierte das Haar mit den Fingern zurecht und war im Flug durch die Zaunlücke bei der Königin meines Herzens.

Denn diese Charge begleitete sie in meinem Herzen im vollsten Sinne des Wortes. Ich hatte in meinem eilften Jahre den größten Teil der Ritter- und Räuberromane meines Vaterlandes gelesen, Werke, von deren Vortrefflichkeit man in andern Ländern keinen Begriff hat, denn die erhabenen Namen Cramer und Spieß sind nie über den Rhein oder gar den Kanal gedrungen. Und doch, wieviel höher stehen diese Bücher alle als jene Ritter- und Räuberhistorien des Verfassers von Waverley, der kein anderes Verdienst hat, als auf Kosten seiner Leser recht breit zu sein. Hat der große Unbekannte solche vortreffliche Stellen wie die, welche mir noch aus den Tagen meiner Kindheit im Ohr liegen: ›*Mitternacht, dumpfes Grausen der Natur, Rüdengebell, Ritter Urian tritt auf.*‹

Wem pocht nicht das Herz, wem sträubt sich nicht das Haar empor, wenn er nachts auf einer öden, verlassenen Dachkammer dieses liest? Wie fühlte ich da das ›*Grausen der Natur!*‹ Und wenn der Hofhund sein Rüdengebell heulte, so war die Täuschung so vollkommen, daß sich meine Blicke ängstlich an die schlecht verriegelte Türe hefteten, denn ich glaubte nicht anders, als ›*Ritter Urian trete auf!*‹

Was war natürlicher, als daß bei so lebhafter Einbildungskraft auch mein Herz Feuer fing? Jede Bertha, die ihrem Ritter die Feldbinde umhing, jede Ida, die sich auf den Söller begab, um dem den Schloßberg hinabdonnernden Liebsten noch einmal mit dem Schleier zuzuwedeln, jede Agnes, Hulda usw. verwandelte sich unwillkürlich in Amalien.

Doch auch *sie* war diesem Tribut der Sterblichkeit unterworfen. Aus ihrer Sparbüchse nämlich wurden die Romane angeschafft. Wenn einer gelesen war, so empfing ich ihn, las ihn auch, trug ihn dann wieder in die Leihbibliothek und suchte dort immer die Bücher heraus, welche entweder keinen Rücken mehr hatten, oder vom Lesen so fett geworden waren, daß sie mich ordentlich *anglänzten*. Das sind so die echten nach unserem Geschmack, dachte ich, und sicher war es ein *›Rinaldo Rinaldini‹* ein *›Domschütz‹*, ein alter *›Überall und Nirgends‹* oder sonst einer unserer Lieblinge.

Zu Hause band ich ihn dann in alte lateinische Schriften ein, denn Amalie war sehr reinlich erzogen und hätte, wenn auch das Innere des Romans nicht immer sehr *rein* war, doch nie mit bloßen Fingern den fetten Glanz ihrer Lieblinge betastet. Ehrerbietig trug ich ihn dann in den Garten hinüber und überreichte ihn; und nie empfing ich ihn zurück, ohne daß mir Amalie die schönsten Stellen mit Strickgarn oder einer Stecknadel bezeichnet hätte. So lasen und liebten wir; unsere Liebe richtete sich nach dem Vorbild, das wir gerade lasen: bald war sie zärtlich und verschämt, bald feurig und stürmisch, ja, wenn Eifersuchten vorkamen, so gaben wir uns alle mögliche Mühe, einen Gegenstand, eine Ursache für unser namenloses Unglück zu ersinnen.

Mein gewöhnliches Verhältnis zu der reichen Kaufmannstochter war übrigens das eines Edelknaben von dunkler Geburt, der an dem Hof eines großen Grafen oder Fürsten lebt, eine unglückliche Leidenschaft zu der schö-

nen Tochter des Hauses bekommt, und endlich von ihr heimliche, aber innige Gegenliebe empfängt. Und wie lebhaft wußte Amalie ihre Rolle zu geben; wie gütig, wie herablassend war sie gegen mich! Wie liebte sie den schönen, ritterlichen Edelknaben, dem kein Hindernis zu schwer war, zu ihr zu gelangen, der den breiten Burggraben (die Entenpfütze in unserm Hof) durchwatet, der die Zinnen des Walles (den Gartenzaun) erstiegen, um in ihr Gartengemach (die Moosbank unter den Akazien) sich zu schleichen. Tausend Dolche (die Nägel auf dem Zaun, die meinen Beinkleidern sehr gefährlich waren), tausend Dolche lauern auf ihn, aber die Liebe führt ihn unbeschädigt zu den Füßen seiner Herrin.

Das einzige Unglück bei unserer Liebe war, daß wir eigentlich gar kein Unglück hatten. Zwar gab es hie und da Grenzstreitigkeiten zwischen dem armen Ritter (meinem Vater) und dem reichen Fürsten (dem Kaufmann), wenn nämlich eines unserer Hühner in seinen Garten hinübergeflogen war und auf seinen Mistbeeten spazieren ging; oder es kam sogar zu wirklicher Fehde, wenn der Fürst einen Herold (seinen Ladendiener) zu uns herüberschickte und um den Tribut mahnen ließ (weil mein Vater eine sehr große Rechnung in dem Kontobuch des Fürsten hatte). Aber dies alles war leider kein nötigendes Unglück für unsere Liebe, und diente nicht dazu, unsere Situationen noch romantischer zu machen.

Die einzige Folge, die aus meinem Lesen und meiner Liebe entstand, war mein hartes Unglück, immer unter den letzten meiner Klasse zu sein und von dem alten Rektor tüchtig Schläge zu bekommen; doch auch darüber belehrte und tröstete mich meine ›Herrin‹. Sie entdeckte mir nämlich, daß des Herzogs (des Rektors) ältester Prinz um ihre Liebe gebuhlt und sie aus Liebe zu mir den Jüngling abgewiesen habe; er aber habe gewiß unsere Liebe und den Grund seiner Abweisung entdeckt und sie dem alten Vater, dem Rektor, beigebracht, der sich dafür auf eine so unwürdige Art an mir räche. Ich ließ die Gute auf ihrem Glauben, wußte aber wohl, woher die Schläge kamen; der alte Herzog wußte, daß ich die unregelmäßigen griechischen Verba nicht lernte, und *dafür* bekam ich Schläge.

So war ich fünfzehn und meine Dame vierzehn Jahre alt geworden; ungetrübt war bis jetzt der Himmel unserer Liebe gewesen, da ereigneten sich mit einem Mal zwei Unglücksfälle, wovon schon einer für sich hinreichend gewesen wäre, mich aus meinen Höhen herabzuschmettern.

Es war die Zeit, wo nach dem Frieden von Paris die Fouquéschen Romane anfingen, in meinem Vaterlande Mode zu werden . . .«

»Was ist das, Fouquésche Romane?« fragte der Lord.

»Das sind lichtbraune, fromme Geschichten; doch durch diese Definition werden Sie nicht mehr wissen als vorher. Herr von Fouqué ist ein frommer Rittersmann, der, weil es nicht mehr an der Zeit ist, mit Schwert und Lanze zu turnieren, mit der Feder in die Schranken reitet und kämpft wie der gewaltigen Währinger einer. Er hat das ein wenig rohe und gemeine Mittelalter modernisiert oder vielmehr unsere heutige modische Welt in einigen frommen Mystizismus einbalsamiert und um fünfhundert Jahre zurückgeschoben. Da schmeckt nun alles ganz süßlich und sieht recht anmutig, lichtdunkel aus; die Ritter, von denen man vorher nichts anders wußte, als sie seien derbe Landjunker gewesen, die sich aus Religion und feiner Sitte so wenig machten als der Großtürke aus dem sechsten Gebot, treten hier mit einer bezaubernden Courtoisie auf, sprechen in feinen Redensarten, sind hauptsächlich *fromm* und *kreuzgläubig*.

Die Damen sind moderne Schwärmerinnen, nur keuscher, reiner, mit steifen Krägen angetan und überhaupt etwas ritterlich aufgeputzt. Selbst die edlen Rosse sind glänzender als heutzutage und haben ordentlich Verstand, wie auch die Wolfshunde und andere solche Getiere.«

»*Mon dieu!* Solchen Unsinn liest man in Deutschland?« rief der Franzose und schlug vor Verwunderung die Hände zusammen.

»O ja, meine Herren, man liest und bewundert. Es gab eine Zeit bei uns, wo wir davon zurückgekommen waren, alles an fremden Nationen zu bewundern; da wir nun, auf unsere eigenen Herrlichkeiten beschränkt, nichts an uns fanden, das wir bewundern konnten, als die *tempi passati* – so warfen wir uns mit unserem gewöhnlichen Nachahmungseifer auf diese und wurden allesamt altdeutsch.

Mancher hatte aber nicht Phantasie genug, um sich ganz in jene herrliche vergangene Zeiten hineinzudenken, man fühlte allgemein das Bedürfnis von Handbüchern, die wie Modejournale neuerer Zeit über Sitten und Gebräuche bei unseren Vorfahren uns belehrt hätten, da trat jener fromme Ritter auf, ein zweiter Orpheus, griff er in die Saiten, und es entstand ein neu Geschlecht; die Mädchen, die bei den französischen Garnisonen etwas frivol geworden waren, wurden sittige, keusche, fromme Fräulein, die jungen Herren zogen die modischen Fracks aus, ließen Haar und Bart wachsen, an die Hemder eine halbe Elle Leinwand setzen, und ›Kleider machen Leute‹, sagt ein Sprichwort, *probatum est*, auch sie waren tugendlich, tapfer und fromm.«

»*God damn!* Sie haben recht, ich habe solche Figuren gesehen«, unterbrach ihn der Engländer; »vor acht Jahren machte ich die große Tour und kam auch nach der Schweiz. Am Vierwaldstätter See ließ ich mir den Ort zeigen, wo die Schweizer ihre Republiken gestiftet haben. Ich traf auf der Wiese eine Gesellschaft, die wunderlich, halb modern, halb aus den Garderoben früherer Jahrhunderte sich gekleidet zu haben schien. Fünf bis sechs junge Männer saßen und standen auf der Wiese und blickten mit glänzenden Augen über den See hin. Sie hatten wunderbare Mützen auf dem Kopf, die fast anzusehen waren wie Pfannkuchen. Lange, wallende Haare fielen in malerischer Unordnung auf den Rücken und die Schultern; den Hals trugen sie frei und hatten breite, zierlich gestickte Krägen, wie heutzutage die Damen tragen, herausgelegt.

Ein Rock, der offenbar von einem heutigen Meister, aber nach antiker Form gemacht war, kleidete sie nicht übel; er schloß sich eng um den Leib und zeigte überall den schönen Wuchs der jungen Männer. In sonderbarem Kontrast damit standen weite Pluderhosen von grober Leinwand. Aus ihren Röcken sahen drohende Dolchgriffe hervor, und in der Hand trugen sie Beilstöcke, ungefähr wie die römischen Liktoren. Gar nicht recht wollte aber zu diesem Kostüm passen, daß sie Brillen auf der Nase hatten und gewaltig Tabak rauchten.

Ich fragte meinen Führer, was das für eine sonderbare Armatur und Uniform wäre, und ob sie vielleicht eine Besatzung der Grütliwiese vorstellen sollten? Er aber belehrte mich, daß es fahrende Schüler aus Deutschland wären. Unwillkürlich drängte sich mir der Gedanke an den fahrenden Ritter Don Quichotte auf, ich stieg lachend in meinen Kahn und pries mein Glück, auf einem Platz, der durch die erhabenen Erinnerungen, die er erweckt, nur zu leicht zu träumerischen Vergleichungen führt, eine so groteske *Erscheinung aus dem Leben* gehabt zu haben. Die jungen Deutschen söhnten mich aber wieder mit sich aus, denn als mein Kahn über den See hingleitete, erhoben sie einen vierstimmigen Gesang in so erhabener Melodie, mit so würdigen, ergreifenden Wendungen, daß ich ihnen in Gedanken das Vorurteil abbat, welches ihr Kostüm in mir erweckt hatte.«

»Nun ja, da haben wir's«, fuhr der Baron von Garnmacher fort, »so sah es damals unter alt und jung in Deutschland aus; auch ich hatte Fouquésche Romane gelesen, wurde ein frommer Knabe, trug mich wie alle meine Kameraden altdeutsch und war meiner Herrin, der ›wunnigen Maid‹, mit einer keuschen, inniglichen Minne zugetan. Auf Amalie machte übrigens der *›Zauberring‹*, die *›Fahrten Thiodolfs‹* etc. nicht den gewünschten Eindruck; sie verlachte die sittigen, lichtbraunen, blauäugigen Damen, besonders die *Bertha von Lichtenrieth*, und pries mir Lafontaine und Langbein, schlüpfrige Geschichten, welche ihr eine ihrer Freundinnen zugesteckt hatte.

Ich war zu erfüllt von dem deutschen Wesen, das in mir aufging, als daß ich ihr Gehör gegeben hätte, aber der lüsterne Brennstoff jener Romane brannte fort in dem Mädchen, das sich, weil sie für ihr Alter schon ziemlich groß war, für eine angehende Jungfrau hielt, und kurz – es gab eine Josephsszene zwischen uns; ich hüllte mich in meinen altdeutschen Rock und meine Fouquésche Tugend ein und floh vor den Lockungen der Sirene wie mein Held Thiodolf vor der herrlichen Zoe.

Die Folge davon war, daß sie mich als einen Unwürdigen verachtete und dem Prinzen, des Rektors Sohn, ihre Liebe schenkte. Ob er mit ihr Lafontaine und Langbein studierte, weiß ich nicht zu sagen, nur so viel ist mir bekannt, daß ihn der Fürst, Amaliens Vater, einige Wochen nachher eigenhändig aus dem Garten gepeitscht hat.

Ich saß jetzt wieder auf meinem Dachkämmerlein, hatte die hebräische Bibel und die griechischen Unregelmäßigen vor mir liegen und auf ihnen meine Romane. An manchem Abend habe ich dort heiße Tränen geweint und durch die Jalousien in den Garten hinabgeschaut, denn die zuchtlose Jungfrau sollte meinen Jammer nicht erschauen, sie sollte den Kampf zwischen Haß und Liebe nicht auf meinem Antlitz lesen. Ich war fest überzeugt, daß so unglücklich wie ich kein Mensch mehr sein könne, und höchstens der unglückliche *Otto von Trautwangen*, als er in Frankreich mit seinen vernünftigen, lichtbraunen Rößlein eine Höhle bewohnte, konnte vielleicht so kummervoll gewesen sein wie ich.

Aber das Maß meiner Leiden war nicht voll; hören Sie, wie ›aus entwölkter Höhe‹ mich ein zweiter Donner traf.

Der alte Rektor hatte seinen Schülern ein Thema zu einem Aufsatz gegeben, worin wir die Frage beantworten sollten, *wen wir für den größten Mann Deutschlands halten*. Es sollte sein Wert geschichtlich nachgewiesen, Gründe für und wider angegeben und überhaupt alles recht gelehrt abgemacht werden. Ich hatte, wie ich Ihnen schon bemerkt habe, meine Herren, immer einen harten Kopf, und Aufsätze mit Gründen waren mir von jeher zuwider gewesen, ich hatte also auch immer mittelmäßige oder schlechte Arbeit geliefert. Aber für diese Arbeit war ich ganz begeistert, ich fühlte eine hohe Freude in mir, meine Gedanken über die großen Männer meines Vaterlandes zu sagen und meine Ideale (und wer hat in diesen Jahren nicht solche) in gehöriges Licht setzen zu können.

Geschichtlich sollte das Ding abgefaßt werden. Was war leichter für mich als dies? Jetzt erst fühlte ich den Nutzen meines eifrigen Lesens; wo war einer, der so viele Geschichten gelesen hatte als ich? Und wer, der irgend einmal diese Bücher der Geschichten in die Hand nahm, wer konnte in Zweifel sein, wer die größten Männer meines Vaterlandes seien? Zwar war ich noch nicht ganz mit mir selbst im reinen, wem ich die Krone zuerkennen sollte; *Hasper a Spada?* Es ist wahr, es war ein Tapferer, der Schrecken seiner Feinde, die Liebe seiner Freunde. Aber, wie die Geschichte sagt, war er sehr stark dem Trinken ergeben, und dies war doch schon eine Schlacke in seinem fürtrefflichen Charakter. *Adolf der Kühne, Rauhgraf von Dassel?* Er hat schon etwas mehr von einem großen Mann; wie schrecklich züchtigt er die Pfaffen! Wenn er nur nicht in der Historie nach Rom wandeln und Buße tun müßte, aber dies schwächt doch sein majestätisches Bild. Es ist wahr, Otto von Trautwangen glänzt als ein Stern erster Größe in der deutschen Geschichte, dachte ich weiter, aber auch er scheint doch nicht der größte gewesen zu sein, wiewohl seine Frömmigkeit, die sehr in Anschlag zu bringen ist, jeden Zauber überwand.

Island gehörte wohl auch zum Deutschen Reich; wahrhaftig, unter allen deutschen Helden ist doch keiner, der dem Thiodolf das Wasser reicht. Stark wie Simson, ohne Falsch wie eine Taube, fromm wie ein Lamm, im Zorn *ein Berserker*, es kann nicht fehlen, er ist der größte Deutsche.

Ich setzte mich hin und schrieb voll Begeisterung diese Rangordnung nieder; wohl zehnmal sprang ich auf, meine Brust war zu voll, ich konnte nicht alles sagen, die Feder, die Worte versagten mir, wohl zehnmal las ich mir mit lauter Stimme die gelungensten Stellen vor. Wie erhaben lautete es, wenn ich von der Stärke des Isländers sprach, wie er einen Wolf zähmte, wie er in Konstantinopel ein Pferd nur ein wenig auf die Stirne klopfte, daß es auf der Stelle tot war; wie großmütig verschmäht er alle Belohnung; ja, er schlägt einen Kaiserthron aus, um seiner Liebe treu zu bleiben; wie kindlich fromm ist er, obgleich er die christliche Religion nicht recht kannte; wie schön beschrieb ich das alles; ja! es mußte das harte Herz des alten Rektors rühren!

Ich konnte mir denken, wie er meine Arbeit mit steigendem Beifall lesen, wie er morgens in die Klasse kommen würde, um unsere Aufsätze zu zensieren; dann sendet er gewiß einen milden, freundlichen Blick nach dem letzten Platze, wohin er sonst nur wie ein brüllender Löwe schaute, dann liest er meine Arbeit laut vor und spricht: ›Kann man etwas Gelungeneres lesen als dies? Und ratet, wer es gemacht hat? Die letzten sollen die ersten werden; der Stein, den die Bauleute verworfen haben, soll zum Eckstein werden; tritt hervor, mein Sohn, *Garnmachere*! Ich habe immer gesagt, du seiest ein *bête*, konnte ich ahnen, daß du mit so vielem Eifer Geschichten studierst? Nimm hin den Preis, der dir gebührt.‹

So mußte er sagen, er konnte nicht anders, ohne das schreiendste Unrecht zu tun. Eifrig schrieb ich jetzt meinen Aufsatz ins Reine, und um zu zeigen, daß ich auch in den neueren Geschichten nicht unbewandert sei, sagte ich am Schluß, daß ich *nach* Erfindung des Pulvers den *deutschen Alcibiades* und nächst ihm *Hermann von Nordenschild* für die größten Männer halte. Man könne ihnen den *Ritter Euros*, welcher nachher als *Domschütz mit seinen*

*Gesellen** so großes Aufsehen gemacht habe, was die Tapferkeit betreffe, vielleicht an die Seite stellen, doch stehen jene beiden auf einem viel höheren Standpunkt.

Ich brachte dem Rektor triumphierend den Aufsatz und mußte ihm beinahe ins Gesicht lachen, als er mürrisch sagte: ›Er wird wieder ein schönes Geschmier haben, Garnmacher!‹

›Lesen Sie, und dann – richten Sie‹, gab ich ihm stolz zur Antwort und verließ ihn.

Wenn in Ihrem Vaterlande, Mylord, eine Preisfrage gestellt würde über den würdigsten englischen Theologen, und es würden in einer gelehrten, mit Phrasen wohldurchspickten Antwort die Vorzüge des *›Vicar of Wakefield‹* dargetan, wer würde da nicht lachen? Wenn Sie, werter Marquis, nach der würdigsten Dame zu den Zeiten Louis' XIV. gefragt würden und Sie priesen die *›Neue Heloise‹*, würde man Sie nicht für einen Rasenden halten? Hören Sie, welche Torheit ich begangen hatte!

Der Samstag, an welchem man unsere Arbeiten gewöhnlich zensierte, erschien endlich. So oft dieser Tag sonst erschienen war, war er mir immer ein Tag des Unglücks gewesen; gewöhnlich schlich ich da mit Herzklopfen zur Schule, denn ich durfte gewiß sein, wegen schlechter Arbeit getadelt, öffentlich geschmäht zu werden. Aber wieviel stolzer trat ich heute auf; ich hatte meinen besten Rock angezogen, den schönsten, feingestickten Hemdkragen angelegt, mein wallendes Haar war zierlich gescheitelt und gelockt, ich sah stattlich aus und gestand mir, ich sei auch im Äußeren des Preises nicht unwürdig, welcher mir heute zu teil werden sollte.

* Romane von Cramer. (Der Herausgeber)

Der Rektor fing an, die Aufsätze zu zensieren; wie ärmliche, obskure Helden hatten sich meine Mitschüler gewählt: Hermann, Karl den Großen, Kaiser Heinrich, Luther und dergleichen – er ging viele durch, immer kam er noch nicht an meine Arbeit; ja es war offenbar, meine Helden hatte er auf die Letzt aufgespart – als die besten!

Endlich ruhte er einige Augenblicke, räusperte sich und nahm ein Heft mit rosenfarbener Überdecke, das *meinige*, zur Hand; mein Herz pochte laut vor Freude, ich fühlte, wie sich mein Mund zu einem triumphierenden Lächeln verziehen wollte, aber ich gab mir Mühe, bescheiden bei dem Lob auszusehen. Der Rektor begann:

›Und nun komme ich an eine Arbeit, welche ihresgleichen nicht hat auf der Erde *(heart)*. Ich will einige Stellen daraus vorlesen!‹ Er deklamierte mit ungemeinem Pathos gerade jene Kraftstellen, welche ich mit so großer Begeisterung niedergeschrieben hatte. Ein schallendes Gelächter aus mehr als vierzig Kehlen unterbrach jeden Satz, und als er endlich an den Schluß gelangte, wo ich mit einer kühnen Wendung dem furchtbaren *Domschützen* noch einige Blümchen gestreut hatte, erscholl *Bravo! Ancora!* und die Tische krachten unter den beifalltrommelnden Fäusten meiner Mitschüler. Der Rektor winkte Stille und fuhr fort: ›Es wäre dies eine gelungene Satire auf die Herren Spieß und Konsorten, wenn nicht der Verfasser selbst eine Satire auf die Menschheit wäre. Es ist unser lieber Garnmacher. Tritt hervor, du *dedecus naturae,* hieher zu mir!‹

Zitternd folgte ich dem fürchterlichen Wink. Das erste war, als ich vor ihm stand, daß er mir das rosenfarbene Heft einmal rechts und einmal links um die Ohren schlug; und jetzt donnerte eine Strafpredigt über mich herab, von der ich nur so viel verstand, daß ich ein *bête* war, und nicht wußte, was Geschichte sei.

Es begegnet zuweilen, daß man im Traum von einer schönen, blumigen Sonnenhöhe in einen tiefen Abgrund herabfällt; man schwindelt, indem man die unermeßlichen Höhen herabfliegt, man fühlt die unsanfte Erschütterung, wenn man am Boden zu liegen glaubt, man erwacht und sieht sich mit Staunen auf dem alten Boden wieder; die Höhe, von der man herabstürzte, ist mit all ihren Blütengärten verschwunden, ach, sie war ja nur ein Traum!

So war mir damals, als mich der Rektor aus meinem Schlummer aufschüttelte, ein tiefer Seufzer war die einzige Antwort, die ich ihm geben konnte; ich war *arm* wie jener Krösus, als er vor seinem Sieger Cyrus stand, *auch ich hatte ja alle meine Reiche verloren!*

Ich sollte bekennen, woher ich die Romane bekommen, wer mir das Geld dazu gegeben habe. Konnte, durfte ich *sie*, die ich einst liebte, verraten? Ich leugnete, ich hielt den ganzen Sturm des alten Mannes auf, ich stand wie *Mucius Scaevola*.

Der langen Rede kurzer Sinn war übrigens der, daß ich von meinem Vater ein Attestat darüber bringen müsse, daß ich das Geld zu solchen Allotriis von ihm habe, und überdies habe ich am nächsten Montag vier Tage Karzer anzutreten. Verhöhnt von meinen Mitschülern, die mir Thiodolf, deutscher Alcibiades und dergleichen nachriefen; in dumpfer Verzweiflung ging ich nach Hause. Es war gar kein Zweifel, daß mich mein Vater, wenn er diese Geschichte erfuhr, entweder sogleich totschlagen oder wenigstens zum Schneidersjungen machen würde. Vor beidem war mir gleich bange; ich besann mich also nicht lange, band etwas Weißzeug und einige seltene Dukaten

und andere Münzen, welche mir meine Paten geschenkt hatten, in ein Tuch, warf noch einen Kuß und den *letzten Blick* nach des Nachbars Garten, sagte meinem Dachstübchen lebewohl, und eine Viertelstunde nachher wanderte ich schon auf der Straße nach Berlin, wo mir ein Oheim lebte, an welchen ich mich vors erste zu wenden gedachte.

In meinem Herzen war es öde und leer, als ich so meine Straße zog; meine Ideale waren zerronnen. Sie hatten also nicht gelebt, diese tapferen, frommen, liebevollen, biederen Männer, sie hatten nicht geatmet, jene lieblichen Bilder holder Frauen; jene bunte Welt voll Putz und Glanz, alle jene Stimmen, die aus fernen Jahrhunderten zu mir herübertönten, die mutigen Töne der Trompete, Rüdengebell, Waffengeklirr, Sporenklang, süße Akkorde der Laute – alles, alles dahin, alles *nichts* als eine löschpapierene Geschichte, im Hirn eines Poeten gehegt, in einer schmutzigen Druckpresse zur Welt gebracht!

Ich sah mich noch einmal nach der Gegend um, die ich verlassen hatte; die Sonne war gesunken, die Nebel der Elbe verhüllten das liebe Dresden, nur die Spitzen der Türme ragten vergoldet vom Abendrot über dem Dunstmeer.

So lag auch mein Träumen, mein Hoffen, Vergangenheit und Zukunft in Nebel gehüllt, nur einzelne hohe Gestalten standen hell beleuchtet wie jene Türme vor meiner Seele; wohlan! sprach ich bei mir selbst:

O fortes, peioraque passi
Mecum saepe viri, nunc cantu pellite curas
Cras ingens iterabimus aequor.

Noch einmal breitete ich die Arme nach der Vaterstadt aus, da fühlte ich einen leichten Schlag auf die Schulter und wandte mich um.«

Der Herausgeber ist in der größten Verlegenheit; er hat bis auf den Tag, an welchem er dies schreibt, dem Verleger das Manuskript zum ersten Teil versprochen, und doch fehlt noch ein großer Teil des letzten Abschnittes; er ist noch nicht geweiht, die Messe ist schon vorüber und eine eigene über die paar Bogen lesen zu lassen, findet sich weder ein gehöriger Vorwand, noch würde das Werkchen diese bedeutende Ausgabe wert sein. Wir versparen daher die Fortsetzung des Festtages in der Hölle auf den zweiten Teil.

Zweiter Teil

I
Vorspiel

Worin von Prozessen, Justizräten die Rede nebst einer stillschweigenden Abhandlung, »was von Träumen zu halten sei?«

Dieser zweite Teil der Mitteilungen aus den Memoiren des Satan erscheint um ein völliges Halbjahr zu spät. Angenehm ist es dem Herausgeber, wenn die Leser des ersten sich darüber gewundert, am angenehmsten, wenn sie sich darüber geärgert haben; es zeigt dies eine gewisse Vorliebe für die schriftstellerischen Versuche des Satan, die nicht nur ihm, sondern auch seinem Übersetzer und Herausgeber erwünscht sein muß.

Die Schuld dieser Verspätung liegt aber weder in der zu heißen Temperatur des letzten Spätsommers, noch in der strengen Kälte des Winters, weder im Mangel an Zeit oder Stoff, noch in politischen Hindernissen; die einzige Ursache ist ein sonderbarer Prozeß, in welchen der Herausgeber verwickelt wurde und vor dessen Beendigung er diesen zweiten Teil nicht folgen lassen wollte.

Kaum war nämlich der erste Teil dieser Memoiren in die Welt versandt und mit einigen Posaunenstößen in den verschiedenen Zeitungen begleitet worden, als plötzlich in allen diesen Blättern zu lesen war eine

Warnung vor Betrug

»Die bei Fr. Frankh in Stuttgart herausgegebenen Memoiren des Satan sind nicht von dem im Alten und Neuen Testament bekannten und durch seine Schriften: ›Elixiere des Teufels‹, ›Bekenntnisse des Teufels‹, als Schriftsteller berühmten Teufel, sondern gänzlich falsch und unecht; was hiemit dem Publikum zur Kenntnis gebracht wird.«

Ich gestehe, ich ärgerte mich nicht wenig über diese Zeilen, die von niemand unterschrieben waren. Ich war meiner Sache so gewiß, hatte das Manuskript von niemand anders als dem Satan selbst erhalten, und nun, nach vielen Mühen und Sorgen, nachdem ich mich an den infernalischen Chiffern beinahe blind gelesen, soll ein solcher anonymer Totschläger über mich herfallen, meine literarische Ehre aus der Ferne totschlagen und besagte Memoiren für unecht erklären?

Während ich noch mit mir zu Rate ging, was wohl auf eine solche Beschuldigung des *Betruges* zu antworten sei, werde ich vor die Gerichte zitiert und mir angezeigt, daß ich einer Namensfälschung, eines literarischen Diebstahls, angeklagt sei, und zwar – vom Teufel selbst, der gegenwärtig als Geheimer Hofrat in persischen Diensten lebe. Er behaupte nämlich, ich habe seinen Namen Satan mißbraucht, um ihm eine miserable Scharteke, die er nie geschrieben, unterzuschieben; ich habe seinen literarischen Ruhm benützt, um diesem schlechten Büchlein einen schnellen und einträglichen Abgang zu verschaffen; kurz, er verlange nicht nur, daß ich zur Strafe gezogen, sondern auch, daß ich angehalten werde, ihm Schadenersatz zu geben, »dieweil ihm ein Vorteil durch diesen Kniff entzogen worden.«

Ich verstehe so wenig von juridischen Streitigkeiten, daß mir früher schon der Name Klage oder Prozeß Herzklopfen verursachte; man kann sich also wohl denken, wie mir bei diesen schrecklichen Worten zu Mute ward. Ich ging niedergedonnert heim und schloß mich in mein Kämmerlein, um über diesen Vorfall nachzudenken. Es war mir kein Zweifel, daß es hier drei Fälle geben könne: entweder hatte mir der Teufel selbst das Manuskript gegeben, um mich nachher als Kläger recht zu ängstigen und auf meine Kosten zu lachen; oder irgendein böser Mensch hatte mir die Komödie in Mainz vorgespielt, um das Manuskript in meine Hände zu bringen, und der Teufel selbst trat jetzt als erbitterter Kläger auf, oder drittens, das Manuskript kam wirklich vom Teufel, und ein müßiger Kopf wollte jetzt den Satan spielen und mich in seinem Namen verklagen.

Ich ging zu einem berühmten Rechtsgelehrten und trug ihm den Fall vor. Er meinte, es sei allerdings ein fataler Handel, besonders weil ich keine Beweise beibringen könne, daß das Manuskript von dem echten Teufel abstamme, doch er wolle das Seinige tun und aus der bedeutenden Anzahl Bücher, die seit Justinians *Corpus juris* bis auf das neue birmanische Strafgesetzbuch über solche Fälle geschrieben worden seien, einiges nachlesen.

Das juridische Stiergefecht nahm jetzt förmlich seinen Anfang. Es wurde, wie es bei solchen Fällen herkömmlich ist, so viel darüber geschrieben, daß auf jeden Bogen der Memoiren des Satan ein Ries Akten kam, und nachdem die Sache ein Vierteljahr anhängig war, wurde sogar auf Unrechtskosten eine eigene Aktenkammer für diesen Prozeß eingeräumt; über der Türe stand mit großen Buchstaben: »Acta in Sachen des persischen G. H. R. Teufels gegen Dr. H-f, betreffend die Memoiren des Satan.« Ein sehr günstiger Umstand für mich war der, daß ich auf dem Titel nicht »Memoiren des Teufels«, sondern »des Satan« gesagt hatte. Die Juristen waren mit sich ganz einig, daß der Name Teufel in Deutschland sein *Familien*name sei, ich habe also wenigstens diesen nicht zur Fälschung gebraucht; Satan hingegen sei nur ein angenommener, willkürlicher, denn niemand im Staate sei berechtigt, zwei Namen zu führen. Ich fing an, aus diesem Umstand günstigere Hoffnungen zu schöpfen, aber nur zu bald sollte ich die bittere Erfahrung machen, was es heiße, den Gerichten anheimzufallen. Das Referat in Sachen des *et cetera* war nämlich dem berühmten Justizrat Wackerbart in die Hände gefallen, einem Mann, der schon bei Dämpfung einiger großer Revolutionen ungemeine Talente bewiesen hatte und neuerdings sogar dazu verwendet wurde, bedeutende Unruhen in einem Gymnasium zu schlichten. Stand nicht zu erwarten, daß ein solcher berühmter Jurist meine Sache nur als eine *cause célèbre* ansehen, und sie also handhaben werde, daß sie, gleichviel, wem von beiden Recht, ihm am meisten Ruhm einbrächte? Hiezu kam noch der Titel und Rang meines Gegners; Wackerbart hatte seit einiger Zeit angefangen, sich an höhere Zirkel anzuschließen, mußte ihm da ein so wichtiger Mann, wie ein persischer geheimer Hofmann, nicht mehr gelten als ich Armer?

Es ging, wie ich vorausgesehen hatte. Ich verlor meine Sache gegen den Teufel. Strafe, Schadenersatz, aller mögliche Unsinn wurde auf mich gewälzt, ich wunderte mich, daß man mich nicht einige Wochen ins Gefängnis sperrte oder gar hängte. Man hatte hauptsächlich folgendes gegen mich in Anwendung gebracht:

Entscheidungs-Gründe

zu dem vor dem Kriminalgericht Klein-Justheim unter dem 4. Dezember 1825 gefällten Erkenntnis in der Untersuchungssache gegen den Dr. . . .f wegen Betrugs.

1) Es ist durch das Zugeständnis des Angeklagten er-

hoben, daß er keine Beweise beizubringen weiß, daß die von ihm herausgegebenen Memoiren des Satan wirklich von dem bekannten, echten Teufel, so gegenwärtig als Geheimer Hofrat in persischen Diensten lebt, herrühre. Ferner hat der Angeschuldigte . . . f zugegeben, daß die in den öffentlichen Blättern darüber enthaltene Ankündigung mit seinem Wissen gegeben sei.

2) Die letztgedachte Ankündigung ist also abgefaßt, daß hieraus die Absicht des Verfassers, die Lesewelt glauben zu machen, daß ›die Memoiren des Satan‹ von dem wahren, im Alten und Neuen Testament bekannten und neuerdings als Schriftsteller beliebten Teufel geschrieben sei, nur allzu deutlich hervorleuchten tut.

3) Durch diese Verfahrungsart hat sich der Angeklagte . . . f eines Betruges, alldieweilen solcher im allgemeinen in jedweder auf inpermissen Commodum für sich oder Schaden anderer gerichteten unrechtlichen Täuschung anderer, entweder indem man falsche Tatsachen mitteilt oder wahre *dito* nicht angibt – besteht; oder um uns näher auszudrücken, da hier die Sprache *von einer Ware und gedrucktem Buch* ist – einer *Fälschung* schuldig gemacht: Denn durch den Titel ›Memoiren des Satan‹ und die Anpreisung des Buches wurde der Lesewelt fälschlich vorgespiegelt, daß das Buch ausdrücklich von dem unter dem Namen Satan bekannten k. persischen Geheimen Hofrat Teufel verfaßt sei, was beim Verkauf des Werkes verursachte, daß es schneller und in größerer Quantität abging, als wenn das Büchlein unter dem Namen des Herrn . . . f, so dem Publiko noch gar nicht bekannt ist, erschienen wäre, und wodurch die, so es kauften, in ihrer schönen Erwartung, ein echtes Werk des Teufels in Händen zu haben, schnöde betrogen wurden.

4) Wenn der Herr Dr. . . . f, um sich zu entschuldigen, dagegen einwendet, daß der Name Satan in Deutschland nur ein angenommener sei, worauf der Teufel, wie man ihn gewöhnlich nennt, keinen Anspruch zu machen habe, so bemerken wir Kriminalleute von Klein-Justheim sehr richtig, daß sich . . . f auf den Gebrauch jenes angenommenen, übrigens bekanntermaßen den Teufel sehr wohl bezeichnenden Namen nicht beschränkt, sondern in dem Werke selbst überall durchblicken läßt, namentlich in der Einleitung, daß der Verfasser derjenige Teufel oder Satan sei, welcher dem Publiko, besonders dem Frauenzimmer, wie auch denen Gelehrten durch frühere Opera, z. B. die ›Elixiere des Teufels‹ *et cetera* rühmlichst bekannt ist, wodurch wohl ebenfalls niemand anders gemeint ist als der Geheime Hofrat Teufel.

5) Man muß lachen über die Behauptung des Inkulpaten, daß das in Frage stehende *Opusculum*, wie auch nicht destoweniger seine Anzeige eigentlich eine Satire auf den Teufel und jegliche Teufelei jetziger Zeit sei! Denn diese Entschuldigung wird durch den Inhalt der Schrift selbst widerlegt; ja, jeder Leser von Vernunft muß das auch wohl eher für eine etwas geringe Nachäffung der Teufeleien, als für – eine Satire auf dieselbe erkennen. Wäre aber auch, was wir Juristen nicht einzusehen vermögen, das Werk dennoch eine Satire, so ist durchaus kein günstiger Umstand für . . . f zu ziehen, weil derjenige Käufer, der etwas *echtes*, vom Teufel Verfaßtes kaufen wollte, erst nach dem Kauf entdecken konnte, daß er betrogen sei.

6) Außer der völlig rechtswidrigen Täuschung der Lesewelt, Leihbibliotheken *et cetera*, ist in der vorliegenden Defraudation auch ein Verbrechen gegen den begangen, dessen Name oder *Firma* mißbraucht worden; nämlich,

und spezialiter gegen den Geheimen Hofrat Teufel, welcher sowohl als Gelehrter und Schriftsteller, als von wegen des Honorars seiner übrigen Schriften, sehr dabei interessiert ist, daß nicht das Geschreibsel anderer als von ihm niedergeschrieben, wie auch erdacht, angezeigt und verkauft werde.

7) Wenn endlich der Angeklagte behauptet, daß er das Buch arglos herausgegeben, ohne das Klein-Justheimer Recht hierüber zu kennen, daß ihn auch bei der Fälschung durchaus keine gewinnsüchtigen Absichten geleitet hätten, so ist uns dies gleichgültig und haben nicht darauf Rücksicht zu nehmen, denn Fälschung ist Fälschung, sei es, ob man englische Teppiche nachahmt und als echt verkauft, oder Bücher schreibt unter falschem Namen; ist alles nur verkäufliche Ware und kann den Begriff des Vergehens nicht ändern, weil immer noch die Täuschung und Anschmierung der Käufer restiert und zwar ebenfalls nicht destominder auch alsdann, wenn die Memoiren des Satan gleichen Wert mit den übrigen Büchern des Teufels hätten (was wir Klein-Justheimer übrigens bezweifeln, da jener Geheimer Hofrat ist), weil dem Ebengedachten schon durch das Unterschieben eines fremden Machwerkes unter seinem Namen ein Schaden in juridischem Sinne sein tut.

Es ist daher, wie man getan hat, erkannt worden usw. usw.

Gez. Präsident und Räte des Kriminalgerichtes
zu Klein-Justheim.

Hast du, geneigter Leser, nie die berühmten Nürnberger Gliedermänner gesehen, so, kunstreich aus Holz geschnitzelt, ihre Gliedlein nach jedem Druck bewegen?

Hast du wohl selbst in deiner Jugend mit solchen Männern gespielt und allerlei Kurzweil mit ihnen getrieben und probiert, ob es nicht schöner wäre, wenn er z. B. das Gesicht im Nacken trüge und den Rücken hinunterschaue, oder ob es nicht vernünftiger wäre, wenn ihm die Beine ein wenig umgedreht würden, daß er vor- und rückwärts spaziere, wie man es haben wolle. Das hast du wohl versucht in den Tagen deiner Kindheit und es war ein unschuldiges Spiel, denn dem Gliedermann war es gleichgültig, ob ihm die Beine über die Schulter herüberkamen oder nicht, ob er den Rücken herabschaute oder vorwärts, er lächelte so dumm wie zuvor, denn er hatte ja kein Gefühl, und es tat ihm nicht weh im Herzen, denn auch dieses war ja aus Holz geschnitzelt und wahrscheinlich aus Lindenholz.

Aber selbst ein solcher Gliedermann sein zu müssen in den täppischen Händen des Klein-Justheimer Kriminalen! Sie renkten und drehten mir die Glieder, setzten mir den Kopf so oder so, wie es ihnen gefällig, oder auch nach Vorschrift des Justinian, drehten und wendeten mein Recht, bis das Kadaver vor ihnen lag auf dem grünen Sessionstisch, wie sie es haben wollten, mit verrenkten Gliedern, und sie nun anatomisch aufnotieren konnten, was für Fehler und Kuriosa an ihm zu bemerken, nämlich, daß er das Gesicht im Nacken, die Füße einwärts, die Arme verschränkt *et cetera* trage, ganz gegen alle Ordnung und Recht.

Ware, Ware! nannten sie deine Memoiren, o Satan, Ware! als würde dergleichen nach der Elle aus dem Gehirn hervorgehaspelt, wie es jener Schwarzkünstler und Eskamoteur getan, der Bänder verschluckte und sie herauszog, Elle um Elle aus dem Rachen. Warenfälschung, Einschwärzen, Defraudation, o welch herrliche Begriffe, um zu definieren, was man will. Und rechtswidrige Täuschung des Publikums, wer hat denn darüber geklagt? Wer ist aufgestanden unter den Tausenden und hat Zeter geschrien, weil er gefunden, daß das Büchlein nicht von dem Schwarzen selbst herrühre, daß er den Missetäter bestraft wissen wolle für diese rechtswidrige Täuschung? O Klein-Justheim, wie weit bist du noch zurück hinter England und Frankreich, daß du nicht einmal einsehen kannst, Werke des Geistes seien kein nachgemachter Rum oder Arrak und gehören durchaus nicht vor deine Schranken.

Traurig musterte ich das Manuskript des zweiten Teiles, der nun für mich und das Publikum verloren war; ich dachte nach über das Hohngelächter der Welt, wenn der erste nur ein Torso, ein schlechtes abgerissenes Stück, verachtet auf den Schranken der Leihbibliotheken sitze, trübselig auf die hohe Versammlung der Romane und Novellen aller Art herabschaue, und ihnen ihre abgenützten Gewänder beneide, die den großen Furor, welchen sie in der Welt machen, beurkunden, wie er seine andere Hälfte, seinen Nebenmann, den zweiten herbeiwünsche, um verbunden mit ihm schöne Damen und Herren zu besuchen, was ihm jetzt als einem Invaliden beinahe unmöglich war. Da wurde mir eines Morgens ein Brief überbracht, dessen Aufschrift mir bekannte Züge verriet. Ich riß ihn auf, ich las:

»Wohlgeborner, sehr verehrter Herr!

Durch den Oberjustizrat Hammel, der vor einigen Tagen das Zeitliche gesegnet, und an mein Hoflager kam, erfuhr ich zu meinem großen Ärger die miserabeln Machinationen, die gegen Euch gemacht werden. Bildet Euch nicht ein, daß sie von mir herrühren. Mit großem Vergnügen denke ich noch immer an unser Zusammentreffen in den drei Reichskronen zu Mainz, und in meiner jetzigen Zurückgezogenheit und bei meinen vielen Geschäften im Norden komme ich selten dazu, eine deutsche Literaturzeitung zu lesen, aber einige Rezensenten, welche ich sprach, versichern mich, mit welchem Eifer Ihr meine Memoiren herausgegeben habt, und daß das Publikum meine Bemühungen zu schätzen wisse. Der Prozeß, den man Euch an den Hals warf, kam mir daher um so unerwarteter. Glaubet mir, es ist nichts als ein schlechter Kunstgriff, um mich nicht als Schriftsteller aufkommen zu lassen, weil ich ein wenig über ihre Universitäten schimpfe, und die ästhetischen Tees, und Euch wollen sie nebenbei auch drücken. Lasset Euch dies nicht kümmern, Wertester; gebet immer den zweiten Teil heraus, im Notfall könnet Ihr gegenwärtiges Schreiben jedermann lesen lassen, namentlich den Wackerbart, saget ihm, wenn er meine Handschrift nicht kenne, so kenne ich um so besser die seinige.

Ich kenne diese Leutchen, sie sind Raubritter und Korsaren, die jeden berühmten Prozeß, der ihnen in die Hände fällt, *für gute Prise* erklären, und wenn sie ihn fest haben in den Krallen, so lange deuteln und drehen, bis sie ihn dahin entscheiden können, wo er ihnen am meisten Ruhm nebst etzlichem Golde einträgt. Was war bei Euch von beiden zu erheben? Ihr, ein armseliger Doktor der Philosophie und Magister der brotlosen Künste, was seid Ihr gegen einen persischen Geheimen Hofrat? Denket also, die Sache sei ganz natürlich zugegangen, und grämet Euch nicht darüber. Was den persischen Geheimen Hofrat betrifft, der meine Rolle übernommen hat, so will ich bei Gelegenheit ein Wort mit ihm sprechen.

Hier lege ich Euch noch ein kleines Manuskriptchen bei, ich habe es in den letzten Pfingstfeiertagen in Frankfurt aufgeschrieben, es ist im ganzen ein Scherz und hat nicht viel zu bedeuten; doch schaltet Ihr es im zweiten Teile ein, es gibt vielleicht doch Leute, die sich dabei freundschaftlich meiner erinnern.

Gehabt Euch wohl; in der Hoffnung Eure persönliche Bekanntschaft bald zu erneuern, bin ich

Euer wohlaffektionierter Freund,

Der Satan.«

Man kann sich leicht denken, wie sehr mich dieser Brief freute.

Ich lief sogleich damit zu dem wackern Mann, der meine Sache geführt hatte, ich zeigte ihm den Brief, ich erklärte ihm, appellieren zu wollen an ein höheres Gericht und den Originalbrief beizulegen.

Er zuckte die Achseln und sprach: »Lieber, sie wohnen zusammen in *einer* Hausmiete, die Kriminalen; ob Ihr um eine Treppe höher steigen wollet, aus dem Entresol in die Beletage zu den Vornehmeren, das ist einerlei, Ihr fallet nur um so tiefer, wenn Sie Euch durchfallen lassen. Doch an mir soll es nicht fehlen.«

So sprach er und focht für mich mit erneuerten Kräften; doch – was half es; sie stimmten ab, erklärten den Persischen für den echten, alleinigen Teufel, der allein das Recht habe, Teufeleien zu schreiben und – der Prozeß ging auch in der Beletage verloren.

Da faßte mich ein glühender Grimm; ich beschloß, und wenn es mich den Kopf kosten sollte, doch den zweiten

Teil herauszugeben, ich nahm das Manuskript unter den Arm, raffte mich auf und – – erwachte.

Freundlich strahlte die Frühlingssonne in mein enges Stübchen, die Lerchen sangen vor dem Fenster und die Blütenzweige winkten herein, mich aufzumachen und den Morgen zu begrüßen.

Verschwunden war der böse Traum von Prozessen, Justizräten, Klein-Justheim und alles, was mir Gram und Ärger bereitete, verschwunden, spurlos verschwunden.

Ich sprang auf von meinem Lager, ich erinnerte mich, den Abend zuvor bei einigen Gläsern guten Weins über einen ähnlichen Prozeß mit Freunden gesprochen zu haben; da war mir nun im Traume alles so erschienen, als hätte ich selbst den Prozeß gehabt, als wäre ich selbst verurteilt worden von Kriminalrichtern und Klein-Justheimer Schöppen.

Ich lächelte über mich selbst! Wie pries ich mich glücklich, in einem Lande zu wohnen, wo dergleichen juridische Exzesse gar nicht vorkämen; wo die Justiz sich nicht in Dinge mischt, die ihr fremd sind, wo es keine Wackerbärte gibt, die einen solchen Fund für gute Prise erklären, das Recht zum Gliedermann machen und drauf los hantieren und drehen, ob es biege oder breche; wo man Erzeugnisse des Geistes nicht als Ware handhabt, und Satire versteht und zu würdigen weiß, wo man weder auf den Titel eines persischen Geheimen Hofrats, noch auf irgend dergleichen Rücksicht nimmt.

So dachte ich, pries mich glücklich und verlachte meinen komischen Prozeßtraum.

Doch wie staunte ich, als ich hintrat zu meinem Arbeitstisch! Nein, es war keine Täuschung, da lag er ja, der Brief des Satans, wie ich ihn im Traum gelesen, da lag das

Manuskript, das er mir im Briefe verheißen. Ich traute meinen Sinnen kaum, ich las, ich las wieder, und immer wurde mir der Zusammenhang unbegreiflicher.

Doch ich konnte ja nicht anders, ich mußte seinen Wink befolgen und seinen ›Besuch in Frankfurt‹ dem zweiten Teile einverleiben.

Ich gestehe, ich tat es ungern. Ich hatte schon zu diesem Teile alles geordnet, es fand sich darin eine Skizze, die nicht ohne Interesse zu lesen war, ich meine jene Szene, wie er mit Napoleon eine Nacht in einer Hütte von Malojaroßlawez zubrachte, und wie von jenen Augenblicken an so vieles auf geheimnisvolle Weise sich gestaltet im Leben jenes Mannes, dem selbst der Teufel Achtung zollen mußte, vielleicht – weil er ihm nicht beikommen konnte, doch – vielleicht ist es möglich, dieses merkwürdige Aktenstück dem Publikum an einem anderen Orte mitzuteilen.

Noch war ich mit Durchsicht und Ordnung der Papiere beschäftigt, da wurde die Türe aufgerissen und mein Freund Moritz stürzte ins Zimmer.

»Weißt du schon?« rief er. »Er hat ihn verloren.«

»Wer? was hat man verloren?«

»Nun, von was wir gestern sprachen, den Prozeß gegen Clauren meine ich, wegen des Mannes im Monde!«

»Wie? ist es möglich!« entgegnete ich, an meinen Traum denkend; »unser Freund, der Kandidatus Bemperlein? den Prozeß?«

»Du kannst dich drauf verlassen, soeben komme ich vom Museum, der Verleger sagte es mir, soeben wurde ihm das Urteil publiziert.«

»Aber wie konnte dies doch geschehen? Moritz! War er etwa auch in Klein-Justheim anhängig?«

»Klein-Justheim? Du fabelst, Freund!« erwiderte der Freund, indem er besorgt meine Hand ergriff; »was willst du nur mit Klein-Justheim, wo gibt es denn einen solchen Ort?«

»Ach«, sagte ich beschämt, »du hast recht; ich dachte an – meinen Traum.«

II
Der Fluch

Novelle

(Fortsetzung)

Man kann sich denken, daß ich in Rom immer viele Geschäfte habe. Die *heilige Stadt* hatte immer einen Überfluß von Leuten, die in der ersten, zweiten oder dritten Abstufung mein waren.

Man wird sich wundern, daß ich eine Klassifikation der *guten Leute* (von anderen Sünder genannt) mache; aber wer je mit der Erde zu tun hatte, hat den Menschen bald abgelernt, daß nur das Systematische mit Nutzen bei ihnen betrieben werden könne. Es ist dies besonders in Städten wie Rom unumgänglich notwendig; wo so vielerlei Nüancen *guter Leute* vom roten Hut bis auf die Kapuze, vom Fürsten, der die Macht hat, Orden zu verleihen, bis auf den armen, dem solche um dreißig Taler angeboten werden, vorfinden, da muß man Klassen haben.

Ich werde in der Bibel und von den heutigen Philosophen als das negierende Prinzip vorgestellt, daher teilte ich meine guten Leute ein in: erste Klasse, mit dem Prädikat »recht gut«, solche, die geradehin verneinen; als da sind: Freigeister, Gottesleugner, etc. Zweite Klasse, »gut«. Sie sagen mit einigem Umschweif nein; gelten unter sich für Heiden, bei Vernünftigen für liberale Männer, bei der Menge für fromme Menschen. In dieser Klasse befinden sich viele Türken und Pfaffen. Die dritte Klasse mit dem Prädikat »mittelmäßig« sind jene, die ihr »Nein« nur durch ein Kopfschütteln andeuten. Es sind jene, die sich selbst für eine Art von Gott halten, mögen sie nun Ablaß verkaufen, oder als evangelisch-mystisch-pietistische Seelen einen Separatfrieden mit dem Himmel abschließen; der letzteren gibt es übrigens in Rom wenige.

Es läßt sich annehmen, daß das Innere dieses Systems, die verschiedenen Übergänge der Klassen beinahe mit jedem Jahr sich ändern. Geld, Sitten, der Zeitgeist üben hier einen großen Einfluß aus, und machen beinahe alle zwei Jahre eine Reise an Ort und Stelle notwendig.

Als ich vor einiger Zeit auf einer solchen Visitationsreise in Rom verweilte, war ich Zeuge folgender Szenen, die ich aufzuzeichnen nicht unterlassen will, weil sie vielleicht für manchen Leser meiner Memoiren von Interesse sein möchten.

Ich ging eines Morgens unter den Säulengängen der Peterskirche spazieren, dachte nach über mein System und die Veränderungen, die ihm durch die Missionäre in Frankreich und das Überhandnehmen der Jesuiten drohte, da stieß mir ein Gesicht auf, das schon in irgend einer interessanten Beziehung zu mir gestanden sein mußte. Ich stand stille, ich betrachtete ihn von der Seite. Es war ein schlanker, schöner junger Mann; seine Züge trugen die Spuren von stillem Gram; dem Auge, der Form des Gesichtes nach war er kein Italiener – ein Deutscher, und jetzt fiel mir mit einem Male bei, daß ich ihn vor wenigen Monaten in Berlin, im Salon jener Dame gesehen hatte, die mir und dem Ewigen Juden einen ästhetischen Tee zu trinken gegeben hatte. Es war jener junge Mann, dessen anziehende Unterhaltung, dessen angenehme Persönlichkeit mir damals ein so großes Interesse eingeflößt hatten. Er war es, der uns damals eine Aventüre aus seinem Leben erzählt hatte, die ich für

würdig fand, bei der Beschreibung jenes Abends mit aufzuzeichnen.

Ob ihn wohl die Liebe zu jener jungen Dame noch einmal in die heilige Stadt gezogen hatte? Ob ihm, wie mir, der düstere Himmel seines Landes und die süße Langeweile der ästhetischen Tees im Hause seiner Tante so drückend wurde, daß er sich unter eine südlichere Zone flüchtete? Ich beschloß, seine Bekanntschaft zu erneuen, um über jenes interessante Begegnis, dessen Erzählung der Jude unterbrochen, um über ihn selbst, über seine Schicksale etwas Näheres zu vernehmen. Er stand an einer Säule des Portals, den Blick fest auf die Türe gerichtet; fromme Seelen, schöne Mädchen strömten aus und ein, ich sah, er blieb gleichgültig, wenigstens schien ihn keine dieser Gestalten zu interessieren. Endlich erscheint ein kleiner Florentiner Strohhut in der Türe; war es die Form dieses Hutes, waren es die weißen wallenden Federn, war es die einfache Rose, aus welcher dieser Busch hervorwallte, was dem jungen Mann so reizend, so bekannt dünkte? Noch konnte man weder Gestalt noch Gesicht der Dame sehen, aber seine Augen glänzten, ein Lächeln der erfüllten Hoffnung flog um seinen Mund, seine Wangen röteten sich, er richtete sich höher auf und schaute unverwandt den Säulengang hin. Noch verdeckten zwei Pfaffen mit ihren Kapuzen die Nahende, jetzt bogen sie rechts ein, und ich sah ein holdes, süßes Wesen heraufschweben.

Wer, wie ich, erhaben über jede Leidenschaft, die den Sterblichen auf der Erde quält, die Dinge betrachtet wie sie sind, nicht wie sie euch Liebe oder Haß oder eure tausend befangenen Vorurteile schildern, dem ist eine solche seltene Erscheinung ein Fest, denn es ist etwas Neues, Originelles. Ich gedachte unwillkürlich jener

Worte des jungen Mannes, wie er uns den Eindruck beschrieb, den der Anblick jener Dame zum erstenmal auf ihn machte, mit welchem Entzücken er uns ihr Auge beschrieb; – ich war keinen Augenblick im Zweifel, daß diese liebliche Erscheinung, die auf uns zukam, und jene rätselhafte Dame eine und dieselbe sei.

Ein glühendes Rot hatte die Züge des Jünglings übergossen. Er hatte den Hut gezogen, es war, als schwebte ihm ein Morgengruß oder eine freundliche Rede auf den Lippen, und überrascht von der stillen Größe des Mädchens sei er verstummt. Auch *sie* errötete, sie schlug die Augen auf, als er sich verbeugte, sie warf einen fragenden Blick auf ihn, hielt einen kurzen Moment ihre Schritte an, als erwarte sie, von ihm angeredet zu werden; er schwieg, sie eilte bewegt weiter.

Der junge Mann sah ihr mit trüben Blicken nach, dann folgte er langsamen Schrittes; oft blieb er, wie in Gedanken verloren, stehen. Ich ging ihm einige Straßen nach, er trat endlich in ein Kaffeehaus, wo sich die deutschen Künstler zu versammeln pflegen. Hatte schon früher dieser Mensch und seine Erzählung meine Teilnahme erregt, so war ich jetzt, da ich Zeuge eines flüchtigen, aber so bedeutungsvollen Zusammentreffens gewesen war, um so neugieriger, zu erfahren, in welchem Verhältnis der Berliner zu dieser Dame stehe; daß es kein glückliches Verhältnis, kein gewöhnliches Liebesverständnis war, glaubte ich in ihren Mienen, in ihrem sonderbaren Benehmen gelesen zu haben.

Man wird sich erinnern, daß ich als hoffnungsvoller Zögling des Ewigen Juden, als Herr von Stobelberg, die Bekanntschaft dieses Mannes machte. Daher trat ich in dieser Rolle in das Café. Der junge Herr saß in einem

Fenster und las in einem Brief. Ich wartete eine Weile, ob er wohl bald ausgelesen haben werde, um ihn dann anzureden, aber er las immer. Ich trat von der Seite hinter ihn, um nach dem Schluß des riesengroßen Briefes zu blicken – es waren wenige Zeilen von einer Frauenhand, die er, wie es schien, gedankenlos anstarrte.

»Habe ich die Ehre, Herrn von S. vor mir zu sehen?« fragte ich in deutscher Sprache, indem ich vor ihn trat.

»Der bin ich«, antwortete er, indem er den düsteren Blick von dem Brief auf mich schlug und mein Kompliment durch ein leichtes Neigen des Kopfes erwiderte.

»Sie scheinen mich nicht mehr zu kennen; und doch war ich so glücklich, einmal einen Abend im Hause Ihrer Tante in Berlin zu genießen, den vorzüglich Ihre Unterhaltung, Ihre interessanten Mitteilungen mir unvergeßlich machen.«

»Im Hause meiner Tante?« fragte er, aufmerksamer werdend. »Wie, war es nicht ein höchst ennuyanter Tee? Waren nicht einige männliche Weiber und einige zartweibliche Herren zugegen? Ich erinnere mich, ich mußte etwas erzählen. Doch Ihr Name, mein Lieber, ist mir leider entfallen.«

»Baron von Stobelberg; ich reiste damals mit –«

»Ah – mit einem ganz sonderbaren Kauz von Hofmeister, jetzt erinnere ich mich ganz, er war so unglücklich, allen Damen, ohne es zu wollen, Sottisen zu sagen, und überschnappte endlich, nämlich mit dem Stuhl?«

»So ist's; wollten Sie erlauben, meinen Kaffee hier zu trinken? Ich bin noch so fremd hier, ich kenne keine Seele. Sie sind wohl schon lange hier bekannt?«

Ein melancholisches Lächeln zog um seinen Mund. »O ja, bin schon lange hier bekannt«, antwortete er düster.

»Ich war früher in Geschäften hier, jetzt zu – zu meiner Erholung.«

»Sie erinnern mich da auf einmal wieder an den Abend bei Ihrer Tante, mein Hofmeister brachte mich damals um einen köstlichen Genuß. Sie erzählten uns ein kleines Abenteuer, das Sie mit einer Deutschen in Rom gehabt. Ihre Erzählung war auf dem Punkte, eine Wendung zu nehmen, die uns über vieles, namentlich über Ihre sonderbare Verwechslung mit einem Ebenbilde aufgeklärt hätte, da zerstörte mein Mentor durch seinen Fall meine schöne Hoffnung, ich war genötigt, mit ihm den Salon zu verlassen und plage mich seitdem mit allerlei Möglichkeiten, Wahrscheinlichkeiten, wie es Ihnen möchte ergangen sein. Ob Sie sich mit Ihrem Ebenbilde geschlagen haben? Ob Sie auch ferner der schönen Louise sich nahen konnten, ob nicht endlich ein Liebesverhältnis zwischen Ihnen entstanden? Kurz, ich kann Sie versichern, es peinigte mich tagelang, die tollsten Konjekturen erfand ich, aber nie wollten sie passen.«

Der junge Mann war während meiner Reden nachdenklich geworden; es schien etwas darin zu liegen, das ihm nicht ganz recht war; vielleicht ahnte er meine unbezwingliche Neugierde nach seiner Aventüre, er blickte mich scharf an, aber er wich in seiner Antwort aus.

»Ich erinnere mich«, sagte er, »daß wir damals alle bedauerten, Ihre Gesellschaft entbehren zu müssen. Sie waren uns allen wert geworden, und die Damen behaupteten, Sie haben etwas Eigenes, Anziehendes, das man nicht recht bezeichnen könne, Sie haben einen höchst pikanten Charakter. Nun, Sie werden in der Zeit diese Damen entschädigt haben; wann waren Sie das letzte Mal bei meiner Tante?«

Ich sah ihn staunend an; »ich hatte nie die Ehre, bei Ihrer Tante gesehen zu werden, als an jenem Abend.«

Er entgegnete hierauf nichts, sprach vom Papst und dergleichen, kam aber immer wieder darauf zurück, mich durch eine Zwischenfrage nach Berlin, ins Haus seiner Tante zu verlocken. »Was wollen Sie nur immer wieder mit Berlin?« fragte ich endlich, »ich war seit jenem Abend nicht mehr dort und reiste in dieser Zeit in Frankreich und England. Sehen Sie einmal in meinem Paß, welch ungeheure Tour ich in dieser Zeit gemacht habe!«

Er warf einen flüchtigen Blick hinein und errötete; »verzeihen Sie, Baron!« rief er, indem er meine Hand ungestüm drückte; »vergeben Sie, ich hielt Sie für einen Spion meiner Tante«.

»Ihrer Tante? für einen Spion, den man Ihnen bis Rom nachschickt?«

»Ach, die Menschen sind zu keiner Torheit zu gut. Ich halte mich etwa seit zwei Monaten wieder hier auf. Meine Verwandten toben, weil ich meinen Posten im Büro des Ministers plötzlich und ohne Urlaub verlassen habe; sie bestürmten mich mit Briefen, ich kam nicht; sie wandten sich an die preußische Gesandtschaft hier; sie fand aber nichts Verdächtiges an mir und ließ mich ungestört meinen Weg gehen. Vor einigen Tagen schrieb mir ein Freund, ich solle auf meiner Hut sein, man werde einen Spion in meine Nähe senden, um alle meine Schritte zu bewachen.«

»Ist's möglich? und warum denn dies alles?«

»Ach, es ist eine dumme Geschichte, eine Anordnung meines verstorbenen Vaters legt mir Pflichten auf, die – ein andermal davon – die ich nicht erfüllen kann. Und Sie, lieber Stobelberg, hielt ich für den Spion. Vergeben Sie mir doch?«

»Unter zwei Bedingungen«, erwiderte ich ihm. »Einmal, daß Sie mir erlauben, Sie recht oft zu begleiten, um der Spion Ihres Spions zu sein. Halten Sie mich nicht für indiskret, es ist wahre Teilnahme für Sie und der Wunsch, Ihnen nützlich zu werden. Sodann – teilen Sie mir, wenn es Ihnen anders möglich ist, den Schluß Ihres Abenteuers mit.«

»Den Schluß?« rief er und lachte bitter, »den Schluß? Ich wünschte, es schlösse sich, könnte es auch nur mit meinem Leben schließen. Doch kommen Sie, wir wollen unter jene Arkaden gehen. Die Künstler kommen um diese Zeit hieher, wir könnten nicht ungestört reden: wer weiß, ob man nicht einen von ihnen zu meinem Wächter ersehen hat.«

Ich folgte Otto von S . . . – so hieß der junge Mann – unter die Arkaden. Er legte seinen Arm in den meinigen, wir gingen eine Weile schweigend auf und ab; er schien mehr nachdenklich als zerstreut.

»Es ist etwas, was mir Vertrauen zu Ihnen einflößt«, hub er lächelnd an; »ich habe über den Ausspruch jener Damen in Berlin nachgedacht und finde ihn, so komisch er mir damals vorkam, dennoch bestätigt. Es ist mir in den paar Viertelstunden, die wir beisammen sind, als seien Sie ein Wesen, das ich längst kannte, als seien Sie schon jahrelang mein Freund. Und doch haben Sie nicht jenes Gutmütige, Ehrliche, was an den Deutschen sogleich auffällt, was bewirkt, daß man ihnen gerne vertraut; Sie haben für Ihre Jahre viel Beobachtungsgeist in ihrem Auge und um ihren Mund in gewissen Augenblicken einen Zug, der nicht immer das bestätigt, was Sie sagen wollten. Und dennoch fühle ich, daß mir der Zufall viel geschenkt hat, der Sie in jenes Haus führte, ich fühle auch, daß man Ihnen trauen kann, mein Lieber.«

»Ich halte nichts auf Gesichter und habe durch Erfahrung gelernt, daß sie nicht immer der Spiegel der Seele sind. Es freut mich übrigens, wenn etwas an mir ist, das Ihnen Vertrauen einflößt. Es ist vielleicht der rege Wunsch, Ihnen dienen zu können, was Ihnen einiges Vertrauen gibt?«

»Möglich; doch ich bin Ihnen einige Aufschlüsse über mich und mein Abenteuer hier in Rom schuldig. Ich erzählte Ihnen, wie ich mit Louise von Palden bekannt wurde –«

»Erlauben Sie, nein! diesen Namen höre ich zum erstenmal. Sie erzählten uns, daß Sie eine junge Dame in den Lamentationen der Sixtinischen Kapelle kennen lernten, die ihre ganze Aufmerksamkeit erregte. Sie wurden von ihr mit einem andern verwechselt, Sie gefielen sich in diesem Quiproquo und versetzten sich unwillkürlich so in die Stelle des Liebhabers, daß Sie das Mädchen sogar liebten –«

»Und *wie* liebe ich sie!« rief er bewegt.

»Sie suchten die Dame lange vergeblich in Rom, der Zufall führte endlich das schöne Kind im Karneval als Maske an Ihre Seite. Es ist schon dunkel, sie glaubt in Ihnen den Freund zu finden; Sie, lieber Freund, benützen die Gelegenheit noch einmal, diesen Scherz, der Ihnen so angenehm ist, fortzuführen. Sie bringen die Dame auf eine Loge, um das Pferderennen anzusehen. Da erscheint auf einmal der rechte Liebhaber, und Sie – erblicken sich. Bis hieher hörte ich damals. Sie können sich denken, wie begierig ich bin, zu hören, wie es Ihnen erging.«

»Ich gestehe«, fuhr Herr v. S. fort, »mir selbst fiel die

Ähnlichkeit dieses Mannes mit meinen Zügen, meiner Gestalt, selbst meiner Kleidung überraschend auf. Das letztere hatte wohl die Mode verschuldet, die damals alle junge Welt zwang, sich schwarz zu kleiden. Doch auch für die große Ähnlichkeit unserer Züge, so auffallend sie ist, hat man Beispiele. Sie erinnern sich vielleicht des Falles, der in Frankreich vorkam. Zwei Franzosen trafen in Amerika zusammen. Ihre Ähnlichkeit war so groß, daß man sie gewöhnlich miteinander verwechselte, der eine starb, der andere, ein armer Teufel, wußte sich seine Papiere zu verschaffen, reiste nach Frankreich zurück und lebte mit der Frau des Verstorbenen noch lange Jahre, bis der Betrug an den Tag kam.*

Der Herr und die Dame schienen nicht weniger überrascht als ich; die letztere errötete, sie gedachte vielleicht jenes Kusses, und es wurde ihr wohl mit einem Mal klar, daß es schon an jenem Abend nicht ihr Otto gewesen sei, gegen den sie sich so zärtlich bewiesen. Der Herr mit meinen Gesichtszügen fragte mich in etwas barschem Ton in schlechtem Französisch, wie ich dazu komme, diese Komödie zu spielen. Ich nahm, nicht aus Furcht vor seinem rollenden Auge, sondern im Gefühl, ein Unrecht, vielleicht eine Unschicklichkeit wieder gutmachen zu müssen, alle Artigkeit, die ich in der Welt gelernt hatte, zusammen und bat die Dame, mir ›einen Scherz zu vergeben, zu dem sie mich selbst verleitet habe‹. ›Sie selbst?‹

* Die Möglichkeit einer solchen Verwechslung beweist ein Fall, der sich vor einigen Monaten in Ravensburg im Württembergischen zutrug. Zwei Zwillingsbrüder sahen sich täuschend ähnlich. Der eine tötete einen Mann und floh. Er wußte, daß sein Bruder, der in Bregenz in einem österreichischen Regiment diente, desertiert war. Der Mörder wandte sich dorthin, zeigte sich in der Gegend, ließ sich als Deserteur gefangen nehmen und viermal Spießruten jagen. Er diente einige Zeit in der Stelle seines Bruders, bis der Betrug durch einen Zufall entdeckt wurde.

rief bei diesen Worten jener Mann, und seine Züge verzogen sich immer mehr zum Zorn, ›sie selbst? Es ist ein abgekartetes Spiel, ich sehe schon, ich bin der betrogene Teil. Doch ich will nicht stören.‹ – Er sagte dies vor Wut zitternd, indem er sich von seinem Platz entfernen wollte. Louise, – o ich habe sie nie so süß, so wundervoll gesehen wie in jenem Augenblicke; sie schien mit aller Hingebung der Zärtlichkeit an diesem Manne zu hängen; sie ergriff bebend seine Hand, sie rief ihn mit den liebevollsten Tönen; sie beteuerte, sich unschuldig zu wissen, sie rief mich zürnend zum Zeugen auf. Ich war hingerissen von diesem Zauber der Liebe, der sich mir hier zum erstenmal in seiner ganzen Schönheit darstellte. Es ist etwas Schönes um ein Mädchen, das in sanfter, stiller Liebe ist, es ist etwas Heiliges, möchte ich sagen. Aber der Schmerz inniger Liebe, das Zittern zärtlicher Angst und diese Tränen in den blauen Augen, dieses Flüstern der süßesten Namen von den feinen Lippen und diese Röte der Angst und der Beschämung auf den zarten Wangen, es ist ein Bild, irdischer zwar als jenes, aber von einer hinreißenden Gewalt.«

»Ich kenne das«, unterbrach ich diese rednerischen Schilderungen des verliebten Berliners, dem die Dame seines Herzens in jeder neuen Form wieder lieblicher schien, »ich kenne das, so was Heiliges, so was Weinendes, Madonnenartiges, Grazienhaftes, Süßes, Bitterschmerzliches, kurz, so was Klagendes, Anziehendes, ich kenne das; aber wie war es denn mit dem zornigen Patron, der Euer Wohlgeboren so ähnlich?«

»Er glaubte ihren Versicherungen nicht; war es Eifersucht, war es sein leidenschaftlicher Zorn, den er nicht bemeistern konnte, er stieß sie zurück, er drohte, sie nie

mehr zu sehen. Das Mädchen setzte sich weinend auf ihren Stuhl. Die tobende Freude der Römer an dem Pferderennen, ihr Jauchzen, ihr Rufen stand in schneidendem Kontrast mit dem stillen Schmerz dieses Engels. Ich fühlte inniges Mitleid mit ihr, ich fühlte mich tief verletzt, daß ein Mann eine Dame, ein Liebender die Geliebte so schnöde beleidigen könne. ›Mein Herr‹, sagte ich, ›das Wort eines Mannes von Ehre kann Sie vielleicht überzeugen, daß die Schuld dieser Szene allein auf mir ruht.‹ ›Eines Mannes von Ehre?‹ rief er höhnisch lachend; ›so kann sich jeder Tropf nennen.‹ Jetzt glaubte ich die Formen der gesellschaftlichen Höflichkeit nicht weiter beobachten zu müssen. Ich gab ihm ein wohlbekanntes Zeichen, flüsterte ihm meinen Namen, die Nummer meines Hauses und die Straße zu, in welcher ich wohnte, und verließ ihn.

Es waren widerstreitende Gefühle, die in meiner Brust erwachten, als ich zu Haus über diesen Vorfall nachdachte. Ich mußte mir gestehen, daß ich unbesonnen, töricht gehandelt hatte, die Rolle eines andern bei diesem Mädchen zu übernehmen. Es ist wahr, der Zufall war so überraschend, die Gelegenheit so lockend, ihre Erscheinung so reizend, so anziehend, daß wohl keiner der Versuchung widerstanden hätte. Aber mußte mich nicht schon der Gedanke zurückschrecken, daß es ihr bei dem Geliebten schaden könnte, traf er uns beide zusammen? in welch ungünstigem Lichte mußte ich, mußte auch sie ihm erscheinen!

Und doch – wo ist der Mensch, der nicht in einem solchen Falle sich vor sich selbst zu entschuldigen wüßte; ich fühlte, daß ich dieses unbekannte, reizende Wesen liebe, und wie leicht entschuldigt Liebe! Und weil ich sie liebte, haßte ich den begünstigten Mann. Er war ein Barbar in meinen Augen; wie konnte er die Geliebte so grausam behandeln; wie durfte er, wenn er sie wahrhaft liebte, an ihrer Tugend zweifeln, und wer, der jemals in dieses treue, seelenvolle Auge gesehen, wer konnte an der Reinheit dieses Engels zweifeln?

Am Morgen nach dieser Begebenheit bekam ich einen italienischen, schlecht geschriebenen Brief, er enthielt die Bitte einer Signora Maria Campoco, dem Überbringer des Briefes in ihr Haus zu folgen, wo sie mir etwas Wichtiges zu sagen habe. Ich kannte keine Dame dieses Namens, ich fragte den Diener nach der Straße, er nannte mir eine, von welcher ich nie gehört hatte. Eine Ahnung sagte mir übrigens, dieser Brief könnte mit meinem Abenteuer von gestern zusammenhängen; ich entschloß mich zu folgen. Der Diener führte mich durch viele Straßen in eine Gegend der Stadt, die mir völlig unbekannt war. Er beugte endlich in eine kleine Seitenstraße, ein Brunnen, eine Madonna von Stein fiel mir ins Auge, es war kein Zweifel, ich befand mich an dem Haus, wohin ich Louisen aus den Lamentationen begleitet hatte. Es war ein kleines, unscheinbares Haus, dessen Türe der Diener aufschloß; über einen finsteren Gang, eine noch dunklere Treppe brachte er mich in ein Zimmer, dessen Eleganz nicht mit dem übrigen Ansehen des Hauses übereinstimmte. Nachdem ich eine Weile gewartet hatte, erscholl das Klaffen vieler Hunde, die Türe öffnete sich – aber nicht meine Schöne, sondern eine kleine, wohlbeleibte, ältliche Frau trat, umgeben von einer Schar kleiner Hunde, ins Zimmer.

Es dauerte ziemlich lange, bis Tasso, Ariosto, Dante, Alfieri und wie die Kläffer alle hießen, über den Anblick eines fremden Mannes beruhigt waren und die kleine

Dame endlich zum Wort kommen konnte. Sie sagte mir sehr höflich, sie habe mich rufen lassen, um wegen einer Angelegenheit ihrer Nichte, Louise von Palden, mit mir zu sprechen. – Das Verlangen, das schöne Kind wiederzusehen, mich bei ihr selbst zu entschuldigen, gab mir eine *Notlüge* ein: ich fragte sie in so miserablem Italienisch, als mir nur möglich war, ob sie Französisch oder Deutsch verstehe? Sie verneinte es, ich zuckte die Achsel und gab ihr mehr durch Zeichen als Worte zu verstehen, daß ich der italienischen Sprache durchaus nicht mächtig sei. Sie besann sich eine Weile, sagte dann, ich könne in *ihrer Gegenwart* mit ihrer Nichte sprechen, und entfernte sich.

Wie schlug mein Herz vor Erwartung, von Liebe bewegt! Wie beschämt fühlte ich mich, in ihren Augen als ein Nichtswürdiger zu scheinen, der ihren Irrtum auf so indeskrete Art benützte! Die hündische Leibwache der Signora verkündete, daß sie nahe. Ich fühlte seit langer Zeit zum erstenmal eine Verlegenheit, ein Beben; ich fühlte, wie ich errötete, jene Sicherheit des Benehmens, das mich jahrelang begleitet hatte, wollte mich in diesem Augenblick verlassen.

Sie kam, sie dünkte mir in dem einfachen, reizenden Negligee lieblicher als je, und ihre Verwirrung, als sie mich sah, der Unmut, den ich in ihrem Auge zu lesen glaubte, vermochte ihre Anmut nicht zu schwächen. ›Mein Herr! Es ist eine sehr sonderbare Begebenheit, die Sie in dieses Haus führt‹, sprach sie mit jenen klangvollen Tönen, die ich so gerne hörte; ›Sie müssen selbst gestehen‹ – setzte sie hinzu, aber sei es, daß die Erinnerung an jenen Abend sie zu unangenehm berührte, sei es, daß sie einem meiner Blicke begegnete, die vielleicht *mehr* als Ehrfurcht ausdrückten, sie schlug die Augen nieder, errötete aufs neue und schwieg.

Ich faßte mich, ich suchte mich zu entschuldigen so gut es ging; ich erzählte ihr, wie ich sie hilflos und in Ohnmacht in der Kirche gefunden, wie ich ihren Irrtum nicht habe berichtigen können, aus Furcht, sie möchte meine Begleitung ablehnen, die ihr in ihrem damaligen Zustande so notwendig war. Meine zweite Unbesonnenheit schob ich auf die Maskenfreiheit des Karnevals, ich suchte einen Scherz daraus zu machen, ich behauptete, es sei an diesem Abend erlaubt, jede Maske vorzunehmen, und so habe ich die ihres Freundes vorgenommen. Ich glaubte, sagte ich, in diesen Scherz um so eher eingehen zu dürfen, da wir Landsleute sind und die Deutschen in Rom als Kinder Einer Heimat nur Eine große Familie sein sollten.«

»Eine gefährliche Verwandtschaft!« erwiderte ich dem jungen Berliner, indem ich mich im stillen über seine jesuitische Logik freute; »Wie? brachte die Dame nicht das *Corpus juris* und den – – – – gegen Sie in Anwendung? In Schwaben möchte zur Not ein solches Verwandtschaftssystem gelten oder bei den Juden, welche Herren und Knechte, Norden und Süden »unsere Leute« nennen; aber Deutschland? Bedenken Sie, daß es in zweiunddreißig Staaten geteilt ist, wo ist da ein Verwandtschaftsband möglich? Wenn Sie sich im Himmel oder in der Hölle treffen, so heißen sie nur Österreicher, Preußen, Hechinger und fürstlich reußische Landeskinder!«

»Louise mochte auch so denken«, fuhr er fort. »Doch nötigte ihr meine Deduktion ein Lächeln ab; es schien ihr angenehm, über diese Punkte so leicht weggehen zu können. Sie klagte sich selbst an, diesen Irrtum veranlaßt zu haben, sie vergab, sie erlaubte mir, ihre schöne Hand zu küssen. Doch ihre Blicke wurden wieder düster. Sie sagte, wie sie nur zu deutlich bemerkt habe, daß ich tief beleidigt weggegangen sei, daß dieser Streit noch eine gefährlichere Folge haben könne. Ihr Auge füllte sich mit Tränen, als sie dies sagte. Sie beschwor mich, ihrem Freund zu vergeben, sie suchte ihn zu entschuldigen, *ihn*, der sie selbst so tief beleidigt hatte, sie sprach mit so zärtlicher Wärme für den Mann, der so ganz vergessen hatte, daß die wahre Liebe glauben und vertrauen müsse, der so niedrig war, dieser reinen Seele gegenüber gemeine Eifersucht zu zeigen. Ich wäre glücklich, selig gewesen, hätte dieses Mädchen so von mir gesprochen!

Ich fragte sie, ob sie in *seinem* Auftrag mir dieses sage? Sie war betreten, sie antwortete, daß sie gewiß wisse, daß es ihm leid sei, mir jene Worte gesagt zu haben; ich versprach, wenn er mir dies selbst sagen werde, nicht mehr an die Sache zu denken. Wie heiter war sie jetzt, sie scherzte über ihren Irrtum, sie verglich meine Züge mit denen ihres Freundes, sie glaubte große Ähnlichkeit zu finden, und doch schien es ihr unbegreiflich, wie sie nicht an meinen Augen, meiner Stimme, an meinem ganzen Wesen ihren Mißgriff erkannt habe. Sie rief ihrer Tante zu, daß sie ihren Zweck vollkommen erreicht habe.

Signora Campoco, die während der ganzen Szene am Fenster gesessen und bald die Leute auf der Straße, bald ihre Hündchen, bald uns betrachtet hatte, kam freundlich zu mir, dankte für meine Gefälligkeit, ihr Haus besucht zu haben, und bemerkte: sie hätte nie geglaubt, daß unsere barbarische Sprache so wohltönend gesprochen werden könne. Sie sehen, ich hatte jetzt nichts mehr in diesem Hause zu tun; so gerne ich noch ein Stündchen mit Fräulein von Palden geplaudert hätte, so neugierig ich war, ihre

Verhältnisse in Deutschland und ihre Lage in Rom zu erfahren, – der Anstand forderte, daß ich Abschied nahm, mit dem unglücklichen Gefühle Abschied nahm, diese Schwelle nie mehr betreten zu können. Signora, sie hätte sich vielleicht gekreuzt, hätte sie gewußt, daß ein Ketzer vor ihr stehe, Signora empfahl mich der Gnade der heiligen Jungfrau, und Louise reichte mir traulich die Hand zum Scheiden. Ich fragte sie noch, wie der Herr heiße, mit welchem ich das Glück gehabt habe, verwechselt zu werden. Sie errötete und sagte: ›Er will zwar hier nicht bekannt sein und so zurückgezogen als möglich leben, doch warum sollte ich Ihnen seinen Namen verhehlen? Ich möchte so gerne, daß Sie Freunde würden. Er heißt – – – – und wohnt – – – –‹«

So, »etwas breit nach Art der lieben Jugend«, hatte mir der junge Mann den weiteren Verlauf seines Abenteuers erzählt, ich hörte ihm gerne zu, obgleich nichts peinlicher für mich ist, als eine lamentable Liebesgeschichte recht lang und gehörig breit erzählen zu hören; aber interessant war mir dabei die Art, wie er mir erzählte. Sein ausdrucksvolles Auge schien die Glut seiner Gefühle widerzustrahlen, seine Züge nahmen den Charakter düsterer Wehmut an, wenn er sich unglücklich fühlte, und ein angenehmes Lächeln erheiterte sie, wenn er mir die Reize der jungen Dame zu beschreiben suchte. Plötzlich, als er mir eben erzählte, wie er das Haus der Signora verlassen habe, drückte er meinen Arm fester und brach in einen kleinen Fluch aus. »So muß der Teufel diesen Pfaffen doch überall haben«, rief er und wandte sich unmutig um. Ich war erstaunt, welchen Pfaffen sollte ich denn überall haben? Ich fragte ihn, was ihn so aufbringen könne.

»Sehen Sie nicht hin, sonst müssen wir grüßen«, gab er

mir zur Antwort, »ich kann ihn nicht ansehen, den Jesuiten.«

Ich stellte mich, als befolge ich treulich seinen Befehl, doch konnte ich nicht umhin, einen Seitenblick in die Straße zu werfen, und sah wirklich ein höchst ergötzliches Schauspiel. Die Straße herauf kam ein hoher Prälat der Kirche, der Kardinal Rocco, ein Mann, der schon längst als einer der zweiten Klasse mit dem Prädikat »gut« auf meinen Tafeln verzeichnet ist. Eine große majestätische Gestalt voll stolzer Würde; sein weißes Haar, von einem einfachen roten Käppchen bedeckt, stach sonderbar ab gegen ein Gesicht, das man eigentlich reich nennen könnte. Gewölbte Brauen, große Augen, eine Adlernase, die Unterlippe etwas übermütig gezogen, das Kinn und die Wangen voll und kräftig. Über das rollende Untergewand trug er einen Talar, dessen eines Ende er in malerichen Falten über den Arm gelegt hatte; das andere Ende hielt in einiger Entfernung hinter ihm herschleichend sein Diener, ebenfalls ein Mönch, ein dürres, bleiches Geschöpf, dessen tückische Augen nach allen Seiten spähten, ob seine Eminenz von den Gläubigen ehrfurchtsvoll, wie es sich gebührt, begrüßt werden.

Der Gang des Kardinals war der Gang eines Siegers, und eine solche Erscheinung in *diesen* Straßen erinnerte nur zu leicht an die Senatoren der »ewigen Stadt«.

»Sehen Sie, wie er hingeht, dieser Pharisäer«, flüsterte der junge Mann mit den Zähnen knirschend. »Sehen Sie, wie der Pöbel sich zum Handkuß drängt, mit welcher Würde, mit welcher Grazie er seinen Segen erteilt.

Theaterpossen! Wenn diese Leute wüßten, was ich von ihm weiß; sie würden diesem Pharisäer, diesem Verfälscher des Gesetzes die Insignien seiner Würde vom Leibe reißen, oder sie wären wert, von einem Türken beherrscht zu werden.«

»Was bringt Sie so auf! verehrter Freund? Wer ist dieser Ehrenmann? Was hat er Ihnen zu leid getan? Hängt er mit Ihren Abenteuern zusammen?« Ich mußte lange fragen, bis er mich hörte, denn er schaute mit durchbohrenden Blicken der Eminenz nach und murmelte Verwünschungen wie ein Zauberer.

»Ob ich ihn kenne? Ob er mir etwas zu leide getan? O! dieser Mensch hat ein Leben vergiftet, ein Herz zu Boden getreten, das – doch Sie werden mehr von ihm hören; es ist der Kardinal Rocco, der Satan ist nicht schwärzer als er; mit seinem roten Hut deckt er alle Sünden zu, aber trotzdem, daß er geweiht ist, wird ihn dennoch der Teufel holen!«

»Da hat es gute Wege«, dachte ich; »Nr. 2, gute Sorte«; doch was konnte dieser Berliner gegen Rocco haben; unmöglich konnte ich glauben, daß sein Protestantismus so tief gehe, daß er jeden, der *violette Strümpfe* trug, in die Hölle wünschen mußte. Er hatte sich wieder gesammelt: »Vergeben Sie diese Hitze, Sie werden mir einst recht geben, so zu urteilen, wenn ich Sie erst mit dem Treiben dieser Menschen bekannt mache. Doch jetzt noch einiges zum Verständnis meines Abenteuers. Die Geschichte mit – – – – war bald abgetan. Er schickte einen Franzosen zu mir, der mir erklärte, daß jener sich in mir geirrt habe und um Verzeihung bitte. Durch ihn erfuhr ich auch, daß Louisens Geliebter früher Offizier und zwar in . . . schen Diensten gewesen sei.

Um diese Zeit kam die Schwester des sächsischen Gesandten nach Rom, sich einige Zeit mit ihrer Familie bei ihrem Bruder aufzuhalten. Ich war am ersten Abend ihres

Aufenthalts zufällig zugegen, und – stellen Sie sich einmal mein Erstaunen vor, als ich hörte, wie sie eine andere Dame fragte, ob nicht ein Fräulein von Palden hier lebe? Ich wandte mich unwillkürlich ab, um nicht dem ganzen Kreise mein Erröten, mein Entzücken zu zeigen; es war mir etwas so Neues, so Schönes, Louisens Namen aus einem fremden Munde zu hören. Jedoch keine der anwesenden Damen wollte von ihr wissen, und ich fühlte mich nicht berufen, unaufgefordert mein Geheimnis mitzuteilen.

Deutsche, besonders Frauen, pflegen immer großen Anteil an Landsleuten zu nehmen; es konnte daher nicht anders sein, als daß man seine Verwunderung laut darüber aussprach, daß ein deutsches Fräulein in Rom lebe, die auch keinem von allen bekannt sein sollte? ›Wer ist sie? Ist sie schön? Wie kommt sie nach Rom?‹ fragte man einstimmig, und wie lauschte ich, wie pochte mein Herz, endlich über das interessante Wesen etwas zu hören.

Sie erzählte, wie sie in . . . th Louisen kennen gelernt, die damals durch ihr schönes Äußere, durch ihre Liebenswürdigkeit, ihren Verstand die ganze Stadt beschäftigt, ihre näheren Bekannten bezaubert habe. Um so auffallender sei auf einmal ein Liebeshandel gewesen, der sich zwischen einem Offizier, einem bürgerlichen Subjekt, und der Tochter des Geheimen Rats Palden entspann. Dieser Mensch habe außer seiner schönen Figur und einem blühenden Gesicht keine Vorzüge, nicht einmal gute Sitten gehabt. Dem Vater sei diese Geschichte zu ernstlich geworden, er habe den Offizier zu einem Regiment zu versetzen gewußt, das mit einem Teil der französischen Armee nach Spanien bestimmt war. Man habe sich in . . . th allgemein gefreut über die Art, wie sich Fräulein Palden in diese Wendung fügte; doch bald erfuhr man, daß die Verbindung mit dem Offizier nichts weniger als abgebrochen sei, sondern durch Armeekuriere und dergleichen Briefe gewechselt werden. Es vergingen so beinahe zwei Jahre. Die Armee kehrte zurück, doch nicht mit ihr jener Offizier. Man sagte in Gesellschaften und in Louisens Nähe, er sei wegen einer Ehrensache aus dem Dienst getreten. Seine Kameraden schwiegen hartnäckig hierüber, doch gab es einige Stimmen im Publikum, die von einer vorteilhaften Heirat, andere, die von einer Entführung oder von beiden sprachen, kurz, man bemerkte, daß Herr v . . ., so hieß der Offizier, seiner Dame ungetreu geworden sei. Um diese Zeit starb der alte Herr von Palden. Seine erste Frau war eine Römerin, das Fräulein entschloß sich auf einmal, zu großer Verwunderung der Stadt . . . th, zu ihren Verwandten nach Rom zu ziehen.

So viel wußte die Schwester des Gesandten von Louisen. Es war mir genug, um ihr Verhältnis zu . . . ganz in der Ordnung zu finden, nur war es mir unbegreiflich, was ihn bewogen haben könnte, nach Rom zu gehen? Oder kam er erst nach ihr hieher? Und warum heiraten sie sich nicht, da doch ihre Hand jetzt frei und von niemand abhängig ist?

Ich quälte mich mit diesen Gedanken. Ich hätte so gerne mehr und immer mehr von dem holden Kind erfahren; ich fühlte lebhaft den Wunsch, sie wiederzusehen, zu sprechen; ich wollte ja nicht geliebt werden, nur sehen, nur lieben wollte ich sie. Da fiel mir bei, wie ich dies so leicht möglich machen könnte Ich durfte ja nur der Schwester des Gesandten sagen, wo sich Louise aufhalte, und dann konnte ich gewiß sein, sie schon in den nächsten

Tagen im Hotel des Gesandten zu sehen. Ich tat dies, und mein Wunsch wurde erfüllt.«

Ein Bekannter des Herrn von S. gesellte sich hier zu uns und unterbrach zu meinem großen Ärger die Erzählung. Ich machte noch einige Gänge mit ihnen unter den Arkaden; als ich aber sah, daß der Bekannte sich nicht entfernen wolle, fragte ich den Berliner nach seiner Wohnung und ging mit dem Vorsatz, ihn am nächsten Morgen zu besuchen. Ich muß gestehen, ich fing an, die Geschichte des jungen Mannes weniger anziehend zu finden, weil sie mir in eine gewöhnliche Liebesgeschichte auszuarten schien. Doch zwei Umstände waren es, die mir von neuem wieder Interesse einflößten und mich bestimmten, seine Abenteuer zu hören. Ich erinnerte mich nämlich, wie überraschend sein Anblick, sein ganzes Wesen in Berlin auf mich gewirkt hatten. Es war nicht der gewöhnliche Kummer der Liebe, wie er sich bei jedem Amoroso *vom Mühlendamm* ausspricht, es war ein Gram, ein tieferes Leiden, das mir um so anziehender dünkte, als es nur ganz unmerklich und leise durch jene Hülle schimmerte, womit die gesellschaftlichen Formen die weinende Seele umgeben. Er schien ein Unglück zu kennen, zu teilen, das ihn unausgesetzt beschäftigte, zu welchem ihn die Erinnerung sogar mitten in einem ästhetischen Tee rettungsvoll zurückführte.

Das zweite, was mich zu dem jungen Mann und seinem Abenteuer zog, war die Szene, die ich morgens vor der Peterskirche beobachtet hatte. Ich hatte dort bemerkt, daß er sie mit Sehnsucht erwarte; sie war gekommen, aber es schien kein fröhliches Zusammentreffen. Sie schien ihn etwas mit ihren Blicken zu fragen, das er nicht beantworten, sie schien etwas zu verlangen, das er nicht erfüllen konnte; wie schwer mußte es ihm werden, in der Ferne zu stehen und dem holden Mädchen durch keine Silbe zu antworten, er ließ sie gehen wie sie gekommen: aber dann sandte er ihr Blicke voll zärtlicher Liebe nach. Warum sagte er ihr nicht auf der Stelle, wie er sie liebe? Welche Gewalt mußte sie über ihn ausüben, um ihn in diese engen Schranken einer beinahe blöden Bescheidenheit zurückzuweisen? Wieviel es *sie* koste, sah ich an ihrem Auge, in welchem eine Träne perlte, als sie weiterging.

Diese Fragen drängen sich mir auf, als ich über den jungen Mann und die rätselhafte Dame nachdachte. Wo nicht ein blindes Fatum waltet und ein Uhrwerk die Gedanken der Sterblichen treibt, da lernt keiner aus, sei er Gott oder Teufel; wohl sagt der Mensch, der kleinlich nur auf die Resultate seiner Geschichte sieht: »Es wiederholt sich alles im Leben.« Aber *wie* es sich wiederhole, wie der endliche Geist in seiner kurzen Spanne Zeit wächst und ringt und strebt und gegen die alte Notwendigkeit ankämpft, das ist ein Schauspiel, das sich täglich mit ewig neuem Reiz wiederholt; und das Auge, das von Weltintrigen gesättigt, vom Anschauen der Kämpfe großer Massen ermüdet ist, senkt sich gerne abwärts zum kleineren Treiben des Einzelnen. Drum möge es keinem jener verehrlichen Leute, für die ich meine Memoiren niederschreibe, kleinlich dünken, daß ich in Rom, wo so unendlich viel Stoff zur Intrige, ein so großer Raum zu einem diabolischen Festtagsspiel ist, mit einer Liebeshistorie mich befasse – . . . .
. . . . !

Am Abend dieses Tages fuhr ich mit einigen griechischen Kaufleuten auf der Tiber. Wir hatten eine der größeren Barken bestiegen und die freien Sitze des Vorderteils eingenommen, weil das Zelt in der Mitte, wie uns die Schiffer sagten, schon besetzt war. Der Abend war schwül und wirkte selbst mitten im Fluß so drückend und ermattend auf diese Menschen, daß unser Gepräch nach und nach verstummte. Ich vernahm jetzt ein halblautes Reden und Streiten im Innern des Zeltes, ich setzte mich ganz nahe hin und lauschte. Es waren zwei Männer und eine Frau, soviel ich aus ihren Stimmen schließen konnte. Sie sprachen aber etwas verwirrt und gebrochen; der eine hatte gutes, wohltönendes Italienisch, er sprach langsam und mit vieler Salbung, die Dame mischte unter sechs italienische Worte immer zwei spanische und ein französisches; der andere Mann, der wenig, aber schnell und mit Leidenschaft sprach, hatte jene murmelnde, undeutliche Aussprache, an welcher man in Italien sogleich den Deutschen oder Engländer erkennt.

Ein kleiner Riß in der Gardine des Zeltes ließ mich die kleine Gesellschaft überschauen; und o Wunder! jene salbungsvolle Rede entströmte dem Kardinal Rocco! Ihm gegenüber saß eine Dame, schon über die erste Blüte hinaus, aber noch immer schön zu nennen. Ihre beweglichen schwarzen Augen, ihre vollen roten Lippen, ihr etwas nachlässiges Kostüm, dessen Schuld der schwüle Abend tragen mußte, zeigten, daß sie mit den ersten Dreißig die Lust zum Leben noch nicht verloren habe. An ihrer Seite glaubte ich auf den ersten, flüchtigen Anblick Otto von S. zu erkennen. Doch die Züge des Mannes im Zelte waren düsterer, sein Auge blickte nicht so offen und frei wie das des Berliners, – ich war keinen Augenblick im Zweifel, es mußte sein verkörperter Doppelgänger, ... sein. Aber wie! Die Dame war nicht Louise von Palden; durfte dieser Mann so traulich neben einer andern sitzen,

ohne dieselbe Schuld wirklich zu tragen, die er der Geliebten aufbürden wollte?

»Gilt dir denn meine Liebe, meine Zärtlichkeit gar nichts?« hörte ich die Dame sagen; »nichts meine Aufopferung, nichts meine Leiden, nichts meine Schande, der ich mich um deinetwillen aussetzte? Ein Wort, ein einziges Wort kann uns glücklich machen. Du sagst immer morgen, morgen! Es ist jetzt Abend, warum willst du morgen doch wieder nicht?«

»Mein Sohn!« sprach der Kardinal; »ich will nichts davon sagen, daß Euer langes Zögern, Eure fortwährende Weigerung für unsere heilige Kirche Beleidigung ist. Ich weiß zwar wohl, nicht Ihr seid es, der diese Zögerungen verschuldet; der Teufel, der leibhaftige Satan spricht aus Euch; es ist das letzte Zucken Eurer ketzerischen Irrtümer, was Euch die Wahrheit nicht sehen läßt; aber beim heiligen Kreuz, den Nägeln und der heiligen Erde beschwöre ich Euch, folget mir; lasset Euch aufnehmen in den heiligen Schoß der Kirche, zur Verherrlichung Gottes.«

»Ha!« dachte ich, »den haben sie gerade recht in den Krallen. Ein schönes Weib, ein Kardinal Rocco und ein paar Gewissensbisse, wie der Herr im Zelte zu haben schien. – Da kann es nicht fehlen!« – Er seufzte, er blickte bald die Dame, bald den Priester mit unmutigen Blicken an. »Ich will ja alles tun, ins Teufels Namen, alles tun«, sagte er, »mein Leben ist ohnedies schon verschuldet und vergiftet, aber wozu diese sonderbare Prozedur? Warum soll ich vor der Welt zum Narren werden, um die Ehre von Donna Ines wiederherzustellen?«

»Mein Sohn, mein Sohn! wie frevelt Ihr! zum Narren werden, sagt Ihr? O! Ihr verstockter Ketzer, ihr alle seid von eurer Taufe an, wo der Satan zu Gevatter steht, Renegaten, Abtrünnige! Es ist also nur eine Rückkehr; kein Übertritt, keine Ableugnung eines früheren Glaubens. Ihr hattet ja vorher keinen Glauben; Ihr werdet doch nicht die Ketzerei so nennen wollen, die der Erzketzer in Wittenberg aus den Fetzen, die er dem Heiligtum gestohlen, zusammenstückelte?«

»Lasset mich, Eminenz! es ist einmal gegen meine Überzeugung; ich müßte mich ja vor ganz Deutschland schämen.«

»O verstockter Ketzer! Schämen, sagt Ihr? hat sich der liebe Mann, der Herr von Haller, auch geschämt? Schämen! wie ein Heiliger würdet Ihr dastehen, braucht sich ein Heiliger zu schämen? Hat sich der treffliche Hohenlohe geschämt, umgeben von Ketzern, seine Wunder zu verrichten? Es sei gegen Eure Überzeugung, saget Ihr? da sieht man wieder den Deutschen, nicht wahr, Donna Ines, den ehrlichen Deutschen! Zu was denn immer Überzeugung? Das ist ja gerade das Wunderbare am Glauben, daß er von selbst wirkt ohne Überzeugung. Gesetzt, Ihr wäret krank, mein lieber Freund; man schickt Euch den ersten Arzt der Christenheit; Ihr seid nicht überzeugt, daß er der alleinige, wahre Arzt ist, aber Ihr laßt Euch gefallen, seine Arzneien einzunehmen, und siehe, sie wirken auf Euren Körper ohne Überzeugung gerade wie unser Glaube auf die Seele.«

»Otto!« sprach Dame Ines mit schmelzenden Tönen, »teurer Otto! Siehe, wenn mich der heilige Mann hier nicht absolviert und beruhigt hätte, ich müßte ja schon längst verzweifelt sein, einen Ketzer so innig zu lieben! Wie leicht wird es dir gemacht, einer der Unsrigen zu sein, und dann ein Weib auf ewig glücklich zu machen, das dir

alles opferte! Und bedenke die schöne Villa an der Tiber und das köstliche Haus neben dem Palast Seiner Eminenz; dies alles will uns der heilige Vater zur Ausstattung schenken; bist du nicht gerührt von so vieler Liebe?«

»Nicht verhehlen kann ich es Euch, mein Sohn«, fuhr der beredte Mann mit dem roten Hut fort, »nicht verhehlen kann ich es Euch, daß man im Lateran noch heute von Euch sprach, daß es sogar Seiner Heiligkeit selbst auffällt, daß Ihr so lange zögert. Bis über acht Tage naht ein großes Fest heran, welch herrliche Gelegenheit, etwas zu Gottes Ehre zu tun, bietet sich Euch dar!«

»Wozu doch diese Öffentlichkeit?« fragte ...., »ich hasse dieses Rühmen und Ausschreien in alle Welt. Lasset mich still in einer Kapelle die Zeremonie verrichten; was nützt es Euch, ob ich laut und offen das Opfer bringe, o Louise, Louise. Es tötet sie, wenn sie es hört!«

»Elender!« rief die Dame, indem sie in Tränen ausbrach; »sind das deine Schwüre? Du falsches Herz; ich habe dir alles, alles geopfert, und so kannst du vergelten? O Barbar! gehe hin zu ihr, lege dich nieder in ihre Fesseln, aber wisse, daß ich mich in die Tiber stürze, über meine armen Würmer, meine unglücklichen Kinder mag sich Gott erbarmen!«

»Kinder, Kinder! Meine fromme Tochter, mein lieber, aber verblendeter Sohn; wozu dieser Skandal, diese Szene auf dem Schiffe; stillet Eure Tränen, schöne Frau; es wird noch alles gut werden; kommet, ich will einen väterlichen Kuß auf Eure Augen drücken. Und Ihr, wisset Ihr nicht, daß Ihr Euch versündigt gegen Donna Ines? Was wollet Ihr nur immer wieder mit der Ketzerin, die einst Eure Sinnen zu bestricken wußte? Haben wir Euch nicht Beweise genug gegeben, daß sie in einem strafwürdigen Verhältnis zu dem Teufel ist, der Eure Gestalt und Sprache angenommen hat?«

»Welch einfältiges Märchen!« rief der junge Mann; »was wollet Ihr auch den Teufel ins Spiel ziehen, ein ehrlicher Berliner ist er, ein Tropf, dem ich das Mädchen nicht gönnen mag, wenn sie mich auch zehnmal betrog?«

»Mein Sohn, die heilige Jungfrau schütze uns, aber der Satan selbst ist es; hat es nicht letzthin meinem dienenden Frater Piccolo geträumt, der Teufel gehe hier in der heiligen Stadt spazieren? Alle seine Träume sind noch eingetroffen; der deutsche Baron ist der höllische Geist selbst. Wer es aber auch sei; sie hat Euch betrogen. Hat nicht die fromme Frau Maria Campoco Euch selbst dieses Geständnis über ihre Nichte gemacht? Was wollet Ihr nur auf die treulose Ketzerin Rücksicht nehmen! – Und schaut, was ich Euch hier mitgebracht habe«, fuhr Seine Eminenz fort, indem sie ein großes Papier entfaltete; »sehet wie ich Wort halte; ich habe Euch versprochen, die Liste aller derer mitzubringen, welche in Eurem Deutschland öffentliche Ketzer, im geheim aber gute Christen der wahren Kirche sind; da, leset!« Der junge Mann las und staunte; er sah den Kardinal fragend an, ob er denn wirklich dieser Schrift trauen dürfe? Donna Ines, welche bemerkte, welch günstigen Eindruck diese Liste mache, zog die Hand des heiligen Mannes an den Mund und bedeckte sie mit feurigen Küssen der Andacht.

»Nicht wahr«, fuhr Rocco fort, »da stehen wohlklingende Namen? Professoren, Grafen, Fürsten sogar; freilich diese Leute können nicht so öffentlich sich erklären, Freundchen, die Politik, die Rücksicht auf ihre ketzerischen Untertanen erlaubt das nicht; aber im Herzen, im *Herzen* sind sie unser; da, dieser Nr. 8, ich kann eure barbarischen Namen nicht aussprechen, der wird sich sogar öffentlich erklären und seine Irrtümer abschwören. Der da oben wird auch einen wichtigen Schritt vorwärts tun. O! und bedenket, was erst in Frankreich, selbst in England für uns getan wird, bald, vielleicht erlebe ich es noch, bald werdet ihr alle samt und sonders zu uns zurückgekehrt sein. Wie herrlich muß dann ein Name wie der Eurige leuchten, der nicht mit der Menge, sondern lang zuvor auf unsere heiligen Tafeln verzeichnet wurde!«

»Aber, o Himmel, Kardinal! ich bin ja schlechter als die ganze Liste dieser Heimlichen. Ihr selbst wisset, daß, wenn ich zu Eurer Kirche abfalle, es nur geschieht, um den ewigen Klagen der Donna Ines zu entgehen. Diese Heimlichen haben keinen Vorteil bei ihrer Heimlichkeit. Sie gelten von außen als echte Lutheraner und was haben sie davon, daß sie von innen römisch sind?«

»O Einfalt! Es ist gut, daß Ihr nicht die ketzerische Theologie studiert habt; Ihr wäret durch das Examen gefallen! Was ist denn das Schöne an unserer Kirche? He? Nicht nur, daß sie die Alleinseligmachende, daß sie gleichsam eine Brandversicherungsanstalt gegen die Hölle, eine Seelenassekuranz gegen den Tod ist, denn schon aus physischen Gründen kann man annehmen, daß keine Seele von den Unsrigen lange im Fegfeuer oder gar in der Hölle verweilt, wenn sie auch ohne Beichte abfährt. Antonio Montani hat berechnet, daß im Durchschnitt hundertundzwanzig Millionen Menschen in der Hölle und ebenso viele im Fegfeuer sind. Nun kann man annehmen, daß seit eurer verfluchten Reformation neunzig Millionen Ketzer, zwanzig Millionen Türken und zehn Millionen Juden hinabgefahren sind; das macht zusammen hundertundzwanzig.«

»O, wie gut haben wir es, hochwürdiger Herr!« sagte Ines mit zauberischem Lächeln. »Ach, Otto! dich soll ich an jenem Ort wissen, in der Gesellschaft des Teufels und seiner Großmutter? O Gott! es ist nicht möglich!«

»Sodann weiter«, fuhr der Salbungsvolle fort, »Euer Erzketzer in Berlin, der Schleiermacher, nimmt selbst an, daß alle Menschen prädestiniert sind, und zwar so beiläufig die Hälfte zum Bösen. Diese müssen nun eine Art von Seelenwanderung in verschiedenen *Stationen* des Elends machen, bis sie selig werden, und fangen mit der Hölle an; der Mann hat vernünftige Gedanken und wäre wert, einst nur ins Fegfeuer zu kommen; aber das weiß er doch nicht recht; wenn einer auch zehenmal prädestiniert, zur Hölle plombiert, zum Teufel rekommandiert ist, wir können ihn doch absolvieren und recta in den Himmel schicken. Nun, und wenn man annimmt, daß das Fegfeuer hundertundzwanzig Millionen faßt, und darunter hundert Millionen Türken und zwanzig Millionen Ketzer, so ist, weiß Gott, auch dort wenig Raum für eine etwas lüderliche Seele.«

»Ihr wisset, Eminenz, was ich von solchen Berechnungen halte, machet mir doch Eure Sache nicht noch lächerlicher. Eure Seelenassekuranz kann mich nicht locken; doch ist sie gut fürs Volk, und ich begreife nicht, warum Ihr nicht schon lange ganze Regimenter, Divisionen, ja Armeen, Kavallerie, Infanterie, Artillerie samt dem Generalstab öffentlich verassekuriert habt. Das wäre eine Anstalt à la Mahomed; die Kerls würden sich schlagen wie der Teufel, denn sie wüßten, wenn sie heute erschossen werden, wachen sie morgen im Paradiese auf. Lasset mich lieber noch einen Blick in die Liste werfen, sie ist mir tröstlicher, denn es stehen ganz vernünftige Männer dort.«

»O, daß Ihr nur ein Jahr auf einer deutschen Universität zugebracht hättet! Unsere Agenten geben uns herrliche Berichte, die ketzerische Jugend soll gegenwärtig ganz absonderlich fromm, heilig und mystisch sein; das Mittelalter, das gute, liebe Mittelalter versetzt sie in diesen liebenswürdigen Schwindel. Sie neigen sich schon ganz zu uns, und lasset nur erst die Jesuiten recht in Deutschland überhandnehmen, dann sollt Ihr erst Wunder sehen! Auch einige brave Männer, Professoren, nehmen sich unserer Sache an; seht, dieser da, Nr. 172, Signor Crusado, der umhüllt sie mit einem so tiefen symbolischen Dunkel, daß sie bald unser sind. Wahrlich, der Hofmechanikus Seiner Heiligkeit, der berühmte Sgn. Carlo Fiorini, hat vollkommen recht. Er hat berechnet, wenn Deutschland einige Grade südlicher läge, wenn ihr eine schönere Natur, ein wenig mehr Sinnlichkeit und Phantasie hättet – die Ketzerei hätte nie aufkommen können, oder ihr wäret wenigstens schon lange wieder zurückgekehrt.«

Die Barke stieß bei diesen Worten ans Land; wie gerne hätte ich diesem trefflichen Pfaffen noch länger zugehört, wie er diese deutsche Seele bearbeitete, es war ein schweres Stück Arbeit, ich gestehe es. Ein Mensch ohne Phantasie, der in den Zeremonien nur Zeremonien sieht, der die Tendenz dieser Römer durchschaut, der durch keinen weltlichen Vorteil zu blenden ist, wahrlich, ein solcher ist schwer zu gewinnen. Doch für diesen war mir nicht bange. Ein Kardinal Rocco und ein schönes Weib haben schon andere geangelt als diesen.

Der heilige Mann stieg aus; mit Ehrfurcht empfingen die Schiffer seinen Segen, den er mit einer Würde, einem Anstand, würdig eines Fürsten der Kirche, erteilte. Donna Ines folgte. Ich bewunderte, während sie über das Brett

ging, ihren feinen, zierlichen Wuchs, die Harmonien in ihren Bewegungen und die Glut, die aus ihren Augen strahlte und den Abend schwül zu machen schien. Sie reichte dem geliebten Ketzer ihre schöne Hand mit so besorgter Zärtlichkeit, mit einem so bedeutungsvollen Lächeln, daß ich im Zweifel war, ob ich mehr seine transmontanische Kälte belächeln oder den Mut bewundern sollte, mit welchem er den geistlichen Lockungen dieser in Liebe aufgelösten Circe widerstand. – Am Ufer hielt ein schöner Wagen; der dienende Bruder Piccolo, welchem ich im Traum, in Rom spazieren gehend, erschienen war, stand am Schlag und erwartete Seine Eminenz. Es kostete einige Zeit, bis dieser sein Gewand zu gehöriger Wirkung drapiert hatte, dann erst folgte der Frater Piccolo; der Ketzer und seine Dame schlugen einen Fußpfad ein und gingen der Stadt zu.

»Wer sind diese?« fragte ich den Schiffer.

»Kennt Ihr den heiligen Mann, den Kardinal Rocco nicht? O, es ist einer der besten Füße des heiligen Stuhles! Alle Abende fährt er in meiner Barke auf dem Fluß.«

»Und die Dame?«

»Ha! das ist eine gute Christin«, antwortete er mit Feuer. »Sie fährt beinahe immer mit dem Kardinal, zuweilen allein mit ihm, zuweilen mit dem Mann, den Ihr gesehen. Dem traue ich nicht ganz, es ist entweder ein Deutscher oder ein Engländer, und die sind doch Kinder des Teufels.«

»So? da sagt Ihr mir etwas Neues, und dieser Mann, ist er ihr Gemahl?«

»Bewahre uns die heilige Jungfrau! Ihr Gemahl? Wo denkt Ihr hin? Da würde er nicht so zärtlich mit ihr spazieren fahren. Ich denke, es ist ihr Geliebter.«

»So ist es«, sagte einer der griechischen Kaufleute, »die Dame wohnt nicht weit von mir. Sie lebt allein mit ihren Kindern. Sie sieht niemand bei sich als einige fromme Geistliche und diesen jungen Mann; es ist ihr Geliebter. Aber sie führen ein Hundeleben zusammen. Man hört sie oft beide weinen und zanken und schreien. Der junge Mann flucht und donnert und jammert mit schrecklicher Stimme, und die Donna weint und klagt, und die Kinder erheben ein Zetergeschrei, daß die Nachbarn zusammenlaufen. Dann stürzt oft der junge Mann verzweifelnd aus dem Haus und will fliehen, aber die Donna setzt ihm mit fliegenden Haaren nach, und die Kinder laufen heulend hintendrein; sie faßt ihn unter der Türe am Gewand, sie achtet nicht auf die Menschen, die umherstehen; sie zieht ihn zurück ins Haus und besänftigt ihn, und dann ist es oft auf viele Tage stille, bis das Wetter von neuem losbricht.«

»Heilige Jungfrau«, rief der Schiffer, »und hat er sie noch nie totgestochen im Zorn?«

»Wie Ihr sehet, nein!« erwiderte der Grieche; »aber krank ist sie schon oft geworden, wenn er so greulich raste; dann lief er schnell zu drei, vier Doktoren, um sie wieder ins Leben zurückzurufen. Es sind doch gute Seelen, diese Deutschen!«

So sprachen diese Männer, und ich ging von ihnen in tiefen Gedanken über das, was ich gehört und gesehen hatte. Jenes Wort des jungen Berliners fiel mir wieder bei, der den Kardinal Rocco beschuldigte, ein schönes, gutes Herz gebrochen zu haben. Welches andere Herz konnte dies sein als Louisens? Ich glaubte deutlich zu sehen, daß der Priester den Kapitän der Geliebten entzogen, indem er sie verleumdet, daß er ihn in die Fesseln dieser Donna Ines geschmiedet habe, um ihn für die Kirche zu gewinnen.

Aber wie war alles dies geschehen? Wie hatte er diesen Mann aus den Armen seines Mädchens ziehen, von einem Herzen hinwegreißen können, das ihn mit so heißer Glut umfing; sollten jene Beschuldigungen von Untreue wahr sein, die der Kardinal dem Kapitän einflüsterte? Hatte sie wirklich den jungen Mann, der ihm so ähnlich sah, vorgezogen? Doch ich wußte ja, wo ich mir Gewißheit verschaffen konnte; ich beschloß, bei guter Zeit am nächsten Morgen den Berliner wieder aufzusuchen.

Herr von S . . . schien mich liebgewonnen zu haben, denn er empfing mich mit Herzlichkeit und einem Wohlwollen, das selbst den Teufel erfreut, wenn er auch schon an dergleichen gewöhnt ist. Ich hatte mir vorgenommen, von meiner gestrigen Fahrt und den Wunderdingen, die ich gehört hatte, noch nichts zu erwähnen, um den Verlauf seiner Geschichte zuvor desto ungestörter zu vernehmen.

»Von allem Unglück, das die Erde trägt«, fuhr er zu erzählen fort, »scheint mit keines größer, schmerzlicher und rührender als jener stille, tiefe Gram eines Mädchens, das unglücklich liebt, oder dessen zartes, glühendes Herz von einem Elenden zur Liebe hingerissen und dann betrogen wird. Der Mann hat Kraft, seinen Gram zu unterdrücken, den Verrat seiner Liebe zu rächen, die gepreßte Brust dem Freunde zu öffnen; das Leben bietet ihm tausend Wege, in Mühe und Arbeit, in weiter Ferne Vergessenheit zu erringen. Aber das Weib? – Der häusliche Kreis ist so enge, so leer. Jene täglich wiederkehrende Ordnung, jene stille Beschäftigung mit tausend kleinen Dingen, der sie sich in der Zeit glücklicher Liebe fröhlich, beinahe unbewußt hingab, wie drückend wird sie, wenn sich an jeden Gegenstand die Erinnerung an ein verlorenes Glück heftet. Wie träge schleicht der Kreislauf der Stunden, wenn nicht mehr die süßen Träume der Zukunft, nicht der Zauber der Hoffnung, nicht die Seligkeit der Erwartung den Minuten Flügel gibt, wenn nicht mehr das von glücklicher Liebe pochende Herz den Schlag der Glocke übertönt!

Doch, wozu Sie auf ein Unglück vorbereiten, das Sie nur zu bald erfahren werden? Hören Sie weiter: Mein Wunsch, Louise von Palden im Hause des Gesandten zu sehen, gelang. Schon nach einigen Tagen wurde sie durch seine Schwester dort eingeführt. Sie errötete, als sie mich zum erstenmal dort sah, doch sie schien mich wie einen alten Bekannten dort zu nehmen, es schien sie zu freuen, unter so vielen fremden Männern einen zu wissen, der ihr näher stand. Denn so war es; sei es, daß die Erinnerung an unser sonderbares Abenteuer mich aus einem Fremden zum Bekannten machte, sei es, daß sie gerne zu mir sprach, weil ich die Züge ihres Freundes trug, sie unterschied mich auffallend von allen übrigen Männern, die dieser seltenen Erscheinung huldigten. Sie lächeln, Freund? Ich errate Ihre Gedanken –«

»Ich finde, Sie sind zu bescheiden; könnte es nicht auch Ihre eigene Persönlichkeit gewesen sein, was das Fräulein anzog?«

»Nein, denken Sie nicht so von diesem himmlischen Geschöpf; ich gestehe, ich war ein Tor, ich machte mir Hoffnung, sie für mich gewinnen zu können; ja, Freund, ich sagte ihr sogar, was ich fürchte –«

»Und Sie wurden nicht erhört? Das treue, ehrliche Kind! Und ihr Kapitän lag vielleicht gerade in den Armen einer andern!«

Der Berliner stutzte. »Wie? was wissen Sie?« fragte er

betroffen; »wer hat Ihnen gesagt, daß West noch eine andere liebe?«

»Nun, Sie selbst haben mich genug darauf vorbereitet«, erwiderte ich; »sagten Sie nicht, daß jener das Mädchen betrog?«

»Sie haben recht; – nun, ich wurde lächelnd abgewiesen, abgewiesen auf eine Art, die mich dennoch glücklich, unaussprechlich glücklich machte. Sie war keinen Augenblick ungehalten, sie gestand mir, daß ich ihr als Freund willkommen sei, daß ihr Herz keinem andern mehr gehören könne. Sie sagte mir auch manches von ihren Verhältnissen, was ganz mit dem übereinstimmt, was uns die Schwester des Gesandten erzählte, sie gestand, daß sie nur darum nach Rom gezogen sei, weil den Kapitän seine Verhältnisse hieher riefen; sie gestand, daß er einen Rechtsstreit wegen einer Erbschaft hier habe, daß er, sobald die Sache entschieden sei, vielleicht schon in wenigen Wochen, sie zum Altar führen werde.

Etwa eine Woche nach diesem aufrichtigen Geständnis rief mich eines Abends der Gesandte aus dem Salon, in welchem die Gesellschaft versammelt war, zu sich. Es war nichts Seltenes, daß er sich mir in Geschäftssachen mitteilte, weil ich sein Vertrauen auf eine ehrenvolle Art besaß; doch die Zeit war mir auffallend, und es mußte etwas von Wichtigkeit sein, weswegen er mich aus dem Kreis der Damen aufstörte.

›Kennen Sie einen gewissen Kapitän West?‹ fragte er, indem er mich mit forschenden Blicken ansah.

›Ich habe einen Kapitän West flüchtig kennen gelernt‹, gab ich ihm zur Antwort.

›Nun, so flüchtig müsse es doch nicht sein‹, entgegnete er mir, ›da ich ein Duell mit ihm gehabt.‹

Ich sagte ihm, daß ich Streit mit ihm gehabt wegen einer ziemlich gleichgültigen Sache; es sei aber alles gütlich beigelegt worden. Dennoch war es mir auffallend, woher der Gesandte diesen Streit erfahren hatte, den ich so geheim als möglich hielt, und von welchem Louise in seinem Hause gewiß nichts erwähnt hatte.

›Wegen einer Dame haben Sie Streit gehabt‹; sagte er; ›doch möchte ich Ihnen raten, solche Händel wegen einer so zweideutigen Person zu vermeiden. Sie wissen selbst, wenn man einmal einen öffentlichen, besonders einen diplomatischen Charakter hat, ist dergleichen in einem fremden Lande wegen der Folgen für beide Teile fatal.‹

Der Ton, worin dies gesagt wurde, fiel mir auf. Er war sehr ernst, sehr warnend; noch schmerzlicher berührte mich, was er über jene Dame sagte, ›zweideutige Person!‹ Und doch saß gerade diese Person als Krone der Gesellschaft in seinem Salon, er selbst, ich hatte es deutlich gesehen, er selbst hatte noch vor einer halben Stunde mit ihr auf eine Art gesprochen, die mich in dem alten Herrn einen aufrichtigen Bewunderer ihrer Reize und ihres glänzenden Verstandes sehen ließ. Ich konnte eine Bemerkung hierüber nicht unterdrücken, ich bat ihn höflich, aber so fest als möglich, in meiner Gegenwart nicht mehr so von einer Dame zu sprechen, die ich achte und die einen so entschiedenen Rang in der Gesellschaft einnehme. Ich wolle davon gar nicht reden, daß er selbst sein Haus beschimpfe, wenn er in solchen Ausdrücken von seinen Gästen spreche.

Er sah mich verwundert an; er sagte mir, er könne meine Reden nicht begreifen, denn weder behaupte die Dame einen Rang in der Gesellschaft, die er sehe, noch habe sie je einen Fuß über seine Schwelle gesetzt. Die Reihe zu erstaunen war jetzt an mir; ich sah, daß hier ein Irrtum vorwalte, und belehrte ihn, daß Fräulein von Palden die Dame sei, um die wir uns schlagen wollten. ›Verzeihen Sie‹, rief er, ›man sagt mir, Sie haben sich wegen der Geliebten dieses Kapitän West geschlagen, daher glaubte ich Ihnen dies sagen zu müssen.‹

›Und wenn dies nun dennoch wäre?‹ fragte ich: ›Kennen Sie denn die Geliebte des Kapitän?‹

›Gott soll mich bewahren‹, entgegnete er. ›Nein, ich glaube, er hat schon selbst genug an seiner Portugiesin.‹

Ich staunte von neuem. ›Von einer Portugiesin sprechen Sie? Wie kommen Sie nur darauf? Ich weiß bestimmt, daß der Kapitän eine deutsche Dame liebt.‹

›Um so schlimmer für das arme Kind in Deutschland‹, war seine Antwort; ›wie die Sachen stehen, scheint man im Lateran ernstlich daran zu denken, den goldenen Quadrupeln der schönen Donna Gehör zu geben und ihre frühere Ehe, weil sie nicht ganz gültig vollzogen war, für nichtig zu erklären. Der Kapitän macht eine gute Partie, aber – jeder Mann von Ehre wird diesen Schritt mißbilligen.‹

Ich stand wie vom Donner gerührt vor dem alten Mann; entweder lag hier eine Verwechslung der Namen und Personen zugrunde, oder es war ein schreckliches Geheimnis und der Kapitän ein Betrüger, der Louisens Glück vielleicht auf ewig zerstört hatte.

Ich sagte dem Gesandten geradezu, daß er mit mir über Dinge spreche, die mir völlig unbekannt seien. Er staunte, doch glaubte er, da er schon so viel gesagt hatte, mir die weitere Erklärung dieser Rätsel schuldig zu sein. ›Dieser Kapitän West ist ein Sachse‹, erzählte er; ›er diente früher im Generalstab, und wurde dann zu einer diplomatischen Sendung nach Spanien verwandt; er soll ein Mann von vielen Talenten, aber etwas zweideutigem Charakter sein. Warum die Wahl gerade auf ihn fiel, da noch ältere Leute und aus guten Häusern im Departement waren, ist mir unbekannt; nur so viel erfuhr ich zufällig, daß man ihn damals von Dresden habe entfernen wollen. Man erzählt sich, er habe in Madrid in einem Verhältnis zu einer schönen jungen Frau gelebt; sie war eine Spanierin, aber an einen alten Engländer verheiratet, der sie vielleicht nicht so strenge unter Schloß und Riegel hielt, wie man sonst in Spanien zu tun pflegt.

Als aber endlich dieses Verhältnis zu den Ohren des Engländers kam, bewirkte dieser, daß der Kapitän von seinem Posten abgerufen und sogar aus dem Dienst entlassen wurde. Doch sagen andere, er selbst habe aus Ärger über seine schnelle Abrufung quittiert. Doch das Beste kommt noch; einige Wochen nach seiner Abreise war die Frau des Engländers mit ihren beiden Kindern plötzlich verschwunden, man kann sagen, spurlos verschwunden, denn so viele Mühe sich ihr Gatte gab, ihrer habhaft zu werden, alles war vergeblich. Vielleicht scheiterten auch seine Bemühungen an den Unruhen, die gerade in jener Zeit ausbrachen und die Kommunikation mit Frankreich sehr erschwerten.

Der Verdacht dieses Engländers fiel, wie natürlich, vor allem auf den Kapitän West. Er wußte es zu machen, daß dieser in Paris angehalten und verhört wurde. Man sagt, er solle sehr betreten gewesen sein, als er die Nachricht von der Flucht dieser Dame hörte; er wies sich aber aus, daß er die Reise bis nach Paris allein gemacht habe, und bekräftigte *mit einem Eid*, daß er von diesem Schritt der Donna nichts wisse.

Etwa ein Vierteljahr nachher kam er nach Rom und lebt

seitdem hier sehr still und eingezogen, besucht keine Gesellschaft, hat keinen Freund, keinen Bekannten, vorzüglich vermeidet er es, mit Deutschen zusammenzutreffen.‹

Um diese Zeit, fuhr der Gesandte fort, sei von seinem Hofe die Anfrage an ihn ergangen, ob dieser West sich in Rom befinde; wie er lebe, und ob er nicht in Verhältnis mit einer Spanierin sei, die sich ebenfalls hier aufhalten müsse. Man habe ihm dabei die Geschichte dieses Kapitän West mitgeteilt und bemerkt, daß der Engländer von neuem Spuren von seiner Frau entdeckt habe, die beinahe mit Gewißheit annehmen lassen, daß sie in Rom sich aufhalte. Man habe deswegen von Spanien aus sich an die päpstliche Kurie gewandt, es scheine aber, man wolle sich hier der Dame annehmen, denn die Antwort sei sehr zweifelhaft und unbefriedigend ausgefallen. Der Gesandte machte die nötigen Schritte und erfuhr wenigstens so viel, daß jener Verdacht bestätigt schien. Er wandte sich nun auch an Consalvi, um zu erfahren, ob der römische Hof in der Tat die Dame in seinen Schutz nehme, und erhielt die in eine sehr bestimmte Bitte gefaßte Antwort, man möchte diese Sachen beruhen lassen, da die Ehe der Donna Ines mit dem Engländer wahrscheinlich für ungültig erklärt werde.

Dies erzählte mir der Gesandte; er sagte noch hinzu, daß er aus besonderem Interesse an diesem Fall dem Kapitän immer nachgespürt habe, und so sei ihm auch der Streit zu Ohren gekommen, den ich im Karneval mit jenem ›wegen einer Dame‹ gehabt habe.

Sie können sich denken, Freund, welche Qualen ich schon während seiner Erzählung empfand; und als ich das ganze Unglück erfahren hatte, stand ich wie vernichtet. Der Gesandte verließ mich, um zu der Gesellschaft zurückzukehren; ich hatte kaum noch so viel Fassung, ihn zu bitten, er möchte niemand etwas von diesen Verhältnissen wissen lassen, das Warum? versprach ich ihm auf ein andermal.

Ich konnte von dem Zimmer, wohin der Gesandte mich gerufen, den Salon übersehen, ich konnte Louisen sehen, und wie schmerzlich war mir ihr Anblick. Sie schien so ruhig, so glücklich. Der Friede ihrer schönen Seele lag wie der junge Tag freundlich auf ihrer Stirne; ihr sanftes blaues Auge glänzte, vielleicht von der Erwartung einer schönen Abendstunde, und das Lächeln, das ihren Mund umschwebte, schien der Nachklang einer freudigen Erinnerung hervorgelockt zu haben. Nein, es war mir nicht möglich, diesen Anblick länger zu ertragen, ich eilte ins Freie, um dieses Bild durch neue Bilder zu verdrängen; aber wie war es möglich? Der Gedanke an sie kehrte schmerzlicher als je zurück, denn der Friede der Natur, der zauberische Schmelz der Landschaft, die süße Ruhe, die diese Fluren atmeten, erinnerten sie mich nicht immer wieder an jenes holde Wesen? Und die Wolken, die sich am fernen Horizont schwärzlich auftürmten und ein nächtliches Gewitter verkündeten, hingen sie nicht über der friedlichen Landschaft wie das Unglück, das Louisen drohte?

Ich ging nach Hause; ich dachte nach, ob nicht Rettung möglich sei, ob ich sie nicht losmachen könne von dieser schrecklichen Verbindung. Doch, war nicht zu befürchten, daß sie mir mißtrauen werde? Sie wußte, ich liebe sie, kannte sie mich hinlänglich, um nicht an der Reinheit meiner Absichten zu zweifeln? Ich konnte es nicht über mich gewinnen, ihr selbst ihr Unglück zu verkünden. Nur einen Ausweg glaubte ich offen zu sehen; ich wollte ihn selbst zur Rede stellen, den Elenden, ich wollte ihn bewegen, einen entscheidenden Schritt auf die eine oder die andere Seite zu tun. Ja, darin glaubte ich einen glücklichen Weg gefunden zu haben; er selbst mußte ihr sagen, daß er nicht mehr verdiene, von ihr geliebt zu werden; und dann, dachte ich, dann wird sie zwar unglücklich sein, aber ich will versuchen, sie glücklich zu machen; durch ein langes Leben voll Treue und Liebe will ich ihr Unglück zu mildern suchen.«

»Aber wie konnten Sie glauben«, rief ich, über diese romantischen Ideen unwillkürlich lächelnd, »wie konnten Sie glauben, Freund, daß ein Kapitän West zu diesem sonderbaren Geständnisse sich hergeben werde? In Romanen mag dies der Fall sein, aber Herr! in der Wirklichkeit? Haben Sie je einen Narren der Art gekannt?«

»Ach, ich dachte zu gut von den Menschen«, antwortete er. »Ich dachte, wie ich muß jeder fühlen. – Ich ging in die Wohnung des Kapitän West. Er wohnte schlecht, beinahe ärmlich. Ich traf ihn, wie er einen schönen Knaben von acht Jahren auf den Knien hatte, welchen er lesen lehrte. Errötend setzte er den Knaben nieder und stand auf, mich zu begrüßen. ›Ei Papa!‹ rief der Kleine, ›wie sieht dir dieser Herr so ähnlich.‹

Der Kapitän geriet in Verlegenheit und führte den Knaben aus dem Zimmer. ›Wie‹, sagte ich zu ihm, ›Sie haben schon einen Knaben von diesem Alter? Waren Sie früher verheiratet?‹

Er suchte zu lachen und die Sache in einen Scherz zu drehen; er behauptete, der Knabe gehöre in die Nachbarschaft, besuche ihn zuweilen und nenne ihn Papa, weil er sich seiner annehme.

›Er gehört wohl der Donna Ines?‹ fragte ich, indem ich

ihn scharf ansah. Noch nie zuvor hatte ich gesehen, wie schrecklich das böse Gewissen sich kundtut; er erblaßte; seine Augen glänzten wie die einer Schlange, ich glaubte, er wolle mich durchbohren. Noch ehe er sich hinlänglich gesammelt hatte, um mir zu antworten, sagte ich ihm gerade ins Gesicht, was ich von ihm wisse, und was ich von ihm verlange, um das Fräulein nicht völlig unglücklich zu machen.

Er lief in Wut im Zimmer umher, er schimpfte auf Zwischenträger und Zudringliche; er behauptete, ich habe die ganze Geschichte aufgedeckt, um Louisen von ihm zu entfernen. Ich ließ ihn ausreden; dann sagte ich ihm mit kurzen Worten, wie ich sein Verhältnis zu der Spanierin erfahren habe, und bat ihn noch einmal mit den herzlichsten Tönen unserer Sprache, das Fräulein so schonend als möglich von sich zu entfernen.

Es gelang mir, ihn zu rühren; aber nun hatte ich eine andere unangenehme Szene durchzukämpfen; er klagte sich an, er weinte, er verfluchte sich, das holde Geschöpf so schändlich betrogen zu haben; er schwor, sich von der Spanierin zu trennen; er flehte mich an, ihn zu retten; er gestand mir, daß er sich von einem Netz umstrickt sehe, das er nicht gewaltsam durchbrechen könne, weil einige hohe Geistliche der Kirche kompromittiert würden. Er ging so weit, mich zu zwingen, seine Geschichte anzuhören, um vielleicht milder über ihn urteilen zu können. Es war die Geschichte eines – Leichtsinnigen. Dieses Wort möge entschuldigen, was vielleicht *schlecht* genannt werden könnte. Es lag in dem Wesen dieses Mannes ein Etwas, das ihn bei den Frauen sehr glücklich machen mußte. Es war der äußere Anschein von Kraft und Entschlossenheit, die ihm übrigens sein ganzes Leben hindurch gemangelt zu haben schienen. Er mußte eine für seinen Stand ausgezeichnete Bildung gehabt haben, denn er sprach sehr gut, seine Ausdrücke waren gewählt, seine Bilder oft wahrhaft poetisch, er konnte hinreißen, so daß ich oft glaubte, er spreche mit Eifer von einem Dritten während er mir seinen eigenen beklagenswerten Zustand schilderte. Ich habe dies oft an Menschen bemerkt, die sonst ihrem Triebe folgen, in den Tag hinein leben, ohne sich selbst zu prüfen, und erst in dem Moment der Erzählung über sich selbst flüchtig nachdenken. Sie werden dann durch die Sprache selbst zu einem eigentümlichen Feuer gesteigert, sie sprechen mit Umsicht von sich selbst, doch eben weil diese ihnen sonst abging, ist man versucht, zu glauben, sie sprächen von einem Dritten.

Es war Louise, die ihn zuerst liebte; er erkannte ihre Neigung; Eitelkeit, die herrlich aufblühende Schönheit, die Tochter eines der ersten Häuser der Stadt für sich gewonnen zu haben, riß ihn zu einem Gefühl hin, das er für Liebe hielt. Der Vater sah dies Verhältnis ungerne. Ich konnte mir denken, daß es vielleicht weniger Stolz auf seine Ahnen als die Furcht vor dem schwankenden Charakter des Kapitäns war, was ihn zu einer Härte stimmte, die die Liebe eines Mädchens wie Louise immer mehr anfachen mußte. Er soll ihr, was ich jetzt erst erfuhr, auf seinem Sterbebette *den Fluch* gegeben haben, wenn sie je mit dem Kapitän sich verbinde.

West suchte die Geschichte mit der Frau des Engländers auf Verführung zu schieben. Ich habe eine solche bei einem Mann, der das Bild der Geliebten fest im Herzen trägt, nie für möglich gehalten. Doch die Strafe ereilte ihn bald. Er gestand mir, daß er froh gewesen sei, als er, vielleicht durch die Vermittlung des Engländers, von seinem Posten zurückberufen wurde. Donna Ines habe ihm allerlei sonderbare Vorschläge zur Flucht gemacht, in die er nicht eingehen können; er sei, ohne Abschied von ihr zu nehmen, abgereist. Was ihn eigentlich bestimmte, nach Rom zu gehen, sah ich nicht recht ein, und er suchte auch über diesen Punkt so schnell als möglich hinwegzukommen. Er erzählte ferner, wie er durch Louisens Ankunft erfreut worden sei, wie er sich vorgenommen, nur ihr, ihr allein zu leben. Doch da sei plötzlich Donna Ines in Rom erschienen, sie habe sich mit zwei Kindern geflüchtet, sei ihm nachgereist und habe jetzt verlangt, er solle sie heiraten.

Es entging mir nicht, daß der Kapitän mich hier belog. Ich hatte von dem Gesandten bestimmt erfahren, daß jener schon in Paris angehalten und über die Flucht der Donna zur Rede gestellt worden sei; er konnte sich also denken, daß sie ihm nachreisen werde, und dennoch knüpfte er die Liebe zu Louisen von neuem an. Ferner, wie hätte es Ines wagen können, ihm zu folgen, wenn er ihr nicht versprochen hätte, sie zu heiraten, wenn er sie nicht durch tausend Vorspiegelungen aus ihrem ruhigen Leben herausgelockt und zur Abenteurerin gemacht hätte?

Er schilderte mir nun ein Gewebe von unglücklichen Verhältnissen, in welche ihn diese Frau, die mit allen Kardinälen, namentlich mit Pater Rocco, schnell bekannt geworden, geführt habe. Es wurde ernstlich an der Auflösung ihrer früheren Ehe gearbeitet, und es war als bekannt angenommen worden, daß er die Geschiedene heiraten werde.

›Sie sagten mir hier nichts Neues‹, antwortete ich ihm; ›dies alles beinahe wußte ich vorher. Aber ich hoffe, daß Sie als Mann von Ehre einsehen werden, daß das Verhältnis zu Fräulein von Palden nicht fortdauern kann, oder Sie müssen sich von der Spanierin lossagen.‹

Das letztere könne er nicht, sagte er, er habe von ihr und dem Kardinal Rocco Vorschüsse empfangen, die sein Vermögen übersteigen, er könne also wenigstens im Augenblick keinen entscheidenden Schritt tun.

›Im Augenblick heißt hier nie‹, erwiderte ich ihm. ›Sie werden sich aus diesen Banden, wenn sie so beschaffen sind, nie mit Anstand losmachen können. Ich halte es also für Ihre heiligste Pflicht, Louisen nicht noch unglücklicher zu machen, denn was kann endlich das Ziel Ihrer Bestrebungen sein?‹

Er errötete und meinte, ich halte ihn für schlechter, als er sei. Doch er fühle selbst, daß man einen Schritt tun müsse. Er glaube aber, es sei dies meine Sache. Er trete mir Louisen ab, ich solle mir auf jede Art ihre Gunst zu erwerben suchen und sie glücklich machen. Er hatte Tränen in den Augen, als er dies sagte, und ich sah mit beinahe zu mitleidigen Augen, wieweit ein Mensch durch Leichtsinn kommen könne.

Ich ging, um nichts weiser geworden, ohne daß ein wirklicher Entschluß gefaßt worden war, von dem Kapitän; mein Gefühl war eine Mischung von Verachtung und Bedauern. Auf der Treppe begegnete mir wieder der schöne Knabe und fragte, ob er wohl jetzt zu Papa kommen dürfte.«

»Ha! und jetzt setzten Sie wohl alle Segel auf, Freundchen«, fragte ich; »jetzt machten Sie wohl Jagd auf die schöne Galeere Louise?«

»Ja und nein«, antwortete er trübe; »sie schien meine Liebe zu übersehen, nicht zu achten, aber bald bemerkte ich, daß sie ängstlicher wurde in meiner Nähe, es schmerzte sie, daß mir ihre Freundschaft nicht genügen wolle. Und jener Elende, sei es aus Bosheit oder Leichtsinn, zog sich nicht von ihr zurück, ich vermute es sogar, er hat sie vor mir gewarnt. So standen die Sachen, als die Zeit, die ich in Rom zubringen sollte, bald zu Ende ging. Im Kabinett des Gesandten arbeitete man schon an Memoiren, die man mir nach Berlin mitgeben wollte, man wunderte sich, daß ich noch keine Abschiedsbesuche mache, – und ich, ich lebte in dumpfem Hinbrüten, ich sah nicht ein, wie ich dieser Reise entfliehen konnte, und dennoch hielt ich es nicht für möglich, Louisen zu verlassen, jetzt, da ihr vielleicht bald der schrecklichste Schlag bevorstand. Oft war ich auf dem Punkt, ihr alles, alles zu entdecken, aber wie war es mir möglich, ihre himmlische Ruhe zu zerstören, das Herz zu brechen, das ich so gerne glücklich gewußt hätte?

Da stürzte eines Morgens der Kapitän West in mein Zimmer; er war bleich, verstört, es dauerte eine lange Zeit, bis er sich fassen und sprechen konnte. ›Jetzt ist alles aus‹, rief er, ›sie stirbt, sie *muß* sterben, dieser Kummer wird sie zerschmettern!‹ Er gestand, daß Donna Ines oder der Kardinal Rocco seine Liebe zu Louisen entdeckt hätten, ihr schrieben sie sein Zögern, sein Schwanken zu, und der Kardinal hatte geschworen, er wolle an diesem Tage zu dem deutschen Fräulein gehen und sie zur Rede stellen, wie sie es wagen könne, einen Mann, der schon so gut als verehlicht sei, von seinen Pflichten zurückzuhalten.

Ich kannte diesen Priester und seine tückische Arglist; ich erkannte, daß die Geliebte verloren sei. Ich weiß Ihnen von dieser Stunde, von diesem Tag wenig mehr zu erzählen. Ich weiß nur, daß ich den Kapitän in kalter Wut zur Türe hinaus schob, mich schnell in die Kleider warf und

wie ein gejagtes Wild durch die Straßen dem Hause der Signora Campoco zulief. Als ich unten an dieser Straße anlangte, sah ich einen Kardinal sich demselben Hause nähern. Er schritt stolz einher, Frater Piccolo trug ihm den Mantel, es war kein Zweifel, es war Rocco. Ich setzte meine letzten Kräfte daran, ich rannte wie ein Wahnsinniger auf ihn zu, doch – ich kam eben an, als mir Piccolo mit teuflischem Lächeln die Türe vor der Nase zuwarf.

Eine Art von Instinkt trieb mich, all diesem Jammer zu entfliehen. Ich ging, wie ich war, zu dem Gesandten und sagte ihm, daß ich noch in dieser Stunde abreisen werde. Er war es zufrieden, gab mir seine Aufträge, und bald hatte ich die heilige, – unglückselige Stadt im Rücken. Erst als ich nach langer Fahrt zu mir selbst kam, als meine Vorstellungen sich wieder ordneten und deutlicher wurden, erst dann tadelte ich meine Feigheit, die mich zu dieser übereilten Flucht verführte. Ich tadelte meine ganze Handlungsweise, ich klagte mich an, die Unglückliche auf diesen Schlag nicht vorbereitet zu haben; – doch es war zu spät, und wenn ich mir meine Gefühle, meine ganze Lage zurückrief, ach, da schien es so verzeihlich, die Geliebte verschont zu haben! So kam ich nach Berlin, in dieser Stimmung trafen Sie mich dort, und ein Teil dieser Geschichte war es, den ich damals im Hause meiner Tante erzählt habe.«

Der junge Mann hatte geendet; seine Züge hatten nach und nach jene Trauer, jene Wehmut angenommen, die ich in seinem Wesen, als ich ihn in Berlin sah, zu bemerken glaubte; er war ganz derselbe, der er an jenem Abend war, und die Worte seiner Tante, er sehe seit seiner Zurückkunft so geheimnisvoll aus, kamen mir wieder in den Sinn und ließen mich den richtigen Blick dieser Dame bewundern. An seiner ganzen Historie schienen mir übrigens nur zwei Dinge auffallend. Unglückliche Mädchen wie das Fräulein, abenteuernde Damen wie Ines, intrigante Priester wie Kardinal Rocco hatte ich auf der Welt schon viele gesehen. Aber die beiden Männer waren mir als Menschenkenner etwas rätselhaft.

Der Kapitän hatte allerdings schon einen bedeutenden Grad in meinem Reglement erlangt, aber unbegreiflich war es mir, wie sich dieser Mann solange auf einer Stufe halten konnte, da doch nach moralischen wie nach physischen Kräften ein Körper, welcher abwärts gleitet, immer schneller fällt. Er war falsch, denn er spielte zwei Rollen; er war leichtsinnig, denn er vergaß sich alle Augenblicke; er war eifersüchtig, obgleich er es selbst mit zwei Frauen hielt; er war schnell zum Zorn reizbar; als deutscher Kapitän liebte er wahrscheinlich auch das *Est, Est, Est,* Eigenschaften, die nicht lange auf einer Stufe lassen. Ein anderer an seiner Stelle wäre vielleicht aus Eifersucht und Zorn schon längst ein Totschläger geworden, ein zweiter wäre, leichtsinnig wie er, all diesem Jammer entflohen, hätte die Donna Ines hier und Fräulein Louise dort sitzen lassen und vielleicht an einem andern Ort eine andere gefreit; ein dritter hätte vielleicht der Donna Gift beigebracht, um die schöne Sächsin zu besitzen oder aus Verzweiflung die letztere erdolcht.

Aber wie langweilig dünkte es mir, daß das Fräulein noch in demselben Zustande war, daß die beiden Anbeter noch nicht in Streit geraten waren, daß das Ende von diesen Geschichten ein Übertritt zur römischen Kirche, eine Hochzeit der Donna Ines und vielleicht eine zweite, Louisens mit dem Berliner, werden sollte?

Denn eben dieser ehrliche Berliner! Er stand zwar in

etwas entfernten Verhältnissen zu mir, doch wußte ich, wenn ich ihm das Ziel seines heimlichen Strebens, das Fräulein, recht lockend, recht reizend vorstellte, wenn ich ihren Besitz ihm von ferne möglich zeige, so machte er Riesenschritte abwärts, denn seine Anlagen waren gut. Ich beschloß daher, mir ein kleines Vergnügen zu machen und die Leutchen zu hetzen.

Während diese Gedanken flüchtig in mir aufstiegen, wurde dem Herrn von S. ein Brief gebracht. Er sah die Aufschrift an und errötete, er riß das Siegel auf, er las, und sein Auge wurde immer glänzender, seine Stimme heiterer. »Der Engel!« rief er aus, »sie will mich dennoch sehen! Wie glücklich macht sie mich! Lesen Sie, Freund«, sagte er, indem er mir den Brief reichte; »müssen solche Zeilen nicht beglücken?«

Ich las:

»Mein treuer Freund!

Mein Herz verlangt darnach, Sie zu sprechen. Ich wollte Sie nicht mehr sehen, nicht mehr sprechen, bis Sie mir gute Nachrichten zu bringen hätten; Sie selbst sind es eigentlich, der diesen Bann aussprach. Doch heben Sie ihn auf, Sie wissen, wie tröstlich es mir ist, mit Ihnen sprechen zu können. Der Fromme ist wieder hier; er verspricht sich das Beste von West. Ach! daß er ihn zurückbrächte von seinem Abwege, nicht zu mir, meine Augen dürfen ihn nicht mehr sehen, nur zurück von dieser Schmach, die ich nicht ertragen kann. L. v. P.

N. S. Wissen Sie in Rom keinen Deutschen, der in Mecklenburg bekannt wäre? West hat dort Verwandte, die vielleicht in der Sache etwas tun könnten.«

»Ich kann mir denken, daß dieses schöne Vertrauen Sie erfreuen muß«, sagte ich, »doch einiges ist mir nicht recht klar in diesem Brief, das Sie mir übrigens aufklären werden. Wegen der Verwandten in Mecklenburg kann sich übrigens das Fräulein an niemand besser wenden als an mich, denn ich war mehrere Jahre dort und bin beinahe in allen Familien genau bekannt.«

Der junge Mann war entzückt, dem Fräulein so schnell dienen zu können. »Das ist trefflich!« rief er, »und Sie begleiten mich wohl jetzt eben zu ihr? Ich erzähle Ihnen unterwegs noch einiges, was Ihnen die Verhältnisse klarer machen wird.«

Ich sagte mit Freuden zu, wir gingen.

»In Berlin«, erzählte er, »hielt ich es nur zwei Monate aus; ich hatte niemand hier in Rom, der mir über das unglückliche Geschöpf hätte Nachricht geben können, und so lebte ich in einem Zustand, der beinahe an Verzweiflung grenzt; nur einmal schrieb mir der sächsische Gesandte: Der Papst habe sich jetzt öffentlich für den Kapitän West erklärt, man spreche davon, daß der Preis dieser Gnade, der Übertritt des Kapitäns zur römischen Kirche sein solle. In demselben Brief erwähnte er mit Bedauern, daß die junge Dame, die uns alle so sehr angezogen habe, die mich immer besonders auszuzeichnen geschienen, sehr gefährlich krank sei, die Ärzte zweifeln an ihrer Rettung.

Wer konnte dies anders sein als die arme Louise. Diese letzte Nachricht entschied über mich. Zwar hätte ich mir denken können, daß das, was ihr der Kardinal mitteilte, Krankheit, vielleicht den Tod zur Folge haben werde, aber jetzt erst, als ich diese Nachricht gewiß wußte, jetzt erst kam sie mir schrecklich vor; ich reiste nach Rom zurück, und meine Bekannten hier haben sich nicht weniger darüber gewundert, mich so unverhofft zu sehen, als meine

Verwandten in Berlin, mich so plötzlich wieder entlassen zu müssen. Besonders die Tante konnte es mir nicht verzeihen, denn sie hatte schon den Plan gemacht, mich mit einer der Fräulein, die Sie beim Tee versammelt fanden, zu verheiraten.

Erlassen Sie es mir, zu beschreiben, wie ich das Fräulein wiederfand! Nur eins schien diese schöne Seele zu betrüben, der Gedanke, daß West zu seiner großen Schuld noch einen Abfall von der Kirche fügen wolle. Ich lebe seitdem ein Leben voll Kummer. Ich sehe ihre Kräfte, ihre Jugend dahinschwinden, ich sehe, wie sie ein Herz voll Jammer unter einer lächelnden Miene verbirgt. Um mich zu noch tätigerem Eifer, ihr zu dienen, zu zwingen, gelobte ich, sie nicht mehr zu sprechen, bis ich von dem Kapitän erlangt hätte, daß er nicht zum Apostaten werde, oder – bis sie mich selbst rufen lasse. Das letztere ist heute geschehen. Es scheint, sie hat Hoffnung, ich habe keine, denn er ist zu allem fähig, und Rocco hat ihn so im Netze, daß an kein Entrinnen zu denken ist.«

»Aber der Fromme«, fragte ich; »soll wohl der seine Bekehrung übernehmen?«

»Auf diesen Menschen scheint sie ihre Hoffnung zu gründen. Es ist ein deutscher Kaufmann, ein sogenannter Pietist, er zieht umher, um zu bekehren; doch leider muß er jedem Vernünftigen zu lächerlich erscheinen, als daß ich glauben könnte, er sei zur Bekehrung des Kapitäns berufen. Eher setze ich einige Hoffnungen auf Sie, mein Freund, wenn Sie durch die Verwandten etwas bewirken könnten; doch auch dies kommt zu spät! Wie sie sich nur um diesen Elenden noch kümmern mag!«

Viel versprach ich mir von diesem Besuch bei dem Fräulein von Palden. Was ich von ihr gesehen, von ihr gehört, hatte mir ein Interesse eingeflößt, das diese Stunde befriedigen mußte. Ich hatte mir schon lange zuvor, ehe ich sie sah, ein Bild von ihr entworfen, ich fand es, als sie mir damals im Portikus erschien, beinahe verwirklicht; nur eines schien noch zu fehlen, und auch das hatte sich jetzt bestätigt; ich dachte mir sie nämlich etwas fromm, etwas schwärmerisch, und sie mußte dies sein, wie konnte sie sonst einem deutschen Pietisten die Heilung des Kapitäns West zutrauen?

Wir wurden von der Signora Campoco und ihren Hunden freundlich empfangen; den Berliner führte sie zu ihrer Nichte, mich bat sie, in ein Zimmer zu treten, wo ich einen Landsmann finden werde. Ich trat ein. Am Fenster stand ein kleiner, hagerer Mann von kaltem, finsterem Aussehen. Er heftete seine Augen immer zu Boden, und wenn er sie einmal aufschlug, so glühten sie von einem trüben, unsicheren Feuer. Ich machte ihm mein Kompliment, er erwiderte es mit einem leichten Neigen des Hauptes und antwortete: »Gegrüßet seist du mit dem Gruße des Friedens!«

Ha! dachte ich, das ist niemand anders als der Pietist! Solche Leute sind eine wahre Augenweide für den Teufel; er weiß, wie es in ihrem Innern aussieht, und diese herrliche Charaktermaske, lächerlicher als Polischinello, komischer als Passaglio, pathetischer als Truffaldin, und wahrer als sie alle, trifft man besonders in Deutschland und seit neuerer Zeit in Amerika, wohin sie die Deutschen verpflanzt haben. Diese Protestanten glauben im echten Sinne des Wortes zu handeln, wenn sie gegen alles protestieren. Der Glaube der katholischen Kirche ist ihnen ein Greuel; der Papst ist der Antichrist, gegen ihn und die Türken beten sie alle Tage ein absonderliches Gebet. Nicht zufrieden mit diesem, protestieren sie gegen ihren eigenen Staat, gegen ihre eigene Kirche. Alles ist ihnen nicht orthodox, nicht fromm genug. Man glaubt vielleicht, sie selbst sind um so frömmer? O ja, wie man will. Sie gehen gesenkten Hauptes, wagen den Blick nicht zu erheben, wagen kein Weltkind anzuschauen. Ihre Rede ist »Ja ja, nein nein«. Auf weitere Schwüre und dergleichen lassen sie sich nicht ein. Sie sind die Stillen im Lande, denn sie leben einfach und ohne Lärm für sich; doch diese selige Ruhe in dem Herrn verhindert sie nicht, ihre Mitmenschen zu verleumden, zu bestehlen, zu betrügen. Daher kommt es, daß sie einander selbst nicht trauen. Sie vermeiden es, sich öffentlich zu vergnügen, und wer am Sonntag tanzt, ist in ihren Augen ein Ruchloser. Unter sich selbst aber feiern sie Orgien, von denen jeder andere sein Auge beschämt wegwenden würde.

Drum lacht mir das Herz, wenn ich einen Mystiker dieser Art sehe. Sie gehen still durchs Leben und wollen die Welt glauben machen, sie seien von Anbeginn der Welt als extrafeine Sorte erschaffen und plombiert worden, und der heilige Petrus, mein lieber Cousin, werde ihnen einen näheren Weg, ein Seitenpförtchen in den Himmel aufschließen. Aber alle kommen zu mir; Separatisten, Pietisten, Mystiker, wie sie sich heißen mögen, seien sie Kathedermänner oder Schuhmacher, alle sind Nr. 1 und 2, sie *verneinen*, wenn auch nicht im Äußern, denn sie sind Heuchler in ihrem Herzen von Anbeginn.

Ein solcher war nun der fromme Mann am Fenster. »Ihr seid ein Landsmann von mir«, fragte ich nach seinem Gruß, »Ihr seid ein Deutscher?«

»Alle Menschen sind Brüder und gleich vor Gott«, antwortete er; »aber die Frommen sind ihm ein angenehmer Geruch.«

»Da habt Ihr recht«, erwiderte ich, »besonders wenn sie in einer engen Stube Betstunde halten. Seid Ihr schon lange hier in dieser gotteslästerlichen Stadt?« Er warf einen scheuen Blick auf mich und seufzte: »O welche Freude hat mir der Herr gegeben, daß er einen Erweckten zu mir sandte! Du bist der erste, der mir hier saget, daß dies die Stadt der babylonischen H–, der Sitz des Antichrist ist. Da sprechen sie in ihrem weltlichen Sinne von dem Altertum der Heiden, laufen umher in diesen großen Götzentempeln und nennen alles ›heiliges Land‹, selbst wenn sie Protestanten sind; aber diese sind oft die Ärgsten.«

»Wie freut es mich, Bruder, dich gefunden zu haben. Sind noch mehrere Brüder und Schwestern hier? Doch hier kann es nicht fehlen; in einer Gemeinde, die der Apostel Paulus selbst gestiftet hat, müssen fromme Seelen sein.«

»Bruder, geh' mir weg mit dem Apostel Paulus, dem traue ich nur halb; man weiß allerlei von seinem früheren Leben, und nachher, da hat er so etwas Gelehrtes wie unsere Professoren und Pfarrer; ich glaube, durch ihn ist dieses Übel in die Welt gekommen. Zu was denn diese Gelehrtheit, diese Untersuchungen; sie führen zum Unglauben. Die Erleuchtung macht's, und wenn einer nicht zum *Durchbruch* gekommen ist, bleibt er ein Sünder. Ein altes Weib, wenn sie erleuchtet ist, kann so gut predigen und lehren in Israel als der gelahrteste Doktor.«

»Du hast recht, Bruder«, erwiderte ich ihm; »und ich war in meinem Leben in der Seele nicht vergnügter, nie so heiter gestimmt, als wenn ich einen Bruder Schuster oder eine Schwester Spitälerin das Wort verkündigen hörte. War es auch lauterer Unsinn, was sie sprach, so hatte es ihr doch der Geist eingegeben, und wir alle waren zerknirscht.

Doch sage mir, wie kommst du ins Haus dieser Gottlosen?«

»Bruder, in der Stadt Dresden im Sachsenland, wo es mehr Erleuchtete gibt als irgendwo, da wohnte ich neben ihrem Haus. Damals war sie ein Weltkind und lachte, wenn die Frommen am Sonntagabend in mein Haus wandelten, um eine Stunde bei mir zu halten. Als ich nun hieher kam in dieses Sodom und Gomorra, da gab mir der Geist ein, meine Nachbarin aufzusuchen. Ich fand sie von einem Unglück niedergedrückt. Es ist ihr ganz recht geschehen, denn so straft der Herr den Wandel der Sünder. Aber mich erbarmte doch ihre junge Seele, daß sie so sicherlich abfahren soll dorthin, wo Heulen und Zähneklappern. Ich sprach ihr zu, und sie ging ein in meine Lehren, und ich hoffe, es wird bei ihr bald zum Durchbruch kommen. Und da erzählte sie mir von einem Mann, den der Satan und der Antichrist in ihren Schlingen gefangen haben, und bat mich, ob ich nicht lösen könne diese Bande kraft des Geistes, der in mir wohnet. Und darum bin ich hier.«

Während der fromme Mann die letzten Worte sprach, kam der Berliner mit dem Fräulein. Jener stellte mich vor, und sie fragte errötend, ob ich mit der Familie des Kapitäns West in Mecklenburg bekannt sei. Ich bejahte es; ich hatte mit mehreren dieser Leute zu tun gehabt und gab ihr einige Details an, die sie zu befriedigen schienen.

»Der Kapitän ist auf dem Sprung, einen sehr törichten Schritt zu tun, der ihn gewiß nicht glücklich machen kann; S. hat Ihnen wohl schon davon gesagt, und es kömmt jetzt darauf an, ihm das Mißliche eines solchen Schrittes auch von seiten seiner Familie darzutun.«

»Mit Vergnügen; dieser fromme Mann wird uns begleiten; er ist in geistlichen Kämpfen erfahrner als ich; ich hoffe, er wird sehr nützlich sein können.«

»Es ist mein Beruf«, antwortete der Pietist, die Augen greulich verdrehend, »es ist mein Beruf, zu kämpfen, solange es Tag ist. Ich will setzen meinen Fuß auf den Kopf der Schlange und will ihr den Kopf zertreten wie einer Kröte; soeben ist der Geist in mich gefahren. Ich fühle mich wacker wie ein gewappneter Streiter; lieben Brüder, lasset uns nicht lange zaudern, denn die Stunde ist gekommen; Sela!«

»Gehen wir!« sagte der Berliner; »seien Sie versichert, Louise, daß Freund Stobelberg und ich alles tun werden, was zu Ihrer Beruhigung dienen kann. Fassen Sie sich, sehen Sie mutig, heiter in die Zukunft, die Zeit bringt Rosen.«

Das schöne bleiche Mädchen antwortete durch ein Lächeln, das sie einem wunden Herzen mühsam abgezwungen hatte. Wir gingen, und als ich mich in der Türe umwandte, sah ich sie heftig weinen.

Wir drei gingen ziemlich einsilbig über die Straße; der Pietist, vom Geiste befallen, murmelte unverständliche Worte vor sich hin und verzog sein Gesicht, rollte seine Augen wie ein Hierophant. Der Berliner schien an dem guten Erfolg unseres Beginnes zu zweifeln und ging sinnend neben mir her, ich selbst war von dem Anblick der stillen Trauer jenes Mädchens, ich möchte sagen, beinahe gerührt; ich dachte nach, wie man es möglich machen könnte, sie der Schwärmerei zu entreißen, sie dem Leben, der Freude wiederzugeben, denn so gerne ich ihr den Himmel und alles Gute wünschte, so schien sie mir doch zu jung und schön, als daß sie jetzt schon auf eine etwas langweilige Seligkeit spekulieren sollte. Durch den Berliner schien ich dies am besten erreichen zu können; besser vielleicht noch durch Kapitän West, der mir ohnedies verfallen war, doch zweifelte ich, ob man ihn noch von der Spanierin werde losmachen können.

Auf der Hausflur des Kapitäns ließ uns der Pietist vorangehen, weil er hier beten und unsern Ein- und Ausgang segnen wolle. Doch, o Wunder! als wir uns umsahen, nahm er nach jedem Stoßseufzer einen Schluck aus einem Fläschchen, das seiner Farbe nach einen guten italienischen Likör enthalten mußte. Ha! jetzt muß der Geist erst recht über ihn kommen, dachte ich, jetzt kann es nicht fehlen, er muß mit großer Begeisterung sprechen.

Der Kapitän empfing uns mit einer etwas finsteren Stirne. Der Berliner stellte uns ihm vor, und sogleich begann der Pietist, vom Geist getrieben, seinen Sermon.

Er stellte sich vor den Kapitän hin, schlug die Augen zum Himmel und sprach: »Bruder! was haben meine Ohren von dir vernommen? So ganz hat dich der Teufel in seinen Klauen, daß du dich dem Antichrist ergeben willst? Daß du absagen willst der heiligen, christlichen Kirche, der Gemeinschaft der Heiligen? Sela. Aber da sieht man es deutlich. Wie heißt es Sirach am neunten im dritten Vers? He? ›Fliehe die Buhlerin, daß du nicht in ihre Stricke fallest.‹«

»Zu was soll diese Komödie dienen, Herr von S.?« sprach der Kapitän gereizt. »Ich hoffe, Sie sind nicht gekommen, mir in meinem Zimmer Sottisen zu sagen.«

»Ich wollte Sie mit Herrn von Stobelberg, der Ihre Familie kennt, besuchen; da ließ sich dieser fromme Mann, der gehört hat, daß Sie übertreten wollen, nicht abhalten, uns zu begleiten.«

»Große Ehre für mich, geben Sie sich aber weiter keine Mühe, denn –«

»Höret, höret, wie er den Herrn lästert, in dessen Namen ich komme«, schrie der Pietist; »der Antichrist krümmet sich in ihm wie ein Wurm, und der Teufel sitzt ihm auf der Zunge. O, warum habt Ihr Euch blenden lassen von Weltehre? Was sagt derselbe Sirach? ›Laß dich nicht bewegen von dem Gottlosen in seinen großen Ehren; denn du weißt nicht, wie es ein Ende nehmen wird. – Wisse, daß du unter den Stricken wandelst und gehest auf eitel hohen Spitzen!«

»Sie kennen meine Familie, Herr von Stobelberg? Sind Sie vielleicht selbst ein Landsmann aus Mecklenburg?«

»Nein, aber ich kam viel in Berührung mit Ihrer Familie und bin mit einigen Gliedern derselben sehr nahe liiert. So zum Beispiel mit Ihrem Onkel F., mit Ihrer Tante W., mit Ihrem Schwager Z.«

»Wie? der Satan hat ihm die Ohren zugeleimt«, rief der fromme Protestant, als sein abtrünniger Bruder ihn völlig ignorierte. »Auf, ihr Brüder, ihr Streiter des Herrn, lasset uns ein geistliches Lied singen, vielleicht hilft es.« Er drückte die Augen zu und fing an, mit näselnder, zitternder Stimme zu singen:

»Herr, schütz' uns vor dem Antichrist,
Und laß uns doch nicht fallen;
Es streckt der Papst mit Hinterlist
Nach uns die langen Krallen;
Und laß dich erbitten,
Vor den Jesuiten
Und den argen Missionaren
Wollest gnädig uns bewahren.

Sie sind des Teufels Knechte all',
Nur wir sind fromme Seelen;
Wir kommen in des Himmels Stall,
Uns kann es gar nicht fehlen;
Denn nach kurzem Schlafe
Ziehn wir frommen Schafe
In den Pferch für uns bereitet,
Wo der Hirt die Schäflein weidet.

Dort scheidet er die Böcke aus –«

Man kann eben nicht sagen, daß der Fromme wie eine Nachtigall sang, aber komisch genug war es anzusehen, wie er vom Geist getrieben dazu agierte; auf den Wangen des Kapitäns wechselte Scham und Zorn, und man war ungewiß, ob er mehr über die Unverschämtheit dieses Proselytenmachers staunte, oder mehr über den Inhalt der frommen Hymne erbost sei. Als der Pietist nach einem tiefen Seufzer den dritten Vers anhub, ging die Türe auf, und die hohe, majestätische Gestalt des Kardinals Rocco trat ein. Er war angetan mit einem weißen, faltenreichen Gewand, und der Purpur, der über seine Schultern herabfloß, gab ihm etwas Erhabenes, Fürstliches. Er übersah uns mit gebietendem Blick, und die Rechte, die er ausstreckte, mochte vielleicht den ehrwürdigen Kuß eines Gläubigen erwarten.

Der Kapitän war in sichtbarer Verlegenheit; er fühlte, daß der Kardinal uns den Protestantismus sogleich anriechen, daß es ihn erzürnen werde, seinen Katechumenen in so schlechter Gesellschaft zu sehen. Er nannte der Eminenz unsere Namen, doch als er Herrn v. S. erblickte, trat er erschrocken einen Schritt zurück und flüsterte dem

Frater Piccolo in der violetten Kutte zu: »Das ist wohl der Teufel, den du im Traume gesehen?«

Piccolo antwortete mit drei Kreuzen, die er ängstlich auf seinen Leib zeichnete, und der Kardinal fing an, leise einige Stellen aus dem Exorzismus zu beten. Während dieser Szene hatte sich der fromme Kaufmann, dem das Wort auf der Lippe stehen geblieben war, wieder erholt; er betrachtete die imponierende Gestalt dieses Kirchenfürsten, doch schien sie ihm nicht mehr zu imponieren, nachdem er bei sich zu dem Resultat gelangt war, daß nur ein frommer protestantisch-mystischer Christ zur Seligkeit gelangen könne. Er hub im heulenden Predigerton auf italienisch an: »Siehe da, ein Sohn der Babylonischen, ein Nepote des Antichrists. Er hat sich angetan mit Seide und Purpur, um eure armen Seelen zu verlocken. Hebe dich weg, Satanas!«

»Ist der Mensch ein Narr?« fragte der Kardinal, indem er näher trat und den Prediger ruhig und groß anschaute. »Piccolo, merke dir diesen Menschen, wir wollen ihn im Spital versorgen.«

Der Pietist geriet in Wut: »Baalspfaffe, Götzendiener, Antichrist!« schrie er, »du willst mich ins Spital tun? Ha, jetzt kommt der Geist erst recht über mich. Ich will barmherzig sein mit dir, Sodomiter! Ich will dich lehren die Hauptstücke der Religion, daß du deine ketzerischen Irrtümer einsehest. Aber zuvor ziehe sogleich den Purpur ab; zu was soll dieser Flitter dienen? Meinst du, du gefallest dem Herrn besser, wenn du violette Strümpfe anhast? O du Tor! Das sind die eiteln Lehren des Antichrist, des Drachen, der auf dem Stuhle sitzt, in Sack und Asche mußt du Buße tun.«

Jetzt glühte Roccos Auge vor Wut, seine Stirne zog sich

zusammen, seine Wangen glühten. »Jetzt sehe ich, Kapitän!« rief er, »was Euch so lange zögern macht; Ihr haltet Zusammenkünfte mit diesen wahnsinnigen Ketzern, die Euch in Eurem Aberglauben bestärken. Ha! Bei der heiligen Erde, Ihr habt uns tief gekränkt.«

»Herr Kardinal!« fiel ihm Herr v. S. in die Rede, »ich bitte, uns nicht alle in eine Klasse zu werfen; wenn jener Mann dort den Trieb in sich fühlt, alle Welt zu bekehren, so können wir ihn nicht daran verhindern; doch meine ich, man habe sich nicht darüber zu beklagen, denn Ew. Eminenz wissen, daß es gleichsam nur Repressalien für die Missionen und die Jesuiterei sind, mit welcher man gegenwärtig alle Welt überschwemmt.«

Jetzt war der rechte Zeitpunkt, die Leutchen zu hetzen; jetzt galt es, sie zu verwickeln, um sie nachher desto länger trauern zu lassen. »Herr von S.«, sagte ich, »der Herr Kapitän will, denke ich, durch sein Schweigen beweisen, daß er Seiner Eminenz recht gebe. Zwar schließt mich mein Bewußtsein von den ›wahnsinnigen Ketzern‹ aus, ich mache keine Proselyten, ich unterrichte niemand in der Religion; aber Ihrer werten Familie in Mecklenburg werde ich bei meiner Rückkehr sagen können –«

»Stille!« rief der Pietist mit feierlicher Stimme; »Bruder, Mann Gottes, willst du dich so versündigen, mit dem Baalspfaffen zu rechten? Er geht einher wie ein Pharisäer, aber es wäre ihm besser, ein Mühlstein hänge an seinem Hals, und er würde ertränket, wo es am tiefsten ist.«

»Hüte dich, einen Pfaffen zu beleidigen«, ist ein altes Sprüchwort, und der Kapitän mochte auch so denken; ich sah, daß Beschämung vor uns, von Rocco wie ein Schulknabe behandelt zu werden, und die Furcht, ihn zu beleidigen, in seinem Gesicht kämpfte.

»Ich muß Ihren Irrtum berichtigen, Eminenz«, entgegnete er; »diesen Mann hier kenne ich nicht, und er kann sich auch entfernen, wann er will, denn seine schwärmerischen Reden sind mir zum Ekel, aber über diese Herren hier haben Sie eine ganz falsche Ansicht. Herr von Stobelberg bringt mir Nachrichten von meiner Familie, Herr von S. besucht mich. Ich weiß nicht, welche bösliche Absicht Sie darein legen wollen.«

Weit entfernt, den Kardinal durch diese Worte zu besänftigen, brachte er ihn nur noch mehr auf, doch bezähmte er laute Ausbrüche desselben, und seine stille Wut wurde nur in kaltem Spott sichtbar. »Ja, ich habe mich freilich höchlich geirrt«, sagte er lächelnd, »und bitte um Verzeihung, meine Herren. Ich dachte, Ihr Besuch betreffe religiöse Gegenstände, doch nun merke ich, daß es friedlichere Absichten sind, was Sie herführt. Herr von S. wird wahrscheinlich den Herrn Kapitän wieder in die süßen Fesseln des deutschen Fräuleins legen wollen? Trefflich! ob auch eine andere Dame darüber sterben wird, es ist ihm gleichgültig; ich bewundere nebenbei auch Ihre Gutmütigkeit, Capitano! daß Sie sich von demselben Mann zurückführen lassen, der Sie so geschickt aus dem Sattel hob!«

Zu welch sonderbaren Sprüngen steigert doch den Sterblichen die Beschämung. Gefühl des Unrechts, wirkliche Beleidigung, Zorn, alle Leidenschaften seiner Seele hätten den Kapitän wohl nicht so außer sich gebracht als das Gefühl der Scham, vor deutschen Männern von einem römischen Priester so verhöhnt zu werden. »Die Achtung, Signor Rocco«, sagte er, »die Achtung, die ich vor Ihrem Gewand habe, schützt mich, Ihnen zu erwidern, was Sie mir in *meinem* Zimmer über mich gesagt haben. Ich kenne

jetzt Ihre Ansichten über mich hinlänglich und wundere mich, wie Sie sich um meine arme Seele so viele Mühe geben wollten. Diesem Herrn, der, wie Sie sagen, mich aus dem Sattel hob, werde ich folgen; doch wissen Sie, daß, was er getan hat, mit meiner Zustimmung geschah: ich werde ihm folgen, obgleich es zuvor gar nicht in meiner Absicht lag; nur um Ihnen zu zeigen, daß weder Ihr Spott, noch Ihre Drohungen auf mich Eindruck machen; und wenn Sie ein andermal wieder einen Mann meiner Art unter der Arbeit haben, so rate ich Ihnen, Ihren Spott oder Ihren Zorn zurückzuhalten, bis er im Schoße der Kirche ist.«

Das reiche, rosige Antlitz Roccos war so weiß geworden als sein seidenes Gewand. »Geben Sie sich keine Mühe«, entgegnete er, »mir zu beweisen, wie wenig man an einem seichten Kopf Ihrer Art verliert. Glauben Sie mir, die Kirche hat höhere Zwecke, als einen Kapitän West zu bekehren –«

»Wir kennen diese schönen Zwecke«, rief der Berliner mit sehr überflüssigem Protestantismus; »Ihre Plane sind freilich nicht auf einen einzelnen gerichtet, sie gehen auf uns arme Seelen alle. Sie möchten gar zu gerne unser ganzes Vaterland und England und alles, was noch zum Evangelium hält, unter den heiligen Pantoffel bringen. Aber Sie kommen hundert Jahre zu spät oder zu früh; noch gibt es, Gott sei Dank, Männer genug in meinem Vaterlande, die lieber des Teufels sein wollen, als den heiligen Stuhl anbeten.«

»Bringe mir meinen Hut, Piccolo!« sagte der Priester sehr gelassen. »Ihnen, mein Herr von S., danke ich für diese Belehrung; doch lag uns an den dummen Deutschen wenig. Es liegt ein sicheres Mittel in der Erbärmlichkeit

Ihrer Nation und in ihrer Nachahmungssucht. Ich kann Sie versichern, wenn man in Frankreich recht fromm wird, wenn England über kurz oder lang zur alleinseligmachenden Kirche zurückkehrt, dann werden auch die ehrlichen Deutschen nicht mehr lange protestieren. Drum leben Sie wohl, mein Herr, auf Wiedersehen.« Die Züge des Kardinals hatten etwas Hohes, Gebietendes, das mir beinahe nie so sichtbar wurde als in diesem Moment. Ich mußte gestehen, er hatte sich gut aus der Sache gezogen und verließ als Sieger die Walstatt. Frater Piccolo setzte ihm den roten Hut auf, ergriff die Schleppe seines Talars und, mit Anstand und Würde grüßend, schritt der Kardinal aus dem Zimmer.

Der Berliner fühlte sich beschämt und sprach kein Wort; der Pietist murmelte Stoßgebetlein und war augenscheinlich düpiert, denn der Streit ging über seinen Horizont, an welchem nur die Ideen »von dem Antichrist, dem Drachen auf dem Stuhl des Lammes, dem Baalspfaffen, der babylonischen Dame, den ewigen Höllenpfuhl und dem Paradiesgärtlein«, in lieblichem Unsinn verschlungen, schwebten.

Dem Kapitän schien übrigens nicht gar zu wohl bei der Sache zu sein. Ich erinnerte mich, gehört zu haben, daß er von Donna Ines und diesem Priester bedeutende Vorschüsse empfangen habe, die er nicht zahlen konnte; es war zu erwarten, daß sie ihn von dieser Seite bald quälen würden, und ich freute mich schon vorher, zu sehen, was er dann in der Verzweiflung beginnen werde. Auch zu diesem Auftritt hatte ihn sein Leichtsinn verleitet, denn hätte er bedacht, was für Folgen für ihn daraus entstehen können, – er hätte sich von falscher Scham nicht so blindlings hinreißen lassen. Der Berliner fuhr übrigens bei dieser Partie ebenso schlimm. Ich wußte wohl, daß er die Hoffnung auf Louisens Besitz nicht aufgegeben hatte, daß er sie mächtiger als je nährte, da sie ihn heute hatte rufen lassen; ich wußte auch, daß sie den Kapitän nicht gerade zu sich zurückwünschte, sondern ihn nur nicht katholisch wissen wollte; ich wußte, daß sie dem Berliner vielleicht bald geneigt worden wäre, weil ich sah, mit welchem Eifer er sich um sie bemühte; und jetzt hatte der Kapitän vor uns allen ausgesprochen, daß er das Fräulein wiedersehen wolle; und so war es.

»Es ist mein voller Ernst, Herr von S.«, sagte er, »ich sehe ein, daß ich mich diesen unwürdigen Verbindungen entreißen muß. Können Sie mir Gelegenheit geben, das Fräulein wiederzusehen und ihre Verzeihung zu erbitten?«

»Ich weiß nicht, wie Fräulein von Palden darüber denkt«, antwortete der junge Mann etwas verstimmt und finster; »ich glaube nicht, daß nach diesen Vorgängen –«

»O! ich habe die beste Hoffnung«, rief jener, »ich kenne Louisens gutes Herz und kann nicht glauben, daß sie aufgehört habe, mich zu lieben. Hören Sie einen Vorschlag. Signora Campoco hat einen Garten an der Tiber; bitten Sie das Fräulein, mit ihrer Tante heute abend dorthin zu kommen. Ich will sie ja nicht allein sehen, Sie alle können zugegen sein; ich will ja nichts, als Vergebung lesen in ihren Augen, ein Wort von ihr soll mir genug sein, um mich mit mir selbst und mit dem Himmel zu versöhnen. Ach, wie schmerzlich fühle ich meine Verirrungen!«

»Gut, ich will es sagen«, erwiderte der Berliner, indem er mit Mühe nach Fassung rang. »Soll ich Ihnen Antwort bringen?«

»Ist nicht nötig; wenn Sie keine Antwort bringen, bin

ich um sechs Uhr als reuiger Sünder in dem Garten an der Tiber.«

Ich gestehe, der Berliner hatte ein sonderbares Geschick. Das Verhängnis zog ihn in diese Verhältnisse; seine Gestalt, sein Gesicht, zufällig dem Kapitän West sehr ähnlich, bringt ihm Glück und Unglück; es zieht ihn in die Nähe des Mädchens, er lernt ihr Schicksal kennen, er sieht sie leiden, er leidet mit ihr; die Zeit, die alle Wunden heilt, bewirkt endlich, daß sie den Kapitän vielleicht nicht mehr so sehnlich zurückwünscht; sie will nur, daß er jenen Schritt nicht tue, den sie für einen törichten hält; sich selbst unbewußt, gibt sie dem armen S. Hoffnungen; er glaubt, sie errungen zu haben durch die vielen Bemühungen um ihre Wahl, und jetzt muß er den gefährlichen Nebenbuhler, einen Mann, den er verachtet, zu ihr zurückführen!

Ich war begierig auf diesen Abend; der Berliner hatte mir gesagt, daß sie einwillige, ihn, von Signora Campoco begleitet, zu sehen. Sie hatte ihn eingeladen, zugegen zu sein, und er bat mich, ihn zu begleiten, weil er diese Szene allein nicht mit ansehen könne. Als ich seiner Wohnung zuging, trat mir auf einmal Frater Piccolo in den Weg mit der Frage, wo er wohl den Kapitän finden könnte?

Ich forschte ihn aus, zu welchem Zweck er wohl den Kapitän suche, und er sagte mir ohne Umschweife, daß er ihm von dem Kardinal einen Schuldschein über fünftausend Scudi zu überreichen habe, die jener zwölf Stunden nach Sicht bezahlen müsse.

»Wertester Frater Piccolo«, erwiderte ich ihm, »das Sicherste ist, Ihr bemühet Euch nach sechs Uhr in den Garten der Signora Campoco, welcher an der Tiber gelegen; dort werdet Ihr ihn finden, dafür stehe ich Euch.« Er dankte und ging weiter. Daß er diese Nachricht dem Kardinal, vielleicht auch Donna Ines mitteilen werde, glaubte ich voraussetzen zu dürfen. »Fünftausend Scudi, zwölf Stunden nach Sicht!« sagte ich zu mir, »ich will doch sehen, wie er sich heraushilft!«

Den armen Berliner traf ich sehr niedergeschlagen. Er schien zu fühlen, daß seine Hoffnungen auf ewig zerstört seien; doch nicht nur dies Gefühl war es, was ihn unglücklich machte; er fürchtete, Louise werde nicht auf Dauer glücklich werden. »Dieser West!« rief er; »ist es nicht immer wieder Leichtsinn, wenn einmal die Reue über ihn kommt, die Spanierin so unglücklich gemacht zu haben; wie leicht ist es möglich, daß er auch Louisen wieder verläßt.«

Ja, dachte ich, und wenn erst das Wechselchen anlangt und er nicht zahlen kann, und wenn ihn Donna Ines mit den funkelnden Augen sucht und bei der Fremden findet, und wenn erst der Kardinal seine Künste anwendet. Die Schule der Verzweiflung hat er noch nicht ganz durchgemacht. Aber auch das Fräulein, hoffe ich, wird jetzt auftauen und ihre Hilfe zu kleinen Teufeleien und Höllenkünsten nehmen, und der gute Berliner soll wohl auch bekannter mit mir werden müssen!

Wir gingen hinaus an die Tiber zum verhängnisvollen Garten der Signora Campoco. Unterwegs sagte mir der junge Mann, das Fräulein sei ihm unbegreiflich. Als er ihr die Nachricht gebracht, wie sich im Hause des Kapitäns auf einmal alles so sonderbar, wie durch eine höhere Leitung, gefügt habe, wie West nicht nur zur protestantischen Kirche zurücktreten, sondern auch als reuiger Sünder zu ihr zurückkehren wolle, da sei, so sehr sie ihn zuvor angeklagt, ein seliges Lächeln auf ihren schönen Zügen aufgegangen. Sie habe geweint vor Freude, sie habe mit tausend Tränen ihre Tante dazu vermocht, uns in ihrem Garten zu empfangen. Und dennoch sei sie jetzt nicht mehr recht heiter; eine sonderbare Befangenheit, ein Zittern banger Erwartung habe sie befallen, sie habe ihm gestanden, daß sie der Gedanke an den Fluch ihres Vaters, wenn sie je die Gattin des Kapitäns werde, immer verfolge. Es sei, als liege eine schwarze Ahnung vor ihrer sonst so kindlich frohen Seele, als fürchte sie trotz der Rückkehr des Geliebten dennoch nicht glücklich zu werden.

Unter den Klagen des Berliners, unter seinen Beschuldigungen gegen das ganze weibliche Geschlecht hatten wir uns endlich dem Garten genähert. Er lag, von Bäumen umgeben, wie ein Versteck der Liebe. Signora Campoco empfing uns mit ihren Hündlein aufs freundlichste; sie erzählte, daß sie das deutsche Geplauder der Versöhnten nicht mehr länger habe hören können und zeigte uns eine Laube, wo wir sie finden würden. Errötend, mit glänzenden Augen, Verwirrung und Freude auf dem schönen Gesicht, trat uns das Fräulein entgegen. Der Kapitän aber schien mir ernster, ja, es war mir, als müßte ich in seinen scheuen Blicken eine neue Schuld lesen, die er zu den alten gefügt.

Dem Berliner war wohl das Schmerzlichste der feurige Dank, den ihm das schöne Mädchen für seine eifrigen Bemühungen ausdrückte. Sie umfing ihn, sie nannte ihn ihren treuesten Freund, sie bot ihm ihre Lippen, und er hat wohl nie so tief als in jenem Augenblick gefühlt, wie die höchste Lust mit Schmerz sich paaren könne. Mir, ich gestehe es, war diese Szene etwas langweilig; ich werde daher die nähere Beschreibung davon nicht in diese Memoiren eintragen, sondern als Surrogat eine Stelle aus Jean Pauls ›Flegeljahren‹ einschieben, die den Leser weniger langweilen dürfte: »Selige Stunden, welche auf die Versöhnung der Menschen folgen! Die Liebe ist wieder blöde und jungfräulich, der Geliebte neu und verklärt, das Herz feiert seinen Mai, und die Auferstandenen vom Schlachtfelde begreifen den vorigen, vergessenen Krieg nicht.« So sagt dieser große Mensch, und er kann recht haben, aus Erfahrung; ich habe, seit sich der Himmel hinter mir geschlossen, nicht mehr geliebt, und mit der Versöhnung will es nicht recht gehen.

Bei jener ganzen Szene ergötzte ich mich mehr an der Erwartung als an der Gegenwart. Wenn jetzt mit einem Mal, dachte ich mir, Frater Piccolo durch die Bäume herbeikäme, um seinen Wechsel honorieren zu lassen, – welche Angst, welcher Kummer bei dem Kapitän, welches Staunen, welcher Mißmut bei dem Fräulein! Ich dachte mir allerlei dergleichen Möglichkeiten, während die andern in süßem Geplauder mit vielen Worten nichts sagten – da hörte ich auf einmal das Plätschern von Rudern in der Tiber. Es war nach sechs Uhr, es war die Stunde, um welche ich Frater Piccolo hieher bestellt hatte; wenn er es wäre! – Die Ruderschläge wurden vernehmlicher, kamen näher, weder die Liebenden noch der Berliner schienen es zu hören. Jetzt hörte man nur noch das Rauschen des Flusses, die Barke mußte sich in der Nähe ans Land gelegt haben. Die Hunde der Signora schlugen an, man hörte Stimmen in der Ferne, es rauschte in den Bäumen, Schritte knisterten auf dem Sandweg des Gartens, ich sah mich um – Donna Ines und der Kardinal Rocco standen vor uns.

Louise starrte einen Augenblick diese Menschen an, als

sehe sie ein Gebild der Phantasie. Aber sie mochte sich des Kardinals aus einem schrecklichen Augenblick erinnern, sie schien den Zusammenhang zu begreifen, schien zu ahnen, wer Ines sei, und sank lautlos zurück, indem sie die schönen Augen und das erbleichende Gesicht in den Händen verbarg. Der Kapitän hatte den Kommenden den Rücken zugekehrt und sah also nicht sogleich die Ursache von Louisens Schrecken. Er drehte sich um, er begegnete zornsprühenden Blicken der Donna, die diese Gruppe musterte, er suchte vergeblich nach Worten; das Gefühl seiner Schande, die Angst, die Verwirrung schnürten ihm die Kehle zu.

»Schändlich!« hub Ines an, »so muß ich dich treffen! Bei deiner deutschen Buhlerin verweilst du und vergißt, was du deinem Weibe schuldig bist? Ehrvergessener! Statt meine Ehre, die du mir gestohlen, durch Treue zu ersetzen, statt mich zu entschädigen für so großen Jammer, dem ich mich um deinetwillen ausgesetzt habe, schwelgst du in den Armen einer andern?«

»Folget uns, Kapitän West!« sagte der Kardinal sehr strenge; »es ist Euch nicht erlaubt, noch einen Augenblick hier zu verweilen. Die Barke wartet. Gebt der Donna Euren Arm und verlasset diese ketzerische Gesellschaft.«

»Du bleibst!« rief Louise, indem sie ihre schönen Finger um seinen Arm schlang und sich gefaßt und stolz aufrichtete; »schicke diese Leute fort. Du hast ja noch soeben diese Abenteuerin verschworen. Du zauderst? Monsignor, ich weiß nicht, wer Ihnen das Recht gibt, in diesen Garten zu dringen; haben Sie die Güte, sich mit dieser Dame zu entfernen.«

»Wer mir das Recht gibt, junge Ketzerin?« entgegnete Rocco. »Diese ehrwürdige Frau Campoco; ich denke, ihr gehört der Garten, und es wird Sie nicht belästigen, wenn wir hier verweilen.«

»Ich bitte um Euren Segen, Eminenz«, sagte, sich tief verneigend, Signora Campoco; »wie möget Ihr doch so sprechen? Meinem geringen Garten ist heute Heil widerfahren, denn heilige Gebeine wandeln darin umher!«

»Nicht gezaudert, Kapitän!« rief der Kardinal; »werfet den Satan zurück, der Euch wieder in den Klauen hat; folget uns, wohin die Pflicht Euch ruft. – Ha! Ihr zaudert noch immer, Verräter? soll ich«, fuhr er mit höhnischem Lächeln fort: »soll ich Euch etwa dies Papier vorzeigen? Kennet Ihr diese Unterschrift? Wie steht es mit den fünftausend Scudi, verehrter Herr? Soll ich Euch durch die Wache abholen lassen?«

»Fünftausend Scudi?« unterbrach ihn der Berliner, »ich leiste Bürgschaft, Herr Kardinal, sichere Bürgschaft.«

»Mitnichten!« antwortete er mit großer Ruhe, »Ihr seid ein Ketzer; *haeretico non servanda fides;* Ihr könntet leicht ebenso denken und mit der Bürgschaft in die Weite gehen. Nein, – Piccolo! Sende einen der Schiffer in die Stadt; man solle die Wache holen.«

»Um Gotteswillen, Otto! Was ist das?« rief Louise, indem ihr Tränen entstürzten. »Du wirst dich doch nicht diesen Menschen so ganz übergeben haben? O Herr! nur eine Stunde gestattet Aufschub, mein ganzes Vermögen soll Euer sein; mehr, viel mehr will ich Euch geben, als Ihr fordert –«

»Meinst du, schlechtes Geschöpf!« fiel ihr die Spanierin in die Rede, »meinst du, es handle sich hier um Gold? Mir, mir hat er seine Seele verpfändet; er hat mich gelockt aus den Tälern meiner Heimat, er hat mir ein langes seliges Leben in seinen Armen vorgespiegelt, er hat mich betrogen um diese Seligkeit; du – du hast mich betrogen, deutsche Dirne, aber sehe zu, wie du es einst vor den Heiligen verantworten kannst, daß du dem Weib den Gatten raubst, den Kindern, den armen Würmern, den Vater!«

»Ja, das ist dein Fluch, alter Vater!« sagte Louise, von tiefer Wehmut bewegt; »das ist dein Fluch, wenn ich je die Seine würde; er nahte schnell! Ich hätte dir ihn entrissen, unglückliches Weib? Nein, so tief möchte ich nicht einmal dich verachten. Er kannte mich längst, ehe er dich nur sah, und die Treue, die er dir schwur, hat er mir gebrochen!«

»Von dieser Sünde werden wir ihn absolvieren«, sprach der Kardinal; »sie ist um so weniger drückend für ihn, als Ihr selbst, Signora, mit einem anderen, der hier neben sitzt, in Verhältnissen waret. Zaudere nicht mehr, folge uns; bei den Gebeinen aller Heiligen, wenn du jetzt nicht folgst, wirst du sehen, was es heiße, den heiligen Vater zu verhöhnen!«

Der Kapitän war ein miserabler Sünder. So wenig Kraft, so wenig Entschluß! Ich hätte ihn in den Fluß werfen mögen; doch es mußte zu einem Resultate kommen, drum schob ich schnell ein paar Worte ein: »Wie? Was ist dies für ein Geschrei von Kindern«, rief ich erstaunt; »es wird doch kein Unglück in der Nähe geben?«

»Ha! meine Kinder«, weinte die Spanierin, »o, weinet nur, ihr armen Kleinen; der, der euch Vater sein sollte, hat Erz in seiner Brust. Ich gehe, ich werfe sie in die Tiber und mich mit ihnen: so ende ich ein Leben, das du, Verfluchter, vergiftetest!«

Sie rief es und wollte nach der Tiber eilen, doch das Fräulein faßte ihr Gewand; bleich zum Tod, mit halbgeschlossenen Augen führte sie Donna Ines zu dem Kapitän und stürzte dann aus der Laube. Ich selbst war einige Augenblicke im Zweifel, ob sie nicht denselben Entschluß ausführen wollte, den die Donna für sich gefaßt; doch der Weg, den sie einschlug, führte tiefer in den Garten, und sie wollte wohl nur diesem Jammer entgehen. Der Berliner aber lief ihr ängstlich nach, und als sich auch der Kapitän losriß, ihr zu folgen, stürzte die ganze Gesellschaft, der Kardinal, ich und Signora Campoco, in den Garten.

Wir kamen zu ihnen, als eben Louise erschöpft und der Ohnmacht nahe zusammensank. S. fing sie in seine Arme auf und trug die teure Last nach einer Bank. Dort wollte ihn der Kapitän verdrängen, er wollte vielleicht seinen Entschluß zeigen, nur *ihr* anzugehören; er glaubte heiligere Rechte an sie zu haben und entfernte den Arm des jungen Mannes, um den seinigen unterzuschieben.

Doch dieser, ergriffen von Liebe und Schmerz, aufgeregt von der Szene, die wir gesehen, stieß den Kapitän zurück. »Fort mit dir«, rief er; »gehe zu Pfaffen und Ehebrechern, zu Schurken deines Gelichters. Du hast deine Rolle künstlich gespielt; um diese Blume zu pflücken, mußtest du dich den Armen jenes hergelaufenen Weibes noch einmal entreißen. Hinweg mir dir, du Ehrloser!«

»Was sprechen Sie da?« schrie der Kapitän schäumend; es mochte in der Rede des jungen Mannes etwas liegen, was als Wahrheit um so beißender war. »Welche Absichten legen Sie mir unter? Was hätte ich getan? Erklären Sie sich deutlicher!«

»Jetzt hast du Worte, Schurke, aber als dieser Engel zu dir flehte, da hatte deinen Mund die Schande verschlossen. Rühre sie nicht an, oder ich schlage dich nieder.«

»Das kann dir geschehen«, entgegnete jener, und einem Blitze gleich fuhr er mit etwas Glänzendem aus der Tasche nach der Brust des jungen Mannes. – In Spanien lernt man gut stoßen. Der Berliner hatte einen Messerstich in der Brust und sank, ohne das Haupt der Geliebten zu lassen, in die Knie.

»Jetzt wird der tapfere Hauptmann gewiß katholisch!« war mein Gedanke, als das Herzblut des jungen Mannes hervorströmte; »jetzt wird er sich bergen im Schoße der Kirche!« Und es schien so zu kommen. Denn willenlos ließ sich der Kapitän von Ines und dem Kardinal wegführen, und die Barke stieß vom Lande.

Wenige Tage nach diesem Vorfall erschien jener glorreiche Tag, an welchem der Papst vor dem versammelten Volk mir, dem Teufel, alle Seelen der Ketzer übermacht; ich habe zwar durch diese Anweisung noch nie eine erhalten und weiß nicht, ob Seine Heiligkeit falliert haben und nun auf der Himmelsbörse keine Geschäfte mehr machen, also wenig Einfluß auf das Steigen und Fallen der Seelen haben, oder ob vielleicht diese Verwünschung nur zur Vermehrung der Rührung dient, um den Wirten und Gewerbsleuten in Rom auf versteckte Weise zu verstehen zu geben, daß sie sich kein Gewissen daraus machen sollen, den Beutel der Engländer, Schweden und Deutschen zu schröpfen, da ihre Seelen doch einmal verloren seien.

An einem solchen Tage pflegt ganz Rom zusammenzuströmen, besonders die Weiber kommen gerne, um die Ketzer im Geiste abfahren zu sehen. Man drängt und schlägt sich auf dem großen Platz, man hascht nach dem Anblick des heiligen Vaters, und wenn er den heiligen Bannstrahl herabschleudert, durchzückt ein mächtiges Gefühl jedes Herz, und alle schlagen an die Brust und sprechen: »Wohl mir, daß ich nicht bin wie dieser einer.« An diesem Tage aber hatte das Fest noch eine ganz besondere Bedeutung; man sprach nämlich in allen Zirkeln, in allen Kaffeehäusern, auf allen Straßen davon, daß ein berühmter, tapferer, ketzerischer Offizier an diesem Tage sich taufen lassen wolle. Dieser Offizier machte seine Grade erstaunlich schnell durch. Am Montag hieß es, er sei Kapitän, am Dienstag, er sei Major, am Mittwoch war er Obrist, und wenn man am Donnerstag früh ein schönes Kind auf der Straße anhielt, um zu fragen, wohin es so schnell laufe, konnte man auf die Antwort rechnen: »Ei, wisset Ihr nicht, daß zur Ehre Gottes ein General der Ketzer sich taufen läßt und ein guter Christ wird, wie ich und Ihr?«

Wer der berühmte Täufling war, werden die Leser meiner Memoiren leicht erraten. Endlich, endlich war er abgefallen! Sie hatten ihn wohl nach der Szene in Signoras Garten so lange und heftig mit Vorwürfen, Bitten, Drohungen, Versprechungen und Tränen bestürmt, daß er einwilligte, besonders da er durch den Übertritt nicht nur Absolution für seine Seele, was ihm übrigens wenig helfen wird, sondern auch Schutz für die Justiz bekam, die ihm schon nachzuspüren anfing, da der Berliner einige Tage zwischen Leben und Tod schwebte und sein Gesandter auf strenge Ahndung des Mordes angetragen hatte.

Ich stellte mich auf dem Platze so, daß der Zug mit dem Täufling an mir vorüberkommen mußte. Und sie nahten! Ein langer Zug von Mönchen, Priestern, Nonnen, andächtigen Männern und Frauen kam heran, ihre halblaut gesprochenen Gebete rollten wie Orgelton durch die Lüfte. Sie zogen im Kreis um den ungeheuren Platz, und jetzt wurden die Römer um mich her aufmerksamer. *»Ecco, ecco* *lo*«, flüsterte es von allen Seiten; ich sah hin – in einem grauen Gewand, das Haupt mit Asche bestreut, ein Kruzifix in den gefalteten Händen, nahte mit unsicheren Schritten der Kapitän. Zwei Bischöfe in ihren violetten Talaren gingen vor ihm, und Chorknaben aller Art und Größe folgten seinen Schritten.

»Ein schöner Ketzer, bei St. Peter! Ein schmucker Mann!« hörte ich die Weiber um mich her sagen. »Welch ein frommer Soldat!«

»Wie freut man sich, wenn man sieht, wie dem Teufel eine Seele entrissen wird!«

»Werden sie ihn vorher taufen oder nachher?«

»Vorher«, antwortete ein schönes, schwarzlockiges Mädchen, »vorher, denn nachher verflucht der heilige Vater alle Ketzer, und da würde er ihn ja auf ewig verdammen und nachher segnen und taufen.«

»Ach, das verstehst du nicht«, sagte ihr Vater, »der Papst kann alles, was er will, so oder so.«

»Nein, er kann nicht alles«, erwiderte sie schelmisch lächelnd; »nicht alles!«

»Was kann er denn nicht?« fragten die Umstehenden. »Er kann alles; was sollte er denn nicht können?«

»Er kann nicht heiraten!« lachte sie; doch nicht so schnell folgt der Donner dem Blitz, als die schwere Hand des Vaters auf ihre Wange fiel.

»Was? Du versündigst dich, Mädchen«, schrie er; »welche unheiligen Gedanken gibt dir der Teufel ein? Was geht es dich an, ob der Papst heiratet oder nicht? Dich nimmt er auf keinen Fall.«

Das Volk begann indes in die Peterskirche zu strömen, und auch ich folgte dorthin. Es ist eine lächerlich materielle Idee, wenn die Menschen sich vorstellen, ich könne

in keine christliche Kirche kommen. So schreiben viele Leute C. M. B. (Caspar, Melchior, Balthasar) über ihre Türen und glauben, die drei Könige aus Morgenland werden sich bemühen, ihre schlechte Hütte gegen die Hexen zu schützen.

Ich drängte mich soweit als möglich vor, um die Zeremonien dieser Taufe recht zu sehen. Der tapfere Kapitän hatte jetzt sein graues Gewand mit einem glänzend weißen vertauscht und kniete unweit des Hochaltars. Kardinäle, Erzbischöfe, Bischöfe standen umher, der ungewisse Schein des Tages, vermischt mit dem Flackern der Lichter der Kerzen, welche die Chorknaben hielten, umgab sie mit einem ehrwürdigen Heiligenschein, der jedoch bei manchem wie Scheinheiligkeit aussah. Auf der andern Seite kniete unter vielen schönen Frauen Donna Ines mit ihren Kindern. Sie war lockender und reizender als je, und wer Louisen und ihr sanftes blaues Auge nicht gesehen hatte, konnte dem Täufling verzeihen, daß er sich durch dieses schöne Weib und einen listigen Priester unter den Pantoffel Sankt Petri bringen ließ.

Neben mir stand eine schwarzverschleierte Dame. Sie stützte sich mit einer Hand an eine Säule, und ich glaube, sie wäre ohne diese Hülfe auf den Marmorboden gesunken, denn sie zitterte beinahe krampfhaft. Der Schleier war zu dicht, als daß ich ihre Züge erkennen konnte. Doch sagte mir eine Ahnung, wer es sein könnte. Jetzt erhoben die Priester den Gesang, er zog mit den blauen Wölkchen des arabischen Weihrauchs hinauf durch die Gewölbe und berauschte die Sinne der Sterblichen, übertäubte ihre Seelen und riß sie hin zu einer Andacht, die sie zwar über das Irdische, aber auch über die ewigen Gesetze ihrer Vernunft hinwegführt.

Die Priester sangen. Jetzt fing er an, sein Glaubensbekenntnis zu sprechen.

»Er hat mich nie geliebt«, seufzte die Dame an meiner Seite, »er hat auch dich nie geliebt, o Gott, verzeihe ihm diese Sünde!« Er sprach weiter, er verfluchte den Glauben, in welchem er bisher gelebt.

»Gib Frieden seiner Seele«, flüsterte sie; »wir alle irren, solange wir sterblich sind; vielleicht hat er den wahren Trost gefunden! Laß ihn Friede finden, o Herr!«

Da fingen die Priester wieder an zu singen. Ihre tiefen Töne drangen schneidend in das Herz der Dame. Jetzt wurde das Sakrament an ihm vollzogen, der Kardinal Rocco, im vollen Ornat seiner Würde, segnete ihn ein, und Donna Ines warf dem Getauften frohlockende Grüße zu.

»Vater, laß ihm mein Bild nie erscheinen« betete die Dame an meiner Seite, »daß nie der Stachel der Reue ihn quäle! Laß ihn glücklich werden!«

Und mit dem Pomp des heiligen Triumphes schloß die Taufe, und der Kapitän stand auf, zwar als ein so großer Sünder wie zuvor, doch als ein rechtgläubiger katholischer Christ. Das Volk drängte sich herzu und drückte seine Hände, und Donna Ines führte ihm mit holdem Lächeln ihre Kinder zu. Aber noch war die Szene nicht zu Ende. Kardinal Luighi führte den Getauften an die Stufen des Altars, stieg die heiligen Stufen hinan und las die Messe.

Die Dame im schwarzen Schleier zitterte heftiger, als sie dies alles sah; ihre Knie fingen an zu wanken. »Wer Ihr auch seid, mein Herr!« flüsterte sie mir plötzlich zu, »seid so barmherzig und führt mich aus der Kirche, ich fühle mich sehr unwohl.« Ich gab ihr meinen Arm, und die frommste Seele in Sankt Peters weiten Hallen ging hinweg, begleitet vom Teufel.

Auf dem Platze vor der Peterskirche deutete sie schweigend auf eine Equipage, die unfern hielt. Ich führte sie dorthin, ich öffnete ihr den Schlag und bot ihr die Hand zum Einsteigen. Sie schlug den dunkeln Schleier zurück, es war, wie ich mir gesagt hatte, es waren die bleichen, schönen Züge Louisens. »Ich danke Euch, Herr!« sagte sie, »Ihr habt mir einen großen Dienst erwiesen.« Noch zitterte ihre Hand in der meinigen, ihre schönen Augen wandten sich noch einmal nach Sankt Peter und füllten sich dann mit einer Träne. Aber schnell schlug sie den Schleier nieder und schlüpfte in den Wagen; die Pferde zogen an, ich habe sie – nie wieder gesehen.

Eine wichtige Angelegenheit, die wankende Sache der Hohen Pforte, welcher ich immer besondere Aufmerksamkeit geschenkt habe, rief mich an diesem Tag nach . . ., wo ich mit einem berühmten Staatsmann eine Konferenz halten mußte. Man kennt die Zuneigung dieses erlauchten Veziers eines christlichen Potentaten zum Halbmond; und ich hatte nicht erst nötig, ihn zu überzeugen, daß die Türken seine natürlichen Alliierten seien. Von . . . eilte ich zurück nach Rom. Ich gestehe, ich war begierig, wie sich jene Verhältnisse lösen würden, in welche ich verflochten war, und die mir durch einige Situationen so interessant geworden waren.

Der erste, den ich unter der Porta del Popolo traf, war der deutsche Kaufmann. Er saß in einem schönen Wagen und hatte, wie es schien, Streit mit einigen päpstlichen Polizeisoldaten. Ich trat als Stobelberg zu ihm. »Lieber Bruder«, sagte ich, »es scheint, du willst Sodom verlassen gleich dem frommen Lot?«

»Ja, fliehen will ich aus dieser Stätte des Satan«, war

seine Antwort; »und hier läßt mich der Drache auf dem Stuhl des Lammes noch einmal anhalten, aus Zorn, weil ich einen seiner Baalspfaffen im Christentume unterweisen wollte.«

Ich sah hin und merkte jetzt erst die Ursache des Streites. Die Polizei hatte, ich weiß nicht aus welchem Grunde, den Wagen noch einmal untersucht. Da war man auf ein Kistchen gestoßen und hatte den Pietisten gefragt, was es enthalte. »Geistliche Bücher«, antwortete er. Man glaubte aber nicht, schloß auf, und siehe da, es war ein gutes Flaschenfutter, und die Polizeimänner wollten wegen seines Betruges einige Scudi von ihm nehmen.

»Aber, Bruder!« sagte ich ihm; »eine fromme Seele sollte nach nichts dürsten als nach dem Tau des Himmels, nach nichts hungern als nach dem Manna des Wortes, und doch führst du ein Dutzend Flaschen mit dir, und hier liegt ein ganzer Pack Salamiwürste? Pfui, Bruder, heißt es nicht, was werden wir essen, was werden wir trinken, nach dem allen fragen die Heiden?«

»Bruder«, erwiderte jener und drehte die Augen gen Himmel; »Bruder, bei dir muß es noch nicht völlig zum Durchbruch gekommen sein, daß du einem Mann von so felsenfestem Glauben, daß du mir solche Fragen vorlegst. Gerade, daß ich nicht zu seufzen brauche: ›Was werden wir essen, was werden wir trinken, womit uns kleiden?‹ Gerade deswegen habe ich mir den neuen Rock hier gekauft, habe meinen Flaschenkeller gefüllt und diese aus Eselsfleisch bereiteten Würste gekauft; es geschah also aus reinem Glaubensdrang, und der Geist hat es mir eingegeben. Da, ihr lumpigten Söhne von Astaroth, ihr Brut des Basilisken, so auf dem Stuhl des Lammes sitzt und an seinen Klauen Pantoffeln führt, da nehmet diesen holländischen Dukaten und lasset mir meine geistlichen Bücher in Ruhe! – So, nun lebe wohl, Bruder! Der Geist komme über dich und stärke deinen Glauben!«

Da fuhr er hin, und wieder wurde ich in dem Glauben bestärkt, daß diese christlichen Pharisäer schlimmer sind als die Kinder der Welt. Ich ging weiter, den Corso hinab. Am unteren Ende der Straßen begegnete mir der Kardinal Rocco und Piccolo, sein Diener. Der Kardinal schien sehr krank zu sein, denn ganz gegen die Etikette trug ihm Piccolo nicht die Schleppe nach, sondern führte ihn unter dem Arm, und dennoch wankte Rocco zuweilen hin und her. Sein Gesicht war rot und glühend, seine Augen halb geschlossen, und der rote Hut saß ihm etwas schief auf dem Ohr.

»Siehe da, ein bekanntes Gesicht!« rief er, als er mich sah, und blieb stehen. »Komm hieher, mein Sohn, und empfange den Segen. Haben wir uns nicht schon irgendwo gesehen?«

»O ja, und ich hoffe noch öfters das Vergnügen zu haben; ich hatte die Ehre, Ew. Eminenz im Garten der Frau Campoco zu sehen.«

»Ja, ja! Ich erinnere mich. Ihr seid ein junger Ketzer; wisset Ihr, woher ich komme? Geraden Wegs von dem Hochzeitschmause des lieben Paares!«

Jetzt konnte ich mir die Krankheit des alten Herrn erklären; die spanischen Weine der Donna Ines waren ihm wohl zu stark gewesen, und Piccolo mußte ihn jetzt führen. »Ihr waret wohl recht vergnügt?« fragte ich ihn; »es ist doch Euer Werk, daß die Donna den Kapitän endlich doch noch überwunden hat?«

»Das ist es, lieber Ketzer!« sagte er, stolz lächelnd, »mein Werk ist es; kommt, gehen wir noch ein paar hundert

Schritte zusammen! – Was wollte ich sagen? Ja – mein Werk ist es, denn ohne mich hätte die Donna gar keine Kunde von ihm bekommen; ich schrieb ihr, daß er in Rom sich befinde; ohne mich wäre ihre frühere Ehe nicht für ungültig erklärt worden; ohne mich wäre der Kapitän nicht rechtgläubig geworden, was zur Glorie unserer Kirche notwendig war; ohne mich wäre er nicht von seiner Ketzerin losgekommen – kurz, ohne mich – ja, ohne mich stünde alles noch wie zuvor.«

»Es ist erstaunlich!«

»Höret, Ihr gefallt mir, lieber Ketzer. Hört einmal, werdet auch rechtgläubig; brauchet Ihr Geld? Könnet haben soviel Ihr wollt, gegen ein Reverschen zahlbar gleich nach Sicht; o! damit kann man einen köstlich in Verlegenheit bringen. Brauchet Ihr eine schöne, frische, reiche Frau? Ich habe eine Nichte, Ihr sollt sie haben. Brauchet Ihr Ehren und Würden? Ich will Euch *pro primo* den goldenen Sporenorden verschaffen; es kann ihn zwar jeder Narr um einige Scudi kaufen – aber Ihr sollet ihn umsonst haben. Wollet Ihr in Eurer barbarischen Heimat große Ehrenstellen? Dürfet nur befehlen; wir haben dort großen Einfluß, geheim und öffentlich. Na! was sagt Ihr dazu?«

»Der Vorschlag ist nicht übel«, erwiderte ich; »Ihr seid nobel in Euren Versprechungen, ich glaube, Ihr könntet den Teufel selbst katholisch machen?«

»*Anathema sit! anathema sit!* Es wäre uns übrigens nicht schwer«, antwortete der Kardinal. »Wir können ihn von seinen zweitausendjährigen Sünden absolvieren und dann taufen. Überdies ist er ein dummer Kerl, der Teufel, und hat sich von der Kirche noch immer überlisten lassen!«

»Wisset Ihr das so gewiß?«

»Das will ich meinen; zum Beispiel, kennet Ihr die Geschichte, die er mit einem Franziskaner gehabt?«

»Nein, ich bitte Euch, erzählet!«

»Ein Franziskaner zankte sich einmal mit ihm wegen einer armen Seele. Der Teufel wollte sie durchaus haben und hatte allerdings nach dem Maß ihrer Sünden das Recht dazu. Der Mönch aber wollte sie in *majorem Dei gloriam* für den Himmel zustutzen. Da schlug endlich der Satan vor, sie wollen würfeln; wer die meisten Augen mit drei Würfeln werfe, solle die Seele haben. Der Teufel warf zuerst, und, wie er ein falscher Spieler ist, warf er achtzehn, er lachte den Franziskaner aus. Doch dieser ließ sich nicht irre machen; er nahm die Würfel und warf – neunzehn; und die Seele war sein.«

»Herr! das ist erlogen«, rief ich, »wie kann er mit drei Würfeln neunzehn werfen?«

»Ei, wer fragt nach der Möglichkeit? Genug, er hat's getan, es war ein Wunder. Nun, kommet morgen in mein Haus, lieber Sohn, wir wollen dann den Unterricht beginnen.«

Er gab mir den Segen und wankte weiter. »Nein, Freund Rocco!« dachte ich, »eher bekomme ich dich, als du mich; von dir läßt sich der Satan nicht überlisten.« Es trieb mich jetzt, nach dem Hause des Berliners zu gehen, den ich schwer verwundet verlassen hatte. Zu meiner großen Verwunderung sagte man mir, er sei ausgegangen und werde wohl vor Nacht nicht zurückkehren. So mußte ich den Gedanken aufgeben, heute noch zu erfahren, wie es ihm ergangen sei, wie das Fräulein sich befinde, ob er wohl Hoffnung habe, jetzt, da der Kapitän auf immer für sie verloren sei, sie für sich zu gewinnen; es blieb mir keine Zeit, ihn heute noch zu sehen, denn den Abend über wußte ich ihn nicht zu finden, und auf die kommende Nacht hatte ich eine Zusammenkunft mit jenen kleineren Geistern verabredet, die als meine Diener die Welt durchstreifen.

Ich trat zu diesem Zweck, als die Nacht einbrach, ins Koliseum, denn dies war der Ort, wohin ich sie beschieden hatte. Noch war die Stunde nicht da, aber ich liebe es, in der Stille der Nacht auf den Trümmern einer großen Vorzeit meinen Gedanken über das Geschlecht der Sterblichen nachzuhängen. Wie erhaben sind diese majestätischen Trümmer in einer schönen Mondnacht! Ich stieg hinab in den mittleren Raum. Aus dem blauen, unbewölkten Himmel blickte der Mond durch die gebrochenen Wölbungen der Bogen herein, und die hohen, überwachsenen Mauern der Ruine warfen lange Schatten über die Arena. Dunkle Gestalten schienen durch die verfallenen Gänge zu schweben, wenn ein leiser Wind die Gesträuche bewegte und ihren Schatten hin und wieder zogen. Wo sie schwebten, diese Schatten, da sah man einst ein fröhliches Volk, schöne Frauen, tapfere Männer und die ernste, feierliche Pracht der kriegerischen Kaiser. Geschlecht um Geschlecht ist hinunter, diese Mauern allein überdauerten ihre Zeit, um durch ihre erhabenen Formen diese Sterblichen zu erinnern, wie unendlich größer der Sinn jenes Volkes war, das einst ein Jahrtausend vor ihnen um diese Stätte lebte. Die ernste Würde der Konsuln und des Senates, der kriegerische Prunk der Cäsaren und – *dieser* römische Hof und *diese* Römer!

Der Mond war, während ich zu mir sprach, heraufgekommen und stand jetzt gerade über dem Zirkus. Ich sah mich um; da gewahrte ich, daß ich nicht allein in den Ruinen sei. Eine dunkle Gestalt saß seitwärts auf dem gebrochenen Schaft einer Säule; ich trat näher hin, – es

war Otto von S . . . Ich war freudig erstaunt, ihn zu sehen; ich warf mich schnell in den Herrn von Stobelberg, um mit ihm zu sprechen. Ich redete ihn an und wünschte ihm Glück, ihn so gesund zu sehen. Er richtete sich auf; der Mond beschien ein sehr bleiches Gesicht, weinende Augen blickten mich wehmütig an, schweigend sank er an meine Brust.

»Sie scheinen noch nicht ganz geheilt, Lieber!« sagte ich; »Sie sind noch sehr bleich, die Nachtluft wird Ihnen schaden!« Er verneinte es mit dem Haupt, ohne zu sprechen. Was war doch dem armen Jungen geschehen, hatte er wohl von neuem einen Korb bekommen? »Nun, ein Mittel gibt es wohl, Sie gänzlich zu heilen«, fuhr ich fort; »jetzt steht Ihnen ja nichts mehr im Wege, jetzt wird sie hoffentlich so spröde nicht mehr sein. Ich will den Brautwerber machen. Sie müssen Mut fassen, Louise wird Sie erhören, und dann ziehen Sie mit ihr aus dieser unglücklichen Stadt, führen sie nach Berlin zu der Tante; wie werden sich die ästhetischen Damen wundern, wenn Sie Ihre Novelle auf diese Art schließen und die holde Erscheinung aus den Lamentationen persönlich einführen!«

Er schwieg, er weinte stille.

»Oder wie! Haben Sie etwa den Versuch schon gemacht? Sollten Sie abgewiesen worden sein? Will sie die Rolle der Spröden fortspielen?«

»Sie ist tot!« antwortete der junge Mann.

»Ist's möglich! Höre ich recht? So plötzlich ist sie gestorben?«

»Der Gram hat ihr Herz gebrochen; heute hat man sie begraben.«

Er sagte es, drückte mir die Hand, und einsam weinend ging er durch die Ruinen des Koliseums.

III
Mein Besuch in Frankfurt

Wen der Satan an der Table d'hôte im Weißen Schwanen sah

Kommt man um die Zeit des Pfingstfestes nach Frankfurt, so sollte man meinen, es gebe keine heiligere Stadt in der Christenheit, denn sie feiern daselbst nicht, wie z. B. in Bayern, 1½ oder, wie im Kalender vorgeschrieben, zwei Festtage, sondern sie rechnen vier Feiertage; die Juden haben deren sogar fünf, denn sie fangen in Bornheim ihre heiligen Übungen schon am Samstag an, und der Bundestag hat sogar acht bis zehen.

Diese Festtage gelten aber in dieser Stadt weniger den wunderbaren Sprachkünsten der Apostel als mir. Was die berühmtesten Mystiker am Pfingstfeste morgens den guten Leutchen ans Herz gelegt, was die immensesten Rationalisten mit moralischer Salbung verkündet hatten, das war so gut als in den Wind gesprochen. Die Fragen: Ob man am Montag oder am Dienstag, am zweiten oder dritten Feiertag ins *Wäldchen* gehen, ob es nicht anständiger wäre, ins Wilhelmsbad zu fahren, ob man am vierten Feiertag nach Bornheim oder ins Vauxhall gehen solle, oder beides, diese Fragen schienen bei weitem wichtiger als jene, die doch für andächtige Feiertagsleute viel näher lag: ob die Apostel damals auch Englisch und Plattdeutsch verstanden haben?

Muß ein so aufgeweckter Sinn den Teufel nicht erfreuen, der an solchen Tagen mehr Seelen für sich gewinnt als das ganze Judenquartier in einer guten Börsenstunde

Gulden? Auch diesmal wieder kam ich zu Pfingsten nach Frankfurt. Leuten, die von einem berühmten Belletristen verwöhnt, alles bis aufs kleinste Detail wissen wollen, diene zur Nachricht, daß ich im Weißen Schwanen auf Nr. 45 recht gut wohnte, an der großen Table d'hôte in angenehmer Gesellschaft trefflich speiste, den Küchenzettel mögen sie sich übrigens von dem Oberkellner ausbitten.

Schon in der ersten Stunde bemerkte ich ein Seufzen und Stöhnen, das aus dem Zimmer nebenan zu dringen schien. Ich trat näher, ich hörte deutlich, wie man auf gut Deutsch fluchte und tobte, dann Rechnungen und Bilanzen, die sich in viele Tausende beliefen, nachzählte, und dann wieder wimmerte und weinte, wie ein Kind, das seiner Aufgabe für die Schule nicht mächtig ist.

Teilnehmend, wie ich bin, schellte ich nach dem Kellner und fragte ihn, wer der Herr sei, der nebenan so überaus kläglich sich gebärde?

»Nun«, antwortete er, »das ist der stille Herr!«

»Der stille Herr? Lieber Freund, das gibt mir noch wenig Aufschluß, wer ist er denn?«

»Wir nennen ihn hier im Schwanen den stillen Herrn, oder auch den Seufzer, er ist ein Kaufmann aus Dessau, nennt sich sonst Zwerner, und wohnt schon seit vierzehn Tagen hier.«

»Was tut er denn hier? Ist ihm ein Unglück zugestoßen, daß er so gar kläglich winselt?«

»Ja! das weiß ich nicht«, erwiderte er, »aber seit dem zweiten Tag, daß er hier ist, ist sein einziges Geschäft, daß er zwischen zwölf und ein Uhr in der neuen Judenstraße auf- und abgeht, und dann kommt er zu Tisch, spricht nichts, ißt nichts, und den ganzen Tag über jammert er ganz stille und trinkt Kapwein.«

»Nun, das ist keine schlimme Eigenschaft«, sagte ich, »setzen Sie mich doch heute mittag in seine Nähe.« Der Kellner versprach es, und ich lauschte wieder auf meinen Nachbar.

»Den 12. Mai« – hörte ich ihn stöhnen, »Metalliques 84¾, Österreichische Staatsobligationen 87⅜, Rothschildsche Lotterie-Lose, der Teufel hat sie erfunden und gemacht! 132. Preußische Staatsschuldscheine 81! O Rebekka! Rebekka! Wo will das hinaus! 81! Die Preußen! Ist denn gar keine Barmherzigkeit im Himmel?«

So ging es eine Zeitlang fort; bald hörte ich ihn ein Glas Kapwein zu sich nehmen und ganz behäglich mit der Zunge dazu schnalzen, bald jammerte er wieder in den kläglichsten Tönen und mischte die Konsols, die Rothschildschen unverzinslichen und seine Rebekka auf herzbrechende Weise untereinander. Endlich wurde er ruhiger. Ich hörte ihn sein Zimmer verlassen und den Gang hinabgehen, es war wohl die Stunde, in welcher er durch die neue Judenstraße promenierte.

Der Kellner hatte Wort gehalten. Er wies, als ich in den Speisesaal trat, auf einen Stuhl: »Setzen sich der Herr Doktor nur dorthin«, flüstert er, »zu Ihrer Rechten sitzt der Seufzer.«

Ich setzte mich, ich betrachtete ihn von der Seite; wie man sich täuschen kann! Ich hatte einen jungen Mann von melancholischem, gespenstigem Aussehen erwartet, wie man sie heutzutage in großen Städten und Romanen trifft, etwa bleichschmachtend und fein wie Eduard, von der Verfasserin der Ourika, oder von schwächlichem, beinahe lüderlichem Anblick, wie einige Schopenhauersche oder Pichlersche Helden. Aber gerade das Gegenteil; ich fand einen untersetzten, runden jungen Mann mit frischen, wohlgenährten Wangen und roten Lippen, der aber die trüben Augen beinahe immer niederschlug, und um den hübschen Mund einen weinerlichen Zug hatte, welcher zu diesem frischen Gesicht nicht recht paßte.

Ich versuchte, während ich ihm allerlei treffliche Speisen anbot, einige Male mit ihm ins Gespräch zu kommen, aber immer vergeblich; er antwortete nur durch eine Verbeugung, begleitet von einem halbunterdrückten Seufzer. In solchen Augenblicken schlug er dann wohl die Augen auf, doch nicht, um auf mich zu blicken; er warf nur einen scheuen, finstern Blick geradeaus, und sah dann wieder seufzend auf seinen Teller.

Ich folgte einem dieser Blicke und glaubte zu bemerken, daß sie einem Herrn gelten mußten, der uns gegenüber saß und schon zuvor meine Aufmerksamkeit auf sich gezogen hatte. Er war gerade das Gegenteil von meinem Nachbar rechts. Seine schon etwas kahle, gefurchte Stirne, sein bräunlichtes, eingeschnurrtes Gesicht, seine schmalen Wangen, seine spitze, weithervortretende Nase deuteten darauf hin, daß er die fünfundvierzig Jährchen, die er haben mochte, etwas *schnell* verlebt habe. Den auffallendsten Kontrast mit diesen verwitterten, von Leidenschaften durchwühlten Zügen bildete ein ruhiges süßliches Lächeln, das immer um seinen Mund schwebte, die zierliche Bewegung seiner Arme und seines Körperchens, wie auch seine sehr jugendliche und modische Kleidung.

Es saßen etwa fünf oder sechs junge Damen an der Tafel, und nach den zärtlichen Blicken, die er jeder zusandte, dem süßen Lächeln, womit er seine Blicke begleitete, zu urteilen, mußte er mit allen in genauen Verhältnissen stehen. Dieser Herr hatte, wenn er mit der abgestorbenen, knöchernen Hand einen Spargel zum Munde führte und süßlich dazu lächelte, die größte Ähnlichkeit mit einem rasierten Kaninchen, während mein Nachbar rechts wie ein melancholischer Frosch anzusehen war.

Warum übrigens der Seufzer das Kaninchen mit so finsteren Augen maß, konnte ich nicht erraten. Endlich, als die Blicke meines Nachbars düsterer und länger als gewöhnlich auf jenem ruhten, fing das Kaninchen an, die Schultern und Arme graziös hin und her zu drehen, den Rücken auf künstliche Art auszudehnen und das spitzige Köpfchen nach uns herüber zu drehen; mit süßem Lächeln fragte er: »Noch immer so düster, mein lieber Monsieur Zwerner? Etwa gar eifersüchtig auf meine Wenigkeit!«

An dem zarten Lispeln, an der künstlichen Art das r wie gr auszusprechen, glaubte ich in ihm einen jener adeligen Salonmenschen zu erkennen, die von einer feinen, leisen Sprache Profession machen. Und so war es, denn mein Nachbar antwortete: »Eifersüchtig, Herr Graf? Auf *Sie* in keinem Fall.«

Graf Rebs, so hörte ich ihn später nennen – faltete sein Mäulchen zu einem feinen Lächeln, drückte die Augen halb zu, bog die Spitznase auf komische Weise seitwärts, strich mit der Hand über sein langes knöchernes Kinn und kicherte.

»Das ist schön von Ihnen, lieber Monsieur Zwerner; also gar nicht eifersüchtig? Und doch habe ich die schöne Rebekka erst gestern abend noch in ihrer Loge gesprochen. Ha, ha! Sie standen im Parterre und schauten mit melancholischen Blicken herauf. Darf ich Sie um jenes Ragout bitten, mein Herr?«

»Ich war allerdings im Theater, habe aber nur vorwärts aufs Theater und nicht rückwärts gesehen, am wenigsten mit melancholischen Blicken.«

»Herr Oberkellner«, lispelte der Graf, »Sie haben die Trüffeln gespart; aber nein! Monsieur Zwerner, wie man sich täuschen kann! Ich hätte auf Ehre geglaubt, Sie schauen herauf in die Loge mit melancholischen Blicken. Auch Rebekka mochte es bemerken und Fräulein von Rothschild, denn als ich auf Sie hinabwies – Kellner, ich trinke heute lieber roten Engelheimer, ein Fläschchen – ja, wollte ich sagen – das ist mir nun während des Engelheimers gänzlich entfallen, so geht es, wenn man so viel zu denken hat.«

Meinem Nachbar mochte das unverzeihlich schlechte Gedächtnis des Grafen nicht behagen; obgleich er vorhin das Kaninchen ziemlich barsch abgewiesen hatte, so schien ihm doch dieser Punkt zu interessant, als daß er nicht weiter geforscht hätte. »Nun, auch Fräulein von Rothschild hat bemerkt, daß ich melancholisch hinauf sahe«, fragte er, indem er seine bitteren Züge durch eine Zutat von Lächeln zu versüßen suchte; »freilich, diese hat ein scharfes Gesicht durch die Lorgnette –«

»Richtig, das war es«, erwiderte Rebs, »das war es; ja, als ich auf Sie hinabwies und Rebekkchen Ihre Leiden anschaulich machte, schlug sie mich mit ihrem Jockofächer auf die Hand und nannte mich einen Schalk.«

Mein Nachbar wurde wieder finster, seine roten Wangen röteten sich noch mehr, und die ansehnliche Breite seines Gesichtes erweiterte sich noch durch wilden Trotz, der in ihm wütete. Er zog den Kopf tief in die Schultern und blitzte das Kaninchen hin und wieder mit einem grimmigen Blick an. Er hatte nie so große Ähnlichkeit mit einem angenehmen Froschjüngling, der an einem warmen Juniabend trauernd auf dem Teichel sitzt, als in diesem Augenblicke.

Graf Rebs bemerkte dies. Mit angenehmer Herablassung, wobei er das r noch mehr schnurren ließ als zuvor, sprach er: »Werter Monsieur Zwerner. Sie dürfen aus dem Schlag mit dem Jockofächer keine argen Folgerungen ziehen. Es ist nur eine *Façon de parler* unter Leuten von gutem Ton. Wegen meiner dürfen Sie ruhig sein. Zwar solange man jung ist«, fuhr er fort, indem er den Halskragen höher heraufzog und schalkhaft daraus hervorsah, wie das Kaninchen aus dem Busch, »zwar solange man jung ist, macht man sich hie und da ein Späßchen. Aber ein ganz anderer Gegenstand fesselt mich jetzt, Liebster! Haben Sie schon die Nichte des englischen Botschafters gesehen, die seit drei Tagen hier in Frankfurt ist?«

»Nein«, antwortete mein Nachbar, leichter atmend.

»Oh, ein deliziöses Kind! Augenbraunen wie, wie – wie mein Rock hier, einen Mund zum Küssen und in dem schönen Gesicht so etwas Pikantes, ich möchte sagen so viel englische Rasse. Nun, wir sind hier unter uns, ich kann Sie versichern, es ist auffallend, aber wahr, ich sollte es nicht sagen, es beschämt mich, aber auf Ehre, Sie können sich darauf verlassen, obgleich es ein ganz komischer Fall ist, übrigens hoffe ich, mich auf Ihre Diskretion verlassen zu können; nein, es ist wirklich auffallend, in drei Tagen . . .«

»Nun so bitte ich Sie doch um Gotteswillen, Herr Graf, was wollen Sie denn sagen?«

Es war ein eigener Genuß, das Kaninchen in diesem Augenblick anzusehen. Ein Gedanke schien ihn zu kitzeln, denn er kniff die Äuglein zu, sein Kinn verlängerte sich, seine Nase bog sich abwärts nach den Lippen, und sein Mund war nur noch eine dünne, zarte Linie; dazu arbeitete er mit dem zierlich gekrümmten Rücken und den

Schulterblättern, als wolle er anfangen zu fliegen, und mit den abgelebten Knöchlein seiner Finger fuhr er auf dem Tisch umher. Noch einmal mußte der Seufzer ihn ermuntern, sein Geheimnis preiszugeben, bis er endlich hervorbrachte: »Sie ist in mich verliebt. Sie staunen; ich kann es Ihnen nicht übelnehmen, auch mir wollte es anfangs sonderbar bedünken, in so kurzer Zeit; aber ich habe meine sicheren Kennzeichen, und auch andere haben es bemerkt.«

»Sie Glücklicher!« rief der Seufzer nicht ohne Ironie, »wo Sie nur hintippen, schlagen Ihnen Herzen entgegen; übrigens rate ich, diese Engländerin ernstlicher zu verfolgen, bedenken Sie, eine so solide Partie –«

»Merke schon, merke schon«, entgegnete Rebs mit schlauem Lächeln, »es ist Ihnen um Rebekka, Sie wollen, ich solle dort gänzlich aus dem Felde ziehen. Solide Partie! Sie werden doch nicht meinen, daß ich schon heiraten will? Gott bewahre mich! Aber wegen Rebekkchen dürfen Sie ruhig sein; ich ziehe mich gänzlich zurück. Und sollte vielleicht eine vorübergehende Neigung in dem Mädchen – Sie verstehen mich schon – das wird sich bald geben, ich glaube nicht, daß sie mich ernstlich geliebt hat.«

»Ich glaube auch nicht«, entgegnete der Seufzer mit einem Ton, in welchen sich bittere Ironie mit Grimm mischte. Die Gesellschaft stand auf, wir folgten. Graf Rebs tänzelte lächelnd zu den Damen, welchen er während der Tafel so zärtliche Blicke zugeworfen; ich aber folgte dem unglücklichen Seufzer.

»Was war doch dies für ein sonderbarer Herr?« fragte ich meinen Nachbar, indem ich mich dicht an ihn anschloß. »Findet er wirklich bei den Damen so sehr Beifall, oder ist er ein wenig verrückt?«

»Ein Geck ist er, ein Narr!« rief der Seufzende, indem er mit dem Kopf aus den Schultern herausfuhr und die Arme umherwarf; »ein alter Junggeselle von fünfundvierzig, und spielt noch den ersten Liebhaber. Eitel, töricht, glaubt, jede Dame, die er aus seinen kleinen Äuglein anblinzelt, ist in ihn verliebt, drängt sich überall an und ein –«

»Nun, da spielt dieser Graf Rebs eine lächerliche Rolle in der Gesellschaft, da wird er wohl überall verhöhnt und abgewiesen?«

»Ja, wenn die Damen dächten wie Sie, wertgeschätzter Herr! Aber so lächerlich dieser Gnome ist, so töricht er sich überall gebärdet, so – oh Rebekka! Der Teufel hat die Weiberherzen gemacht.«

»Ei, ei!« sagte ich, indem ich schnell Nr. 45 aufschloß und den Verzweifelnden hineinschob, »ei! lieber Herr Zwerner, wer wird so arge Beschuldigungen ausstoßen. Und auf Fräulein Rebekka, setzen Sie sich doch gefälligst aufs Sofa, auf das Fräulein sollte er auch Eindruck gemacht haben, dieser Gliedermann?«

»Ach, nicht er, nicht er; sie sieht, daß er lächerlich ist und geckenhaft, und doch kokettiert sie mit ihm; nicht mit ihm, sondern mit seinem Titel. Es schmeichelt ihr, einen Grafen in ihrer Loge zu sehen, oder auf der Promenade von ihm begrüßt zu werden, vielleicht wenn sie eine Christin wäre, hätte sie einen solidern Geschmack.«

»Wie, das Fräulein ist eine Jüdin?«

»Ja, es ist ein Judenfräulein; ihr Vater ist der reiche Simon in der neuen Judenstraße; das große gelbe Haus neben dem Herrn von Rothschild und eine Million hat er, das ist ausgemacht.«

»Sie haben einen soliden Geschmack; und wie ich aus dem Gespräch des Grafen bemerkt habe, können Sie sich einige Hoffnung machen?«

»Ja«, erwiderte er ärgerlich, »wenn nicht der Satan das Papierwesen erfunden hätte. So stehe ich immer zwischen Türe und Angel. Glaube ich heute einen festen Preis, ein sicheres Vermögen zu haben, um vor Herrn Simon treten und sagen zu können: Herr! Wir wollen ein kleines Geschäft machen miteinander, ich bin das Haus Zwerner und Komp. aus Dessau, stehe so und so, wollen Sie mir Ihre Tochter geben? Glaube ich nun so sprechen zu können, so läßt auf einmal der Teufel die Metalliques um zwei, drei Prozent steigen, ich verliere, und meinem Schwiegerpapa, der daran gewinnt, steigt der Kamm um so viele Prozente höher, und an eine Verbindung ist dann nicht mehr zu denken.«

»Aber kann denn nicht der Fall eintreten, daß Sie gewinnen?«

»Ja, und dann bin ich so schlecht beraten wie zuvor. Herr Simon ist von der Gegenpartei. Gewinne ich nun durch das Sinken dieser oder jener Papiere, so verliert er ebensoviel, und dann ist nichts mit ihm anzufangen, denn er ist ein ausgemachter Narr und reif für das Tollhaus, wenn er verliert. Ach, und aus Rebekkchen, so gut sie sonst ist, guckt auf allen Seiten der jüdische Geldteufel heraus.«

»Wie, sollte es möglich sein, eine junge Dame sollte so sehr nach Geld sehen?«

»Da kennen Sie die Mädchen, wie sie heutzutage sind, schlecht«, erwiderte er seufzend. »Titel oder Geld, Geld oder Titel, das ist es, was sie wollen. Können sie sich durch einen Lieutenant zur ›Gnädigen Frau‹ machen lassen, so ist er ihnen eben recht, hat ein Mann wie ich Geld, so wiegt dies den Adel zur Not auf, weil derselbe gewöhnlich keines hat.«

»Nun, ich denke aber, das Haus Zwerner und Komp. in Dessau *hat* Geld, woher also Ihr Zweifel an der Liebe des Fräuleins?«

»Ja, ja!« sagte er etwas freundlicher, »wir haben Geld, und so viel, um immer mit Anstand um eine Tochter des Herrn Simon zu freien; aber Sie kennen die Frankfurter Mädchen nicht, werter Herr! Ist von einem angenehmen, liebenswürdigen jungen Mann die Rede, so fragen sie, ›Wie steht er?‹ Steht er nun nicht nach allen Börsenregeln solid, so ist er in ihren Augen ein Subjekt, an das man nicht denken muß.«

»Und Rebekka denkt auch so?«

»Wie soll sie andere Empfindungen kennen lernen in der neuen Judenstraße? Ach! Ihre Neigung zu mir wechselt nach dem Kurs der Börsenhalle! Man weiß hier, daß ich mich verführen ließ, viele Metalliques und preußische Staatsschuldscheine zu kaufen. Mein Interesse geht mit dem der hohen Mächte und mit dem Wohl Griechenlands Hand in Hand. Verliert die Pforte, so gewinne ich und werde ein reicher Mann; gewinnt der Großtürke und sein Reis-Efendi, so bin ich um zwanzigtausend Kaisergulden ärmer und nicht mehr würdig, um sie zu freien. Das weiß nun das liebenswürdige Geschöpf gar wohl, und ihr Herz ist geteilt zwischen mir und dem Vater. Bald möchte sie gerne, daß die Pforte das Ultimatum annehme, um mein

Glück zu fördern; bald denkt sie wieder, wieviel ihr Vater durch diese Spekulation des Herrn von Metternich verlieren könnte, und wünscht dem Efendi soviel Verstand als möglich. Ich Unglücklicher!«

»Aber lieben Sie denn wirklich dieses edle Geschöpf?« fragte ich.

Tränen traten ihm in die Augen, ein tiefer Seufzer stahl sich aus seiner Brust. »Wie sollte ich sie nicht lieben«, antwortete er, »bedenken Sie, fünfzigtausend Taler Mitgift, und nach des Vaters Tod eine halbe Million, und wenn Gott den Israelchen zu sich nimmt, eine ganze. Und dabei ist sie vernünftig und liebenswürdig, hat so was Feines, Zartes, Orientalisches; ein schwarzes Auge voll Glut, eine kühn geschwungene Nase, frische Lippen, der Teint, wie ich ihn liebe, etwas dunkel und dennoch rötlich. Ha! und eine Figur! Herr! Wie sollte man ein solches Geschöpf nicht lieben!«

»Und haben Sie keinen Rival als den Gnomen, den Grafen Rebs?«

»O, einige Judenjünglinge, bedeutende Häuser, buhlen um sie, aber ihr Sinn steht nach einem soliden Christen; sie weiß, daß bei uns alles nobler und freier geht als bei ihrem Volk, und schämt sich, in guter Gesellschaft für eine Jüdin zu gelten. Daher hat sie sich auch den Frankfurter Dialekt ganz abgewöhnt und spricht preußisch; Sie sollten hören, wie schön es klingt, wenn sie sagt, ›ißßt es möchlich?‹ oder ›es jienge wohl, aber es jeht nich‹.«

Der Seufzer gefiel mir; es ist ein eigenes, sonderbares Volk, diese jungen Herren vom Handelsstand. Sie bilden sich hinter ihrem Ladentisch eine eigene Welt von Ideen, die sie aus den trefflichsten Romanen der Leihbibliotheken sammeln; sie sehen die Menschen, die Gesellschaft nie, es sei denn, wenn sie abends durch die Promenade gehen oder Sonntags, gekleidet wie Herren *comme il faut*, auf Kirchweihen oder sonstigen Bällen sich amüsieren. Reisen sie hernach, so dreht sich ihr Ideengang um ihre Musterkarte und die schöne Wirtin der nächsten Station, welche ihnen von einem Kameraden und Vorgänger empfohlen ist; oder um die Kellnerin des letzten Nachtlagers, die, wie sie glauben, noch lange um den »schönen, wohlgewachsenen, jungen Mann« weinen wird. Sie haben irgendwo gelesen oder gehört, daß der Handelsstand gegenwärtig viel zu bedeuten habe; drum sprechen sie mit Ehrfurcht von sich und ihrem Wesen, und nie habe ich gefunden, daß einer von sich sagte: Kaufmann oder Bänderkrämer, sondern: »Ich reise in Geschäften des Hauses Bäuerlein oder Zwierlein«, und fragte man, in welchen Artikeln, so kann man unter zehn auf neun rechnen, sie ganz bescheiden antworten hören: Knöpfe, Haften und Haken, Tabak, Schnupf- und Rauch-, und dergleichen bedeutende Artikel. Haben sie nun gar im Städtchen ihrer Heimat ein »Schätzchen« zurückgelassen, so darf man darauf rechnen, sie werden, wenn von Liebe die Rede ist, »ihre sehr interessante Geschichte« erzählen, wie sie Fräulein Jettchen beim Mondschein kennen gelernt haben, sie werden die Brieftasche öffnen und unter hundert Empfehlungsbriefen, Annoncen von Gasthöfen etc. ein Seidenpapier hervorziehen, das ein »Pröbchen Haar von der Stirne der Geliebten« enthält.

Glückliche Nomaden! Ihr allein seid noch heutzutage die fahrenden Ritter der Christenheit; und wenn es euch auch nicht zukommt, mit eingelegter Lanze *à la Don Quixote* eurer Jungfrauen Schönheit zu verteidigen, so richtet ihr doch in jeder Kneipe nicht weniger Verwüstung

an, wie jener mannhafte Ritter, und seid überdies meist euer eigener Sancho Pansa an der Tafel.

Eine solche liebenswürdige Erziehung, aus Comptoirspekulationen, Romanen, Mondscheinliebe und Handelsreisen zusammengesetzt, schien nun auch mein Nachbar Seufzer genossen zu haben. Nur etwas fehlte ihm, er war zu ehrlich. Wie leicht wäre es für einen Mann von Zweimalhunderttausend gewesen, Kuriere nicht von *Höchst* oder von *Langen*, sondern von *Wien*, sogar mit *authentischen* Nachrichten kommen zu lassen, um seinem Glücke aufzuhelfen. Ist denn auf der Erde nicht alles um Geld feil? Und wenn Rothschild mit Geld etwas machen kann, warum sollte es ein anderer nicht auch können, wenn sein Geld ebensogut ist als das des großen Makkabäers?

Zwar ein solcher Sperling macht keinen Sommer; eine solche Handelsseele mehr oder weniger mein, kann mir nicht nützen; doch die Nüancen ergötzen mich, jenes bunte Farbenspiel, bis ein solcher Hecht ins Netz geht, und darum beschloß ich, ihm zu nützen, ihn zu fangen.

»Ich bin«, sagte ich zu ihm, »ich bin selbst einigermaßen Papierspekulant, daher werden Sie mir vergeben, wenn ich Ihre bisherige Verfahrungsart etwas sonderbar finde.«

»Wie meinen Sie das?« fragte er verwundert. »Als ich in Dessau war, ließ ich mir nicht jeden Posttag den Kurszettel schicken? Und hier, gehe ich nicht jeden Tag in die Börsenhalle? Gehe ich nicht jeden Tag in die neue Judenstraße, um das Neueste zu erfragen?«

»Das ist es nicht, was ich meine, ein Genie wie Sie, Herr Zwerner (er verbeugte sich lächelnd), das heißt, ein Mann mit diesen Mitteln, der etwas wagen will, muß *selbst* eingreifen in den Lauf der Zeiten.«

»Aber mein Gott«, rief er verwunderungsvoll, »das kann

ja jetzt niemand als der Rothschild, der Reis-Efendi und der Herr von Metternich; wie meinen Sie denn?«

»Über Ihr Glück, Sie geben es selbst zu, kann ein einziger Tag, eine einzige Stunde entscheiden; zum Beispiel, wenn die Pforte das Ultimatum verwirft, die Nachricht schnell hieher kömmt, kann eine Krisis sich bilden, die Sie stürzt. Ebenso im Gegenteil, können Sie durch eine solche Nachricht sehr gewinnen, weil dann Ihre Papiere steigen?«

»Gewiß, gewiß«, seufzete er; »aber ich sehe nur noch nicht recht ein –«

»Nur Geduld; wer gibt nun diese Nachricht, wer bekommt sie? Das Ministerium in Wien oder ein guter Freund, der sehr nahe hin gehorcht und dem *großen Portier* ein Stück Geld in die Hand gedrückt hat, läßt noch in der Nacht einen Kurier aufsitzen; der reitet und fährt und fliegt nach Frankfurt und bringt die Depesche, wem?«

»Ach, dem Glücklichsten, dem Vornehmsten!«

»Nein, dem, der am besten zahlt. Einen solchen Kurier kann ich Ihnen um Geld auch verschaffen, ich habe Konnexionen in Wien. Man kann dort mancherlei erfahren, ohne gerade der österreichische Beobachter zu sein; kurz, wir lassen einen Brief mit der Nachricht einer wichtigen Krisis, eines bedeutenden Vorfalls, kommen –«

»Etwa, der Sultan habe einen Schlag bekommen, oder der Kaiser von Rußland sei plötzlich –«

»Nichts davon, das ist zu wahrscheinlich, als daß es die Leute glauben; Unwahrscheinliches, Überraschendes muß auf der Börse wirken.«

»Also, etwa der Fürst von M. sei ein Türke geworden; habe dem Islam geschworen?«

»Ich sage Ihnen ja, nichts Wahrscheinliches; nein, geradezu, die Pforte habe das Ultimatum angenommen. Bekommen Sie nun diese Nachricht mit allem möglichen geheimnisvollen Wesen, lassen Sie den Kurier sogleich ein paar Stationen weiterreisen, lassen Sie den Brief einige Geheimniskrämer lesen, gehen kurze Zeit darauf in die Börsenhalle, so kann es nicht fehlen, Sie sind ein wichtiger Mann und setzen Ihre Papiere mit Gewinn ab.«

»Aber, lieber Herr«, erwiderte der Kaufmann von Dessau kläglich, »das wäre ja denn doch erlogen, wie man zu sagen pflegt, eine Sünde für einen rechtlichen Mann, bedenken Sie, ein Kaufmann muß im Geruch von Ehrlichkeit stehen, will er Kredit haben.«

»Ehrlichkeit, Possen! Geld, Geld, das ist es, wornach er riechen muß, und nicht nach Ehrlichkeit. Und was nennen Sie am Ende Ehrlichkeit? Ob Sie Ihre Kunden bei einem Pfunde Kaffee betrügen, ob Sie einem alten Weib ihr Lot Schnupftabak zu leicht wiegen, oder ob Sie dasselbe Experiment im großen vornehmen, das ist am Ende dasselbe.«

»Ei, verzeihen Sie, da muß ich denn doch bitten; an der Prise, die das Weib zu wenig bekömmt, stirbt sie nicht, wie man zu sagen pflegt, aber wenn ich einen solchen Kurier kommen lasse, so kann er durch seine falsche Nachricht ein Nachrichter der ganzen Börse werden; viele Häuser können fallieren, andere wanken und im Kredit verlieren, und das wäre dann meine Schuld!«

»So, mein Herr?« sagte ich mit mitleidigem Lächeln zu der schwachen Seele, »so, Sie schämen sich nicht, die Moral, das Herrlichste, was man auf Erden hat, so zu verhunzen? Also wegen der Folgen wollen Sie nicht? Nicht vor dem Beginnen an sich, als einem unmoralischen, beben Sie zurück? Wer den Anfang einer Tat nicht scheut, darf auch ihr Ende nicht scheuen, ohne für eine kleine Seele zu gelten. Oder glauben Sie, eine Rebekka könne man dadurch verdienen, daß man im weißen Schwanen wohnt und seufzt, daß man zur Tafel geht und mit dem Kaninchen, dem Grafen Rebs, grollt?«

»Aber mein Herr«, rief der Seufzer etwas pikiert, »ich weiß gar nicht, was Sie mir als einem ganz Fremden für eine Teilnahme erzeigen; ich weiß gar nicht, wie ich das nehmen soll?«

»Mein Herr, das haben Sie sich selbst zuzuschreiben; Sie haben mir Ihre Lage entdeckt und mich gleichsam um Rat gefragt, daher meine Antwort. Übrigens bin ich ein Mann, der reist, um überall das Treffliche und Erhabene kennen zu lernen. In Ihnen glaubte ich gleich auf den ersten Anblick solches gefunden zu haben; –«

»Bitte recht sehr, eine so ganz gewöhnliche Physiognomie wie die meine –«

»Das können Sie nicht so beurteilen wie ein anderer; auf Ihrer Stirne thront etwas Freies, Mutiges, um Ihren Mund weht ein anziehender Geist –«

»Finden Sie das wirklich«, rief er, indem er lächelnd meine Hand faßte und verstohlen nach dem Spiegel blickte; »es ist wahr, man hat mir schon dergleichen gesagt, und in Stuttgart hat man mich sogar versichert, ich sei dem berühmten Dannecker auf der Straße aufgefallen, und er sei eigens deswegen einigemal in den König von England gekommen, um von mir etwas für seinen Johannes abzusehen.«

»Nun sehen Sie, wie muß es nun einen Mann, wie ich bin, überraschen, so wenig Mut, so wenig Entschluß hinter dieser freien Stirne, diesem mutigen Auge zu finden!«

»Ach, Sie nehmen es auch zu strenge; ich habe ja Ihren

Vorschlag durchaus nicht verworfen, nur einiges Bedenken, einige kleine Zweifel stiegen in mir auf, und – nun Sie haben wahrlich nicht unrecht, ich fühle einen gewissen Mut, eine gewisse Freiheit in mir, es ist ein gewisses Etwas, ja – so gut es ein anderer tun kann, will ich es auch versuchen. Es sei, wie Sie sagten, ich will es daranrücken und einen Kurier kommen lassen; wir wollen die Metalliques steigern!«

Ein Schabbes in Bornheim

Der einzige Zweifel, der den seufzenden Dessauer noch quälte, war die Furcht, den Vater seiner Geliebten in bedeutenden Verlust zu stürzen, wenn er seine Operation nach meinem Plane einrichte. Doch auch dafür wußte ich ein gutes, sehr einfaches Mittel. Er mußte den Herrn Simon in der neuen Judenstraße auf seine Seite bringen, mußte ihm bedeutende Winke von der nahenden Krisis geben; entweder nahm dann der Jude an dem ganzen Unternehmen unbewußt teil und gewann zugleich mit dem Dessauer, oder er war wenigstens gewarnt und mußte einige Achtung vor einem Mann bekommen, der so genau die politischen Wendungen zu berechnen wußte, der seine Kombinationen so geschickt zu machen verstand.

Dem Kaufmann leuchtete dies ein. Er kam von selbst auf den Gedanken, noch an diesem Tage mit dem alten Simon zu sprechen, und lud mich ein, mit ihm nach *Bornheim* zu fahren, wo der Schabbes heute die noble Welt des alten Judenquartiers, der neuen Judenstraße, überhaupt alle Stämme Israels versammelt habe.

Wir fuhren hinaus; der Seufzer schien ein ganz anderer

Mensch geworden zu sein. Sein trübseliges Gesicht leuchtete freundlich vom Glanz der Hoffnung, sein Auge hob sich freier, um seine Stirne, seinen Mund war jede Melancholie verschwunden, sein großer runder Kopf steht nicht mehr zwischen den Schultern, er trägt ihn freier, erhabener, als wollte er sagen: »Seht, ihr Frankfurter und Bornheimer, ich bin es, das Haus Zwerner und Komp. aus Dessau, nächstens eine bedeutende Person an der Börse und, wenn es gut geht, Bräutigam der schönen Rebekka Simon in der neuen Judenstraße.«

Aus dem Garten des goldenen Löwen in Bornheim tönten uns die zitternden Klänge von Harfen und Guitarren und das Geigen verstimmter Violinen entgegen; das Volk Gottes ließ sich vormusizieren im Freien, wie einst ihr König Saul, wenn er übler Laune war. Wir traten ein; da saßen sie, die Söhne und Töchter Abrahams, Isaaks und Jakobs, mit funkelnden Augen, kühn gebogenen Nasen, fein geschnittenen Gesichtern, wie aus Einer Form geprägt, da saßen sie vergnügt und fröhlich plaudernd und tranken Champagner aus saurem Wein, Zucker und Mineralwasser zubereitet, da saßen sie in malerischen Gruppen unter den Bäumen, und der Garten war anzuschauen, als wäre er das gelobte Land Kanaan, das der Prophet vom Berge gesehen und seinem Volk verheißen hatte. Wie sich doch die Zeiten ändern durch die Aufklärung und das Geld!

Es waren dies dieselben Menschen, die noch vor dreißig Jahren keinen Fuß auf den breiten Weg der Promenade setzen durften, sondern bescheiden den Nebenweg gingen; dieselben, die den Hut abziehen mußten, wenn man ihnen zurief: »Jude, sei artig, mach dein Kompliment!« Dieselben, die von dem Bürgermeister und dem hohen

Rat der freien Stadt Frankfurt jede Nacht eingepfercht wurden in ihr schmutziges Quartier. Und wie so ganz anders waren sie jetzt anzuschauen. Überladen mit Putz und köstlichen Steinen saßen die Frauen und Judenfräulein; die Männer, konnten sie auch nicht die spitzigen Ellbogen und die vorgebogenen Knie ihres Volkes verleugnen, suchten sie auch umsonst den ruhigen, soliden Anstand eines Kaufherrn von der Zeile oder der Million zu kopieren, die Männer hatten sich sonntäglich und schön angetan, ließen schwere goldene Ketten über die Brust und den Magen herabhängen, streckten alle zehn Finger, mit blitzenden Solitärs besteckt, von sich, als wollten sie zu verstehen geben: »Ist das nicht was ganz Solides? Sind wir nicht das auserwählte Volk? Wer hat denn alles Geld, gemünzt in Barren, als wir? Wem ist Gott und Welt, Kaiser und König schuldig, wem anders als uns?«

»Dort sitzt sie, die Taube von Juda, dort sitzt sie, die Gazelle des Morgens«, rief der Seufzer in poetischer Ekstase und zerrte mich am Arm; »schauen Sie dort, unter dem Zelt von hölzernem Gitterwerk, der mit dem runden Leib, der langen Nase und den grauen Löckchen am Ohr ist der Vater, Herr Simon aus der neuen Judenstraße, die dicke Frau rechts mit den schwarzseidenen Locken und dem rotbraunen Gesicht ist die Tante; eine fatale Verwandtschaft, aber man weiß sich in Zukunft zu separieren nach und nach.«

»Aber wo ist denn die Gazelle, die Taube, ich sehe sie noch nicht –«

»Geduld, noch bedeckt die neidische Wolke, die Tante, das Gestirn des Aufgangs; fassen wir ein Herz, treten wir näher. Doch eben fällt mir bei, ich muß Sie vorstellen; wie nenne ich Sie, mein lieber Freund und Ratgeber?«

»Ich bin der k. k. Legationsrat Schmälzchen aus Wien«, gab ich ihm zur Antwort, »reise in Geschäften meines Hofes nach Mainz.«

»Ah«, rief er, nachdem er schon bei dem kaiserlich, königlich an den Hut gegriffen hatte, »Le – Legationsrat, wirklicher, und nicht bloß Titular ums liebe Geld? Das freut mich, Dero werte Bekanntschaft zu machen. Hätte es mir gleich vorstellen können, Sie haben einen gar tiefen Blick in die Staatsaffairen. Wahrhaftig, hätte es Ihnen gleich ansehen können; haben so etwas Diplomatisches, Kabinettsmäßiges in Dero Visage.«

»Bitte, bitte, keine Komplimente. Gehen wir zum Juden, ich hoffe Ihnen nützlich sein zu können.«

Wir traten zu dem Zelt aus hölzernem Gitterwerk. Mein Begleiter errötete tiefer, je näher er trat; seine Wangen liefen vom Hellroten ins Dunkelrote, von da ins bläulich Schattierte an, und als wir vor dem Herrn Simon standen, war er anzusehen wie eine schöne dunkelrote Herzkirsche. Die Tante, »das neidische Gewölk«, erhob sich, und nun ward auch das Gestirn des Morgens sichtbar. Das Schickselchen, die Kalle, ich meine Rebekka, des Juden Tochter, war nicht übel. – Sie hatte, um mich wie Graf Rebs auszudrücken, viel Rasse, und ihre Augen konnten den Seufzer wohl bis aufs Herz durchbrennen, obgleich er zur Vorsicht und aus Eleganz drei Westen angetan hatte.

Nachdem mich mein Freund, der als solides Haus aus Dessau bei der Familie wohl gelitten schien, vorgestellt hatte, machte er sich an die Taube von Juda und überließ es mir, den alten Simon zu unterhalten. Mein Titel schien ihm einigen Respekt eingeflößt zu haben. »Haben da ein schönes Fach erwählt, Herr von Schmälzlein«, bemerkte er wohlgefällig lächelnd; »habe immer eine Inklination für die Diplomatik gehabt, aber die Verhältnisse wollten es nicht, daß ich ein Gesandter oder dergleichen wurde. Man weiß da gleich alles aus der ersten Hand; man kann viel komplizieren und dergleichen; was ließen sich da für Geschäfte machen!«

»Sie haben recht, mein Herr! Man lernt da die verwickeltesten Verhältnisse kennen. Allein aber schauens, das Ding hat auch seinen Haken. Man weiß oft eigentlich zu viel, es geht einem wie ein Rad im Kopf umher.«

Der Jude rückte näher. Mit einem Wiener Diplomaten, mochte er denken, nehme ich es auch noch auf. »Zeviel?« sagte er, »ich für meinen Teil kann nie zeviel wissen. Was die Papiere betrifft, da kann ein Fingerzeig, ein halber, ein Viertelsgedanke oft mehr tun als eine lange Rede im Frankfurter Museum. Nu, *Sie* stehen solide in Wien. Ihr Staat ist ein gemachtes Haus trotz einem; was der Herr von M. auf dem Flageolett vorpfeift, das singen die Staren nach.«

»Die Staren vielleicht, aber nicht die Zaren!«

»Gut, *très bien bon!* gut gegeben, hi! hi! hi! *à propos*, wissen Sie Neues aus daher?« Er rückte mir schon näher und wurde verfänglicher.

»Herr Simon«, sagte ich mit Artigkeit ausweichend, »Sie wissen, es gibt Fälle –«

»Wie!« rief er erschrocken, »Gotts Wunder! Neue Fallissements, waas! Ist nicht die Krisis vom letzten Winter schon ein Strafgericht des Herrn gewesen? Waas?«

»Um Jottes willen, Papa!« schrie Rebekka, indem sie den Arm des zärtlichen Seufzers zurückstieß und aufsprang, »Doch kein Unglück? Mein Jott! Doch nich hier in Frankfort?«

»Beruhigen Sie sich doch, gnädiges Fräulein, ich sprach mit Ihrem Herrn Papa über Politik und rechnete einige Fälle auf, und er hat mich holter nicht recht verstanden.«

Sie preßte mit einem zärtlichen, hinsterbenden Blick auf den erschrockenen Dessauer ihre Hand auf das Herz und atmete tief.

»Nee! was ich erschrocken bin jeworden, da machen Sie sich keenen Bejriff von!« lispelte sie. »Mein Herz pocht schrecklich! Na, erzählen Sie man weiter; was sachte der Graf? Sie hätten ins Parterre jestanden und wären melancholisch jewesen?«

Das Geflüster der Liebenden wurde leiser und leiser; die Blicke des Seufzers wurden feuriger, er zog, als »das Gewölke« ein wenig im Garten auf und ab ging, die niedliche Hand der Jüdin an die Lippen und gestand ihr, wenn ich anders recht gehört habe, daß nächstens die Metalliques und die . . . um drei Prozente steigen werden.

»Herr von Schmälzlein!« sagte der Alte, nachdem er einigen koscheren Wein zu sich genommen, »Sie haben mir da einen Schreck in den Leib gejagt, den ich nie vergesse. Fallen, Fälle, wie kann man auch nur dies Wort in Gesellschaft aussprechen!! Nun, Sie wollten sagen?«

»Es gibt Affairen«, fuhr ich fort, »wo der Diplomat schweigen muß. Über das Nähere meiner Sendung z. B. werden Sie selbst mich nicht befragen wollen; nur so viel kann ich Ihnen, aber, mein Herr Simon, im engsten Vertrauen! –«

»Der Gott meiner Väter tue mir dies und das!« rief er feierlich; »so ich nur meinem Nachbar oder seinem Weib, oder seinem Sohn, oder seiner Tochter das Geringste –«

»Schon gut! Ich traue auf Ihre Diskretion; – kurz, so viel kann ich Ihnen sagen, daß nächstens eine bedeutende

Krisis eintreten wird; *ganz* zu allernächst. *Für* oder *gegen* wen darf ich nicht sagen; doch Herr von Zwerner –«

»*Von* Zwerner?«

»Nun, ich nenne ihn so, man weiß ja nicht, was geschieht; an ihn war ich besonders empfohlen vom Fürsten, und ich glaube, wenn ich anders richtig schließe, er muß in den nächsten Tagen Kuriere aus Wien bekommen.«

»Der Zwerner?! Ei, ei! Wer hätte das gedacht! Zwar ich sagte immer, hinter *dem* steckt etwas; geht so tiefsinnig, kalkulierend umher, hat wahrscheinlich nicht umsonst so unsinnig viele Metalliques gekauft; ei, sehe doch einer! Hält sich Kuriere mit Wien! Und wenn man fragen darf, es handelt sich wohl um das Ultimatum mit der Pforte?«

»Ja.«

»Ei, darf man fragen? Wie ist es ausgefallen? Hat er eingewilligt, der Efendi? Hat er?«

»Mein Herr Simon, ich bitte –«

»O, ich verstehe, ich verstehe, Sie wollen es nicht sagen, aus Politik, aus Politik, aber er hat, er hat?«

»Trauen Sie auf nichts, ich *warne* Sie, auf keine Nachricht trauen Sie als auf authentische. Der Herr dort weiß vielleicht mancherlei und hat nicht das drückende Stillschweigen eines Diplomaten zu beobachten.«

»Ei, hätte ich das in meinem Leben gedacht, Kuriere von Wien, und der Zwerner aus Dessau; zwar er ist ein solides Haus, das ist keine Frage, aber denn doch nicht so außerordentlich. Ob sich wohl was mit ihm machen ließe?« setzte er tiefer nachsinnend hinzu, indem er seine Nase herunter gegen den Mund bog und das lange Kinn aufwärts drückte, daß sich diese beiden reichen Glieder begegneten und küßten. Dies war der Moment, wo er anbeißen mußte, denn er nagte schon am Köder. Ich gab dem

Seufzer aus Dessau einen Wink, sich dem Papa zu nähern, und nahm seinen Platz bei der Gazelle des Morgenlandes ein.

Das gebildete Judenfräulein

Wie war sie graziös, das heißt geziert, wie war sie artig, nämlich kokett, wie war sie naiv, andere hätten es lüstern genannt.

»Ich liebe die Tiplomattiker«, sagte sie unter anderem mit feinem Lächeln und vielsagendem Blick; »es is so etwas Feines, Jewandtes in ihren Manieren; man sieht ihnen den Mann von jutem Jeschmack schon von die Ferne an, und wie angenehm riechen sie nach *Eau de Portugal!*«

»O gewiß, auch nach *Fleur d'Orange* und dergleichen. Wie nehmen sich denn die hiesigen Diplomaten? Kommen sie viel unter die Leute?«

»Nun, sehen Sie, wie das nun jeht, die älteren Herren haben sechs bis sieben Monate Ferien und reisen umher. Die jüngeren aber, die indessen hier bleiben und die Geschäfte treiben, sie müssen Pässe visieren, sie müssen Zeitungen lesen, ob nichts Verfängliches drein is, sie müssen das Papier ordentlich zusammenlegen für die Sitzungen; nun, was nun solche junge Herren Tiblomen sind, das sein janz scharmante Leute, wohnen in die *Chambres garnies*, essen an die *Tables d'hôte*, jehen auf die Promenade schön ausstaffiert *comme il faut*, haben zwar jewöhnlich kein Jeld nich, aber desto mehr Ansehen.«

»Da haben Sie einen herrlichen Shawl umgelegt, mein Fräulein, ist er wohl echt?«

»Ah, jehen Sie doch! Meinen Sie, ich werde etwas anderes anziehen, als was nicht janz echt ist? Der Shawl hat mir jekostet achthundert Gulden, die ich in die Rothschildischen Los gewunnen. Und sehen Sie, dieses Kollier hier kostet sechzehnhundert Gulden, und dieser Ring zweitausend; ja, man jeht sehr echt in Frankfort, das heißt, Leute von den jutem Ton, wie unsereine.«

»Ach, was haben Sie doch für eine schöne, gebildete Sprache, mein Fräulein! Wurden Sie etwa in Berlin erzogen?«

»Finden Sie das och?« erwiderte sie anmutig lächelnd. »Ja, man hat mir schon oft das Kompliment vorjemacht. Nee, in Berlin drein war ich nie, ich bin hier erzogen worden; aber es macht, ich lese viel und bilde auf diese Art meinen Jeist und mein Orkan aus.«

»Was lesen Sie? wenn man fragen darf.«

»Nu, Bellettres, Bücher von die schöne Jeister; ich bin abbonniert bei Herrn Döring in der Sandjasse, nächst der Weißen Schlange, und der verproviantiert mich mit Almanachs und Romancher.«

»Lesen Sie Goethe, Schiller, Tieck und dergleichen?«

»Nee, das tu ich nicht. Diese Herren machen schlechte Jeschäfte in Frankfort; es will sie keen Mensch, sie sind zu studiert, nich natürlich jenug. Nee, den Jöthe lese ich nie wieder! Das is was Langweiliges. Und seine Wohlverwandtschaften! Ich werde rot, wenn ich nur daran denke; wissen Sie, die Szene in der Nacht, wo der Baron zu die Baronin, – ach, man kann's jar nicht sagen, und jedes stellt sich vor –«

»Ich erinnere mich, ich erinnere mich; aber es liegt gerade in diesem Gedanken eine erstaunliche Tiefe – ein Chaos von Möglichkeiten –«

»Nu, kurz, den mag ich nich; aber wer mein Liebling ist, das is der Clauren. Nee, dieses Leben, diese Farben, dieses

Studium des Herzens und namentlich des weiblichen Jemüts, ach, es is etwas Herrliches. Und dabei so natürlich! Wenn mir die andern alle vorkommen, wie schwere vierhändige Sonaten mit tiefen Baßpartien, mit zierlichen Solos, mit Trillern, die kein Mensch nicht verstehen und spielen kann, so wie der Mozart, der Haydn, so kommt mir der Clauren akkerat so vor wie ein anjenehmer Walzer, wie ein Hopswalzer oder Galopp. Ach, das Tanzen kommt einem in die Beene, wenn man ihn liest; es ist etwas Herrliches!«

»Fahren Sie fort, wie gerne höre ich Ihnen zu. Auch ich liebe diesen Schriftsteller über alles. Diese andern, besonders ein Schiller, wie wenig hat er für das Vergnügen der Menschheit getan. Man sollte meinen, er wolle moralische Vorlesungen halten; er ist, um mich eines anderen Gleichnisses zu bedienen, schwerer, dicker Burgunder, der mehr melancholisch als heiter macht. Aber dieser Clauren! Er kommt mir vor wie Champagner und zwar wie unechter, den man aus Birnen zubereitet; der echte verdunstet gleich, aber dieser unechte, setzt er auch im Grunde viele Hefen an, so ›brüsselt‹ er doch mit allerliebsten tanzenden Bläschen auf und ab eine Stunde lang, er berauscht, er macht die Sinne rege, er ist der wahre Lebenswein.«

»O sehen Sie, da kann ich Ihnen ja gleich unseren Clauren vormachen mit Bornheimer Champagner. Man nimmt fremden Wein, so etwa die Hälfte, jießt Mineralwasser dazu, und nun jeben Sie acht; ich werfe Zucker in das Janze, und unser Clauren ist fertig. Sehen Sie, wie es siedet, wie es sprudelt und brüsselt, wie anjenehm schmeckt es nicht, und ist ein wohlfeiles Jetränke. Nee, ich muß sagen, er ist mein Liebling. Und das Anjenehmste is das, man kann ihn so lesen, ohne viel dabei zu denken, man erlebt es eigentlich, es is, meine ich, mehr der Körper, der ins Buch schaut, als der Jeist. Und wie anjenehm läßt es sich dabei einschlafen!«

»Ich glaube gar, ihr seid in einem gelehrten Gespräch begriffen«, rief lachend der alte Jude, indem er, den Dessauer an der Hand, zu uns trat. »Nicht wahr, Herr Legationsrat, ich habe da ein gelehrtes Ding zur Tochter? Sie spricht auch wie ein Buch und liest den ganzen Tag.«

»Nun, und Sie, Papa, und Herr Zwerner haben wohl tiefe Handelsjeheimnisse abjemacht? Darf man auch davon hören; wie werden sie in der nächsten Woche stehen, die Metalliques? Recht hoch? Hab' ich es erraten?«

»Stille, Kind, stille! Kein Wort davon! Muß alles geheimgehalten werden! Muß *Einen* großen Schlag geben. Ist ein Goldmännchen, der Herr von Zwerner. Setzen Sie sich zu ihr hin und klären ihr alles auf. Sie ist auf diesem Punkt ein verständiges Kind und weiß zu rechnen, die Rebekkchen.«

Was schlich denn jetzt durch das Gras? Was hüpfte auf zierlichen Beinchen heran? Was lächelte schon von weitem so freundlich nach der Kalle des Herrn Simon? War es nicht das Gräfchen Rebs, das alte, freundliche Kaninchen, das in alle Damen verliebt ist und alle bezaubert? Es war es, er kam herangeschwänzelt. Er schnaufte und ächzte, als er heran war, und doch konnte er auch in dem Zustand höchster Erschöpfung, in welchem er zu sein schien, sein liebliches, süßes Lächeln nicht unterdrücken. Er warf sich ermattet neben Rebekka in einen Sessel, streckte die dünnen Beinchen, so mit zierlichen Spörnchen zum Spazierengehen beschlagen, heftete den matten, sterbenden Blick auf die schöne Jüdin und sprach: »Habe die Ehre, vergnügten Abend zu wünschen. Ich sterbe, mit mir geht's aus!«

»Mein Jott! Herr Israels! Graf Rebs, was haben Sie doch? Ihre Wangen sind janz einjeschnurrt, Ihren Augen bleiben stehen. Er antwortet nicht! Herr Tipplomat, *Eau de Cologne!* Haben Sie keines bei sich in die Tasche?«

So rief das schöne Judenkind und beschäftigte sich um den Ohnmächtigen mit zarter Sorgfalt. Da ich kein *Eau de Cologne* bei mir trug, so begann sie etwas weniges verzweifeln zu wollen und verlangte von dem Dessauer, er solle ihm Tabaksrauch in die Nase blasen. Doch der Vater wußte besseren Rat: »Da geht einer«, rief er freudig, »da geht ein scharmanter junger Herr, ist in Kondition nicht weit von uns, der trägt beständig etzliches Kölner Wasser in seiner Rocktasche!«

Wie ein Pfeil schoß er auf den jungen Mann zu und war, als er ihm mit schrecklichen Gebärden das *Eau de Cologne*-Fläschchen abforderte, anzusehen wie Sir John Falstaff, als er die Krämer beraubt. Maria Farinas Lebenstropfen brachten das arme Kaninchen bald wieder zu sich; er schlug die Augen auf, seufzete tief und lächelte. »Mich gehorsamst zu bedanken«, lispelte er mit zitternder Stimme, »für die gütigst geleistete Hilfe. War mir aber recht elend zu Mut; fast als hätte ich mehr Bier getrunken als dienlich.«

»Sind Sie oft solchen Zufällen unterworfen?« fragte Rebekka, ihn etwas mißfällig betrachtend.

»Mitnichten und im Gegenteil«, erwiderte er, indem er den Rücken zierlich wendete und drehte, mit den Schultern über die Brust herausfuhr und mannhaft mit den Spörnchen klirrte; »mitnichten, habe sonsten eine überaus starke Konstitution. Aber der dicke Pfarrer, der dicke Pfarrer . . .«

Die Juden schwiegen, und Rebekka schlug die Augen

nieder wie immer, wenn von christlichen Pfarrern oder Zeremonien oder auch von Schweinfleisch in ihrer Nähe gesprochen wurde. Der Seufzer aber, dem die Erscheinung des Grafen etwas lästig schien, fragte ihn ziemlich boshaft, ob er etwa im Goldenen Brunnen gewesen, sich allda etwas betrunken und nachher mit dem ehrsamen Pastor Münster Streit und kirchlichen Skandal angefangen nach seiner Gewohnheit.

»Nach meiner Gewohnheit!« rief das Kaninchen erschrocken. »Ich ein Unruhstifter oder Säufer, ich in dem Goldenen Brunnen, ich, der ich nur die allernobelsten Hotels, den Pariser und den Englischen Hof, den Weidenbusch, in welchem ich logiere, und den Weißen Schwanen mit meinem Besuch beehre? Nein! Er ist mir begegnet der Pfarrer, und als er an mir vorbeiging, sah er mich mit schrecklichen Augen an und sagte: ›Das ist auch so ein *Stein des Anstoßes*, auch so ein Mystiker.‹ ›Herr Pfarrer‹, sagte ich, ›guten Abend, aber ein Mystiker bin ich nicht und will auch für keinen gelten, am wenigsten öffentlich, auf der Chaussee nach Bornheim.‹ ›So, Sie wollen keiner sein?‹ antwortete er, indem er näher auf mich zutrat, so daß sein Bauch und das Cachet seiner Uhr mir gerade auf die Brust zu sitzen kamen und mich heftig drückten; ›wollen keiner sein? Warum kommen Sie denn nicht mehr ins Museum? Warum haben Sie an öffentlichen Wirtstafeln, im Pariser, Weiden und anderen Höfen geschimpft über mich, daß ich ein gewisses Gedicht von Langbein in besagter Gesellschaft vorgelesen?‹ Es ist wahr, ich hatte mich ziemlich stark darüber ausgesprochen, aber nicht aus Mystizismus, sondern weil ich glaubte, es könne zarte Damenohren und weiche Gemüter unangenehm berühren, jenes Gedicht. Aber er nahm keine Entschuldigung an; ich schlüpfte ihn unter dem Bauch weg und wollte schnell weitergehen, aber er setzte mir mit weiten Schritten nach, ging neben mir her und beschuldigte mich, seinem Gegenpart, dem mystischen Pfarrer, zu einer reichen Frau verholfen zu haben, er behauptete auch, daß ich mich jeden Morgen statt des Frühstücks magnetisieren lasse und dergleichen; und erst hier an der Gartentüre ließ er mit einer mürrischen Reverenz von mir ab.«

»Aber was hat denn dies alles zu bedeuten?« fragte ich; »halten denn die Pfarrer hier auf der Landstraße Kirche, wie es Sitte war zur Zeit der Apostel?«

»In Frankfurt«, belehrte mich der Kaufmann aus Dessau, »in Frankfurt ist gegenwärtig ein großer Krieg zwischen den Pfarrern, und ihre Partien befehden sich ebenfalls. Mystiker und Rationalisten schelten sie sich hin und her, der eine wirft dem andern vor, er predige nur Moral, der andere entgegnet, sein Gegner rede tiefen Unsinn. Nicht nur in den Kirchen, auf den Kanzeln, sondern auch in den Weinhäusern und Trinkstuben, auf Chausseen und Kasinos wird gekämpft, und so konnte es leicht geschehen, daß der Herr Graf einem Eiferer der Vernunft in die Hände fiel. – Doch wie? Herr Graf, wenn ich nicht irre, so fährt dort der Lord und seine Nichte; nicht so? Und sie halten vor dem Garten, sie steigen aus?«

»Ah, sie hat mich bemerkt«, rief das Kaninchen sehr freundlich, »sie schaut schon herüber und wedelt, wenn ich nicht irre, mit dem Taschentuch mir zu. Verzeihen allerseits, daß ich mich entferne; Miß Mary hat ein Auge auf mich geworfen, und Sie wissen selbst, bei solchen Affairen –«

Er schlüpfte unter diesen Worten aus dem Zelt und eilte mit zierlichen Sprünglein zu der Gartenpforte, wo er in dem Drang seines Herzens die junge Dame auf den glacierten Handschuh küßte. Es mochte ihr übrigens dieses Zeichen seiner Verehrung überaus komisch vorkommen, denn ihr Lachen drang bis zu uns herüber, und mit tiefem Baß begleitete sie der Lord, indem er dem Kaninchen das Pfötchen schüttelte.

Das Gewölk, die Tante Simon, kam jetzt zurück und beklagte sich, daß es schon etwas kühl werde. Der Jude ließ daher seinen schönen Wagen vorfahren und verließ mit den Seinigen den Garten. Der Seufzer hatte das Glück, Rebekkchen in den Wagen heben zu dürfen, und kam mit ganz verklärtem Gesicht zurück. Sie hatte ihm unter der Türe noch die Hand gedrückt und gestanden, daß sie sich diesen Nachmittag »janz fürtrefflich amüsiert habe«, und der Alte hatte ihn eingeladen, morgen und alle Tage den Abend in seinem Hause zuzubringen.

Der Kurier aus Wien kommt an

Ich könnte dir, geneigter Leser meiner Memoiren, vieles Ergötzliche und Interessante erzählen, was ich in der Freien Stadt Frankfurt erlebte; nicht von früheren Zeiten her, wo ich oft hinter den Stühlen der Kurfürsten stand und den Kaiser wählen half, wo ich so oft unter guten Freunden im Römer und *beim* Römer saß, wenn das neue Haupt des vielgliedrigen Leibes, Deutsches Reich genannt, mit der Krone geschmückt worden war. Nein, von den heutigen Tagen könnte ich dir viel erzählen, von dem tiefen, geheimnisvollen Wesen der Diplomatie, von dem herrlichen Junitag, in welchem es niemals Abend oder Nacht wird, ich meine den deutschen Bundestag, von dem herrlichen Treiben und Blühen des Mystizismus, und wie ich das Feuer anschürte zwischen seinen Anhängern und den Rationalisten, und wie es im Wirtshaus zum Goldenen Brunnen einigemal zu bedeutenden Raufereien kam zwischen beiden Partien, das heißt – nur mit schneidenden Zungen und stechenden Blicken; ich könnte dir erzählen, wie ich in einem Institut, woselbst man junge Fräulein für die Welt zustutzt, nützlichen Unterricht gab im Guitarrespielen und anderen Kleinigkeiten, so eine junge Dame kennen muß, wenn sie in die Welt tritt. Ich könnte dir erzählen von jener Straße, Million genannt, wo meine speziellsten Freunde wohnen, deren der Geringste über Millionen gebietet.

Doch ich schweige von diesem allem, weil ich mir vorgenommen, dir einen kleinen Abriß zu geben von der Art, wie ich den ehrlichen, seufzenden Sohn Merkurs aus Dessau zu einem Teufelskind machte. Der erste Schritt vom ehrlichen Mann zum schlechten oder Betrüger ist an sich klein und dennoch bedeutend, weil man leicht sozusagen in Schuß kömmt und unaufhaltsam bergab, bergab geht, anfangs im Trott, nachher im Galopp. Mein guter Seufzer hatte sein bedeutendes Vermögen mit einem ehrlichen Gemüt geerbt. Er ging in seinen Geschäften den geraden, ehrlichen Weg, nicht weil er ihm angenehmer war, sondern weil er es unbequem finden mochte, Winkelzüge und Umwege zu machen.

Es ist dies die Ehrbarkeit, die Tugend, die nie auf der Probe war und daher ein negativer Begriff, ein Nichts, auf jeden Fall keine Tugend ist.

Nicht der Geldgewinn, er ist ziemlich zufrieden mit seinem Los, sondern die Liebe zu der schönen Kalle des alten Simon macht ihn straucheln, oder vielmehr, wie

Gelegenheit Diebe macht, die süße Art, wie ich es ihm eingab; jetzt ist er, um das Kind beim rechten Namen zu nennen, aus dem ehrlichen Mann ein Betrüger geworden; er wird, weil es ihm diesmal leicht wird, zu betrügen, das nächste Mal Ähnliches versuchen; das Gewissen, die Ehrlichkeit, die Ruhe, die Selbstzufriedenheit ist ja doch schon zum Teufel, warum soll er sich also genieren? Der große Gewinn für mich liegt aber darin, daß die ersten Versuche des ehrlichen Mannes, ein Betrüger zu werden, gewöhnlich gut ausfallen und zur Wiederholung locken; denn wer mit mir Geschäfte macht, kann, solange es tunlich ist, darauf rechnen, sie mit Glück zu machen, und unglückliche Spekulanten, von denen die Sage geht, daß sie sich erhängt oder ersäuft haben, hatten durch Reue und Selbstanklage den Kopf verloren, hatten mir zu wenig vertraut, und nicht ich war es, der sie verließ, sie hatten sich selbst verlassen.

Doch, wo gerate ich hin? Habe ich mich von dem dicken Pfarrer anstecken lassen, zu moralisieren? Ist es denn mein Zweck, mit psychologischen Abhandlungen meinen Leser zu ermüden oder sogar abzuschrecken? Oder wie, ließ ich mich etwa von den Winken einiger gelehrten Leute verführen, die behaupteten, es liege zu wenig psychologische Teufelei oder teuflische Psychologie in meinen Memoiren? Ich sei für einen deutschen Schriftsteller, als welchen ich mich im Leipziger Meßkatalogus einregistrieren lassen, nicht gründlich genug?

»Der Teufel soll es holen!« möchte ich mir selbst zurufen; sobald man vom Wege abgeht, gerät man immer mehr auf Abwege, so auch im Niederschreiben von Memoiren. Ich werde kurz sein.

Ich hatte durch meine dienenden Kleinen erfahren,

welche Gedanken der Reis-Efendi in einer Privatunterredung mit Herrn von Minciaky über das russische Ultimatum geäußert; ja, um redlich zu sein, ich hatte selbst großen Anteil an jener Wendung der Dinge, weil mir dadurch das sogenannte Gleichgewicht etwas auf die Spitze gerückt zu werden schien und mehr Leben in das schlummernde Europa kommen konnte, das von Revolutionen und anderen lustigen Artikeln nur *träumt* und im *Schlafe spricht*. Ich hatte diese Nachricht früher vernommen, als sie selbst nur nach Petersburg kommen konnte, und in meiner Hand lag es, die Papiere steigen oder fallen zu machen. Der Vater der schönen Rebekka hatte in den letzten Tagen auf meinen Rat und seine eigene Einsicht hin seine Papiere so umgesetzt, daß er beim geringsten Steigen der – – auf großen Gewinn zählen konnte. Große Spannung herrschte in dem Hause des Herrn Simon in der neuen Judenstraße. Der Alte versicherte, seine Gebeine erzittern, so oft er ansetze, einen wichtigen Brief zu schreiben; die Tante, das neidische Gewölk, mochte ahnen, was vorging, und schlich trübe und ächzend im Haus umher; die Kalle war die mutigste von allen. Zwar war auch sie in einiger Bewegung, denn sie las nicht mehr, weder in Clauren noch in verschiedenen Almanachs, sogar das Modejournal wollte sie nicht ansehen; sie spielte auch nicht mehr auf der Harfe, aber doch trug sie das Köpfchen noch so hoch wie zuvor und ermutigte durch manche Rede die zagenden Bundestruppen.

Der Seufzer war gänzlich vom Verstand gekommen. Bald war er tiefsinnig und zweifelte an seinem Glück, besonders in der Nähe der schönen Jüdin, wenn er sich die Höhe seiner Seligkeit, den Besitz der lieblichen Kalle dachte; dann war er wieder ausgelassen fröhlich und sprach allerlei verwirrtes Zeug, wie er ein Millionär zu werden gedenke, wie und wo er sich ein Haus bauen wolle, und was dergleichen überschwengliche Gedanken mehr waren, der Kalle aber flüsterte er ins Ohr, daß er sich wolle adeln lassen und sie zur gnädigen Frau Baronesse von Zwerner zu Zwernersheim zu machen, welcher Ort noch auf der Landkarte auszumitteln wäre.

Endlich, es war am dritten Frankfurter Pfingstfeiertag, und die Mädchen und Frauen spazierten schon scharenweise hinaus an den Main, um sich übersetzen zu lassen nach dem Wäldchen, und die Männer riefen ihnen nach, nur einstweilen alles zuzurüsten daselbst, weil sie nur noch auf die Börse gingen und bald nachkämen, indem heute nichts Bedeutendes vorkomme; und auch die alte Baubo, die schnöde Hexe, zog hinaus, doch diesmal nicht auf dem Mutterschwein, sondern in einem eleganten Wagen; sie hatte ihre schönen Stieftöchter bei sich und nickte mir freundlich zu, als wollte sie sagen, »Dich kenne ich wohl, Satan, obgleich du jetzt in schwarzem Frack und seidenen Strümpfen einherzuwandeln beliebst und meiner Elise, dem allerliebsten Kind, praktische Guitarrestunden gibst, dich kenne ich wohl, komm aber nur hinaus ins Wäldchen, da sprechen wir wohl wieder ein Wort zusammen«. Da fuhr sie hin, die gute Alte, eine der ersten Palastdamen meiner Großmutter und sehr angesehen in Frankfurt und auf dem Brocken in Walpurgisnacht, da fuhr sie hin und viele tausend und wieder tausend fromme Frankfurter Seelen ihr nach, die alle das Gebot in feinem Herzen trugen: »Du sollst den Feiertag heiligen und an Pfingsten auch den dritten und vierten.«

Jetzt war es Zeit, zu operieren. Den Tag zuvor hatte man sich allgemein mit dem Gerücht getragen, daß die

Pforte das Ultimatum nicht annehmen werde, und man erwartete von heute nichts Besonders. Da jagte um eilf Uhr ein Kurier durch das Tor, ganz mit Schweiß und Staub bedeckt, er sprengte, greulich auf dem Posthorn blasend, durch die Straße, Million genannt, und in einem Umweg durchs neue Judenquartier, die Leute rissen die Fenster auf und fuhren mit den Köpfen heraus, um zu schauen nach dem schrecklichen Trompeten- und Straßenlärm. »Wo kümmt Er här? Wo will Er hün?« riefen sie. »In Weißen Schwanen«, schrie er, »ich habe den Weg verfehlt, wo geht's in Weißen Schwanen?« »Der Herr is wohl ä Korrier?« »Freilich, nur schnell«, rief er und zog einen Brief mit großem Sigill aus der Tasche, »das kommt von Wien und ist an den Herrn Zwerner aus Dessau im Weißen Schwanen.« »Da an der Ecke geht' rechts, dann die Straße links, dann kömmt Er auf die Zeile, da reitet Er bis an die Hauptwache, und von dort ist's nimmer weit.« So riefen sie, schauten ihm nach, wie er mit der Peitsche knallend davonjagte, und besprachen sich dann über die Straße hinüber, was wohl die Depesche aus Wien enthalten möchte. Der Kurier war aber niemand anders als einer meiner dienstbaren Geister, in die Uniform eines hessischen Postillons gekleidet.

Der Reis-Efendi und der Teufel in der Börsenhalle

Im Briefe stand mit dürren Worten, daß der Reis-Efendi den Herrn von Minciaky die vertrauliche, jedoch halb offizielle Mitteilung gemacht habe, daß die Pforte das Ultimatum, soweit es Rußland betreffe, annehmen werde.

Der Seufzer bekam nun die nötige Instruktion, was er zu tun hatte; er fuhr mit dem Brief sogleich zu Papa Simon und mit diesem zu Herrn von R . . ., dem Papst der Börse, dem sichtbaren Oberhaupt der unsichtbaren papierenen Kirche. Dieser prüfte die Depesche genau; er selbst hatte schon zu oft ähnliche Mittel angewendet, Pariser Kuriere aus Mainz und Wiener aus Aschaffenburg kommen lassen, als daß er so leicht konnte hintergangen werden. Er ließ daher ein Licht bringen und prüfte zuerst Geruch und Flüssigkeit des Siegellacks. »Gott's Wunder!« sprach er bedächtlich riechend, »Gott's Wunder! das ist echtes Kaisersiegellack, wie es nur in Wien selbst zubereitet wird, und was Eingeweihte zu solchen Depeschen zu verwenden pflegen.« Dann betrachtete er genau das Couvert des Briefes und fand darauf die gedruckten Zeichen jeder Poststation von Wien bis Frankfurt, und keines fehlte. Er verglich sodann diese Zeichen mit der Liste der Postzeichen, die er zu Hand hatte, und – sie waren richtig.

Hatte er zuvor den Herrn Zwerner, Handelsmann aus Dessau, als ein kleines Paarmalhunderttausend-Gulden-Männchen so obenhin behandelt, wie der Löwe das Hündchen; so wuchs jetzt seine Achtung mit unglaublicher Schnelle. Er hätte zwar am liebsten selbst den Kurier bekommen samt der inhaltschweren Depesche; doch, da dies nicht mehr zu ändern war, machte er gute Miene zum bösen Spiel, dankte, daß man ihn sogleich von der wichtigen Nachricht avertiert habe und berechnete dabei, welche Summen dem Dessauer diese Nachricht gekostet haben könnten, indem er annahm, dieser Kaufmann müsse die Preise, die er in Wien für solche Winke bezahlte, überboten haben. Es war Börsenzeit, er selbst fuhr mit auf die Börsenhalle.

Börsenhalle! Unter diesem Namen stellt sich wohl der Fremde, der diese Einrichtung noch nie gesehen, ein weitläufiges Gebäude vor, wie es der Stadt Frankfurt würdig wäre, mit weiten Sälen, Seitengängen, schönen Portalen und dergleichen. Wie wundert er sich aber und lächelt, wenn er in *diese* Börsenhalle tritt! Man stelle sich einen ziemlich kleinen, gepflasterten Hof, von unansehnlichen Gebäuden eingeschlossen, vor, wo man mit Bequemlichkeit Pferde striegeln, Wagen reinigen, waschen, Hühner und Gänse füttern und dergleichen solide häusliche Hantierungen verrichten könnte. Statt des ehrwürdigen Truthahns, statt der geschwätzigen Hühner und Gänse, statt des Stallknechts mit dem Besen in der Faust, statt der Küchendame, die hier ihren Salat wäscht – sieht man hier zwischen zwölf und ein Uhr mittags ein buntes Gedränge; Männer mit dunkelgefärbten, markierten Gesichtern, mit schwarzen Bärten und lauernden Augen, mit kühn gebogenen Nasen und breiten Mäulern, mit schmutzigen Hemden und unsauberer Kleidung schleichen mit gebogenen, schlotternden Knien und spitzigen Ellbogen, den Hut tief in den Nacken zurückgedrückt, umher und fragen einander: »Nu, wie stehen sie heute?« Du wandelst staunend durch dieses Gewühl und fühlst einen kleinen unbehaglichen Schauer, wenn dich eine der unsauberen Gestalten im Vorübergehen anstreift. Du begreifst zwar, daß du dich unter den Kindern Israels befindest, aber zu welchem Zweck treiben sie sich hier unter freiem Himmel in einem Hühnerhof umher? Endlich wirst du eine Tafel, etwa wie ein Wirtshausschild anzusehen, gewahr; drauf steht mit goldenen Buchstaben deutlich zu lesen: »Börsenhalle«. Also in der Börsenhalle der Freien Stadt Frankfurt befindest du dich; du hörst heute ein sonderbares Gemunkel und Geflüster; die Leute gehen staunend umher, mehr mit Blicken als Worten fragend: »Ä Korrier es Wien? – Gott's Wunder. Wer hat'n gekriecht?« »Ä Fremder, der Zwerner von Dessau.« – »Wie? Kaner von unsere Lait? Nicht der Rothschild, der graufße Baron, nicht der Beetmann? Auch nicht der Mezler? Waas?«

»Was hat'r gebracht, der Korrier! Abraham, wie stehen se?«

»Wie werden se stehen! Wer kann's wissen, solange der Zwerner aus Dessau nicht ist auf der Börsenhalle!«

»Levi! Hat er's Oltemat'm angenommen, der Reis-Efendi? Hat er oder hat er nicht? Wie werden se stehen?«

»Ich hab's genug, 's is a Vertel auf Eins, und noch will keiner verkaufen, aus Schrekka vor die Korrier. Wär' nur der Zwerner aus Dessau da! Auch der Rothschild bleibt so lang' aus und der Simon von die neue Straße. Wirst sehen, 's wird geben ä grauße Operation! Der Herr wird verstockt haben das Herz des Efendi, aß er hat nicht angenomme das Oltematum von dem Moskeviter?

Betmannische Obligationen, will man nicht kaufen, sind gefallen um Vertelpurzent!«

»Wie steht's mit die Metalliques? Wie verkauft sie der Mezler? Wie stehen se, Abraham? Tu' mer de Gefallen und sag', die Metalliques, wie stehen se?«

»Aß ich der sag', ich weiß nicht, wo mer steht der Kopf, weiß heut' keiner, wer is Koch oder Keller? Aß ich nicht kann riechen, wie se stehen, die Metalliques!«

Plötzlich entsteht ein Geräusch, ein Gedränge nach der Türe zu. Ein Wagen ist vorgefahren, die Leute stehen auf die Zehen, machen lange Hälse, um die Mienen der Kommenden zu sehen. Drei Männer arbeiteten sich durch die Menge und stellen sich ernst und gravitätisch an ihren

Platz zur Seite, wie es wohllöblicherweise auf anderen Börsen der Brauch ist, wo nur die Mäckler herumlaufen und sich drängen. Es war der große Baron, der an der Seite stand, zu seiner Rechten das Gestirn des Tages, der Kaufmann Zwerner aus Dessau, jetzt nicht mehr Seufzer zu nennen, denn sein Herz schien zu jubilieren und allerlei verliebte Streiche ausführen zu wollen, während er doch die Sinne bedächtlich und gesetzt beisammen behalten mußte, um sich nicht zu verrechnen. Zur Linken stand der Jude Simon, angetan mit seinem Sabbaterrock und einer schneeweißen Halsbinde, mit feierlicher, hochzeitlicher Miene, so daß sein Volk gleich sah, es müsse was ganz Außerordentliches sich zugetragen haben.

Jetzt nahten die Käufer und Verkäufer und fragten nach den Preisen. Sie wurden bleich, sie sanken in die Knie' und schlichen zitternd umher; sie lamentierten schrecklich mit den Armen, sie steckten die Finger in den Mund, sie fluchten ebräisch und syrisch auf den Christen, der sich einen Kurier kommen lassen, auf den Vater, der den Kurier gezeugt, auf das Pferd, welches das Pferd des Kuriers zur Welt gebracht, auf seinen Kopf, auf seine vier Füße, kurz auf alles, selbst auf Sonne, Mond und Sterne und auf Frankfurt und die Börsenhalle. Jetzt merkte man, warum der schlaue Simon seine Papiere in den letzten Tagen umgesetzt habe; jetzt konnte man sich den Tiefsinn des Kaufmanns aus Dessau erklären –! »Das Ultimatum ist angenommen«, scholl es durch den Hof, »der Reis-Efendi hat zugesagt«, hallte es durch die Ecken; und obgleich die drei wichtigen Männer nur entfernt auf ihren Brief anspielten, nur einige nähere Umstände angaben, nichts Bestimmtes aussprachen, so stiegen doch die östreichischen, die Rothschildschen und wenige andere Papiere, von welchen durch Zwerners und des alten Simons Sorge gerade nicht sehr viele auf dem Platz waren, in Zeit von einer halben Stunde um vier und einen halben Prozent. Mehrere Häuser, die sich nicht vorgesehen hatten, fingen an zu wanken, eines lag schon halb und halb und hatte es nur seiner nahen Seitenverwandtschaft mit dem regierenden (Börsen-)Hause zu verdanken, daß ihm noch einige Stützen untergeschoben wurden.

Als man um ein Uhr auseinander ging, lautete der Kurszettel der Frankfurter-Börsenhalle:

Metalliques 87⅝.
Betmännische 75½.
Rothschildsche Lose 132.
Preußische Staatsschuldenscheine 84.

In den übrigen war nichts geändert worden.

Die Verlobung

Dieses kleine Börsengemetzel entschied über das Schicksal des Seufzers aus Dessau. In den zwei nächsten Tagen wirkte er durch die große Menge Metalliques, die er in Händen hatte, mächtig auf den Gang der Geschäfte, und als einige Tage nachher Herr von Rothschild Privatmitteilungen aus Wien erhielt, wodurch seine Nachrichten vollkommen bestätigt wurden, da drängte sich alles um den hoffnungsvollen, spekulativen Jüngling, um den genialen Kopf, der auf unglaubliche Weise die Umstände habe berechnen können.

Seine Zurückgezogenheit zuvor galt nun für tiefes Studium der Politik, seine Schüchternheit, sein geckenhaftes Stöhnen und Seufzen für Tiefsinn, und jedes Haus hätte ihm freudig eine Tochter gegeben, um mit diesem sublimen Kopf sich näher zu verbinden. Da aber die Polygamie in Frankfurt derzeit noch nicht förmlich sanktioniert ist und das Herz des Dessauers an Rebekka hing, so schlug er mit großer Tapferkeit alle Stürme ab, die aus den Verschanzungen in der Zeile, aus den Trancheen der Million, selbst aus den Salons der neuen Mainzer Straße mit glühenden Liebesblicken und Stückseufzern auf ihn gemacht wurden. Der alte Herr Simon, konnte sich auch der Dessauer in Hinsicht auf Geld und Glücksgüter ihm nicht gleichstellen, rechnete es sich dennoch zur besonderen Ehre, einen so erleuchteten Schwiegersohn zu bekommen. Ja, er sah es als eine glückliche Spekulation an, ihn durch Rebekka gefangen zu haben. Er sah ihn als eine prophetische Spekulationsmaschine an, die ihn in kurzer Zeit zum reichsten Mann Europas machen mußte; denn, wenn er immer mit seinem Schwiegersohn zugleich kaufte oder verkaufte, glaubte er nie fehlen zu können.

Fräulein Rebekka ging ohne vieles Sträuben in die Bedingungen ein, die ihr der Zärtliche auferlegte; da er eine gewisse Abneigung verspürte, ein Jude zu werden, so hielt er es für notwendig, daß sie sich taufen lasse. Sie nahm schon folgenden Tages insgeheim Unterricht bei dem Herrn Pastor Stein und gab dafür auf einige Zeit ihre Klavierstunden auf, wobei, wie sie behauptete, noch etwas Erkleckliches profitiert würde, da sie dem Klaviermeister einen Taler für die Stunde hatte bezahlen müssen. Sie selbst legte dafür dem Dessauer die Bedingung auf, daß er sich für einige hundert Gulden in den Adelsstand erheben lassen und in dem »jöttlichen Frankfort« leben müsse.

Er ging es freudig ein und überließ mir dieses diplomatische Geschäft. Um nun auch von mir zu reden, so traf pünktlich ein, was ich vorausgesehen hatte. Der Seufzer beschwichtigte fürs erste sein Gewissen, das ihm allerlei vorwerfen mochte, z. B. daß das ganze Geschäft unehrlich und nicht ohne Hülfe des Teufels habe zustandekommen können. Sobald er mit dieser Beschwichtigung fertig war, war auch seine Dankbarkeit verschwunden. Weil ihn alles als den sublimsten Kopf, den scharfsinnigen Denker pries, glaubte er ohne Zaudern selbst daran, wurde aufgeblasen, sah mich über die Achsel an und erinnerte sich meiner sehr gütig als eines Menschen, mit welchem er im Weißen Schwanen einigemal zu Mittag gespeist habe.

Was mich übrigens am meisten freute, war, daß er die Strafe seines Undanks in sich und seinen Verhältnissen trug. Es war vorauszusehen, daß seine prophetische Kraft, sein spekulativer Geist sich nicht lange halten konnten. Mißglückten nur erst einige Spekulationen, die er, auf sein blindes Glück und seinen noch blinderen Verstand trauend, unternahm, verlor er erst einmal fünfzig- oder hunderttausend und zog seinen Schwiegerpapa in gleiche Verluste, so fing die Hölle für ihn schon auf Erden an.

Rebekkchen, das liebe Kind, sah auch nicht aus, als wollte sie mit dem neuen Glauben auch einen neuen Menschen anziehen. War sie erst »Gnädige Frau von Zwerner«, so war zu erwarten, daß die Liebesintrigen sich häufen werden; junge wohlriechende Diplomaten, alte Sünder wie Graf Rebs, fremde Majors mit glänzenden Uniformen waren dann willkommen in ihrer Loge und zu Hause, und der Dessauer hatte das Vergnügen, zuzuschauen. Und wie wird dieser sanfte Engel Rebekka sich gestalten zur Furie, wenn die spekulative Kraft ihres Eheherrn nachläßt und damit zugleich sein Vermögen, wenn man das glänzende Hotel in der Zeile, die Loge im ersten Rang, die Equipage und die hungernden Liebhaber samt der köstlichen Tafel aufgeben, wenn man nach Dessau ziehen muß in den alten Laden des Hauses Zwerner und Komp.; wenn die gnädige Frau herabsinkt aus ihrem geadelten Himmel und zur ehrlichen Kaufmannsfrau wird, wenn man den Gemahl statt mit Papieren, wie es nobel ist und groß, mit Ellenwaren und Bändern ganz klein und unnobel handeln sieht! Welche Perspektive!!

Doch am vierten Pfingstfeiertag 1826 dachte man noch nicht an dergleichen im Hause des Herrn Simon in der neuen Judenstraße. Da war ein Hin- und Herrennen, ein Laufen, ein Kochen und Backen; es wurde ungemein viel Gänseschmalz verbraucht, um koscheres Backwerk zu verfertigen; ein Hammel wurde »geschächt«, um köstliche Ragouts zu bereiten.

Der geneigte Leser errät wohl, was vorging in dem gesegneten Hause? Nämlich nichts Geringeres als die Verlobung des trefflichen Paares. Die halbe Stadt war geladen und kam. Hatte denn der alte Simon nicht treffliche alte Weine? Speiste man bei ihm, das Gänsefett abgerechnet, nicht trefflich? Hatte er nicht die schönsten jüdischen und christlichen Fräulein zusammen gebeten, um die Gesellschaft zu unterhalten durch geistreiche Spiele und herrlichen Gesang?

Auch Graf Rebs, das treffliche Kaninchen, war geladen, und nur das brachte ihn einigermaßen in Verlegenheit, daß nicht weniger als zwanzig Frauen und Fräulein zugegen waren, mit denen er schon in zärtlichen Verhältnissen gestanden hatte. Er half sich durch ausdrucksvolle Liebesblicke, die er allenthalben umherwarf, wie auch durch die

eigene Behendigkeit seiner Beinchen, auf welchen er überall umherhüpfte und jeder Dame zuflüsterte: sie allein sei es eigentlich, die sein zartes Herz gefesselt. Die übergroße Anstrengung, zwanzig auf einmal zu lieben, da er es sonst nur auf fünf gebracht hatte, richtete ihn aber dergestalt zugrunde, daß er endlich elendiglich zusammensank und in seinem Wagen nach Hause gebracht werden mußte.

Die Gesellschaft unterhielt sich ganz angenehm und bewies sich nach Herrn Simons Begriffen sehr gesittet und anständig, denn als er am Abend, nachdem alle sich entfernt hatten, mit seiner Tochter Rebekka das Silber ordnete und zählte, riefen sie einmütig und vergnügt:

»Gott's Wunder! Gott's Wunder! Was war das für noble Gesellschaft, für gesittete Leute! Es fehlt auch nicht *ein* Kaffeelöffelchen, kein Dessertmesserchen oder Zuckerklämmchen ist uns abhanden gekommen? Gott's Wunder!«

IV
Der Festtag im Fegefeuer

Fortsetzung

Am Horizont in diesem Jahr
Ist es geblieben, wie es war.
M. Claudius.

Der junge Garnmacher fährt fort, seine Geschichte zu erzählen

Das Manuskript, aus welchem wir diese infernalischen Memoiren dechiffrieren und ausziehen, fährt bei jener Stelle, die wir im ersten Teile notgedrungen abbrachen, fort, die Geschichte des jungen deutschen Schneiderbaron zu geben. Er ist aus seiner Vaterstadt Dresden entflohen, er will in die weite Welt, fürs erste aber nach Berlin gehen, und erzählt, was ihm unterwegs begegnete.

»Meine Herren«, fuhr der edle junge Mann fort, »als ich mich umsah, stand ein Mann hinter mir, gekleidet wie ein ehrlicher, rechtlicher Bürger; er fragte mich, wohin meine Reise gehe, und behauptete, sein Weg sei beinahe ganz der meinige, ich solle mit ihm reisen. Ich verstand so viel von der Welt, daß ich einsah, es würde weniger auffallend sein, wenn man einen halberwachsenen Jungen mit einem älteren Mann gehen sieht, als allein. Der Mann entlockte mir bald die Ursache meiner Reise, meine Schicksale, meine Hoffnungen. Er schien sich sehr zu verwundern, als ich ihm von meinem Onkel, dem Herrn von Garnmacher in der Dorotheenstraße in Berlin, erzählte. ›Euer Onkel ist ja schon seit zwei Monaten tot‹, erwiderte er. ›O, du armer Junge, seit zwei Monaten tot; es war ein braver Mann, und ich wohnte nicht weit von ihm und kannte ihn gut. Jetzt nagen ihn die Würmer!‹

Sie können sich leicht meinen Schrecken über diese Trauerpost denken, ich weinte lange und hielt mich für unglücklicher als alle Helden; nach und nach aber wußte mich mein Begleiter zu trösten: ›Erinnerst du dich gar nicht, mich gesehen zu haben?‹ fragte er. Ich sah ihn an, besann mich, verneinte. ›Ei, man hat mich doch in Dresden so viel gesehen‹, fuhr er fort, ›alle Alten und besonders die Jugend strömte zu mir und meinem jungen Griechen.‹

Jetzt fiel mir mit einem Mal bei, daß ich ihn schon gesehen hatte. Vor wenigen Wochen war nach Dresden ein Mann mit einem jungen unglücklichen Griechen gekommen; er wohnte in einem Gasthof und ließ den jungen Athener für Geld sehen, das Geld war zur Erhaltung des Griechen und der Überschuß für einen Griechenverein bestimmt. Alles strömte hin, auch mir gab der Vater ein paar Groschen, um den unglücklichen Knaben sehen zu können. Ich bezeugte dem Mann meine Verwunderung, daß er nicht mehr mit dem Griechen reise.

›Er ist mir entlaufen, der Schlingel, und hat mir die Hälfte meiner Kasse und meinen besten Rock gestohlen; er wußte wohl, daß ich ihm nicht nachsetzen konnte; aber wie wäre es, Söhnchen, wenn du mein Grieche würdest?‹ Ich staunte, ich hielt es nicht für möglich; aber er gestand mir, daß der andere ein ehrlicher Münchner gewesen sei, den er abgerichtet und kostümiert habe, weil nun einmal die Leute die griechische Sucht hätten.«

»Wie?« unterbrach ihn der Engländer, »selbst in

Deutschland nahm man Anteil an den Schicksalen dieses Volkes? Und doch ist es eigentlich ein deutscher Minister, der es mit der Pforte hält und die Griechen untergehen läßt.«

»Wie es nun so geht in meinem lieben Vaterland«, antwortete Baron von Garnmacher, des Schneiders Sohn, »was einmal in einem anderen Lande Mode geworden, muß auch zu uns kommen. Das weiß man gar nicht anders. Wie nun vor kurzem die Parganioten ausgetrieben wurden und bald nachher die griechische Nation ihr Joch abschüttelte, da fanden wir dies erstaunlich hübsch, schrieben auf der Stelle viele und dicke Bücher darüber und stifteten Hilfsvereine mit sparsamen Kassen. Sogar Philhellenen gab es bei uns, und man sah diese Leute mit großen Bärten, einen Säbel an der Seite, Pistolen im Gürtel, rauchend durch Deutschland ziehen. Wenn man sie fragte, wohin? so antworteten sie: ›In den heiligen Krieg, nach Hellas gegen die Osmannen!‹ Bat sich nun etwa eine Frau oder ein Mann, der in der alten Geographie nicht sehr erfahren, eine nähere Erklärung aus, so erfuhr man, daß es nach Griechenland gegen die Türken gehe. Da kreuzigten sich die Leute, wünschten dem Philhellenen einen guten Morgen und flüsterten, wenn er mit dröhnenden Schritten einen Fußpfad nach Hellas einschlug, ›der muß wenig taugen, daß er im Reich keine Anstellung bekommt und bis nach Griechenland laufen muß.‹«

»Ist's möglich?« rief der Marquis, »so teilnahmelos sprachen die Deutschen von diesen Männern?«

»Gewiß; es ging mancher hin mit einem schönen Gefühl, einer unterdrückten Sache beizustehen; mancher, um sich Kriegsruhm zu erkämpfen, der nun einmal auf den Billards in den Garnisonen nicht zu erlangen ist; aber alle barbierte man über einen Löffel, wie mein Vater zu sagen pflegte, und schalt sie Landläufer.«

»Mylord«, sagte der Franzose, »es sind doch dumme Leute, diese Deutschen!«

»O ja«, entgegnete jener mit großer Ruhe, indem er sein Rumglas gegen das Licht hielt. »Zuweilen; aber dennoch sind die Franzosen unerträglicher, weil sie allen Witz allein haben wollen.«

Der Marquis lachte und schwieg. Der Baron aber fuhr fort: »Auf diese Sitte der Deutschen hatte jener Mann seinen Plan gebaut, und noch oft muß ich mich wundern, wie richtig sein Kalkül war. Die Deutschen, dachte er, kommen nicht dazu, etwas für einen weit aussehenden Plan, für ein fernes Land und dergleichen zu tun; entweder sagen sie: ›Es war ja vorher auch so, lasset der Sache ihren Lauf, wer wird da etwas Neues machen wollen.‹ Oder sie sagen: ›Gut, wir wollen erst einmal sehen, wie die Sache geht, vielleicht läßt sich hernach etwas tun.‹ Fällt aber etwas in ihrer Nähe vor, können sie selbst etwas Seltenes mit eigenen Augen sehen, so lassen sie es sich *›etwas kosten‹*.

Man war dem Griechen früher oft in mancher kleinen Stadt sehr dankbar, daß er doch wieder eine Materie zum Sprechen herbeigeführt habe, eine Seltenheit, welche die Weiber beim Kaffee, die Männer beim Bier traktieren konnten.

Was für Aussichten blieben mir übrig? Mein Onkel war tot, ich hatte nichts gelernt, so schlug ich ein, Grieche zu werden. Jetzt fing ein Unterricht an, bei welchem wir bald so vertraut miteinander wurden, daß mir mein Führer sogar Schläge beibrachte. Er lehrte mich alle Gegenstände auf Neugriechisch nennen, bleute mir einige Floskeln in dieser Sprache ein, und nachdem ich hinlänglich instruiert war, schwärzte er mir Haar und Augbraunen mit einer Salbe, färbte mein Gesicht gelblich, und – ich war ein Grieche. Mein Kostüm, besonders das für vornehme Präsentationen, war sehr glänzend, manches sogar von Seide. So zogen wir im Land umher und gewannen viel Geld.«

»Aber, mein Gott«, unterbrach ihn der Franzose, »sagen Sie doch, in Deutschland soll es so viele gelehrte Männer geben, die sogar griechisch schreiben. Diese müssen doch auch sprechen können; wie haben Sie sich vor diesen durchbringen können?«

»Nichts leichter als dies, und gerade bei diesen hatte ich meinen größten Spaß; diese Leute schreiben und lesen das Griechische so gut, daß sie vor zweitausend Jahren mit Thucydides hätten korrespondieren können, aber mit dem Sprechen will es nicht recht gehen; sie mußten zu Haus immer die Phrasen im Lexikon aufschlagen, wenn sie sprechen wollten; da hatte ich nun, um aus aller Verlegenheit zu kommen, eine herrliche Floskel bereit: – ›Mein Herr! das ist nicht griechisch.‹ Mein Führer unterließ nicht, sogleich, was ich gesagt, dem Publikum ins Deutsche zu übersetzen, und jene Kathedermänner kamen gewöhnlich über das Lächeln der Menschen dergestalt außer Fassung, daß sie es nie wieder wagten, griechisch zu sprechen.

So zogen wir längere Zeit umher, bis endlich in Karlsbad die ganze Komödie auf einmal aufhörte. Wir kamen dorthin zur Zeit der Saison und hatten viele Besuche. Unter andern fiel mir besonders ein Herr mit einem Band im Knopfloch auf, der mir große Ähnlichkeit mit meinem Vater zu haben schien. Er besuchte uns einigemal, und endlich, denken Sie sich mein Erstaunen, höre ich, wie

man ihn Herrn von Garnmacher tituliert. Ich stürzte zu ihm hin, fragte ihn mit zärtlichen Worten, ob er mein verehrter Herr Onkel sei, und entdeckte ihm auf der Stelle, wie ich eigentlich nicht auf klassischem Boden in Athen, sondern als königl. sächsisches Landeskind in Dresden geboren sei. Es war eine rührende Erkennungsszene. Das Staunen des Publikums, als der Grieche auf einmal gutes Deutsch sprach, die Verlegenheit meines Oheims, der mit vornehmer Gesellschaft zugegen war und nicht gerne an meinen Vater, den *Marchand tailleur*, erinnert sein wollte, die Wut meines Führers, alles dies kam mir trotz meiner tiefen Rührung höchst komisch vor.

Der Führer wurde verhaftet, mein Onkel nahm sich meiner an, ließ mir Kleider machen und führte mich nach Berlin. Und dort begann für mich eine neue Katastrophe.«

Der Baron wird ein Rezensent

»Mein Onkel war ein nicht sehr berühmter Schriftsteller, aber ein berüchtigter, anonymer Kritiker. Er arbeitete an zehn Journalen, und ich wurde anfänglich dazu verwendet, seine Hahnenfüße ins Reine zu schreiben. Schon hier lernte ich nach und nach in meines Onkels Geist denken, faßte die gewöhnlichen Wendungen und Ausdrücke auf und bildete mich so zum Rezensenten. Bald kam ich weiter; der herrliche Mann brachte mir die verschiedenen Klassen und Formen der Kritik bei, über welche ich übrigens hinweggehen kann, da sie einen Fremden nicht interessieren.«

»Nein, nein!« rief der Lord, »ich habe schon öfters von dieser kritischen Wut Ihrer Landsleute gehört. Zwar haben auch wir, z. B. Edinburg und London, einige Anstalten dieser Art, aber sie werden, höre ich, in einem ganz anderen Geiste besorgt als die ihrigen.«

»Allerdings sind diese Blätter in meinem Vaterlande eine sonderbare, aber eigentümliche Erscheinung. Wie in unserer ganzen Literatur immer noch etwas Engbrüstiges, Eingezwängtes zu verspüren ist, wie nicht das, was leicht und gesellig, sondern was mit einem recht schwerfälligen gelehrten Anstrich geschrieben ist, für einzig gut und schön gilt, so haben wir auch eigene Ansichten über Beurteilung der Literatur. Es traut sich nämlich nicht leicht ein Mann oder eine Dame in der Gesellschaft ein Urteil über ein neues Buch zu, das sich nicht an ein öffentlich ausgesprochenes anlehnen könnte; man glaubt darin zu viel zu wagen. Daher gibt es viele öffentliche Stimmen, die um Geld und gute Worte ein kritisches Solo vortragen, in welches dann das Tutti oder der Chorus des Publikums einfällt.«

»Aber wie mögen Sie über diese Institute spotten, mein Herr Baron?« unterbrach ihn der Lord, »ich finde das recht hübsch. Man braucht selbst kein Buch als diese öffentlichen Blätter zu lesen und kann dann dennoch in der Gesellschaft mitstimmen.«

»Sie hätten recht, wenn der Geist dieser Institute anders wäre. So aber ergreift der, welcher sich nach diesen Blättern richtet, unbewußt irgend eine Partie und kann, ohne daß er sich dessen versieht, in der Gesellschaft für einen Goethianer, Müllnerianer, Vossiden oder Creuzerianer, Schellingianer oder Hegelianer, kurz für einen Y-aner gelten. Denn das eine Blatt gehört dieser Partie an und haut und sticht mehr oder minder auf jede andere, ein anderes gehört diesem oder jenem großen Buchhändler.

Da müssen nun fürs erste alle seine Verlagsartikel gehörig gelobt, dann die seiner Feinde grimmig angefallen werden, oft muß man auch ganz diplomatisch zu Werk gehen, es mit keinem ganz verderben, auf beiden Achseln (Dichter-) Wasser tragen und indem man einem freundlich ein Kompliment macht, hinterrücks heimlich ihm ein Bein unterschlagen.«

»Aber schämen sich denn Ihre Gelehrten nicht, auf diese Art die Kritik und Literatur zu handhaben?« fragte der Marquis, »ich muß gestehen, in Frankreich würde man ein solches Wesen verachten.«

»Ihre politischen Blätter, mein Herr, machen es nicht besser. Übrigens sind es nicht gerade die Gelehrten, die dieses Handwerk treiben. Die eigentlichen Gelehrten werden nur zu Kernschüssen und langsamen, gründlichen Operationen verwandt und mit vier Groschen bezahlt. Leichter, behender sind die Halbgelehrten, die eigentlichen Voltigeurs der Literatur. Sie plänkeln mit dem Feind, ohne ihn gerade gründlich und mit Nachdruck anzugreifen; sie richten Schaden in seiner Linie an, sie umschwärmen ihn, sie suchen ihn aus seiner Position zu locken. Auch dürfen sie sich gerade nicht schämen, denn sie rezensieren anonym, und nur einer unterschreibt seine kritischen Bluturteile mit so kaltem Blute, als wollte er seinen Bruder freundlich zu Gevatter bitten.«

»Das muß ja ein eigentlicher Matador sein!« rief der Lord lächelnd.

»Ein Matador in jedem Sinne des Worts. Auf spanisch – ein Totschläger, denn er hat schon manchen niedergedonnert; und wahrhaftig, er ist der höchste Trumpf, dieser Matador, und zählt für zehen, wenn er *Pacat ultimo* macht. Und bei den literarischen Stiergefechten ist er Matador!

Denn er, der Hauptkämpfer, ist es, der dem armen gehetzten und gejagten Stier den Todesstoß gibt.«

»Gestehen Sie, Sie übertreiben; – Sie haben gewiß einmal den unglücklichen Gedanken gehabt, etwas zu schreiben, das recht tüchtig vorgenommen wurde, und jetzt zürnen Sie der Kritik?«

Der junge Deutsche errötete. »Es ist wahr, ich habe etwas geschrieben, doch war es nur eine Novelle und leider nicht so bedeutend, daß es wäre rezensiert worden; aber nein; ich selbst habe einige Zeit unter meines Onkels Protektion den kritischen kleinen Krieg mitgemacht und kenne diese Affairen genau. Nun, mein Onkel brachte mir also die verschiedenen Formen und Klassen bei. Die *erste* war die *sanftlobende* Rezension. Sie gab nur einige Auszüge aus dem Werk, lobte es als brav und gelungen und ermahnte, auf der betretenen Bahn fortzuschreiten. In diese Klasse fielen junge Schriftsteller, die dem Interesse des Blattes entfernter standen, die man aber für sich gewinnen wollte. Hauptsächlich aber war diese Klasse für junge schriftstellerische Damen.«

»Wie?« erwiderte der Lord, »haben Sie derer so viele, daß man eine eigene Klasse für sie macht?«

»Man zählte, als ich noch auf der Oberwelt war, sechsundvierzig jüngere und ältere! Sie sehen, daß man für sie schon eine eigene Klasse machen kann und zwar eine ›gelinde‹, weil diese Damen mehr Anbeter und Freunde haben als ein junger Schriftsteller. Die *zweite* Klasse ist die *lobposaunende*. Hier werden entweder die Verlagsartikel des Buchhändlers, der das Blatt bezahlt, oder die Parteimänner gelobt. Man preist ihre Namen, man ist gerührt, man ist glücklich, daß die Nation einen solchen Mann aufweisen kann. Die *dritte* Klasse ist dann die *neutrale*.

Hier werden die Feinde, mit denen man nicht in Streit geraten mag, etwas kühl und diplomatisch behandelt. Man spricht mehr über das Genus ihrer Schrift und über ihre Tendenz als über sie selbst und gibt sich Mühe, in recht vielen Worten *nichts* zu sagen, ungefähr wie in den Salons, wenn man über politische Verhältnisse spricht und sich doch mit keinem Wort verraten will.

Die *vierte* Klasse ist die *lobhudelnde*. Man sucht entweder einen, indem man ihn scheinbar und mit einem Anstrich von Gerechtigkeit ein wenig tadelt, zu loben, oder umgekehrt, man lobt ihn mit vielem Anstand und bringt ihm einige Stiche bei, die ihn entweder tief verwunden oder doch lächerlich machen. Die *fünfte* Klasse ist die *grobe, ernste*; man nimmt eine vornehme Miene an, setzt sich hoch zu Roß und schaut hernieder auf die kleinen Bemühungen und geringen Fortschritte des Gegners. Man warnt sogar vor ihm und sucht etwas Verstecktes in seinen Schriften zu finden, was zu gefährlich ist, als daß man öffentlich davon sprechen möchte. Diese Klasse macht stillen, aber tiefen Eindruck aufs Publikum. Es ist etwas Mystisches in dieser Art der Kritik, was die Menschen mit Scheu und Beben erfüllt. Die *sechste* Klasse ist die *Totschläger*-Klasse. Sie ist eine Art von Schlachtbank, denn hier werden die Opfer des Zornes, der Rache niedergemetzelt ohne Gnade und Barmherzigkeit, sie ist eine Säge- und Stampfmühle, denn der Müller schüttet die Unglücklichen, die ihm überantwortet werden, hinein und zerfetzt, zersägt, zermalmt sie.«

»Aber wer trägt denn die Schuld von diesem unsinnigen Vertilgungssystem?« fragte Lasulot.

»Nun, das Publikum selbst! Wie man früher an Turnieren und Tierhetzen die Freude hatte, so amüsiert man sich jetzt am kritischen Kriege; es freut die Leute, wenn man die Schriftsteller mit eingelegten Lanzen aufeinander anrennen sieht, und – wenn die Rippen krachen, wenn einer sinkt, klatscht man dem Sieger Beifall zu. Ländlich, sittlich! ›Ein Stier, ein Stier, ruft's dort und hier!‹ In Spanien treibt man das in der Wirklichkeit, in Deutschland metaphorisch, und wenn ein paar tüchtige Fleischerhunde einen alten Stier anfallen und sich zu Helden an ihm beißen, wenn der *Matador* von der Galerie hinab in den Zirkus springt,

> Und zieht den Degen
> Und fällt verwegen
> Zur Seite den wütenden Ochsen an –

da freut sich das liebe Publikum, und von ›Bravo!‹ schallt die Gegend wider!«

»Das ist köstlich!« rief der Engländer, doch war man ungewiß, ob sein Beifall der deutschen Kritik oder dem Rum gelte, den er zu sich nahm; »und ein solcher Klassenkritikus wurden Sie, Master Garnmacher?«

»Mein Onkel war, wie ich Ihnen sagte, für mehrere Journale verpachtet; wunderbar war es übrigens, welches heterogene Interesse er dabei befolgen mußte. Er hatte es so weit gebracht, daß er an einem Vormittag ein Buch las und sechs Rezensionen darüber schrieb, und oft traf es sich, daß er alle sechs Klassen über einen Gegenstand erschöpfte. Er zündete dann zuerst dem Schlachtopfer ein kleines gelindes Lobfeuer aus Zimtholz an; dann warf er kritischen Weihrauch dazu, daß es große Wolken gab, die dem Publikum die Sinne umnebelten und die Augen beizten. Dann dämpfte er diese niedlichen Opferflammen zu

einer düsteren Glut, blies sie dann mit dem kalten Hauch der vierten Klasse frischer an, warf in der fünften einen so großen Holzstoß zu als die *Sancta simplicitas* in Konstanz dem Huß und fing dann zum sechsten an, den Unglücklichen an dieser mächtigen Lohe des Zornes zu braten und zu rösten, bis er ganz schwarz war.«

»Wie konnte er aber nur mit gutem Gewissen sechserlei so verschiedene Meinungen über *einen* Gegenstand haben? Das ist ja schändlich!«

»Wie man will. Ich erinnere Sie übrigens an die liberalen und an die ministeriellen Blätter Ihres Landes; wenn heute einer Ihrer Publizisten eine Ode an die Freiheit auf der Posaune geblasen hat und ihm morgen der Herr von . . . einige Sous mehr bietet, so hält er einen Panegyrikus gegen die linke Seite, als hätte er von je in einem ministeriellen Vorzimmer gelebt.«

»Aber dann geht er förmlich über«, bemerkte der Marquis; »aber Ihr Onkel, der Schuft, hatte zu gleicher Zeit sechs Zungen und zwölf Augen, die Hälfte mehr als der Höllenhund.«

»Die Deutschen haben es von jeher in allen mechanischen Künsten und Handarbeiten weit gebracht«, erwiderte mit großer Ruhe der junge Mann, »so auch in der Kritik. Als mich nun mein Onkel so weit gebracht hatte, daß ich nicht nur ein Buch von dreißig Bogen in zwei Stunden durchlesen, sondern auch den Inhalt einer *unaufgeschnittenen* Schrift auf ein Haar erraten konnte, wenn ich wußte, von welcher Partei sie war, so gebrauchte er mich zur Kritik. ›Ich will dir‹, sagte er, ›die erste, zweite, fünfte und sechste Klasse geben. Die Jugend, wie sie nun einmal heutzutag' ist, kann nichts mit Maß tun. Sie lobt entweder über alle Grenzen, oder sie schimpft und tadelt unver-

schämt. Solche Leute, besonders wenn sie ein recht scharfes Gebiß haben, sind übrigens oft nicht mit Gold zu bezahlen. Man legt sie an die Kette, bis man sie braucht, und hetzt sie dann mit unglaublichem Erfolg, denn sie sind auf den Mann dressiert trotz der besten Dogge. Zu den Mittelklassen, zu dem Neutralitätssystem, zu dem verdeckten Tadel, zu dem ruhigen, aber sicheren Hinterhalt gehört schon mehr kaltes Blut.‹

So sprach mein Onkel und übergab mir die Kränze der Gnade und das Schwert der Rache. Alle Tage mußte ich von frühe acht bis ein Uhr rezensieren. Der Onkel schickte mir ein neues Buch, ich mußte es schnell durchlesen und die Hauptstellen bezeichnen. Dann wurden Kritiken von Nr. 1 und 2 entworfen und dem Alten zurückgeschickt. Nun schrieb er selbst 3 und 4, und war dann noch ein Hauptgericht zu exequieren, so ließ er mir sagen: ›Mein lieber Neffe; nur immer Nr. 5 und 6 draufgesetzt; es kann nicht schaden, nimm ihn ins Teufels Namen tüchtig durch‹; und den ich noch vor einer Stunde mit wahrer Rührung bis zum Himmel erhoben, denselben verdammte ich jetzt bis in die Hölle. Vor Tisch wurden dann die kritischen Arbeiten verglichen, der Onkel tat, wie er zu sagen pflegte, Salz hinzu, um das Gebräu pikanter zu machen; dann packte ich alles ein und verschickte die heil- und unheilschweren Blätter an die verschiedenen Journale.«

»*God dam!* Habe ich in meinem Leben dergleichen gehört?« rief der Lord mit wahrem Grauen; »aber wenn sie alle Tage nur *ein* Buch rezensierten, das macht ja im Jahr 365! Gibt es denn in Ihrem Vaterland jährlich selbst nur ein Drittel dieser Summe?«

»Ha! da kennen Sie unsere gesegnete Literatur schlecht, wenn Sie dies fragen. So viele gibt es in *einer* Messe, und wir haben jährlich zwei. Alle Jahre kann man achzig Romane, zwanzig gute und vierzig schlechte Lust- und Trauerspiele, hundert schöne und miserable Erzählungen, Novellen, Historien, Phantasien etc., dreißig Almanachs, fünfzig Bände lyrischer Gedichte, einige erhabene Heldengedichte in Stanzen oder Hexametern, vierhundert Übersetzungen, achzig Kriegsbücher rechnen, und die Schul-, Lehr-, Katheder-, Professions-, Konfessionsbücher, die Anweisungen zum frommen Leben, zu Bereitung guten Champagners aus Obst, zu Verlängerung der Gesundheit, die Betrachtungen über die Ewigkeit und wie man auch ohne Arzt sterben könne usw. sind nicht zu zählen; kurz, man kann in meinem Vaterland annehmen, daß unter fünfzig Menschen immer einer Bücher schreibt; ist einer einmal im Meßkatalog gestanden, so gibt er das Handwerk vor dem sechzigsten Jahr nicht auf. Sie können also leicht berechnen, meine Herren, wieviel bei uns gedruckt wird. Welcher Reichtum der Literatur, welches weite Feld für die Kritik!«

Der junge Deutsche hatte diese letzten Worte mit einer Ehrfurcht, mit einer Andacht gesprochen, die sogar mir höchst komisch vorkam; der Lord und der Marquis aber brachen in lautes Lachen aus, und je verwunderter der junge Herr sie ansah, desto mehr schien ihr Lachreiz gesteigert zu werden.

»*Monsieur de Garnmackre!* Nehmen Sie es nicht übel, daß ich mich von Ihrer Erzählung bis zum Lachen hinreißen ließ«, sagte der Marquis, »aber Ihre Nation, Ihre Literatur, Ihre kritische Manufaktur kam mir unwillkürlich so komisch vor, daß ich mich nicht enthalten konnte, zu lachen. Ihr seid sublime Leute! das muß man euch lassen.«

»Und der Herr hier hat recht«, bemerkte Mylord mit feinem Lächeln. »Alles schreibt in diesem göttlichen Lande, und was das schönste ist, nicht jeder über sein Fach, sondern lieber über ein anderes. So fuhr ich einmal auf meiner *grand tour* in einem deutschen Ländchen. Der Weg war schlecht, die Pferde womöglich noch schlechter. Ich ließ endlich durch meinen Reisebegleiter, der deutsch reden konnte, den Postillon fragen, was denn sein Herr, der Postmeister, denke, daß er uns so miserable Pferde vorspanne? Der Postillon antwortete: ›Was das Post- und das Stallwesen anbelangt, so denkt mein Herr nichts.‹

Wir waren verwundert über diese Antwort, und mein Begleiter, dem das Gespräch Spaß machte, fragte, was sein Herr denn anderes zu denken habe? ›Er schreibt!‹ war die kurze Antwort des Kerls. ›Wie? Briefverzeichnisse, Postkarten?‹ ›Ei, behüte‹, sagt er, ›Bücher, gelehrte Bücher.‹ ›Über das Postwesen?‹ fragten wir weiter. ›Nein‹, meinte er, ›Verse macht mein Herr, Verse, oft so breit als meine fünf Finger und so lang als mein Arm!‹ und klatsch! klatsch! hieb er auf die mageren Brüder des Pegasus und trabte mit uns auf dem stoßenden Steinweg, daß es uns in der Seele wehe tat. *›God dam!‹* sagte mein Begleiter, ›wenn der Herr Postmeister so schlecht auf dem Hippogryphen sitzt wie sein Schwager auf diesen Kleppern, so wird er holperigte Verse zu Tage fördern!‹ Und auf Ehre, meine Herren, ich habe mich auf der nächsten Station erkundigt, dieser Postmeister ist ein Dichter und wie Sie, Mr. Garnmacher, ein großer Kritiker.«

»Ich weiß, wen Sie meinen«, erwiderte der Deutsche mit etwas unmutiger Miene, »und Ihre Erzählung soll wohl ein Stich auf mich sein, weil ich eigentlich auch nicht für dieses Gebiet der Literatur erzogen worden. Übrigens muß ich Ihnen sagen, Mylord, in Ihrem kalten, systematischen, nach Gesetzen ängstlich zugeschnittenen Land möchte etwas dergleichen auffallen, aber bei uns zu Lande ist das was anderes. Da kann jeder in die Literatur hineinpfuschen, wann und wie er will, und es gibt kein Gesetz, das einem verböte, etwas Miserables drucken zu lassen, wenn er nur einen Verleger findet. Bei den Kritikern und Poeten meines Vaterlandes ist nicht nur in Hinsicht auf die Phantasie, die schöne romantische Zeit des Mittelalters, nein, wir sind, und ich rechne mich ohne Scheu dazu, samt und sonders edle Raubritter, die einander die Blumen der Poesie abjagen und in unsere Verliese schleppen, wir üben das Faustrecht auf heldenmütige Weise und halten literarische Wegelagerungen gegen den reich beladenen Krämer und Juden. Die Poesie ist bei uns eine Gemeindewiese, auf welcher jedes Vieh umherspazieren und Blumen und Gras fressen kann nach Belieben.«

»Herr von Garnmacker«, unterbrach ihn der Marquis de Lasulot, »ich würde Ihre Geschichte erstaunlich hübsch und anziehend finden, wenn sie nur nicht so langweilig wäre. Wenn Sie so fortmachen, so erzählen Sie uns achtundvierzig Stunden in einem fort. Ich schlage daher vor, wir verschieben den Rest und unsere eigenen Lebensläufe auf ein andermal und gehen jetzt auf die Höllenpromenade, um die schöne Welt zu sehen!«

»Sie haben recht«, sagte der Lord, indem er aufstand und mir ein Sixpensestück zuwarf, »der Herr von Garnmacher weiß auf unterhaltende Weise einzuschläfern. Brechen wir auf; ich bin neugierig, ob wohl viele Bekannte aus der Stadt hier sind?«

»Wie?« rief der junge Deutsche nicht ohne Überraschung, »Sie wollen also nicht hören, wie ich mich in Berlin bei den Herren vom Mühlendamm zu einem Elegant perfektionierte? Sie wollen nicht hören, wie ich einen Liebeshandel mit einer Prinzessin hatte, und auf welche elendigliche Weise ich endlich verstorben bin? O, meine Herren, meine Geschichte fängt jetzt erst an, interessant zu werden.«

»Sie können recht haben«, erwiderte ihm der Lord mit vornehmem Lächeln, »aber wir finden, daß uns die Abwechslung mehr Freude macht. Begleiten Sie uns, vielleicht sehen wir einige Figuren aus Ihrem Vaterland, die Sie uns zeigen können.«

»Nein, wirklich! Ich bin gespannt auf Ihre Geschichte«, sagte der Marquis lachend, »aber nur jetzt nicht. Es ist jetzt die Zeit, wo die Welt promeniert, und um keinen Preis, selbst nicht um Ihre interessante Erzählung möchte ich diese Stunde versäumen. Gehen wir.«

»Gut«, antwortete der deutsche Stutzer resigniert und ohne beleidigt zu scheinen. »Ich begleite Sie; auch so ist mir Ihre werte Gesellschaft sehr angenehm, denn es ist für einen Deutschen immer eine große Ehre, sich an einen Franzosen oder gar an einen Engländer anschließen zu können.«

Lachend gingen die beiden davon, der Baron folgte, und ich veränderte schnell mein Kostüm, um diese merkwürdigen Subjekte auf ihren Wanderungen zu verfolgen, denn ich hatte gerade nichts Besseres zu tun.

Die Menschen bleiben sich unter jeder Zone gleich – es ist möglich, daß Klima und Sitten eines anderen Landes eine kleine Veränderung in manchem hervorbringen; aber lasset nur eine Stunde lang Landsleute zusammen sprechen, der Nationalcharakter wird sich nicht verleugnen, wird mehr und mehr sich wieder hervorheben und deutlicher werden. So kommt es, daß dieser Geburtstag meiner lieben Großmutter mir Stoff zu tausend Reflexionen gibt, denn selbst im Fegfeuer, wenn diesen Leutchen nur *ein* Tag vergönnt ist, findet sich Gleiches zu Gleichem, und es spricht und lacht und geht und liebt wie im Prater, wie auf der Chaussée d'Antin oder im Palais Royal, wie Unter den Linden oder wie in . . . Welchen Anblick gewährte diese höllische Promenade! Die Stutzer aller Jahrhunderte, die Kurtisanen und Merveilleuses aller Zeiten; Theologen aller Konfessionen, Juristen aller Staaten, Financiers von Paris bis Konstantinopel, von Wien bis London; und sie alle in Streit über ihre Angelegenheiten, und sie alle mit dem ewigen Refrain: »Zu unserer Zeit, ja! Zu unserer Zeit war es doch anders!« Aber ach, meine Stutzer kamen zu spät auf die Promenade, kaum daß noch Baron von Garnmacher einen jungen Dresdner Dichter umarmen und einer Berliner Sängerin sein Vergnügen ausdrücken konnte, ihre Bekanntschaft hier zu erneuern! Der edle junge Herr hatte durch seine Erzählung die Promenadezeit verkümmert, und die große Welt strömte schon zum Theater.

Das Theater im Fegefeuer

Man wundert sich vielleicht über ein Theater im Fegefeuer? Freilich ist es weder *Opera buffa* noch *seria*, weder Trauer- noch Lustspiel; ich habe zwar Schauspieldichter, Sänger, Acteurs und Actricen, Tänzer und Tänzerinnen genug, aber wie könnte man ein so gemischtes Publikum mit einem dieser Stücke unterhalten? Ließe ich von Zacharias Werner eine schauerlich-tragi-komisch-historisch-romantisch-heroische Komödie aufführen, – wie würden sich Franzosen und Italiener langweilen, um von den Russen, die mehr das Trauerspiel und Mordszenen lieben, gar nicht zu sprechen. Wollte ich mir von Kotzebue ein Lustspiel schreiben lassen, etwa »Die Kleinstädter in der Hölle«, wie würde man über verdorbenen Geschmack schimpfen! Daher habe ich eine andere Einrichtung getroffen.

Mein Theater spielt große pantomimische Stücke, welche wunderbarerweise nicht die Vergangenheit, sondern die Zukunft zum Gegenstand haben, aber mit Recht. Die Vergangenheit, ihr ganzes Leben liegt abgeschlossen hinter diesen armen Seelen. Selten bekömmt eine einen Erlaubnisschein, als *Revenant* die Erde um Mitternacht besuchen zu dürfen. Denn was nützt es mir, was frommt es dem irren Geist einer eifersüchtigen Frau, zum Lager ihres Mannes zurückzukehren? Was nützt es dem Mann, der sich schon um eine zweite umgetan, wenn durch die Gardine dringt –

»Eine kalte weiße Hand,
Wen erblickt er? Seine Wilhelmine,
Die im Sterbekleide vor ihm stand.«

Was kann es dem Teufel, was einer ausgeleerten herzoglichen Kasse helfen, wenn der Finanzminister, der sich aus Verzweiflung mit dem Federmesser die Kehle abschnitt, allnächtlich ins Departement schleicht, angetan mit demselben Schlafrock, in welchem er zu arbeiten pflegte, schlurfend auf alten Pantoffeln und die Feder hinter dem Ohr; zu was dient es, wenn er seufzend vor die Akten sitzt und mit glühendem Auge seinen Rest immer noch einmal wieder berechnet?

Was kann es dem fürstlichen Keller helfen, wenn der Schloßküfer, den ich in einer bösen Stunde abgeholt, durch einen Kellerhals herniederfährt und mit krampfhaft gekrümmtem Finger an den Fässern anpocht, die er bestohlen? Zu welchem Zweck soll ich den General entlassen, wenn oben der Zapfenstreich ertönt und die Hörner zur Ruhe blasen? Zu was den Stutzer, um zu sehen, ob sein bezahltes Liebchen auf frische Rechnung liebt? Zwar sie alle, ich gestehe es, sie alle würden sich unglücklicher fühlen, könnten sie sehen, wie schnell man sie vergessen hat, es wäre eine Schärfung der Strafe, wie etwa ein König, als ihm ein Urteil zu *lebens*länglicher Zuchthausstrafe vorgelegt wurde, »noch sechs Jahre länger« unterschrieb, weil er den Mann haßte. Aber sie würden mir auf der andern Seite so viel verwirrtes Zeug mit herabbringen, würden mir manchen fromm zu machen suchen, wie der reiche Mann im Evangelium, der zu Lebzeiten so viel getrunken, daß er in der Hölle Wasser trinken wollte, – ich habe darin zu viele Erfahrungen gemacht und kann es in neuern Zeiten, wo ohnedies die Missionarien und andere Mystiker genug tun, nicht mehr erlauben. Daher kommt es, daß es in diesen Tagen wenig mehr in den *Häusern*, desto mehr aber in den *Köpfen* spukt.

Um nun den Seelen im Fegefeuer dennoch Nachrichten über die Zukunft zu geben, lasse ich an Festtagen einige erhebliche Stücke von meiner höllischen Bande aufführen. Auf dem heutigen Zettel war angezeigt:

Mit Allerhöchster Bewilligung.

Heute, als am Geburtsfeste der Großmutter,
diabolischen Hoheit:
Einige Szenen aus dem Jahr 1826.

Pantomimische Vorstellung
mit Begleitung des Orchesters.
Die Musik ist aus Mozarts, Haydns,
Glucks und anderen Meisterwerken
zusammengesucht von Rossini.

(Bemerkungen an das Publikum.) Da gegenwärtig sehr viele allerhöchste Personen und hoher Adel hier sind, so wird gebeten, die ersten Ranglogen den Hoheiten, Durchlauchten und Ministern bis zum Grafen abwärts inklusive, die zweite Galerie der Ritterschaft samt Frauen bis zum Lieutenant abwärts zu überlassen.

Die Direktion des infernal.
Hof- und Nationaltheaters

Das Publikum drängte sich mit Ungestüm nach dem Haus. Ich bot mich den drei jungen Herren als Cicerone an und führte sie glücklich durch das Gedränge ins Parkett; obgleich der Lord ohne Anstand auf die erste, der Marquis und der deutsche Baron auf die zweite Loge hätten eintreten dürfen. Diese drei Subjekte fanden es aber amüsanter, von ihrem niederen Standpunkt aus Logen und Parterre zu lorgnettieren. Wie mancher Ausruf des freudigen Staunens entschlüpfte ihnen, wenn sie wieder auf ein bekanntes Gesicht trafen. Besonders Garnmacher schien vor Erstaunen nicht zu sich selbst kommen zu können. »Nein, ist es möglich!« rief er wiederholt aus, »ist es möglich? Sehen Sie, Marquis, jener Herr dort oben in der zweiten Galerie rechts, mit den roten Augen, er spricht mit einer bleichen, jungen Dame, dieser starb in Berlin im

Geruch der Heiligkeit und soll auch hier sein an diesem unheiligen Ort? Und jene Dame, mit welcher er spricht, wie oft habe ich sie gesehen und gesprochen! Sie war eine liebenswürdige, fromme Schwärmerin, ging lieber in die Dreifaltigkeitskirche als auf den Ball – sie starb, und wir alle glaubten, sie werde sogleich in den dritten Himmel schweben, und jetzt sitzt sie hier im Fegefeuer! Zwar wollte man behaupten, sie sei in Töplitz an einem heimlichen Wochenbett verschieden, aber wer ihren frommen Lebenslauf gesehen, wer konnte das glauben?«

»Ha! die Nase von Frankreich!« rief auf einmal der Baron mit Ekstase. »Heiliger Ludwig, auch Ihr, auch Ihr unter Euren verlorenen Kindern? Ha! und ihr, ihr verdammten Kutten, die ihr mein schönes Vaterland in die Kapuze stecken wollet. Sehen Sie, Mylord, jene häßlichen, kriechenden Menschen? Sehen Sie, dort – das sind berühmte Missionäre, die uns glauben machen wollten, sie seien frömmer als wir. Dem Teufel sei es gedankt, daß er diese Schweine auch zu sich versammelt hat.«

»O, mein Herr«, sagte ich, »da hätten Sie nicht nötig gehabt, bis ins Theater sich zu bemühen, um diese Leutchen zu sehen. Sie zeigen sich zwar nicht gerne auf den Promenaden, weil selbst in der Hölle nichts Erbärmlicheres zu sein pflegt als ein entlarvter Heuchler; aber im *Café de Congrégation* wimmelt es von diesen Herren. Vom Kardinal bis zum schlechten Pater. Sie können manche heilige Bekanntschaft dort machen.«

»Mein Herr, Sie scheinen bekannt hier«, erwiderte Mylord, »sagen Sie doch, wer sind diese ernsten Männer in Uniform nebenan? Sie unterhalten sich lebhaft, und doch sehe ich sie nicht lächeln. Sind es Engländer?«

»Verzeihen Sie«, antwortete ich, »es sind Soldaten und

Offiziers von der alten Garde, die sich mit einigen Preußen über den letzten Feldzug besprechen.«

Alle drei schienen erstaunt über dieses Zusammentreffen und wollten mehr fragen, aber der Kapellmeister hob den Stab und die Trompeten und Pauken der Rossinischen Ouvertüre schmetterten in das volle Haus. Es war die herrliche Ouvertüre aus »*Il maestro ladro*«, die Rossini auf sich selbst gedichtet hat, und das Publikum war entzückt über die schönen Anklänge aus der Musik aller Länder und Zeiten, und jedes fand seinen Lieblingsmeister, seine Lieblingsarie in dem herrlich komponierten Stück. Ich halte auch außer der *Gazza ladra* den *Maestro ladro* für sein Bestes, weil er darin seine Tendenz und seine künstlerische Gewandtheit im Komponieren ganz ausgesprochen hat. Die Ouvertüre endete mit dem ergreifenden Schluß von Mozarts ›Don Juan‹, dem man zur Vermehrung der Rührung einen Nachsatz von Pauken, Trommeln und Trompeten angehängt hatte und – der Vorhang flog auf.

Man sah einen Saal der Börsenhalle von London. Ängstlich drängten sich Juden und Christen durcheinander; in malerischen Gruppen standen Geldmäkler, große und kleine Kaufleute und steigerten die Papiere. Nachdem diese Introduktion einige Zeitlang gedauert hatte, kamen in sonderbaren Sprüngen und Kapriolen zwei Kuriere hereingetanzt. Allgemeine Spannung; die Depeschen werden in einem *Pas de Deux* entsiegelt, die Nachrichten mitgeteilt. In diesem Augenblick erscheint mein erster Solotänzer, das Haus Goldsmith vorstellend, in der Szene. Seine Mienen, seine Haltung drücken Verzweiflung aus, man sieht, seine Fonds sind erschöpft, sein Beutel leer, er muß seine Zahlungen einstellen. Ein Chor von Juden und

Christen dringen auf ihn ein, um sich bezahlt zu machen. Er fleht, er bittet, seine Gebärdensprache ist bezaubernd – es hilft nichts. Da raffte er sich verzweiflungsvoll auf; er tanzte ein Solo voll Ernst und Majestät; wie ein gefallener König ist er noch im Unglück groß, seine Sprünge reichen zu einer immensen Höhe, und mit einem prachtvollen Fußtriller fällt das Haus Goldsmith in London. Komisch war es nun anzusehen, wie das Chor der englischen, deutschen und französischen Häuser, vorgestellt von den Herren vom *Corps de ballet*, diesen Fall weiter fortsetzten. Sie wankten künstlich und fielen noch künstlicher, besonders exzellierten hiebei einige Berliner Börsenkünstler, die durch ihre ungemeine Kunst einen wahrhaft tragischen Effekt hervorbrachten und allgemeine Sensation im Parterre erregten.

Plötzlich ging die lamentable Börsenmusik in einen Triumphmarsch über; die herrliche Passage aus der »Italienerin in Algier«: *Heil dem großen Kaimakan* ertönte, ein glänzender Zug von Christensklaven, Goldbarren und Schüsseln mit gemünztem Gold tragend, tanzten aufs Theater. Es war, wie wenn in der Hungersnot ein Wagen mit Brot in eine ausgehungerte Stadt kommt. Man denkt nicht daran, daß der spekulative Kopf, der das Brot herbeischaffte, nichts als ein gemeiner Wucherer ist, der den Hunger benützt und sein Brot zu ungeheuren Preisen losschlägt; man denkt nicht daran, man verehrt ihn als den Retter, als den schützenden Schild in der Not. So auch hier. Die gefallenen Häuser richteten sich mit Grazie empor, sie schienen Hoffnung zu schöpfen, sie schienen den Messias der Börse zu erwarten. Er kam. Acht Finanzminister berühmter Könige und Kaiser trugen auf ihren Schultern eine Art von Triumphwagen, der die transpa-

rente Inschrift: »Seid umschlungen Millionen!« trug. Ein Herr mit einer pikanten, morgenländischen Physiognomie, wohlbeleibt und von etwas schwammigem Ansehen, saß in dem Wagen und stellte den Triumphator vor.

Mit ungemeinem Applaus wurde er begrüßt, als er von den Schultern der Minister herab auf den Boden stieg. »Das ist Rothschild! Es lebe Rothschild!« schrie man in den ersten Ranglogen und klatschte und rief Bravo, daß das Haus zitterte. Es war mein erster Grotesktänzer, der diese schwierige Rolle meisterhaft durchführte; besonders als er mit dem englischen, österreichischen, preußischen und französischen Ministerium einen Cosaque tanzte, übertraf er sich selbst. Rothschild gab in einer komischen Solopartie seinem Reich, der Börse, den Frieden, und der erste Akt der großen Pantomime endigte sich mit einem brillanten Schlußchor, in welchem er förmlich gekrönt und zu einem allerhöchsten *cher Cousin* gemacht wurde.

Als der Vorhang gefallen war, ließ sich Mylord ziemlich ungnädig über diese Szene aus. »Es war zu erwarten«, sagte er, »daß diese Menschen bedeutenden Einfluß auf die Kurse bekommen werden, aber daß auf der Börse von London ein solcher Skandal vorfallen werde, im Jahr 1826, das ist unglaublich.«

»Mein Herr!« erwiderte der Marquis lachend, »unglaublich finde ich es nicht. Bei den Menschen ist alles möglich, und warum sollte nicht einer, wenn er auch im Judenquartier zu Frankfurt das Licht der Welt erblickte, durch Kombination so weit kommen, daß er Kaiser und Könige in seinen Sack stecken kann?«

»Aber England, Altengland! Ich bitte Sie!« rief der Lord schmerzlich. »Ihr Frankreich, Ihr Deutschland hat von jeher nach jeder Pfeife tanzen müssen! Aber, *God dam!*

Das englische Ministerium mit diesem Hephep einen Cosaque tanzen zu sehen, o! es ist schmerzlich!«

»Ja, ja!« sprach Baron von Garnmacher, des Schneiders Sohn, sehr ruhig, »es wird und muß so kommen. Freilich ein bedeutender Unterschied zwischen 1826 und der Zeit des Königs David.«

»Das finde ich nicht«, antwortete der Marquis, »im Gegenteil, Sie sehen ja, welch großen Einfluß die Juden auf die Zeit gewinnen!«

»Und dennoch finde ich einen bedeutenden Unterschied«, erwiderte der Deutsche. »Damals, mein Herr, hatten alle Juden nur Einen König, jetzt aber haben alle Könige nur Einen Juden.«

»Wenn Sie so wollen, ja. Aber neugierig bin ich doch, was für eine Szene uns der Teufel jetzt geben wird. Ich wollte wetten, Frankreich oder Italien kommt ans Brett.«

»Ich denke, Deutschland«, erwiderte Garnmacher, »ich wenigstens möchte wohl wissen, wie es im Jahr 1826 oder 1830 in Deutschland sein wird. Als ich die Erde verließ, war die Konstellation sonderbar. Es roch in meinem Vaterland wie in einer Pulverkammer, bevor sie in die Luft fliegt. Die Lunte glühte, und man roch sie allerorten. Die feinsten diplomatischen Nasen machten sich weit und lang, um diesen geheimnisvollen Duft einzuziehen und zu erraten, woher der Wind komme. Meinen Sie nicht auch, es müsse bedeutende Veränderungen geben?«

»Es wird heißen – auch in diesem Jahr ist es geblieben wie es war«, antwortete ich dem guten Deutschen. »Um eine Lunte auszulöschen, bedarf es keine großen Künste. Man wird bleiben, wie man war, man wird höchstens um einige Prozente weiser vom Rathaus kommen. Sie wollen Ihr Vaterland in die Szene gesetzt sehen, um zu erfahren, wie es Anno 1826 dort aussieht? Armer Herr! da müßte ich ja zuvor noch fragen, was für ein Landsmann Sie sind.«

»Wie verstehen Sie das?« fragte der Baron unmutig.

»Nun? Was könnte man Ihnen denn Allgemeines und Nationelles vorspielen, da Sie keine Nation sind? Sind Sie ein Bayer, so müßte man Ihnen zeigen, wie man dort noch immer das alte ehrliche Bier, nur nach neuen Rezepten braut; sind Sie Württemberger, so könnten Sie erfahren, wie man die Landstände wählte. Sind Sie ein Rheinpreuße und drückt Sie der Schuh, so lassen Sie sich den eigenen Fuß operieren, denn an dem Normalschuh darf nichts geändert werden. Sind Sie ein Hesse, so trinken Sie ganz ruhig Ihren Doppelkümmel zum Butterbrot, aber denken Sie nichts, nicht einmal, ob es in der letzten Woche schön war und in der nächsten regnen wird; sind Sie ein Brandenburger, so machen Sie, daß Ihnen die Haare zu Berg stehen, und hungern Sie, bis Sie eine schöne Taille bekommen –«

»Herr, Sie sind des Teufels!« fuhr der Baron auf; »wollen Sie uns alles Nationalgefühl absprechen? Wollen Sie –«

»Stille! Sie sehen, der Vorhang geht wieder in die Höhe!« rief der Marquis; »wie, was sehe ich? Das ist ja das Portal von Notre Dame! Das finde ich sonderbar. Wenn man von Frankreich etwas in die Szene setzen will, warum gibt man uns kein Vaudeville, warum nicht den Kampf der Kammer?«

Die Glocken von Notre Dame ertönten in feierlichen Klängen. Chorgesang und das Murmeln kirchlicher Gebete näherte sich, und eine lange Prozession, angeführt von den Missionären, betrat die Bühne. Da sah man königliche Hoheiten und Fürsten mit den Mienen zerknirschter Sünder, den Rosenkranz in der Hand, einherschleichen; da sah man Damen des ersten Ranges, die schönen Augen gen Himmel gerichtet, die à la Madonna gekämmten Haare mit wohlriechender Asche bestreut, die niedlichen Füßchen bloß und bar in dem Staube wandelnd. Das Publikum staunte; man schien seinen Augen nicht zu trauen, wenn man die Herzogin D-s, die Komtesse de M-u, die Fürstin T-d im Kostüm einer Büßenden zur Kirche wandeln sah. Doch als Offiziere der alten Armee nicht mit Adlern, sondern mit heiligen Fahnen in der Hand hereinwankten, als sogar ein Mann in der reichen Uniform der Marschälle, den Degen an der Seite, die Kerze in der Hand und Gebetbücher unter dem Arm, über die Szene ging, da wandte sich der Marquis ab, die Soldaten der alten Garde an unserer Seite ballten die Fäuste und riefen Verwünschungen aus, und wer weiß, was meinen Acteurs geschehen wäre, hätte man faule Äpfel oder Steine in der Nähe gehabt. Das hohe Portal von Notre Dame hatte endlich die Prozession aufgenommen, und nur der Schluß ging noch über die Szene. Es war ein Affe, der eine Kerze in der Hand und unter dem Arm eine Vulgata trug; man hatte ihm einen ungeheuren Rosenkranz als Zaum um den Hals gelegt, an welchem ihn zwei Missionäre wie ein Kalb führten. So oft er aus dem ruhigen Prozessionsschritt in wunderliche Seitensprünge fallen wollte, wurde er mit einer Kapuzinergeißel gezüchtigt und schrie dann, um seine Zuchtmeister zu versöhnen: »*Vive le bon Dieu! vive la croix!*« So brachten sie ihn endlich mit großer Mühe zur Kirche, Orgel und Chorgesang erscholl, und der Vorhang fiel.

»Haben Sie nun Genugtuung?« sagte der Marquis zu dem Lord; »was ist Ihr Skandal auf der Börse gegen diesen kirchlichen Unfug? O mein Frankreich, mein armes Frankreich!«

»Es ist wahr«, antwortete Mylord sehr ernst, indem er dem Franzosen die Hand drückte; »Sie sind zu beklagen. Aber ich glaube nicht an diese tollen Possen; Frankreich kann nicht so tief sinken, um sich so unter den Pantoffel zu begeben. Frankreich, das Land des guten Geschmacks, der fröhlichen Sitten, der feinen Lebensart, Frankreich sollte schon im Jahr 1826 vergessen haben, daß es einst der gesunden Vernunft Tempel erbaute und den Jesuiten die Kutte ausklopfte? Nicht möglich, das ist ein Blendwerk der Hölle!«

»Das möchte doch nicht so sicher sein«, sagte ich. »Das Vaterland des Herrn Marquis gefiel sich von jeher in Kontrasten; wenn einmal der Jesuitismus dort zur Mode wird, möchte ich für nichts stehen.«

»Aber was wollten sie nur mit dem Affen in Notre Dame?« fragte der Baron, »was hat denn dieses Tier zu bedeuten.«

»Das ist, wie ich von der Theaterdirektion vernahm, der Affe Jocko, der sonst diese Leute im Theater belustigte. Jetzt ist er wohl auch von den Missionären bekehrt worden, und wenn er, wie man aus seinen Seitensprüngen schließen könnte, ein Protestant ist, so werden sie ihn wohl in der Kirche taufen.«

»*God dam!* Was Sie sagen; doch Sie scheinen mit der Theaterdirektion bekannt; sagen Sie uns, was noch aufgeführt wird; wenn es nichts Interessantes ist, so denke ich, gehen wir weiter, denn ich finde diese Pantomimen etwas langweilig.«

»Es kommt nur noch ein Akt, der mehr allgemeines Interesse hat«, antwortete ich; »es wird nämlich ein diplomatisches Diner aufgeführt, das der Reis-Efendi den Gesandten hoher Mächte gibt. Das Siegesfest der Festung Missolunghi vorstellend. Es werden dabei Ragouts aus Griechenohren, Pastetchen von Philhellenennasen aufgetischt. Das Hauptstück der Tafel macht ein Rostbeuf von dem griechischen Patriarchen, den sie lebendig geröstet haben, und zum Beschluß wird ein kleiner Ball gegeben, den ein besternter Staatsmann, so alt er sein mag, mit der schönsten Griechensklavin aus dem Harem seiner muhamedanischen Majestät eröffnet.«

»Ei!« rief der Marquis, »was, wollen wir diese Schande der Menschheit sehen? Ihre Londoner Börse war lächerlich, die Prozession gemein und dumm, aber diese ekelhafte Erbärmlichkeit, ich kann sie nicht ansehen! Kommet, meine Freunde, wir wollen lieber noch die Geschichte des Herrn von Garnmacher hören, so langweilig sie ist, als dieses diplomatische Diner betrachten!«

Der Lord und der deutsche Baron willigten ein. Sie standen auf und verließen mein Theater, und der Lord sah, als er heraustrat, mit einem derben Fluche zurück und rief:

»Wahrlich, es steht schlimm mit der Zukunft von 1826!«

Anmerkungen

Der erste Band der »Memoiren des Satan« erschien im Sommer 1825, ohne Name des Verfassers, nur mit »xxxxf« bezeichnet, in der Franckh'schen Buchhandlung in Stuttgart. »Ich habe, ehe ich es wagte, jene Memoiren in die Welt gehen zu lassen, lange vorgearbeitet und Stoffe gesammelt, die nicht ohne Interesse sein möchten. Ich habe sie in Form von Novellen und Erzählungen teils schon niedergeschrieben, teils so angelegt, daß sie in Kurzem der Vollendung nahe sind«, schrieb Hauff im November 1825 an Karl Winkler, der das Buch in der »Abendzeitung« sehr anerkennend rezensiert hatte und dem gegenüber sich der Dichter als sein Verfasser bekannte. Der Erfolg des Werkes veranlaßte Hauff zu einer Fortsetzung. Im Jahre 1826 folgte, nun unter seinem Namen, der zweite Teil der »Memoiren«. Wieder ein Jahr danach erschien der erste Band in zweiter Auflage. Er blieb das einzige Buch, von dem Hauff eine zweite Auflage erlebte.

Anmerkungen

9 *Motto:* »Dir gleicht er, Mars, vom fünften Himmel steigend und dich mit Stahl und Graus umgürtet zeigend.« Aus: »Das befreite Jerusalem« von Torquato Tasso. (Übersetzung von Karl Streckfuß).

10 *Drei Reichskronen:* Hauff war auf seiner Rheinreise im Herbst 1822 selbst in diesem Gasthof abgestiegen.

»Aber das Genie ...«: Nach Schiller: »Wallensteins Lager.«

13 *Konjektur:* Vermutung; Vorschlag zur Verbesserung eines Textes.

Partikulier: Rentner.

15 *Osinsky:* Hauff verwechselte hier den polnischen Dichter und Kritiker Osinsky mit dem Komponisten Michael Kleophas Oginsky (1765-1833).

16 *Hörnchen des Oberon:* Wer es hörte, mußte tanzen.

in T.: Tübingen.

19 *ewige Jude:* Er kann den Tod nicht finden, da er der Sage nach Christus auf dem Wege nach Golgatha verwehrte, sich vor seinem Haus auszuruhen.

25 *Zitzenem:* Von Zitz, einem feinen Kattun.

28 *Gozzi:* Carlo Graf Gozzi (1720-1806), italienischer Lustspieldichter. Seine Memoiren erschienen 1797 in 3 Bänden unter dem Titel »Memorie inutili della vita di Carlo Gozzi«.

Michele d'Agata: Unter Herzog Karl Eugen 1757/58 Ballettmeister am Stuttgarter Hoftheater.

29 *Lavater:* Johann Kaspar Lavater (1741-1801); vor allem berühmt durch seine »Physiognomischen Fragmente« (1775-78).

moros: Mürrisch.

31 *Zentifolie:* Hundertblättrige Rose.

rouge fin: Feines Rot.

bon ton: Guter Ton, feine Sitte.

je ne sais quoi: Ich weiß nicht was.

32 *Spaniol:* Spanischer Schnupftabak.

34 *Ressource:* Hilfsquelle.

35 *Sonett:* Aus dem Italienischen stammende, vierzehnzeilige Gedichtform von strengem Aufbau.

Triolett: Einstrophige, franz. Gedichtform mit nur 2 Reimklängen.

ottave rime: Achtzeilige Gedichtstrophe, auch Stanze.

sich insinuieren: Sich beliebt machen wollen, einschmeicheln.

45 *haudern:* Ursprünglich rütteln; hier in einem Mietwagen fahren.

46 *Probatum est:* Es hat sich bewährt, ist erprobt.

Berzelius: Johannes Jakob Freiherr von Berzelius (1779-1848), berühmter schwedischer Chemiker.

48 *jenes Römers:* Julis Cäsar (100-44 v. Chr.).

Talma: François Joseph Talma (1763-1826), berühmter französischer Schauspieler.

Mundus vult decipi: Die Welt will betrogen sein.

homo literatus: Schriftsteller.

49 *Humaniora:* Das Studium der Antike.

clericus clericum non decimat: Ein Geistlicher nimmt von einem andern Geistlichen keinen Zehnten.

51 διαβάλλειν: Verleumden, verlästern.

acerbe recensere: Bitter beurteilen.

anathema sit: Er sei verflucht.

Meßmer: Friedrich Anton Mesmer (1734-1815), Arzt, Begründer der Lehre vom tierischen Magnetismus.

55 *spiritus lenis und spiritus asper:* Der schwache und scharfe Hauch; griechische Schriftzeichen.

Schmalz: Theodor Anton Heinrich Schmalz (1760 bis 1831), Professor der Rechte, Gegner der liberalen Strömungen der Zeit.

Sand: Karl Ludwig Sand (1795-1820) hatte 1819 den Schriftsteller und russischen Staatsrat von Kotzebue ermordet und wurde am 20. Mai 1820 hingerichtet.

Haupt's Buch: Erschienen 1820 in Leipzig.

savoir vivre: Lebenskunst.

56 *Henriquatre:* Schnurrbart mit kleinem Kinnbart nach Heinrich IV. von Frankreich.

58 *Zachariäs ... Renommisten:* »Der Renommiste« (1744), ein komisches Heldengedicht von Justus Friedrich Wilhelm Zachariä (1726-1777).

60 *Besen:* Dienstmädchen.

64 *dic cur hic:* Sag, warum dies?

65 *Sancho Pansa:* Schildknappe von Don Quijote.

67 *Rudera:* Trümmer, Überbleibsel.

68 *Paulus:* Heinrich Eberhard Gottlob Paulus (1761 bis 1851), rationalistischer Theologe, seit 1811 Professor in Heidelberg.

Xantippe: Frau von Sokrates; zanksüchtiges Weib.

Sappeur: Pionier, der Sappen, d. h. Laufgräben, graben muß.

69 *ad notam:* Notieren, zu Papier bringen.

de angelis malis: Über die bösen Engel.

71 *Michaelis:* Johann David Michaelis (1717-1791), Theologe und führender Orientalist.

Döderlein: Johann Christoph Döderlein (1745-1792), bedeutender protestantischer Theologe, Professor in Jena.

Τὸ πνεῦμα ἀκάθαρνον: Unreine Luft.

72 *Sottise:* Albernheit.

recta via: Auf rechtem Weg.

80 *Whist[chen]* oder *Piquet:* Kartenspiele.

81 *kordial:* Vertraut, herzlich.

periorieren: Laut und mit Nachdruck dozieren, eine feierliche Rede halten.

83 *Hogarth:* William Hogarth (1697-1764), durch seine satirischen und humoristischen Bilder bekannter englischer Maler und Kupferstecher.

87 *Konnexionen:* Einflußreiche Verbindungen.

Schnurren: Gehilfen des Pedells.

90 *ad locum:* Auf den Platz.

91 *Pereat:* Er gehe unter.

92 *Videant Consules, ne quid detrimenti [res publica capiat]:* Die Konsuln mögen zusehen, daß der Staat keinen Schaden erleide.

Domine Collega: Herr Amtsbruder.

93 *Kamisol:* Kurzes Hemd oder Wams.

ça ira, ça ira: Refrain eines französischen Revolutionsliedes.

94 *Saltus mortales:* Lebensgefährliche Sprünge.

Jahn: Der »Turnvater« Friedrich Ludwig Jahn (1778 bis 1852) wurde als Demagoge 1819 verhaftet, 1824 verurteilt und 1825 freigesprochen.

95 *Konzilium [abeundi]:* Entfernung von der Universität.

de rebus diabolicis: Über teuflische Dinge.

96 *Post exantlata:* Nachdem alles überwunden war.

97 *Motto:* Aus der Sammlung satirischer Zitate und Aufsätze »Welt und Zeit, oder kalte Aufschläge für die herrschenden Kopfkrankheiten« von Jonathan Kurzrock (1816-1822).

100 *Hoffmann:* Ernst Theodor Amadeus Hoffmann (1776-1822).

Kreisler: Vgl. »Lebensansichten des Kater Murr nebst fragmentarischer Biographie des Kapellmeisters Johannes Kreisler«.

Aries: Widder; römische Belagerungsmaschine.

102 *ma foi:* Meiner Treu.

Galante Abenteuer einer Königin: Anspielung auf den Scheidungsprozeß, den König Georg IV. von England

1821 gegen seine Gemahlin Karoline von Braunschweig anstrengte.

certieren: Streiten.

104 *F. H.:* Franz Christoph Horn (1781-1837), Schriftsteller und Verfasser einer Novelle »Der ewige Jude«.

111 *Rouladen:* Rollende Passagen im Gesang.

112 *Incroyable:* Wörtlich: ein Unglaublicher; hier ein Modenarr.

113 *Voyez là:* Seht da.

Johanna Schopenhauer: (1766-1838), Schriftstellerin; die Mutter des Philosophen.

120 *Kontenance:* Fassung, Haltung.

122 *Pauline Dupuis:* Erzählung von Therese Huber (1764-1829), die unter dem Namen ihres Mannes Ludwig Ferdinand Huber im »Taschenbuch für 1802« erschien.

126 *Th. v. H.:* Therese Huber.

127 *Quelle sottise:* Welche Dummheit.

130 *Jamais:* Niemals.

133 *Lamentationen:* Drei Abschnitte aus den Klageliedern Jeremiä, die in der katholischen Kirche während der drei letzten Tage der Karwoche gesungen werden.

141 *Korso:* Straße; Fest mit Umzügen geschmückter Wagen.

142 *Zeuxis:* Griechischer Maler (um 400 v. Chr.).

Praxiteles: Griechischer Bildhauer (um 350 v. Chr.).

147 *Zweites Kapitel* Samuelis: Irrtum Hauffs; richtig ist Samuel I, 4, 18.

152 *Spolien:* Beute.

153 *Bibamus, diabole:* Laßt uns trinken, Teufel.

Chambertin: Roter Burgunder, genannt nach dem Dorf gleichen Namens.

155 *mi fratercule:* Mein Brüderchen.

158 *Motto:* Faust I, Prolog im Himmel.

dicier hic est: »Wenn von einem gesagt wird, dies ist er« (Persius, Sat. I, 28); berühmt sein.

159 *Klingers Satan:* Der Roman »Fausts Leben, Taten und Höllenfahrt« (1791) von Friedrich Maximilian von Klinger (1752-1831).

Klingemanns Teufel: Das Drama »Faust« (1815) von Ernst August Friedrich Klingemann (1777-1831).

161 *Polichinello:* Hanswurst.

Abbadonna: In dem religiösen Epos »Messias« von Friedrich Gottlieb Klopstock (1724-1803).

163 *Maria Farina:* Johann Maria Farina (1685-1766), der Erfinder des Kölnisch Wassers.

»Gesteh' ich's nur . . .«: Dieses und die folgenden Zitate stammen aus Goethes »Faust«.

167 *Retsch:* Moritz Retzsch (1779-1851) schuf 26 Radierungen zu Goethes »Faust«.

171 *Doctor legens:* Gelehrter mit der Berechtigung, Vorlesungen zu halten.

173 *Portefeuille:* Brieftasche, Mappe, auch Amt eines Ministers.

Siegwart: »Siegwart. Eine Klostergeschichte« (1776), Roman von Johann Martin Miller. Eine Nachahmung des »Werther«.

174 *Kapanen:* Hütten, von »capanna« (ital.).

180 *Motto:* Vgl. Anmerkungen zu S. 9.

bière dansante: Fest mit Bier und Tanz.

181 *tout comme chez vous:* Ganz wie bei Ihnen.

184 *Chaussée d'Antin:* Straße im Norden von Paris.

à la Duc de Berry: Charles Ferdinand, Herzog von Berri (1778-1820).

187 *Nanking:* Kattun aus rötlich-gelber chinesischer Baumwolle.

188 *J'ai bien compris, Messieurs:* Ich habe gut verstanden, meine Herren.

Marqueur: Schiedsrichter; Kellner.

détestable purgatoire: Schreckliches Fegefeuer.

189 *Une comfortable maison:* Ein bequemes Haus.

191 *garçon tailleur:* Schneiderjunge.

192 *Ah! ce noble trait:* Ah! dieser edle Zug.

τύπτω: Schlagen, hauen, griechisches Übungswort.

pacat: Muß wohl »pacad« heißen, d. h. er hat heimgesucht. Paradigma der hebräischen Grammatik.

Bröder, Buttmann, Schröder: Verfasser lateinischer, griechischer und hebräischer Grammatiken.

193 *Cramer:* Karl Gottlob Kramer (1758-1817), Autor von Ritterromanen.

Spieß: Christian Heinrich Spieß (1755-1799), Autor von Ritterromanen.

Waverley: Roman von Walter Scott.

194 *»Rinaldo Rinaldini«:* 1799 erschienener Räuberroman von Christian August Vulpius (1762-1827).

»Domschütz«: Roman v. K. G. Cramer.

»Überall und Nirgends«: Roman von Chr. H. Spieß.

197 *Fouquésche Romane:* Friedrich Heinrich Karl de la Motte-Fouqué (1777-1843) ist Verfassers des Märchens »Undine« und zahlreicher Ritterromane.

Wäringer: D. h. Gefährten; Name der Einwohner Skandinaviens, die im Mittelalter Raubzüge an den Küsten der Ost- und Nordsee unternahmen.

198 *tempi passati:* Vergangene Zeiten.

199 *Liktoren:* Im alten Rom Amtsdiener, Begleiter höherer Magistrate und Priester.

200 *»Zauberring«, »Die Fahrten Thiodolfs«:* Romane Fouqués.

Bertha von Lichtenrieth: Gestalt aus dem Roman »Der Zauberring« von Fouqué.

Josephsszene: Anspielung auf den Versuch der Potiphar, Joseph zu verführen.

201 *Lafontaine:* August Heinrich Julius Lafontaine (1758-1831), Verfasser empfindsamer Romane.

Langbein: August Friedrich Ernst Langbein (1757 bis 1835), humoristischer Schriftsteller.

Otto von Trautwangen: Gestalt aus Fouqués »Zauberring«.

202 *»Hasper a Spada«:* Roman von Cramer; richtig ist Haspar.

»Adolf der Kühne«, »Raugraf von Dassel«: Weitere Romane von Cramer.

203 *bête:* Tier; Dummkopf.

204 *»Vicar of Wakefield«:* Roman von Oliver Goldsmith (1728-1774).

»Neue Heloise«: Roman von Jean-Jacques Rousseau (1712-1778).

205 *Ancora:* Noch einmal (ital.).

dedecus naturae: Schandfleck der Natur.

208 *o fortes, peioraque . . .:* »Auf, ihr Helden, ihr habt ja schon oftmals Schlimmeres erduldet mit mir! Scheucht mit Liedern jetzt die Sorgen! Morgen aufs Meer, aufs unendliche wieder.« Horaz Oden I, 7 (Übersetzung nach Rudolf Helm). Hauff schreibt statt »vino«, wie es bei Horaz heißt, »cantu«.

213 *Elixiere des Teufels:* Von E. T. A. Hoffmann.

214 *angeklagt sei:* In dem Prozeß um den »Mann im Mond« war nicht Hauff, sondern sein Verleger Franckh der Angeklagte.

216 *Klein-Justheim:* Gemeint ist Eßlingen am Neckar, wo der Prozeß stattfand.

217 *Geheimer Hofrat:* Anspielung auf Clauren, d. i. Karl Heun.

inpermissen Commodum: Unerlaubter Vorteil.

218 *Inculpat:* Der Beschuldigte.

Defraudation: Unterschlagung.

221 *Eskamoteur:* Taschenspieler.

222 *Machinationen:* Machenschaften, hinterlistige Anschläge.

226 *Malojaroßlawez:* Ort einer Schlacht Napoleons (24. X. 1812) beim Rückzug von Moskau.

Moritz: Moritz Pfaff, Hauffs Freund.

Bemperlein: Hauffs Kneipname.

237 *Quiproquo:* Verwechslung einer Person mit einer andern.

256 *von Haller:* Karl Ludwig von Haller (1768-1854), Enkel des Arztes und Dichters, trat 1820 zum Katholizismus über, verlor deshalb seine Professur in Bern und ging nach Paris.

Hohenlohe: Alexander Leopold Franz Emmerich, Prinz von Hohenlohe-Waldenburg-Schillingsfürst (1794-1849), katholischer Priester und Wundertäter.

260 *Schleiermacher:* Friedrich Daniel Ernst Schleiermacher (1768-1834), Professor der evangelischen Theologie und Prediger in Berlin. Vertreter einer neuen Lehre von der Prädestination.

261 *Signor Crusado:* Creuzer; s. Anmerkung zu 380.

269 *Quadrupeln:* Goldstücke.

271 *Consalvi:* Ercole Consalvi (1757-1824), Kardinal und Staatssekretär Pius VII.

281 *Est, Est, Est:* Italienischer Muskatellerwein, der

bei Montesfiascone wächst und von Wilhelm Müller bedichtet wurde.

285 *Polischinello ... Passaglio ... Truffaldin ...:* Hanswurste; Charakterfiguren der italienischen Komödie (statt Passaglio richtig: Pagliaccio).

286 *Schuhmacher:* Anspielung auf den als Mystiker und Theosoph bekannt gewordenen Schuhmacher Jakob Böhme (1575-1624).

287 *babylonische H.:* Vgl. Offenbarung Johannis 17,5.

289 *Sela:* Hebräisches Wort für Pause, hier: Schluß, Punktum.

Hierophant: Oberpriester (griech.).

292 *Proselytenmacher:* Einer, der andere zu seinem Glauben zu bekehren sucht.

293 *Exorzismus:* Buch mit Beschwörungsformeln zur Austreibung des Teufels und böser Geister.

Nepote: Neffe, Verwandter, Nachkomme.

306 *haeretico non servanda fides:* Dem Ketzer braucht man das Wort nicht zu halten.

310 f. *Ecco, ecco lo:* Dort, dort ist er!

316 *Astaroth:* Stadt in Palästina; vgl. I. Moses 14,5.

323 *Wilhelmsbad:* Bei Hanau.

Bornheim: Dorf bei Frankfurt.

Vauxhall: Öffentlicher Vergnügungsort, benannt nach dem Londoner Vauxhall.

324 *berühmter Belletrist:* Anspielung auf Clauren.

325 *Metalliques ... Konsols:* Wertpapiere.

»Eduard« ... »Ourika«: Romane von Claire Lechal de Kersaint, Herzogin de Duras (1779-1828).

Schopenhauer: Vgl. Anmerkung zu S. 113.

Pichler: Karoline Pichler (1769-1843), Romanschriftstellerin.

330 *Façon de parler:* Redensart.

338 *Reis-Effendi:* In der Türkei Minister der Auswärtigen Angelegenheiten.

340 *Dannecker:* Johann Heinrich von Dannecker (1758-1841), Bildhauer in Stuttgart.

341 *Schabbes:* Sabbat.

345 *Schickselchen:* Schickse; Judenmädchen, Frauenzimmer.

Kalle: Braut, Geliebte; auch Dirne (Gaunersprache).

351 *»brüsselt«:* rieselt, Lieblingswort von Clauren.

353 *Falstaff:* Shakespeare, »König Heinrich IV.« I, 2, 2.

354 *Cachet:* Siegel.

Langbein: Vgl. Anmerkung zu S. 201.

360 *die alte Baubo:* Vgl. »Faust« I, Walpurgisnacht.

373 *Motto:* Erste Strophe von »Universalhistorie des Jahres 1773, oder silbernes A.B.C.«, ungenau zitiert; richtig: »Am Firmament in diesem Jahr / Ists so geblieben wie es war«.

375 *deutscher Minister:* Gemeint ist Metternich.

Parganioten: Bewohner der Stadt Parga, die 1819 nach den Ionischen Inseln auswanderten, da ihre Stadt von der Türkei an Ali Pascha von Ianina ausgeliefert wurde.

380 *Müllnerianer:* Nach Amadeus Gottfried Adolf Müllner (1774-1829), Dramatiker, Autor der Tragödie »Die Schuld« (1816).

Vossiden: Nach Johann Heinrich Voß (1751-1826), Übersetzer Homers.

Creuzerianer: Nach Georg Friedrich Creuzer (1771 bis 1858), klassischer Philologe.

381 *Pacat ultimo:* Den Todesstoß versetzt; wörtlich: Er macht es zuletzt friedlich.

384 *Und zieht den Degen . . .:* Aus Müllners Trauerspiel »Die Schuld«, III, I.

385 *Sancta simplicitas:* »Heilige Einfalt!« soll Huß ausgerufen haben, als er sah, wie ein einfacher Bauer Reisig zu seinem Scheiterhaufen schleppte.

392 *Merveilleuses:* Modedamen.

Zacharias Werner: (1768-1823), dramatischer Dichter.

Kleinstädter: Anspielung auf das Lustspiel »Die deutschen Kleinstädter« von Kotzebue.

393 *»Eine kalte weiße Hand . . .«:* Aus einem Gedicht von Johann Friedrich August Kazner (1732-1798).

397 *Il maestro ladro:* »Der diebische Meister«, von Hauff in Anlehung an »Die diebische Elster« (La gazza ladra) erfundener Operntitel, der Rossinis musikalische Plagiate verspotten soll.

398 *Italienerin in Algier:* Komische Oper von Rossini.

Kaimakan: Richtig: Kleimakan; in der Türkei Titel eines Kreisvorstehers und Stellvertreters eines hohen Beamten.

400 *Cosaque:* Russischer Nationaltanz.

Hephep: Spottruf gegen die Juden.

402 *Vaudeville:* Satirisches Singspiel (franz.).

403 *Vulgata:* Die lateinische Bibelübersetzung.

404 *Jocko:* Der Affe Joco spielte zu Hauffs Zeit in vielen Modedramen eine Rolle.

Missolunghi: Griechische Stadt, die zweimal vergebens von den Ägyptern belagert wurde und erst am 22. April 1826 dem gemeinsamen Ansturm der Türken und Ägypter unterlag.

Nachwort
von
Bernhard Zeller

Wilhelm Hauff gehört nicht zu den Klassikern der deutschen Literatur im strengen Sinne und zählt nicht zu den großen schöpferischen Gestalten deutscher Dichtung. Doch sein Name ist bis heute lebendiger geblieben als die Namen anderer Dichter seiner Zeit, denen die Literaturgeschichte wohl höhere Ränge zugewiesen hat, die aber weit weniger gelesen werden. Hauff wurde und wird gelesen, seine Werke wurden wieder und wieder aufgelegt, wurden übersetzt und illustriert, vertont, dramatisiert und verfilmt. Diese Beliebtheit und die ungewöhnliche, das Jahrhundert überdauernde Resonanz verdankt er in erster Linie seinen Märchen. Sie haben ihre Frische und ihren Zauber bewahrt, in ihnen entfaltete sich seine erzählerische Begabung aufs glücklichste. ›Kalif Storch‹ und ›Der Zwerg Nase‹, ›Der kleine Muck‹ wie der ›Kohlenpeter Munk‹ und noch so manche der Gestalten, die er erschaffen, behaupten längst ihren festen Platz in der figurenreichen Welt der Märchenliteratur.

Hauff war der geborene Erzähler. Aus erzählender Prosa besteht so gut wie ausschließlich sein schriftstellerisches Werk. Er besaß formales Talent und eine reiche Phantasie, hatte den notwendigen Spürsinn für das Aktuelle und zugleich eine frappierende Gewandtheit, sich anzuempfinden und nachzuahmen. Sein Schreiben entsprang einem inneren Zwang, aber er kannte kein quälendes Ringen um Gehalt und künstlerischen Ausdruck. Mühelos und leicht, fast zu eilfertig – auch die Manuskripte beweisen es – glitt seine Feder dahin. Er kannte den Geschmack seiner Leser, wußte zu fesseln und zu unterhalten, zu plaudern und zu fabulieren. Vieles, was er schrieb, steht dem Feuilleton näher als der Poesie. Er war mehr Literat als Dichter und erhob sich doch weit über die Tagesbelletristik seiner schreib- und lesefreudigen Zeit.

Im August 1825 erschien Hauffs erstes Prosabuch, ›Die Mitteilungen aus den Memoiren des Satan‹, im September der zweibändige Roman ›Der Mann im Mond‹, im November sein erster Märchenalmanach. Innerhalb von genau zwei ¾ Jahren, von denen er über acht Monate auf Reisen war, legte Hauff drei umfangreiche Romane, sieben größere Novellen und Erzählungen, vierzehn Märchen und Geschichten sowie eine Anzahl von Gedichten, Aufsätzen, Skizzen und Rezensionen vor. Mag einzelnes davon schon in den Jahren zuvor erdacht und konzipiert worden sein, so bleibt dennoch dieser Reichtum schriftstellerischer Leistung in denkbar kürzester Zeit ein ganz erstaunliches Phänomen. Gleich dem Katarakt aus plötzlich geöffneter Schleuse brach sich der Drang zur Produktion Bahn. Den 23jährigen erfaßte eine taumelartige, fieberhafte Lust, zu schreiben und nochmals zu schreiben. Was er las und erlebte, was er sah und hörte, griff er auf, und seine hurtige Feder kam, als ob er den frühen Tod geahnt hätte, nicht mehr zur Ruhe.

In Stuttgart ist Wilhelm Hauff am 29. November 1802 geboren. Württembergische Beamte, Juristen und Geistliche, waren die Ahnen; einer der väterlichen Vorfahren stammte aus Österreich, das er seines protestantischen Glaubens wegen während des 30jährigen Krieges verlassen hatte. Johann Wolfgang Hauff, der Großvater des Dichters, gehörte als Landschaftskonsulent zu jenem

Kreis unerschrockener Männer, die sich zur Zeit der Regierung Karl Eugens für die Rechte des Landes und seine altständische Verfassung einsetzten. Jurist war auch der Vater, August Friedrich Hauff. Unter dem Verdacht, mit Mitgliedern eines Geheimbundes, der revolutionären Gesinnungen huldigte, in Verbindung zu stehen, wurde er als junger Regierungssekretär im Januar 1800 plötzlich festgenommen und in das Staatsgefängnis auf den Hohen Asperg gebracht. Zwar erfolgte schon Ende Februar »aus besonderer Gnade ... gegen juratorische Kaution« die Freilassung und bald auch die volle Rehabilitierung. Er wurde 1806 ans Oberappellationstribunal nach Tübingen und 1808 als ›Geheimer Kabinetts-Ministerial-Registrator‹ in das Ministerium der Auswärtigen Angelegenheiten wieder zurück nach Stuttgart berufen, aber die erlittene Kränkung und die Härte der Haft mögen für den sensiblen Mann, der als »eine gewinnende Erscheinung von feiner Intelligenz und weltmännischer Bildung« geschildert wird, zu Ursachen seines frühen Todes geworden sein. Am 1. Februar 1809, im Alter von 37 Jahren, ist er gestorben. Für den jungen Hauff bedeutete der Verlust des Vaters, dessen Drang zur Freiheit und Unabhängigkeit er geerbt hatte, ein einschneidendes, seine Entwicklung bestimmendes Erlebnis.

Die Mutter Wilhelmine, eine Frau von seltener Begabung und reicher Phantasie, die unvergleichlich erzählen konnte, zog mit ihren vier Kindern wieder nach Tübingen, wo ihr Vater, der bedeutende Jurist Karl Friedrich Elsässer, »ein Ehrenmann von horazischer Lebensweisheit«, lebte. In Tübingen besuchte der Junge die ›Schola anatolica‹, die strenge Lateinschule am Oesterberg, und hier wurde ihm der großväterliche Lesesaal zur unerschöpflichen Fundgrube, um seiner früh erwachten Leseleidenschaft zu frönen. Wahllos verschlang er die mittelalterlichen Geschichten Fouqués, die Räuber- und Ritterromane eines Spieß, Cramer und Vulpius, die Bücher von Fielding und Goldsmith, aber er las auch Lessing und Wieland, Goethe, Schiller und Jean Paul, mochte vieles davon noch unverstanden bleiben. Sein Leben lang blieb Hauff ein besessener Leser. »Wo war einer, der soviel Geschichten gelesen hatte als ich?« läßt er später in den ›Memoiren des Satan‹ den Baron Garnmacher fragen.

Ende des Jahres 1817, im Alter von 15 Jahren, also später als sonst üblich, kam Wilhelm Hauff nach mäßig bestandenem Landexamen in die Klosterschule nach Blaubeuren. Das alte, nach der Reformation aufgehobene Benediktinerkloster am Blautopf auf der Schwäbischen Alb, gehörte zu den niederen theologischen Seminaren, die Herzog Christoph um die Mitte des 16. Jahrhunderts eingerichtet hatte, und die für das württembergische Schul- und Bildungswesen besonders charakteristisch wurden. 36-40 durch das gefürchtete Landexamen ausgesiebte und dann in einer ›Promotion‹ zusammengefaßte junge Söhne des Landes wurden in jedem Jahr als Stipendiaten aufgenommen und nach 4jähriger, streng humanistischer Ausbildung und nach einer weiteren Prüfung dem Tübinger Stift zugeführt, wo sie, wiederum kostenlos, das Studium der evangelischen Theologie absolvierten.

Die Blaubeurer Klosterschule, die 1810 aufgehoben, aber im Dezember 1817 neu eröffnet wurde, unterstand damals dem Ephorus Reuß. Neben ihm unterrichteten die Professoren Kern und Baur und waren noch zwei Repetenten als Studienassessoren tätig. In seiner Biographie von Christoph Märklin hat David Friedrich Strauß, der zusammen mit Friedrich Theodor Vischer, Gustav Pfizer und Wilhelm Zimmermann der nächsten Blaubeurer Promotion, der sogenannten Geniepromotion, angehörte, den Seminarbetrieb geschildert. »Die tägliche Lebensordnung war nun diese: Um 5½ Uhr im Winter, im Sommer um 5 Uhr, läutete die Dormentsglocke zum Aufstehen; ¼ Stunde darauf zum Gebet, Preciren genannt, wobei alle gegenwärtig sein mußten; hierauf Zeit zur Privatarbeit, bis es vor 7 zum Frühstück ging, das in einer Wassersuppe bestand; nach diesem begannen die Kollegien, vier Stunden des Vormittags, je nach der Jahreszeit durch eine Musik- oder Turnstunde unterbrochen; nachmittags noch einmal zwei Unterrichtsstunden, dann wieder Zeit zum Privatstudium bis zum Abendessen oder im Sommer bis zu der diesem vorangehenden Turnstunde; um 9 Uhr Abendgebet, worauf man entweder zu Bette gehen, oder bis 10 Uhr noch arbeiten mochte. Von diesem regelmäßigen Gange machte nur der Mittwoch Nachmittag und Donnerstag Morgen eine Ausnahme, wo ein lateinisches, und dazu abwechselnd ein griechisches oder hebräisches Exercitium, Hebdomadar genannt, mit dem Zubehör lateinischer Verse, ausgearbeitet werden mußte, und der Sonntag, wo außer dem Gottesdienste nur ein paar Unterrichtsstunden vorzüglich religiösen Inhalts, zu besuchen waren.«

Hauff durchlief die Internatsjahre, ohne besonders hervorzutreten, und konnte dank seines »angestrengten Fleißes« einen vorzeitigen Abschluß der Schulzeit erreichen. Neben glänzenden Talenten blieb er unbeachtet, und weder mit Ludwig Bauer, seinem begabtesten Mitschüler, der im Stift dann zum Freund Mörikes und Waiblingers wurde, noch mit Ferdinand Christian Baur, dem späteren

Begründer der liberalen Tübinger Theologie, seinem bedeutendsten Lehrer, gewann er näheren Kontakt. Aber die strenge tägliche Arbeit, die oft geschmähte Klosterzucht und das Leben auf der rauhen Alb bildeten und stärkten ihn, so daß er 1820 wesentlich verändert nach Tübingen zurückkam. »Aus dem schmächtigen Knaben«, so berichtet Julius Klaiber, »war ein schlanker, wohlgebildeter Jüngling geworden, dem der feine Schnitt des blassen Gesichts, die blauen Augen im Kontrast mit den dunkelfarbigen Haaren einen eigenen Reiz gaben. Die gefällige Leichtigkeit seiner Bewegung stand im Einklang mit der Bestimmtheit seines Urteils und der Lebhaftigkeit seiner Empfindung, und selbst der spöttische Zug, ein ausgesprochener Hang zur Satire, störten wenig, weil man das heitere Wohlwollen seines Herzens fühlte.«

Hauff wurde Tübinger Stiftler, wie vor ihm Keppler, Schelling, Hegel und Hölderlin, wie neben ihm, ohne daß sich eine nähere Verbindung ergab, Mörike und Waiblinger, und wie nach ihm so viele, die sich nicht nur als Theologen Rang und Namen erwarben. Nur ein Jahr allerdings verbrachte er im Stift selbst, dann konnte er bis zum Abschluß seiner Studentenzeit im Hause seiner Mutter als sogenannter ›Stadtstudent‹ wohnen. Das Studium machte wenig Beschwer. Hauff erhielt gute, ja ausgezeichnete Zeugnisse, aber besonderen Einfluß scheinen weder die damaligen Universitätslehrer noch die theologischen Studien an sich auf ihn gewonnen zu haben. Eine geistige Auseinandersetzung mit den Problemen seiner Wissenschaft hat er nicht gesucht, auch bot die Universität, die sich in jenen Jahren auf einem ziemlichen Tiefstand befand, nur geringe Anregung und Anziehungskraft.

Um so mehr aber stürzte sich Hauff in das studentische

Treiben, und gemeinsame politische Interessen verbanden ihn mit seinen Freunden. Die Burschenschaft selbst war auf Grund der Karlsbader Beschlüsse durch den Bundestag 1819 verboten worden, aber sie bestand in Tübingen als ›Burschenverein‹ weiter. Ihre Ideale wurden ernst genommen, und wenn Hauff auch die damals um sich greifende Deutschtümelei und allzu derbe Auswüchse des Kneip- und Mensurwesens ablehnte und karikierte, so gehörte er doch mit Begeisterung einer kleinen burschenschaftlichen Verbindung, der sogenannten ›Compagnie‹ an, deren Mitglieder sich ›Feuerreiter‹ nannten. Während dieser Zeit entstanden die ersten Gedichte, patriotische Hymnen zu den von der gesamten Studentenschaft an jedem 18. Juni feierlich begangenen Waterloo-Festen, aber auch Scherzgedichte und Satiren, wie etwa die ›Seniade‹, ein längeres Epos im Kneipzeitungsstil, das im ›Renommisten‹ von Zachariä sein Vorbild hatte.

Mit einigen Bundesbrüdern unternahm Hauff im Herbst 1822 eine Rheinreise, und ein Jahr danach fuhr er mit einer ›Ulmer Schachtel‹ donauabwärts nach Donauwörth. Er machte einen Abstecher zu Verwandten nach Nördlingen, lernte dort seine Cousine Luise Hauff kennen und verlobte sich mit ihr noch vor Abschluß seines Studiums während seines nächsten Besuches in den Osterferien 1824.

Doch nicht zum Pfarramt drängte es den jungen Theologen, und wenn er auch 1825 seine zweite theologische Dienstprüfung ablegte und das Doktorexamen machte, so deutet nichts auf eine stärkere Bindung an seinen theologischen Beruf. Auf Rat von Christian Friedrich Klaiber, dem Bruder seiner beiden Schwäger, entschloß er sich, eine Hauslehrerstelle in Stuttgart anzunehmen, die ihm genügend Freiheit ließ, sich weiterzubilden, literarisch zu arbeiten und mit schriftstellerischen Versuchen hervorzutreten. Dieser Entschluß, nach eingehenden Überlegungen getroffen, entschied über die künftige Laufbahn.

Vom 27. Oktober 1824 bis zum 30. April 1826 weilte Hauff im Hause des Kriegsratspräsidenten von Hügel in Stuttgart, dessen Söhne ihm als Zöglinge anvertraut waren. Die neue Tätigkeit führte ihn in gesellschaftliche Kreise, die ihm bisher fremd waren. Er lernte den württembergischen Adel und das höhere Stuttgarter Bürgertum kennen, gewann freieres Auftreten, eine gewisse Urbanität und weltmännische Sicherheit. Im Sommer 1825 war er zusammen mit der Familie von Hügel auf Schloß Guttenberg am Neckar, denn der Präsident hatte in seiner zweiten Ehe Luise Freiin von Gemmingen-Guttenberg geheiratet. Das Schloß, das sich seit Jahrhunderten im Besitz der Herren von Gemmingen befand, wurde zum Schauplatz seiner letzten Novelle ›Das Bild des Kaisers‹.

Nach seiner Hofmeisterzeit begab sich Hauff, der inzwischen mit seinen ersten Romanen hervorgetreten war und Aufsehen erregt hatte, auf die sogenannte ›große Tour‹, die übliche Bildungsreise seiner Zeit. Über Frankfurt und Metz fuhr er nach Paris und verbrachte dort, Museen, Theater, Schlösser besuchend, neugierig und beobachtungsfreudig aber mehr das gegenwärtige Leben als die Vergangenheit studierend, den Frühsommer 1826. Vierzehn Tage weilte er in der Normandie, auch Brüssel, Antwerpen und Gent besuchte er, und auf der Rückreise traf er in Aachen mit seinem Verleger Franckh zusammen, der den jungen Dichter ganz für seinen Verlag gewinnen wollte. Doch Hauff, dem gerade Cotta die Redaktion des

›Taschenbuchs für Damen‹ angeboten hatte, ließ sich nicht festlegen.

Kassel, wo er Wilhelm Grimm besuchte, und Göttingen waren weitere Stationen seiner Reise. Einige Tage verbrachte er in Bremen, wo er sich trotz der schwäbischen Braut Hals über Kopf, aber gänzlich erfolglos, in die hübsche Josephe Stolberg verliebte. Dann fuhr er, beschämt und etwas angeschlagen, über Hamburg nach Berlin. Während seines fünfwöchigen Aufenthalts in dieser Stadt gewann er rasch Verbindung mit der literarischen und künstlerischen Prominenz. Er verkehrte in ihren Zirkeln, lernte Willibald Alexis, Fouqué und Chamisso, Schadow, Rauch und Devrient kennen, wurde herzlich und ob seines Streites mit Clauren auch mit gewisser Neugier empfangen. Nicht ohne Eitelkeit berichtet Hauff in seinen Briefen über die Anerkennung, die ihm allenthalben gezollt wurde. »Ich wurde glänzend, fast wie im Triumph aufgenommen.«

Ludwig Tieck stattete er in Dresden einen Besuch ab; dort traf er auch mit dem einflußreichen Leiter der ›Abendzeitung‹ Karl Winkler (Theodor Hell) zusammen, und in Leipzig wurde er mit dem Verleger Brockhaus bekannt. Im November 1826 kehrte er zurück, stolz über die errungenen Erfolge und neugewonnenen Beziehungen, erfüllt von Plänen und Aufgaben.

Als ihm nun Cotta die in Aussicht gestellte Leitung der Redaktion des ›Morgenblatts‹ endgültig antrug und um seine Honorarforderung bat, wies er mit geschickter Taktik darauf hin, daß ihm inzwischen nicht weniger als vier verlockende Angebote vorlägen, er sich aber doch dem Cotta'schen Verlag zur Verfügung stellen wolle. Von Bremen aus war ihm die Leitung der Bremer Zeitung, von

Frankfurt die Redaktion eines Teils der Zeitung für die Freie Stadt Frankfurt angetragen worden. Der Verlag Franckh hatte ihn um die Gründung und Leitung eines kritisch-belletristischen Blattes und die Leipziger Verlagshandlung Baumgärtner um Übernahme der Redaktion der Zeitschrift ›Der Eremit in Deutschland‹ gebeten. Daß die journalistischen Fähigkeiten Hauffs in Deutschland rasch erkannt worden waren, mag dieses Werben um ihn beweisen, zugleich aber auch, wie gewandt er es selbst verstanden hatte, sich bekannt zu machen.

Am 1. Januar 1827 begann Hauff mit der Leitung des belletristischen Teils des Morgenblatts, und diese neue Stellung ermöglichte nach langer Verlobungszeit am 13. Februar 1827 die Eheschließung. Die Verbindung mit dem Cotta'schen Verlag schien allerdings schon in den ersten Wochen fast zu zerbrechen, denn zwischen dem autokratischen alten Johann Friedrich Cotta, der, gewohnt zu regieren, keineswegs gewillt war, seinen persönlichen Einfluß auf das Morgenblatt aufzugeben, und dem selbstbewußten jungen Dichter, der mit aller Energie seine Unabhängigkeit und seine schriftstellerische, ja auch ›bürgerliche‹ Ehre zu verteidigen wußte, kam es sogleich zu Spannungen und Auseinandersetzungen. Hauff drohte zum 1. März zurückzutreten, doch konnte der Streit einigermaßen beigelegt werden, und Cotta übertrug ihm auch wieder die Herausgabe des nächsten Jahrgangs seines Damenkalenders.

Neue dichterische Pläne beschäftigten Hauff: eine Sammlung seiner Novellen sollte erscheinen, eine neue Erzählung geschrieben werden und, um Studien für einen Andreas Hofer-Roman zu treiben, fuhr er im Sommer für einige Wochen nach Tirol.

Als aber am 10. November sein erstes Kind geboren wurde, lag er, plötzlich erkrankt, darnieder, und wenige Tage später, am 18. November 1827, raffte den kaum 25jährigen auf der Höhe des Glücks und früh errungenen Ruhms eine nicht sicher erkannte Krankheit hinweg. Auf dem Hoppelau-Friedhof in Stuttgart befindet sich unter einem Felsblock vom Lichtenstein sein Grab. Im Gedächtnis der Zeitgenossen und der Nachwelt lebt Hauff gleich Theodor Körner als der ideale Jüngling fort, und die Tragik des frühen Todes verklärte sein Leben und sein Werk.

Für die schwäbischen Dichter jener Zeit, die etwas auf sich hielten, gehörte es sich, Gedichte zu schreiben. Als Lyriker haben sie fast alle begonnen, das Gedicht erst bewies den Dichter. Hauff vertrat einen anderen, moderneren Typ. Die wenigen Gedichte, meist Gelegenheitsgedichte, die er veröffentlichte, sind ziemlich belanglos, sieht man von den beiden bekannten und gleichsam zu Volksliedern gewordenen Gedichten ›Morgenrot, leuchtest mir zum frühen Tod?‹ (Reiters Morgengesang) und ›Steh' ich in finstrer Mitternacht‹ (Soldatenliebe) ab. Hauffs schriftstellerische Laufbahn begann daher auch nicht mit jener von ihm 1824 in der Metzler'schen Buchhandlung anonym herausgegebenen und dem königlichen württembergischen Kriegsminister »in tiefster Ehrerbietung zugeeigneten« Sammlung von ›Kriegs- und Volksliedern‹, in der sich von 144 Gedichten ganze 6 von ihm selbst befinden, sondern mit den ›Mitteilungen aus den Memoiren des Satan‹.

Das für einen jungen Theologen recht merkwürdige Erstlingswerk, ein locker gebauter und in sich ungleicher

Roman, in dem ein verharmloster und recht undämonischer, wenn auch etwas zynischer Satan, Dr. Natas genannt, aus seinen Erinnerungen erzählt, ist als ein reizvolles Zeitdokument auch heute noch von kulturhistorischem Interesse. Vor allem die Bilder aus dem Universitätsleben, in denen Hauff ausgiebig Tübinger Erlebnisse verwertete, sind wirklichkeitsnah und mit großer Lebendigkeit erzählt. Anschaulich wird das gesellschaftliche Leben geschildert und – wie etwa die Mode der ästhetischen Tees – auch mit Witz parodiert. Mit Vorliebe greift Hauff in satirischer Form allerlei literarische Fragen auf und gefällt sich in zahlreichen Anspielungen; doch dahinter stehen auch der Wille zu ernsthafter Kritik und das Mühen um ein persönliches Urteil.

Die ›Memoiren‹, die in manchen Partien sicherlich schon in Tübingen skizziert, dann aber im Hügelschen Hause niedergeschrieben wurden, erschienen ohne Name des Verfassers im August 1825 im Franckh'schen Verlag in Stuttgart. Am 2. September schon berichtete das Morgenblatt darüber. Das Buch fand Beachtung, und bald folgten da und dort weitere Rezensionen. Besonders anerkennend äußerte sich Theodor Hell im ›Wegweiser‹ seiner ›Abendzeitung‹, und ihm gegenüber entdeckte daher Hauff, beglückt und stolz über das positive Urteil, bereits in einem Brief vom 25. November seine Verfasserschaft.

Der Erfolg des Romans verführte ihn, eine Fortsetzung zu schreiben. Dieser zweite, im Herbst 1826 nun unter vollem Namen veröffentlichte Band, der weniger von Selbsterlebtem mehr zehren konnte, erreichte trotz mancher gelungener Kapitel, Szenen und Dialoge den ersten nicht und erfuhr daher auch nicht mehr dasselbe Echo.

Wenige Wochen nach den ›Memoiren‹ erschien im September 1825 ebenfalls im Verlag Franckh unter dem Namen Clauren, einem seinerzeit vielgelesenen Autor seichter Unterhaltungsromane, der im bürgerlichen Leben Karl Heun hieß, preußischer Beamter und Hofrat war und die Preußische Staatszeitung redigierte, der Roman ›Der Mann im Mond oder der Zug des Herzens ist des Schicksals Stimme‹. Ein begeistertes Publikum pries das Buch als neues Meisterwerk seines Lieblingsdichters, und in Besprechungen wurde sogar behauptet, der Verfasser habe sich selbst übertroffen. Aber nicht Clauren war der Autor, sondern der noch ganz unbekannte Hauff. Ohne viel Bedenken hatte er einfach Clauren seinen Roman untergeschoben. Natürlich kam es zum Prozeß, denn Clauren war begreiflicherweise empört, und natürlich verlor ihn der Verlag. Aber die 50 Reichstaler Buße waren leicht zu verschmerzen. Der Roman verkaufte sich dank des Aufsehens, den der Skandal erregte, glänzend, und der junge Hauff, der sich nun zu dieser höchst fragwürdigen Mystifikation offen bekannte, hatte aus der Affäre für seinen Namen entsprechendes Kapital geschlagen.

Wieweit Hauff bewußt auf diese Wirkung abzielte, wieweit er von Claurens Gesellschaftsromanen, die er natürlich genau kannte, einfach beeinflußt war oder wieweit es ihm, wie er später in seiner ›Kontroverspredigt‹ geflissentlich betonte, von Anfang an nur um eine Parodierung, ja Karikierung der Claurenschen Romane ging, ist eine alte, noch heute nicht endgültig entschiedene Streitfrage. Da sich aber erste, noch aus der Tübinger Zeit stammende Niederschriften erhalten haben, die nicht den penetranten Stil Claurens aufweisen, scheint es wahrscheinlich zu sein, daß der Gedanke, Clauren gewissermaßen mit eigenen Waffen zu schlagen, durch Übertreibung seine Manier zu persiflieren und ihn dadurch lächerlich zu machen, erst im Laufe der Arbeit aufgetaucht ist. Erstaunliches Fazit bleibt die unbekümmerte, kecke Sicherheit, mit der der kaum dem Stift entronnene 22jährige Student einen umfänglichen satirischen und etwas frivolen Gesellschaftsroman, dessen Fabel übrigens im Kern eine sehr romantische Geschichte ist, in sechs Wochen herunterschrieb. Weniger sympathisch berührt allerdings, wie selbstgefällig er sich dazu bekannte und in Berlin, der Stadt, in der Heun lebte, als ›zorniger junger Mann‹ vor großem Publikum seine ›Kontroverspredigt über H. Clauren und den Mann im Mond‹ vortrug. Die Schärfe und Unerbittlichkeit, mit der Hauff aber auch noch später, so im zweiten Teil der Satansmemoiren, Clauren verfolgte, dürfte die schon von Rudolf Krauß geäußerte Vermutung bestätigen, daß nämlich Hauff fühlte, wie gefährlich nahe er selbst der Claurenschen Manier stand, und sie daher in sich selbst zu bekämpfen und überwinden trachtete.

Nachahmung sehr bewußter, wenn auch völlig anderer und nun keineswegs satirischer oder parodierender Art entsprang auch Hauffs berühmtester Roman ›Der Lichtenstein‹. Auch er wurde in kürzester Frist, vornehmlich in den Wintermonaten 1825 bis 1826, geschrieben und sogleich gedruckt. Das Vorbild war Walter Scott, dessen historische Romane damals in Deutschland bekannt wurden und in vielen Übersetzungen zahlreiche Leser fanden. »Mein Entschluß stand fest«, erklärte Hauff, »einen historischen Roman mußt du schreiben – denn nach allem, was man gegenwärtig vom Geschmack des Publikums hört, kann nur diese und keine andere Form Glück machen.«

Ein deutscher Scott wollte Hauff werden, zugleich aber

die vaterländische Geschichte im Stil dieses Romanciers ›romanfähig‹ machen. »Sind vielleicht jene Schotten ein interessanterer Menschenschlag als der, den unser Vaterland trägt, hatten ihre Väter röteres Blut als die Schwaben und Sachsen der alten Zeit, sind ihre Weiber liebenswürdiger, ihre Mädchen schöner als die Töchter Deutschlands?« fragt Hauff in der Einleitung zum ›Lichtenstein‹ und fährt dann fort: »Wir haben ja schon seit Jahrhunderten uns angewöhnt, unter fremdem Himmel zu suchen, was bei uns selbst blühte.« Nun sei aber aus eigener Vorzeit »ein historisches Tableau« entrollt, das, und damit schließt die Einleitung, »eines zur Entschuldigung für sich haben möchte, ich meine die historische Wahrheit«.

Mit dieser geschichtlichen Wahrheit ist es, obwohl Hauff historische Quellen und Darstellungen durchgesehen hat und seinem Roman sogar Anmerkungen und Nachweise beifügte, nicht zum besten bestellt. Schon die zentrale Gestalt, Herzog Ulrich von Württemberg, ist durch falsche Idealisierung ganz erheblich verzeichnet, die geschichtliche Problematik als solche wird gar nicht erkannt, und so bietet das historische Geschehen mehr das Kostüm als die Realität der Vergangenheit. Hauff verknüpft Geschichte und Sage, führt frei erfundene Vorgänge und Gestalten in die Erzählung ein und gibt dem Ganzen einen starken ethischen Gehalt sowie den idealistischen Geist seiner Zeit.

Die Liebesgeschichte Sturmfeders mag zu rührselig und zu sehr in den Vordergrund geschoben sein, aber geschickt ist die Exposition des Romans, die Spannung wird durchgehalten, und manche Nebenfiguren, wie der Pfeifer von Hardt oder das Bärbele, Typen schwäbischer Landschaft, sind höchst lebendig gezeichnet.

Man wird diesem Werk nicht gerecht, wenn man es aus seiner Epoche herauslöst, es isoliert betrachtet und neben historische Romane späterer Zeit stellt. Das Ziel, das sich Hauff selbst steckte, hat er mehr, als er ahnen konnte, erreicht. Neben Achim von Arnim, dem Autor der ›Kronenwächter‹, und neben Willibald Alexis wurde Hauff mit seinem ›Lichtenstein‹ zu einem der Begründer des historischen Romans in Deutschland. Diese Funktion, also die Wirkung, die der Roman auslöste, erscheint uns heute bedeutsamer als seine eigentliche Substanz. Der ›Lichtenstein‹ beeinflußte und rief eine Flut ähnlicher Romane hervor, und für Generationen, die sich daran begeisterten, bestimmte er das Bild heimischer Vergangenheit. Zumal in Württemberg gehörte der Roman zu den volkstümlichsten und meistgelesenen Dichtungen, und er gab im 19. Jahrhundert auch den Anlaß zum Aufbau der alten Burg. Zu Hauffs Zeiten erhob sich auf jener steilen Höhe über dem Echaztal nur ein größeres Jagdhaus.

Einen für ihn und seine Leser aktuelleren und auch zeitnäheren Stoff aus der Geschichte Württembergs behandelt Hauff in seiner Novelle vom ›Jud Süß‹, dem im Volke so verhaßten Finanzminister Joseph Süß-Oppenheimer, der unter Herzog Karl Alexander mit unbarmherziger Strenge Steuern erpreßte und nach dessen plötzlichem Tode gestürzt und hingerichtet wurde. Zwar schiebt sich auch in dieser Novelle eine Liebesgeschichte vor die Staatsaktion und das eigentliche politische Thema. Aber da Hauff Erinnerungen an Vater und Großvater, persönliche Erlebnisse und Ortskenntnisse verwerten konnte, erhielt die Erzählung realistische Züge und einen stärkeren Wirklichkeitsgehalt.

Aus dem gegenwärtigen Leben oder naher Vergangenheit gegriffene Themen und Stoffe bieten auch die übrigen Novellen. Die frühesten davon, wie die ›Sängerin‹, die noch Claurensche Einflüsse verrät, und ›Othello‹, beide wohl schon 1825 entstanden, spielen im Stuttgarter Milieu. Pariser Eindrücke spiegelt die ›Bettlerin vom Pont des Arts‹, die Hauff noch während seiner ›großen Tour‹ niedergeschrieben hat.

Um seinen Novellen nach Tiecks Vorbild geistigen Gehalt und eine gewisse Aktualität zu geben, fügte ihnen Hauff Gespräche über literarische und ästhetische Fragen ein und belastete sie mit Dialogen über Themen, mit denen sich die gebildete Gesellschaft gerade zu beschäftigen pflegte. So gilt der Diskussion um den historischen Roman mehr oder weniger die ganze Novelle ›Die letzten Ritter von Marienburg‹, die daher als Novelle ziemlich mißglückt ist. Gespräche stehen auch im Vordergrund von Hauffs letzter, dichtester und stärkster Novelle, ›Das Bild des Kaisers‹. Sie liefert einen interessanten Beitrag zur Geschichte Napoleons in Deutschland, denn um das Bild des Korsen geht es im doppelten Sinne. In der Gestalt des Generals Willi wurde der Freiherr von Hügel, der einst in Napoleons Diensten gestanden war, porträtiert, aber auch die politischen Gespräche, die Hauff mit dem Bremer Bürgermeister Smidt geführt hatte, fanden hier ihren Niederschlag.

Kurz vor seinem Tode verfaßte Hauff als Einleitung zu einer Gesamtausgabe seiner bis dahin in verschiedenen Zeitschriften erschienenen sechs Novellen das ›Vertrauliche Schreiben an Herrn W. A. Spöttlich‹. In dieser Vorrede, die an Alexis gerichtet ist, äußert er sich über die Entstehung seiner Novellen. Aus dem unerschöpflichen Schatz ihrer Phantasie, so heißt es hier, haben die berühmtesten Novellisten, von Boccaccio und Lope de Vega bis hin zu Goethe und Tieck, ihre Dichtungen hervorgebracht. Aber wer »jene magische Springwurzel, die nicht nur die unsichtbaren Wege der Phantasie erschließt, sondern auch die festen und undurchdringlichen Pforten der menschlichen Brust aufreißt«, nicht besitzt, muß, will er Novellen schreiben, zu allerlei Notbehelfen seine Zuflucht nehmen: er muß nach Stoffen spionieren.

Hauff hat den Handlungskern seiner Geschichten in der Regel nicht frei erfunden, sondern, immer auf der Suche nach spannenden Motiven, all das, was ihm geeignet und interessant erschien, aufgenommen, umgeformt und in seine Dichtung eingeschmolzen. Er spann die Fäden weiter und kleidete, stets auf Wirkung bedacht und seines Publikums kundig, die Geschichten in ein dem Geschmack und den Interessen seiner Zeit entsprechendes Gewand. Scharf wußte er zu beobachten. Freunde und Verwandte wurden porträtiert, Orte und Landschaften mit großer Exaktheit beschrieben, mag es sich um Stuttgarter, Pariser und Bremer Lokalitäten oder um die Landschaft bei Schloß Guttenberg handeln. Am glücklichsten gelang die Verschmelzung wirklicher Erlebnisse mit Reflexionen, Kindheitserinnerungen und den Einfällen einer selbsttätigen Phantasie in den ›Phantasien im Bremer Ratskeller‹. Dieses leichtflüssig erzählte kleine Werk übermütiger Weinlaune, »ein Herbstgeschenk für die Freunde des Weines«, ist zu einem Kabinettstück poetischer Prosa geworden. Die realen Hintergründe der Erzählung hat Heinrich Tidemann in einer sorgfältigen Studie überzeugend nachgewiesen.

Die Werke Hauffs spiegeln jedoch nicht nur persönliches Erleben, eigene Erfahrungen und Beobachtungen, nicht nur Themen und Probleme seiner Zeit. In eklektizistischer Weise schöpfte er auch aus den reichen Vorräten, die er als leidenschaftlicher Leser gesammelt hatte. Leicht lassen sich daher Vorbilder finden, Abhängigkeiten nachweisen, von Fouqué, dessen Ritterromane er als Knabe verschlang, über Clauren und eine Unzahl mittelmäßiger Belletristen, über die Klassiker bis hin zu E. T. A. Hoffmann, Scott, Tieck und Jean Paul. Aber mag Hauff letztlich kein sehr selbständiger, kein eigentlich originaler Kopf gewesen sein, so kann er doch auch nicht einfach einer bestimmten Schule oder Richtung eingeordnet werden. Selbst zur Romantik, der er zuweilen zugerechnet wurde, besteht die Distanz, wenn sich auch in seinem Werke mancherlei Berührungen und Verbindungen mit dieser Bewegung nachweisen lassen. So ist nicht selten seine Stoffwahl romantisch. Als eine »romantische Sage« wird bereits im Titel der ›Lichtenstein‹ bezeichnet, und romantische Motive und Stimmungen finden sich in vielen seiner Werke. Aber das Romantische im eigentlichen Sinne entsprach weder dem Menschen noch dem Dichter Hauff. Es blieb Ingrediens, und fundamentale Unterschiede trennen ihn von einer poetischen Existenz, wie sie etwa E. T. A. Hoffmann war. Auch zur romantischen Ironie hatte er kein Verhältnis. Die satirische Seite seines Wesens und seines Schreibens weist mehr ins 18. Jahrhundert, die Wirklichkeitsnähe seiner Darstellung dagegen zum Realismus.

Im Vorfeld dieser Epoche ist sein literaturgeschichtlicher Platz, aber seine Werke, das beweisen gerade die Märchen, sind in starkem Maße auch literarischen Strömungen vorromantischer Zeit verwandt. Von der Literatur der Aufklärung bis hin zum Realismus des 19. Jahrhunderts besteht, zumal in Schwaben, eine viel stärkere Kontinuität, als gemeinhin angenommen wird.

Seine persönliche und geistige Unabhängigkeit hat Hauff immer wieder mit Nachdruck vertreten, am entschiedensten wohl in jenem Brief vom 27. April 1827 an Hofrat Winkler, der ihn »vertieckt« genannt hatte. Hier schreibt er: »Ich bin ein junger, ein armer Mensch, der sich mit seiner Feder durch die Welt schlagen muß; aber diesen Stolz habe ich mir doch aufbewahrt, daß, wenn auch alle übrige Freiheit verloren ist, diese Freiheit noch in meinem Innern fortlebt und meine Gedanken wie meine Handlungen leitet. Ich gehöre allen, ich gehöre mir selbst, aber keiner Schule gehöre ich an, der Meister möchte sich nennen wie er wollte. Ich fühle keinen Herrn und Meister über mir, dem ich Gehorsam schuldig wäre, als die ewigen Gesetze des Guten und Schönen, denen ich, wenn auch auf unvollkommene Weise, nachzustreben suche. Es mag sein, daß ich die Form nicht vor dem Einfluß der Zeit bewahren kann, doch soll mir der Geist ungegoethet, ungetieckt, ungeschlegelt und ungemeistert bleiben.«

In eigentümlicher Weise verbinden sich im Werke Hauffs Verstand und Phantasie. Der scharfe Intellekt, der sehr bewußt arbeitete, zur wirklichkeitsnahen Darstellung und auch immer wieder zur Satire drängte, fand seinen Widerpart in einer lebhaften Einbildungskraft, in einer gemüt- und phantasievollen Geistigkeit. Wo sie zugleich anklingen, sich Phantasie und Intellekt verbinden und sich die realistisch gezeichnete Welt der Tatsachen mit der Welt der Geheimnisse, der Wunder und Rätsel zum Wechselspiel vereint, entstand echte Dichtung.

Als Märchendichter war daher Hauff Poet im schönsten und überzeugendsten Sinne. Zwar sind auch seine Märchen selten ganz der eigenen Phantasie entsprungen, aber er hat seine Vorlagen, wo immer er sie auch gefunden hat, in freier, schöpferischer Form weiterentwickelt und umgebildet, Geschichten durchaus eigener Prägung, Gestalten eigener Einbildungskraft geschaffen.

Hauffs Märchen haben Teil an einer großen Tradition, und mag es im einzelnen auch fast aussichtslos sein, all die Quellen, die er auswertete und benutzte, nachzuweisen, so liegt doch die Abhängigkeit von ›Tausendundeine Nacht‹ und von vielerlei anderen Märchen auf der Hand. Allerdings von den Volksmärchen, etwa den Märchensammlungen der Brüder Grimm, und auch von den Märchen der Romantik unterscheiden sich seine Kunstmärchen sehr wesentlich. Sie folgen nach Form und Inhalt weit mehr älteren Überlieferungen.

Durch Rahmenerzählungen hat Hauff die Märchen seiner drei Almanache jeweils kunstvoll miteinander verflochten. Diese Rahmengeschichten, also die Erzählsituation, in der die einzelnen Märchen eingebettet sind, verstärken sehr bedacht den Grad der Wahrscheinlichkeit und der Glaubwürdigkeit der Märcheninhalte. An verschiedenen Stellen ergibt sich sogar eine direkte Verzahnung zwischen der Rahmenhandlung und dem Geschehen der Märchen selbst. Der edle Räuber Orbasan und der Sohn des Scheiks von Alessandria sind Gestalten der Märchen wie der Rahmenerzählung.

Diese Tendenz zur Annäherung an die Wirklichkeit, die auch in der historischen Fixierung der Erzählungen zum Ausdruck kommt, wird dadurch verstärkt, daß Hauff Stücke miteinbezog, die nicht mehr der Gattung Märchen zugerechnet werden können. Er war sich dieser Grenzüberschreitung und Grenzverwischung bewußt, reflektierte auch darüber und betonte in der Rahmenerzählung zum zweiten Almanach den Unterschied, der zwischen Märchen und solchen Erzählungen, »die man gemeinhin Geschichten nennt«, besteht. Die Geschichten, schreibt er, »bleiben ganz ordentlich auf der Erde, tragen sich im gewöhnlichen Leben zu, und wunderbar ist an ihnen meistens nur die Verkettung der Schicksale eines Menschen, der nicht durch Zauber, Verwünschung oder Feenspuk wie im Märchen, sondern durch sich selbst oder die sonderbare Fügung der Umstände reich oder arm, glücklich oder unglücklich wird«. Das Auffallende und Außergewöhnliche verbindet zwar die beiden Erzählformen, aber dieses Außergewöhnliche liegt bei den Märchen in der Einmischung eines fabelhaften Zaubers, während bei den Geschichten auch ein überraschendes und ungewöhnliches Geschehen nach natürlichen Gesetzen verläuft.

Als Hauff von Paris aus an den Verleger Franckh in Stuttgart das Manuskript für den zweiten Märchenalmanach, der übrigens nicht nur Beiträge von ihm enthält, sandte, schrieb er daher auch, er schicke zwei Märchen und zwei Erzählungen. Märchen und Geschichten stehen also in den Almanachen nebeneinander: Erzählungen, die ganz aus dem Wunderbaren und Übersinnlichen leben, und andere – etwa die glänzend erzählte ›Sage vom Hirschgulden‹ –, die wohl eine ungewöhnliche Begebenheit verzeichnen, ungewöhnlich in der Verkettung seltsamer Schicksale sind, aber dem Bereich des Wirklichen verhaftet bleiben.

Für den Dichter jedoch ist das Ziel erreicht, wenn dem Zuhörer oder Leser die Wirklichkeit zum Märchen, und umgekehrt, wenn ihm das Märchen gleichsam zur Wirklichkeit wird.

In seinen besten Märchen ist Hauff diese Verzauberung vollkommen gelungen.

Hauff wußte mit seinen Talenten klug zu wuchern. Er verlor sich nicht in metaphysische Spekulationen, unternahm keine geistigen Höhenflüge, sondern hielt sich fest an der Erde, strebte ehrgeizig nach Erfolg und wollte auf dem literarischen Forum seiner Zeit eine feste Position erreichen. Sein heller, praktischer Verstand bewahrte ihn auch vor jener Maßlosigkeit, die den fast gleichaltrigen Waiblinger beherrschte, mit dem er sonst manches gemein hatte, nicht nur den gleichen Verlag.

Mochten ihn seine behende Auffassungsgabe und die Leichtigkeit des Arbeitens nicht selten zu Flüchtigkeiten und Ungenauigkeiten verführen, er hielt sich nicht damit auf, er hatte nicht die Zeit, stehenzubleiben und seine Dichtungen ausreifen zu lassen. Diese Unbefangenheit mit der Lust zum Spott und einer offenen Herzlichkeit des Gemüts verlieh aber seinen Schriften ihre Frische und erklärte ihren Erfolg. Nicht tiefgründig die Welt zu deuten, zu unterhalten, im besten Sinne des Wortes, war der Zweck seiner Schriftstellerei.

Kurz nach Hauffs Ankunft in Bremen notierte sich der damals 20jährige Bremer Bürgermeisterssohn Heinrich Smidt in sein Tagebuch: »Auf jeden Fall glaube ich, wie in seinen Werken so auch in seinem Wesen zwei Naturen annehmen zu müssen: die des gewandten scharfblickenden Weltmanns im höheren Sinne des Wortes, von der seine satyrischen Schriften, namentlich seine ›Memoiren des Satan‹ zeugen – auf der einen – sowie die des innigen Schwaben, welche sich in seinem Lichtenstein und in seinen einzelnen kleinen Gedichten (Schildwachenlied) dartut, auf der anderen Seite. Jene hat ihn über seine Jahre hinaus reifen lassen und zeichnet ihn im geselligen und öffentlichen Leben aus als einen Mann von seltener Selbständigkeit und Energie, diese offenbart im traulichen Freundeskreis wie vor den Frauen seine gebliebene Tiefe des Gemüts ... Immer aber bleibt es noch dubiös, ob nicht beide Naturen ineinander überspielen können, und ob es nicht in seinem Interesse liegen mag, es zweifelhaft zu lassen, welche die rechte sei.«

Der rasche, gleichsam spielerisch gewonnene Erfolg seiner ersten Werke begünstigte, verwöhnte Hauff und stärkte sein Selbstbewußtsein wie seine jugendliche Eitelkeit. Er ist stolz darauf, die stammesübliche Schwerfälligkeit abgestreift zu haben, und registriert nicht ohne Selbstgefälligkeit den Eindruck, den er in Bremen oder Berlin machte. »Ich bin unaussprechlich glücklich«, schreibt er nach Stuttgart, »ich habe etwas geleistet und fühle, daß ich noch höheres leisten kann.« Ja, in diesem Brief an Moritz Pfaff lesen wir: »Ich darf sagen ... mit dem ersten Schritt, den ich getan, habe ich mir einen nicht unwürdigen Platz und eine Stimme erworben, die gültig ist, soweit man unsere Sprache spricht.«

Dem jungen, liebenswürdigen Dichter mit der schlanken Gestalt und den schwarzen Haaren, mit der Kleidung nach neuestem Pariser Schnitt, der Eleganz des Weltmanns und der Aura des Erfolgs öffneten sich die literarischen Zirkel. Er wurde von den bekanntesten Dichtern seiner Zeit empfangen, Verleger, Taschenbuch- und Almanach-Herausgeber umwarben ihn, und Cotta bot ihm die Aufgabe, die ganz seinen Neigungen und seiner Begabung entsprach.

Nach den unruhigen Jahren stürmischen Vorwärtsstrebens, die in einem gewaltigen Anlauf der großen Begabung in kürzester Frist staunenswerte Leistungen abgetrotzt hatten, schien nun die neue Stellung zum gesicherten Ausgangspunkt neuer Unternehmungen zu werden und zugleich die Möglichkeit zu geben, Einfluß auf das literarische Leben der Zeit zu gewinnen. »Ich bin froh«, schreibt Hauff im Februar 1827, kurz nach seiner Eheschließung, an einen Freund, »daß ich um zweitausend Jahre nach Polykrates geboren bin und keinem Aberglauben mehr anheim falle, sonst müßte mich mitten im Glück der furchtbar mahnende Gedanke traurig machen, ›noch keinen sah ich glücklich enden, auf den mit immer vollen Händen die Götter ihre Gaben streun‹.«

Zehn Monate später war Hauff tot, und die oft gestellte Frage, welche Entwicklung seinem Talent möglich gewesen wäre, wird unbeantwortet bleiben. Aber sollte für ihn nicht gelten, was er in jungen Jahren einmal einem Studiengenossen ins Stammbuch schrieb: »Freund, die Tage werden gewogen, nicht gezählt!«

Romane, Erzählungen, Prosa

Hans Christian Andersen. Glückspeter
Mit Scherenschnitten von Alfred Thon. it 643

Bettina von Arnim. Bettina von Arnims Armenbuch
Herausgegeben von Werner Vordtriede. it 541
– Dies Buch gehört dem König
Herausgegeben von Ilse Staff. it 666
– Die Günderode
Mit einem Essay von Christa Wolf. it 702

Apuleius. Der goldene Esel
Mit Illustrationen von Max Klinger zu »Amor und Psyche«. Aus dem Lateinischen von August Rode. Mit einem Nachwort von Wilhelm Haupt. it 146

Jane Austen. Emma
Aus dem Englischen von Charlotte Gräfin von Klinckowstroem. it 511

Honoré de Balzac. Die Frau von dreißig Jahren
Deutsch von W. Blochwitz. it 460
– Das Mädchen mit den Goldaugen
Aus dem Französischen von Ernst Hardt. Vorwort Hugo von Hofmannsthal. Illustrationen Marcus Behmer. it 60

Joseph Bédier. Tristan und Isolde
Roman. Deutsch von Rudolf G. Binding. Mit Holzschnitten von 1484. it 387

Harriet Beecher-Stowe. Onkel Toms Hütte
In der Bearbeitung einer alten Übersetzung herausgegeben und mit einem Nachwort versehen von Wieland Herzfelde. Mit 27 Holzschnitten von George Cruikshank aus der englischen Ausgabe von 1852. it 272

Ambrose Bierce. Aus dem Wörterbuch des Teufels
Auswahl, Übersetzung und Nachwort von Dieter E. Zimmer. it 440
– Mein Lieblingsmord
Erzählungen. Aus dem Amerikanischen von G. Günther. it 39

Die Blümlein des heiligen Franziskus von Assisi
Aus dem Italienischen nach der Ausgabe der Tipografia Metastasio, Assisi 1901, von Rudolf G. Binding. Mit Initialen von Carl Weidemeyer. it 48

Romane, Erzählungen, Prosa

Blumenschatten hinter dem Vorhang. Von Ting Yao Kang. Aus dem Chinesischen übertragen und mit einem Nachwort versehen von Franz Kuhn. Mit 18 Holzschnitten. it 744

Giovanni di Boccaccio. Das Dekameron
Hundert Novellen. Ungekürzte Ausgabe. Aus dem Italienischen von Albert Wesselski und mit einer Einleitung versehen von André Jolles. Mit venezianischen Holzschnitten. Zwei Bände. it 7/8

Hermann Bote. Ein kurzweiliges Buch von Till Eulenspiegel aus dem Lande Braunschweig. Wie er sein Leben vollbracht hat. Sechsundneunzig seiner Geschichten.
Herausgegeben, in die Sprache unserer Zeit übertragen und mit Anmerkungen versehen von Siegfried H. Sichtermann. Mit zeitgenössischen Illustrationen. it 336

Clemens Brentano. Gedichte, Erzählungen, Briefe
Herausgegeben von Hans Magnus Enzensberger. it 557

Emily Brontë. Die Sturmhöhe
Aus dem Englischen von Grete Rambach. it 141

Giordano Bruno. Das Aschermittwochsmahl
Übersetzt von Ferdinand Fellmann. Mit einer Einleitung von Hans Blumenberg. it 548

Gottfried August Bürger. Wunderbare Reisen zu Wasser und zu Lande. Feldzüge und lustige Abenteuer des Freiherrn von Münchhausen
Mit Holzschnitten von Gustave Doré. it 207

Hans Carossa. Eine Kindheit. it 295
– Verwandlungen einer Jugend. it 296

Lewis Carroll. Geschichten mit Knoten
Herausgegeben und übersetzt von W. E. Richartz. Mit Illustrationen von Arthur B. Frost. it 302
– Alice im Wunderland
Mit 42 Illustrationen von John Tenniel. Übersetzt und mit einem Nachwort versehen von Christian Enzensberger. it 42
– Alice hinter den Spiegeln
Mit Illustrationen von John Tenniel. Übersetzt von Christian Enzensberger. it 97

Romane, Erzählungen, Prosa

Lewis Carroll. Briefe an kleine Mädchen
Aus dem Englischen übersetzt und herausgegeben von Klaus Reichert. Mit Fotografien des Autors. it 172

Miguel de Cervantes Saavedra. Der scharfsinnige Ritter Don Quixote von der Mancha
Mit einem Essay von Iwan Turgenjew und einem Nachwort von André Jolles. Mit Illustrationen von Gustave Doré. 3 Bände. it 109

Adelbert von Chamisso. Peter Schlemihls wundersame Geschichte
Nachwort von Thomas Mann. Illustriert von Emil Preetorius. it 27

Matthias Claudius. Der Wandsbecker Bote
Mit einem Vorwort von Peter Suhrkamp und einem Nachwort von Hermann Hesse. it 130

James Fenimore Cooper. Die Lederstrumpferzählungen
In der Bearbeitung der Übersetzung von E. Kolb durch Rudolf Drescher. Mit Illustrationen von O. C. Darley. Vollständige Ausgabe. 5 Bände in Kassette.
Der Wildtöter · Der letzte Mohikaner · Der Pfadfinder · Die Ansiedler · Die Prärie. – it 760

Alphonse Daudet. Montagsgeschichten
Aus dem Französischen von Eva Meyer. it 649
– Briefe aus meiner Mühle
Aus dem Französischen von Alice Seiffert. Mit Illustrationen. it 446
– Tartarin von Tarascon. Die wunderbaren Abenteuer des Tartarin von Tarascon. Mit Zeichnungen von Emil Preetorius. it 84

Daniel Defoe. Moll Flanders. Herausgegeben und mit einem Essay versehen von Norbert Kohl. it 707
– Robinson Crusoe. Mit Illustrationen von Ludwig Richter. it 41

Deutsche Künstlernovellen des 19. Jahrhunderts
Herausgegeben von Jochen Schmidt. it 656

Charles Dickens. David Copperfield. Mit Illustrationen von Phiz. it 468
– Große Erwartungen. Aus dem Englischen von Margit Meyer. Mit Illustrationen von F. W. Pailthorpe. it 667
– Der Raritätenladen. Aus dem Englischen von Leo Feld. Mit Illustrationen von Cruikshank u. a. it 716

Romane, Erzählungen, Prosa

Charles Dickens. Oliver Twist
Aus dem Englischen von Reinhard Kilbel. Mit einem Nachwort von Rudolf Marx und 24 Illustrationen von George Cruikshank. Vollständige Ausgabe. it 242
– Weihnachtserzählungen
Mit Illustrationen von Cruikshank u. a. it 358

Denis Diderot. Die Nonne
Mit einem Nachwort von Robert Mauzi. Der Text dieser Ausgabe beruht auf der ersten deutschen Übersetzung von 1797. it 31
– Erzählungen und Gespräche
Aus dem Französischen von Katharina Scheinfuß. it 554

Die drei Reiche. Roman. Aus dem Chinesischen von Franz Kuhn. Mit 24 Holzschnitten. it 585

Fjodor M. Dostojewski. Der Idiot. Aus dem Russischen von Hermann Röhl. Mit einem Nachwort von Hermann Hesse. it 740
– Schuld und Sühne. Roman in sechs Teilen. Aus dem Russischen von Hermann Röhl. Illustrationen von Theodor Eberle. it 673
– Der Spieler. Aus den Erinnerungen eines jungen Mannes. Aus dem Russischen von Hermann Röhl. it 515

Annette von Droste-Hülshoff. Bei uns zulande auf dem Lande. Prosaskizzen. Herausgegeben von Otto A. Böhmer. it 697
– Die Judenbuche. Ein Sittengemälde aus dem gebirgichten Westfalen. Mit Illustrationen von Max Unold. it 399

Alexandre Dumas. Der Graf von Monte Christo. Bearbeitung einer alten Übersetzung von Meinhard Hasenbein. Mit Illustrationen von Pavel Brom und Dagmar Bromova. Zwei Bände. it 266
– Die Kameliendame. Aus dem Französischen von Walter Hoyer. Mit Illustrationen von Paul Garvani. it 546

Joseph Freiherr von Eichendorff. Aus dem Leben eines Taugenichts
Mit Illustrationen von Adolf Schrödter und einem Nachwort von Ansgar Hillach. it 202
– Novellen und Gedichte. Herausgegeben von Hermann Hesse. it 360

Romane, Erzählungen, Prosa

Eisherz und Edeljaspis
Aus dem Chinesischen von Franz Kuhn. Mit Holzschnitten einer alten chinesischen Ausgabe. Mit einem Nachwort und Anmerkungen von Franz Kuhn. it 123

Paul Ernst. Der Mann mit dem tötenden Blick und andere frühe Erzählungen. Herausgegeben von Wolfgang Promies. it 434

André Ficus/Martin Walser. Heimatlob
Ein Bodenseebuch. it 645

Harry Fielding. Die Geschichte des Tom Jones, eines Findlings
Mit Stichen von William Hogarth. it 504

Gustave Flaubert. Bouvard und Pécuchet
Mit einem Vorwort von Victor Brombert und einem Nachwort von Uwe Japp. Mit Illustrationen von András Karakas. it 373
– Die Versuchung des heiligen Antonius
Aus dem Französischen übersetzt von Barbara und Robert Picht. Mit einem Nachwort von Michel Foucault. it 432
– Lehrjahre des Gefühls
Geschichte eines jungen Mannes, übertragen von Paul Wiegler. Mit einem Essay »zum Verständnis des Werkes« und einer Bibliographie von Erich Köhler. it 276
– Madame Bovary
– Revidierte Übersetzung aus dem Französischen von Arthur Schurig. it 167
– Salammbô
Herausgegeben und mit einem Nachwort versehen von Monika Bosse und André Stoll. Mit Abbildungen. it 342
– Ein schlichtes Herz. it 110
– Drei Erzählungen/Trois Contes
Zweisprachige Ausgabe. Neu übersetzt von Cora von Kleffens und André Stoll. it 571
– November. Aus dem Französischen von Ernst Sander. it 411

Theodor Fontane. Allerlei Glück
Plaudereien, Skizzen, Unvollendetes. Ausgewählt und herausgegeben von Otto Drude. it 641
– Cécile. Roman. Mit einem Nachwort von Walter Müller-Seidel. it 689

insel taschenbücher
Alphabetisches Verzeichnis